武汉大学百年名典

自然科学类编审委员会

主任委员 李晓红

副主任委员 卓仁禧　周创兵　蒋昌忠

委员 (以姓氏笔画为序)

文习山	宁津生	石　崶	刘经南
何克清	吴庆鸣	李文鑫	李平湘
李晓红	李德仁	陈　化	陈庆辉
卓仁禧	周云峰	周创兵	庞代文
易　帆	谈广鸣	舒红兵	蒋昌忠
樊明文			

秘书长 李平湘

社会科学类编审委员会

主任委员 韩进

副主任委员 冯天瑜　骆郁廷　谢红星

委员 (以姓氏笔画为序)

马费成	方　卿	邓大松	冯天瑜
石义彬	佘双好	汪信砚	沈壮海
肖永平	陈　伟	陈庆辉	周茂荣
於可训	罗国祥	胡德坤	骆郁廷
涂显蜂	郭齐勇	黄　进	谢红星
韩　进	谭力文		

秘书长 沈壮海

徐天闵（1890—1957年），男，号信斋；原名杰，字汉三。安徽省怀宁县人，世居安庆市近圣街。早年就读于安徽高等学堂，学成后曾在安庆、杭州、天津等地教书。民国初年任教于安徽省立第一师范学校。1927—1929年任教于中央大学中文系，1929年应王星拱校长之邀任教于武汉大学中文系。此后，除1948年7月—1949年7月在安徽大学任教外，一直在武汉大学担任教授，为该校中文系"五老（五位著名老教授）"之一。

徐天闵先生在武汉大学中文系开设的主要课程有"历代诗歌研究"、"诸子散文研究"、"离骚研究"。"历代诗歌研究"主要讲汉、魏、晋、宋五言诗和唐代诗歌，"诸子散文研究"主要讲《韩非子》、《庄子》。先生讲课，十分重视对作品内外之美的感悟和品味，尤其是讲诗歌，特别爱抑扬顿挫地诵读作品，有声有色地表述他陶醉其中的感受。学生称他咏诗为"唱诗"，说他讲课往往是"唱着进教室，唱着出教室的"（吴鲁芹《瞎三话四》）。说得兴起，不禁情由境生，心随情传，手之舞之而不自觉。

徐天闵教授治学主要有三个方面，一是研究中国古代诗歌的发展情况和源流派别，二是研究杜甫诗歌，三是探讨如何使用旧体诗形式表达新思想、新感受。公开印行的著作有《诗选一》、《诗选二》、《杜甫诗歌》（国立武汉大学印），《古今诗选》

（国立武汉大学1934年印），《汉魏晋宋五言诗集注》（重庆商务印书馆1946年）；发表的论文有《诗歌分期之说明》（武汉大学《文哲季刊》1943年第7卷第3期）等。

徐先生治学严谨，而为人热情、爽朗、旷达不羁，正义感强，颇有诗人气质和名士派头。事实上，当年武汉大学中文系徐先生的诗和刘永济先生的词最为时人所推崇。沈祖棻先生与友人论词，即引先生诗歌创作经验佐证其说，谓"此间徐天闵先生亦尝言及：'文学之事，修养为难，技巧甚易，聪慧之士，用功不出五年可以完成矣。'"（《致卢兆显》）著名学者程演生则称其与赵纶士（赵朴初叔父）同为"以诗鸣者"，言其诗"俊逸要妙……实足以抗手当代名家，而尤近范伯子。乡里老辈专攻诗者，若方伦叔、姚叔节、徐铁华诸先生，或犹未能过之也"。

武汉大学
百年名典

汉魏晋宋五言诗选集注

徐天闵 集注
熊礼汇 校点

武汉大学出版社
WUHAN UNIVERSITY PRESS

图书在版编目(CIP)数据

汉魏晋宋五言诗选集注/徐天闵集注;熊礼汇校点.—武汉:武汉大学
出版社,2013.10
武汉大学百年名典
　ISBN 978-7-307-11706-8

　Ⅰ.汉…　Ⅱ.①徐…　②熊…　Ⅲ.古典诗歌—五言诗—注释—中国
Ⅳ.I222

中国版本图书馆 CIP 数据核字(2013)第 221559 号

责任编辑:朱凌云　　　责任校对:刘　欣　　　版式设计:支　笛

出版发行:武汉大学出版社　　(430072　武昌　珞珈山)
　　　　　(电子邮件:cbs22@whu.edu.cn　网址:www.wdp.com.cn)
印刷:武汉中远印务有限公司
开本:720×1000　1/16　印张:22.5　字数:320 千字　插页:4
版次:2013 年 10 月第 1 版　　2013 年 10 月第 1 次印刷
ISBN 978-7-307-11706-8　　定价:68.00 元

《武汉大学百年名典》出版前言

百年武汉大学，走过的是学术传承、学术发展和学术创新的辉煌路程；世纪珞珈山水，承沐的是学者大师们学术风范、学术精神和学术风格的润泽。在武汉大学发展的不同年代，一批批著名学者和学术大师在这里辛勤耕耘，教书育人，著书立说。他们在学术上精品、上品纷呈，有的在继承传统中开创新论，有的集众家之说而独成一派，也有的学贯中西而独领风骚，还有的因顺应时代发展潮流而开学术学科先河。所有这些，构成了武汉大学百年学府最深厚、最深刻的学术底蕴。

武汉大学历年累积的学术精品、上品，不仅凸现了武汉大学"自强、弘毅、求是、拓新"的学术风格和学术风范，而且也丰富了武汉大学"自强、弘毅、求是、拓新"的学术气派和学术精神；不仅深刻反映了武汉大学有过的人文社会科学和自然科学的辉煌的学术成就，而且也从多方面映现了20世纪中国人文社会科学和自然科学发展的最具代表性的学术成就。高等学府，自当以学者为敬，以学术为尊，以学风为重；自当在尊重不同学术成就中增进学术繁荣，在包容不同学术观点中提升学术品质。为此，我们纵览武汉大学百年学术源流，取其上品，掬其精华，结集出版，是为《武汉大学百年名典》。

"根深叶茂，实大声洪。山高水长，流风甚美。"这是董必武同志1963年11月为武汉大学校庆题写的诗句，长期以来为武汉大学师生传颂。我们以此诗句为《武汉大学百年名典》的封面题词，实是希望武汉大学留存的那些泽被当时、惠及后人的学术精品、上品，能在现时代得到更为广泛的发扬和传承；实是希望《武汉大学百年名典》这一恢宏的出版工程，能为中华优秀文化的积累和当代中国学术的繁荣有所建树。

《武汉大学百年名典》编审委员会

出 版 说 明

　　本书原为徐天闵先生在武汉大学中文系授课时所编讲义，1943年由重庆商务印书馆印行。现据此版本，经熊礼汇教授校点整理，纳入《武汉大学百年名典》出版，以资纪念。

武汉大学出版社

2013 年 8 月

徐天闵《汉魏晋宋五言诗选集注》再版前言

熊礼汇

徐天闵先生（1890—1957）是近代诗人，著名学者。自 1929 年秋季到 1957 年 4 月逝世，除在安庆老家休假一年外，一直在武汉大学文学院任教。他和文学院另一位先生刘永济都是研究、讲授中国古典文学的专家，且同为蜚声文坛的作家，因为徐长于诗，刘长于词，故有"徐诗刘词"之称。据说武汉大学招收的第一个外国研究生、英国人贾克森，就是仰慕徐先生的诗名，特意到文学院研习古代诗歌的。徐先生诗学造诣极高，常年讲授历代诗歌，所编讲义亦多，如《古今诗选》、《历代诗选》、《四唐诗选》、《宋诗选》皆是，又有《杜诗选》、《苏诗选》等。《汉魏晋宋五言诗选集注》（以下简称《集注》），即为先生"初任武大教授时所编讲义"（徐天闵 1949 年 12 月 3 日所写教学《简历》），初版于民国三十二年（1943）重庆商务印书馆。值此《集注》列入《武汉大学百年名典》再版之际，特述三事以为弁言。

一、作者编写《集注》的动机、背景和经过

徐先生编写《汉魏晋宋五言诗选集注》的直接目的，是为古代诗歌教学提供讲义，而从学术研究的角度看，却隐含全面、系统、深入研究五言诗艺术发展特点的动机和对汉魏六朝五言诗大家名篇艺术特色比较分析以凸显其美的用意。这从先生在民国三十二年（1943）十月所写的《前言》即可看出。

《前言》中说："（《集注》）盖十八年（1929）秋所选辑者。当时拟就渔阳山人（即王士祯 1654—1711）《古诗选》节取汉魏六朝五言诗，

并为笺注，穷一年之力，至谢玄晖而止。越年改授《古今诗选》，别撰讲义，而余所拟完成之《汉魏六朝五言诗笺注》，遂尔中辍，逮今十五年矣。""乃为补笺其残缺，兼勘其误谬。析为三卷，定名为《汉魏晋宋五言诗选集注》，付诸排印。玄晖以下，难为补续矣。其诗中案语，与今日所见者大有径庭，亦不拟复加改窜，藉以保存少壮时渐历之心境，得以频频回顾而已。"《集注》始编于 1929 年而改定于 1943 年，而这两个年头都处于较为独特的学术背景中。

前一年头所处的学术背景，既有晋宋以来关于五言诗发生、成立时期及其原因和古诗十九首创作时间及其作者是谁等诸多问题争论的大背景，也有 20 世纪 20 年代关于上述问题争论的小背景。晋宋以来，研讨五言诗发生、成立及其相关问题，多与考辨古诗十九首作者、产生年代及苏李诗、班婕妤诗等作品的真伪联系在一起。刘勰即云："至成帝品录，三百余篇，朝章国采，亦云周备，而辞人遗翰，莫见五言，所以李陵、班婕妤见疑于后代也。"又云："《古诗》佳丽，或称枚叔，其《孤竹》一篇，则傅毅之词，比采而推，两汉之作乎？"（《文心雕龙·明诗》）钟嵘亦云："逮汉李陵，始著五言之目矣。《古诗》眇邈，人世难详，推其文体，固是炎汉之制，非衰周之倡也。"（《诗品序》）又云："《古诗》，其源出于《国风》。……其外，'去者日以疏'四十五首，虽多哀怨，颇为总杂，旧疑是建安中曹、王所制。'客从远方来'，'桔柚垂华实'，亦为惊艳矣。人代冥灭，而清音独远，悲乎！"（《诗品》上）可见在刘、钟以前，学者们对古诗十九首的作者、创作年代暨五言诗成立的时代，就没有一个公认的统一的说法。有笼统地说五言诗成立于两汉的，也有说成立于西汉、东汉或建安时期的；对古诗十九首作者的确认，则从西汉的枚乘说到东汉的傅毅，说到建安时期的曹、王，有的甚至认为其作者是生活在从西汉到建安不同时段的多个人物。刘、钟以后，学界对五言诗成立时间以及古诗十九首作者、创作时代的看法，基本上和刘、钟以前相同。不单关于五言诗成立时间的说法未能统一，论及古诗十九首作者也是"疑不能明"，或谓"古诗十九首，不必一人之辞，一时之作"（沈德潜《说诗晬语》）。虽对个案旧说质疑或径作否定者多，而拿出"确凿证据"

以独创新说者少。因而学者言及上述问题，沿用陈说（包括后起的疑古之说和所谓"新说"）者亦为常事。即使虞世南《北堂书钞》将古诗十九首《今日良宵会》中"弹筝奋逸响，新声妙入神"，作为曹植诗句抄入书中，能启发人们思考十九首中是否杂有曹植诗，或哪些属于曹植诗作的问题，但此类思考并未深入下去。这种状况一直延续到20世纪20年代。

20世纪20年代关于五言诗成立时间的争论，应是前一年头（1929年）所处的学术小背景。这场争论是从陈仲子1924年在《时事新报副刊（学灯）》上发表《苏李诗考证》引发的，之后参与讨论的学者有李步霄、朱偰、陈延杰、徐中舒、罗根泽、游国恩、张长弓、梁启超、戴静山、陶嘉根、古直、隋树森、胡怀琛、杨向时、黄侃、范文澜以及日本人铃木虎雄等。讨论的结果主要有西汉说和建安说两种，前以朱偰、黄侃、范文澜为代表，认为五言诗在西汉前期已经成熟；后以徐中舒为代表，认为"不但西汉人的五言全是伪话，连东汉的五言诗，仍有大部分不能令人相信"，"五言诗的成立，要在建安时代"（《五言诗发生时期的讨论》，《东方杂志》24卷18期）。显然，两说在刘、钟之前已经存在，其说及刘、钟前后学者们对一些五言诗名篇作者、写作时间的看法，仍为学界普遍认同的看法。后来梁启超在其《中国之美文及其历史》中提出："（东汉）安、顺、桓、灵以后……其时五言体制已经通行，造诣已经纯熟，非常杰出，理合应时出现。我据此中消息以估定十九首之年代，大概在西纪120至170约五十年间，比建安、黄初略先一期，而紧相衔接，所以风格和建安体相近，而其中-部分钟仲伟且疑为曹、王所制也。"其说虽然得到不少学者的支持，对20年代以后直至21世纪文学史的研究深有影响（论者以为："现在流行的十九首'东汉说'的说法，首先由梁启超根据其'直觉'提出，罗根泽响应之，以后经过刘大杰、马茂元和游国恩等人的补充，遂流行至今。当今流行的几种文学史版本，仍然沿袭旧说，未能有所突破。"傅璇琮《十九首研究的首次系统梳理和突破》，木斋《古诗十九首与建安诗歌研究》序言，人民出版社2009年版），但在20年代，也只是一家之说，并非学者们研究五言诗或古诗十九首的共识。总之，20 年代仍是五言诗（包括古诗十九首）研究诸说并存、一切都在探索之中的学术时代。无疑，晋宋以来五言诗及古诗十九首学术研究的大背景，和 20 世纪 20 年代五言诗及古诗十九首学术研究的小背景，促成了《汉魏晋宋五言诗选集注》的产生，徐先生博采众说以说五言古诗，实际上是用选本集注形式，通过对多家说法的评析，参与五言诗及古诗十九首诸多问题的讨论。

后一年头（1943 年）处于抗战时期，先生正在西迁四川乐山的武汉大学文学院任教。他在乐山仍为诸生讲授古代诗歌，专题课则以讲杜甫诗歌为主，所谓"到武大后，杜诗、苏诗隔年轮流讲授，抗战时专讲杜诗"（《教学简历》）。为什么十五年后又对《汉魏晋宋五言诗选集注》重加修订呢？这与抗战时期流亡大学——国立武汉大学弘毅、自强的校风和浓厚的学术空气分不开。武大和当时的西南联大、中央大学、浙江大学并称民国四大名校，教学质量之高，在国内国外都享有盛誉。40 年代中期，美国有关部门评估中国大学教学水准，即将武大列为全国第二，而英国牛津、剑桥大学不但承认武大学历，而且对武大毕业考试成绩平均在 80 分以上的本科生，可以直接录取为硕士研究生。教学质量高，既要学生素质好，更离不开教授们学问的渊博和教学方法的得当。当年武大教授（多至 120 位）寄居乐山，教学环境恶劣（除设备简陋外，还频遭日寇轰炸）、生活艰苦（由于通货膨胀，有的教授一月薪水仅够半月开支），而科研未尝一日中断。除授课必编讲义外（大学教授的讲义多为其专著之雏形），还潜心研究新的课题，以论文和专著形式展现其成果。理科如邬保良从 1939 年就带领化学系教师开展对原子核理论的研究，连续两年在英国著名学术刊物《自然》上发表《原子核之形成》等多篇论文。高尚荫、公立华在 1939 年春天合写的论文《四川嘉定淡水水母之研究》，实为中国学者最早在无脊椎动物学研究领域取得的开创性成果。又如武大游离层实验室最早就建立在乐山校址，乐山上空电离层的第一份正规的频高图，就是桂质廷观测描绘的。他如石声汉在一间由石砌望楼改造成的实验室从事植物生理及病理学、真菌学和农业科技的教学与研究，孙祥钟钻进深山老林作植物分类的调查，他们从事科学研究的雄心、韧劲，正反映出战时武大"弘毅、自强"的校园文化精神。这种精神既激励武大师生奋进，也感动每一个有良知的人，故英国科学家李约瑟1943年、1944年两次到中国考察科学和教育机构，每次参观、访问武大，都对师生的"巧思过人"、自强不息感佩不已。在其《中国科学技术史》第六卷第一分册(植物学)扉页上，还特意记述当年考察武大科研、教学时与石声汉交往的故事。

和理科教授们一样，文科教授们也以极大的热情投身于科研中，写出了不少有影响的论文和专著。如高亨修订完善《老子正诂》，是在乐山；撰写《周易古经今注》，也在乐山，前者1943年出版于开明书店。刘永济"屈赋学"、徐震研究《春秋》三传和韩愈、柳宗元古文的代表性著作，朱东润的《史记考索》和《张居正大传》，都是在乐山完成的。同在1943年，女教授苏雪林所作《屈原〈天问〉中的〈旧约·创世纪〉》，首揭屈赋和西方古文化联系的秘密；另一位女教授袁昌英应商务印书馆之约，一个夏天就写出了十多万字的《法国文学》。而像朱光潜，除与方重合编《近代英国散文选》、《英国诗义研究集》外，还相继在1943年、1944年发表、出版了《谈美感教育》、《谈修养》、《我与文学及其它》、《诗论》、《谈文学》以及《近代英美散文选》(与方重、戴镏钤合编)等。吴其昌除撰写《中国田制史》、《群史食货志校勘记》等专著外，还联系抗战形势写了《历代边政借鉴》、《中华民族生存发展的斗争》、《民族盛衰的关键和我们救国的态度》、《蛮族侵略历史性的比较》等现实性极强的史学论文。尤其令人扼腕的是，这位申言"战士死在疆场，教授要死在讲堂"的学者，写《梁启超传》，"虽在发烧、吐血之日，亦几未间断"(吴其昌《致潘公展、印维廉书》)，及至书稿(上册)完成一月之后，即溘然长逝，死时年仅四十！战时武大学生研究学术的热情亦高，其学术活动多是在老师的指导下进行的。如方壮猷为宋史专家，著有《中国史学概要》、《宋元经济史稿》、《宋三百年学术年谱》等。从1939年就组织史学系孙秉莹等四位学生参加《宋史》的整理工作，师生用了五年时间才编好《宋史类编》(1944年交重庆正中书局出版)。以上只是战时武大科研之大概，还未言及他们写作诗词、散文(包括杂文、小品)、戏剧、小说的情况。应该承认，战时武大学术气氛之浓厚、教授们学术研究之执著、师生们写作之勤奋，对每个有研究能力、创作激情的人，都有一种引发其思、激励其行的作用。徐天闵先生本是勤于著述的学者、敏于创作的诗人，身处武大其时其地，自会顺其潮流而动。也许，这也是 40 年代的徐先生，何以一面即兴为诗，一面又认真修订《汉魏晋宋五言诗选集注》以求面世的外部原因。

二、《集注》的编撰特点及其学术意义

《汉魏晋宋五言诗选集注》所选五言诗共 189 首，均取自王士禛所编《古诗选》。除《古诗十九首》、《陌上桑》、《古诗为焦仲卿妻作》、《西洲曲》外，另 167 首分属 28 位诗人。除"无名氏"《古诗十九首》全数入选外，知名作者入选 10 首以上的，计有曹植 13 首，阮籍 20 首，陶潜 50 首，谢灵运 30 首，鲍照 29 首。在徐先生以前，用"集注"形式解一组诗或一家之诗（众体之诗）是有的，但用"集注"形式解历代同一体裁之诗似乎很少见，因而该书体例暨研究诗学的书写策略是有新意的。该书"集注"文字涉及三个方面的内容，一是对诗歌字、词、句及典故的注释，二是对诗歌写作时间、地点暨背景的说明，三是对诗歌主旨的揭示和对艺术特色的分析。行文都是先注后评。对大家、名家，有的会在作者简介或评论所选最后一首诗时，总论其诗风特色及其在诗歌史上的地位，甚或逐一介绍其诗及一家诗风对后世诗歌创作的影响。

《集注》选用了钟嵘、李善、沈德潜、何焯、陈祚明、曾国藩、方东树、陈沆、吴汝纶、刘履、蒋师爚、黄节、吴兆宜、何孟春、李公焕、陶澍、古直、黄文焕、闻人倓、朱止谿、朱秪堂、朱兰坡、吴淇、汤东磵、顾皓、陈倩父、方虚谷、胡枕泉、张荫嘉、成倬云等七八十位诗论家的说法，所"集"注家之多，亦属少见。编者将诸多说法"集"在一起，对解说问题自有相互补充、相互比较的作用，十分有利于读者独立思考，使之从多个角度把握诗的立意和领略诗的艺术美。

《集注》的学术性，主要表现在通过对汉魏晋宋五言诗的注解、

评论,集中展示了历代诗论家研究汉魏晋宋五言诗的诸多见解;通过徐先生对诸家看法的辨析,对许多说法的是非、正误作了某种程度的清理,而在辨析中又提出了一些新的学术观点。因而了解其学术性,既不能忽略徐先生所引的诸家见解(见于每首诗的注解、评论),更要重视他做的辨析或径直提出的新见(见于经常出现在诸家注解、评论文字中的"天闵案")。而后者尤能表现徐先生研究汉魏晋宋五言诗诸多问题的心得和用编写《集注》的形式参与五言诗学术讨论的用心。

不过,我们认识《集注》的学术意义,似应注意两点,一是《集注》产生的学术背景,二是"天闵案"立论的表述方式。前已言及,《集注》产生的学术背景,无论是晋宋以来五言诗和古诗十九首研究的大背景,还是20世纪20年代讨论五言诗、古诗十九首有关问题的小背景,都有一个特点,就是对许多问题(如五言诗成立的时间,苏李诗、班婕妤诗的真伪,十九首的作者、创作时代)的看法,众说纷纭,并无定论,旧说即使见疑,仍有流行的空间。甚而有新见,也是在默认旧说的前提下产生的。至于对一首(或一组)诗、一家诗的看法,更是有同有异,自持己见者多。在这种背景下,要在学术上有重大突破是很困难的,加上《集注》毕竟只是一个详注集评的诗歌选本,涉及的学术问题具体而微,多而零散,故有突破也是局部性的,这不能不对《集注》的学术意义有所限制。另一方面,书中"天闵案"的内容除少数是说明情况外,多数都是表达徐先生对所引诸家注解、评论的看法,有些是直接提出自己的新见,自然具有一定的学术意义;有的是响应、附和他人之说,或径作肯定,或作补充以申其说;有的是径作否定,或引事论理以言其非。应该承认,后二者也是一种学术贡献,是一种表述方式比较特别的贡献,它们既能显现徐先生的学识,也能表现他的胆识,同样是有学术意义的。

徐天闵先生室号信斋,他在其他诗歌选本中径称其论诗文字为《信斋诗话》。《集注》内众多"天闵案"中的案语,亦可视为《信斋诗话》的一部分,从中可以看出他的诗论观念和研究五言诗的心得。

这里不妨分类拈举案语略作分析,以见其要义及表述方法。

(一)对诗歌批评方法的批评。徐先生长年从事诗歌研究,自有一套研究方法和路数，其方法、路数的形成，与他对诗歌文学特性、美学意义、艺术形式的体认大有关系，这从他对五言诗批评方法的批评亦可看出。如他说："《古诗》有本事可考者详为考证以释诗，自较亲切有味。若疑莫能明，妄为傅会，捕风捉影，大类痴人说梦。诗有因注而转晦者，此类是也。两汉去《风》、《骚》未远，诗多比兴，温厚典则，莫之与京。贤士大夫或不得志，君臣朋友往往托物引类，发兴无端，然亦实有室思之作、弃妇之篇。若视为寄托，则诗意荒芜。要当静求文理，一扫拘牵，庶能以意逆志、心领神释也。（读阮公《咏怀诗》，尤须注意此旨。）"徐先生认为诗有有寄托者，也有直抒情感、别无寄托者。对本事清楚的诗歌，是赞成结合本事弄清诗的立意的。但对"本事（包括作者）""疑莫能明"的《古诗》，却不赞成对其"本事"胡乱猜测，以求其"寄托"所在，说那样就会使得"诗意荒芜"，即不能充分展现或领略诗意的美，造成诗意"因注而转晦"。正确的做法应是"静求文理，一扫拘牵"，"以意逆志，心领神释"。徐先生论诗深忌穿凿、附会之说，故"天闵案"中，评论他人注解，不乏"某说最为穿凿、""此释穿凿特甚"、"此说尤为穿凿"，"某说亦凿"一类字句。甚至批评陈沆，一则谓"太初笺《游仙诗》，牵合事实过多，终嫌穿凿，窃未敢从，故悉不录"。一则谓"太初《诗比兴笺》用力颇勤，然过事穿凿，乖违本旨者正复不少，读者不可不知也"。徐先生反对论诗"过事穿凿"和批评一些人解诗"未免求之过深"一样，都是因为那样做会"乖违本旨"、远离本旨，以及忽略对诗美的领略。

徐先生对五言诗诗美的认识，大抵同钟嵘的论述一致。钟嵘说"五言居文词之要，是众作之有滋味者也，故会于流俗。岂不以指事造形，穷情写物，最为详切者邪?"（《诗品序》）故其论诗，颇为重视对诗之"滋味"的体味，对诗歌"指事造形，穷情写物，最为详切"的艺术成因的探究。在这点上，和方东树有相似处，因而《集注》采用方氏《昭昧詹言》言论甚多。方氏说："五言诗以汉魏为宗，用意古厚，气体高浑，盖去《三百篇》未远，虽不必尽贤人君子之词，而措意立言，未乖风雅。惟其兴寄遥深，文法高妙，后人不能尽识，往往昧其本解。"（《昭昧詹言》卷一）其解诗亦多用力于"兴寄遥深"之挖掘、"文法高妙"之剖析，多有精到之论。不过前者亦难免穿凿、附会，后者惯用古文章法说诗之"文法"，充斥"文笔雄迈"、"章法奇绝"、"妙有章法"、"章法明整"、"句法高秀"一类评语。对其言之过头、罔顾诗味之美或误会其美者，徐先生并不赞同，他说方氏论陶渊明《饮酒·在昔曾远游》"仅以恐失固穷之名释之，殊少味矣"，足见其论诗对五言诗"滋味"之美的重视。而从他大量引入曾国藩批语"识度"、"气势"、"情韵"等，说明他认为此类古文之美也存在于五言诗中。由此更可看出，徐先生确实和方氏一样，论诗有诗文互通、将诗文打成一片的倾向。

（二）对诸家说法是非、高下的评判。所谓评判，实是对所引诸说正确与否的判断，对如何理解所引诸说起有指导作用。作为集众家之说的选本，有这种评判和没有这种评判是不一样的，而评判本身就是一种学术见解的宣示，反映出评判者学术造诣的高下和鉴别能力。

考"天闵案"，徐先生的评判有径言其是或非的，也有略作辨析以作评判的。如引何孟春语道陶渊明经历，即频频插入"天闵案"云"此说非是"，"此说是也"。又如引刘履、方东树语解阮籍《咏怀·二妃游江滨》，"天闵案"云："方说是也。""刘氏云云，未得其旨。"引汤东磵语解陶渊明《饮酒·颜生称为仁》，"天闵案"云："此解深得渊明之旨。"引吴汝纶语解陶渊明《拟古·荣荣窗下兰》，"天闵案"云："吴氏所说甚精当。"引方东树语解阮籍《咏怀·昔年十四五》，"天闵案"云："'乃悟'二句，方谓乃悟为仙人所笑，非是。"他如说黄节"释(阮诗)'揖让'二句，穿凿特甚"，说吴琪解阮诗"春秋非有托"，"此解颇为迂曲"，皆是直言其是或非。而像引众说解曹植《名都篇》，"天闵案"云："郭茂倩《乐府诗集》谓此诗为刺时人，吴伯其谓借以写牢骚抑郁，以《美女》、《白马》两篇之意推之，则吴说近是，然而此篇尤深隐难识矣。"引沈约、沈德潜、徐经纶、黄节、方东树语解诗《灼灼陨日》，"天闵案"云："徐、黄二氏所说，较方氏为优。""黄未会归愚之情，仍取沈约之说，甚为无当。"引方东树语解陶渊明《游斜川》，"天闵案"云："'吾生行归休'，重在'吾生'二字，方氏解作休官，迂谬难通。"引方东树"后半衍周公事太多，虽陈思有托而然，后人宜忌学之"解曹植《怨歌行》，"天闵案"云："乐府体稍衍，似不为病。"引王世贞语论曹植《赠白马王彪》，"天闵案"云："此为当然两章，政不必以法《文王》之什而断其为二也。"引钟嵘《诗品》论张协诗，"天闵案"云："景阳诗，与《十九首》为一派，但无空灵、矫健之致耳。"是为略说道理以辨析他人说法正误及全面与否者。书中也有同一种看法，或径言其非、或略加说明、或稍作辨析者。如方东树认为阮诗《平生少年时》、《嘉树下成蹊》、《昔闻东陵瓜》、《北里多奇舞》、《灼灼西隤日》，均有忧曹爽意，"天闵案"则一云："方说亦凿。"二云："方氏谓指曹爽，似未可据。"三云："诸家所说，大略相同，惟方氏谓指曹爽，亦自可通。但细玩此诗意旨，实有亡国之惧，不仅区区为曹爽忧也。"四云："方说谓指曹爽，仍嫌无据。"五云："方说阮诗，多认为讽刺曹爽之作。按《晋书》本传，曹爽辅政，召为参军，籍因以疾辞，屏于田里。岁余而爽诛，时人服其远识。此盖方氏所指证者。余谓嗣宗亲见魏祚将移，深为痛惜，不仅区区为曹爽忧也。"足见徐先生对所引诗论的评判，或是或非，用语虽简，却自有所见作为评判标准，偶尔概言一二，即能发人深思。

（三）对自得之见的陈述。从上举徐氏按语，已可看出他借评判他人诗论正误以表述自家诗论观点的趋向。实际上，撰写"天闵案"，正是徐先生陈述其研究汉魏晋宋五言诗心得的重要途径。徐氏所作按语，实可视为《集注》所"集"诸家诗论之一种，其学术分量之重，并不亚于所引他人之说。

"天闵案"借评判诸说以陈述己见，学术视野开阔，其说不单能言他人言说之未及，还能别创新说以深化人们的认识。如论王粲《咏史诗》主题，"天闵案"云："此似与子建同时唱和之作，用意政同。五臣《注》谓：'魏武好以己事诛杀贤良，故托言三良以讽。'盖仅就起四句而为之说，未得本诗之要旨也。诗意仍视殉死为当，'人生'四句，即子建所谓'忠义我所安'也。特子建别具苦心，故言之尤觉深痛，仲宣乃人臣客气语耳。方氏乃谓此篇较胜，似为失言。"再如引徐经纶、黄节语解阮籍《咏怀·夜中不能寐》，"天闵案"云："黄说是也，然'忧思'二字确为八十余篇之主宰。又此诗但写情景，不著议

10

论，谓为发端，似无不可。或阮公总集所著，特题一首于其端耶。"
又如引众说解陶渊明《赠羊长史》，"天闵案"云："陶公盖深痛神州陆
沉，刘裕收复关、洛，本为经营中原绝好机会，特裕志在篡窃，无心
于此，故借赠羊长史，一写其愤慨耳。注家向无有道及此者。"此类
按语都是真有所见，非人云亦云之说。

　　徐先生说诗往往一语中的，如其解曹植《三良诗》"功名不可为，
忠义我所为"，"天闵案"云："功名由天，故曰不可为也；忠义可以
自勉，故曰我所安也。"再如其引闻人倓、古直语解陶诗"客养千金
躯"之"客养"，"天闵案"云："'客养'二字，闻氏、古氏所说均未
惬。'客养千金躯'，犹云有可养其千金之躯也。只须加一'有'字，
其意自明。"又如引陈祚明、方东树语细说鲍照《从登香炉峰》工拙之
处，"天闵案"陈述己见，仅言："此学康乐而不能得其精深华妙。明
远所长，固不在此也。"言简意赅，可谓精当。此外，从"天闵案"中
的自陈己见，还可看出徐先生领会诗情诗意之深细。如其解潘岳诗句
"庶几有时衰，庄缶犹可击"，谓："收句言我之沉忧，庶几渐衰减，
则犹可如庄生之箕踞鼓盆也，然而此恨绵绵无绝期矣。意最沉郁。"
解鲍照诗句"适郢无东辕，还夏有西浮"，谓其乃鲍照"不乐此行（指
从临海王之荆州）之表现"，言："'无东辕'，谓不能还都也；'有西
浮'，谓不之荆州势不可也。不似东坡之西望夏口、东望武昌，但写
山川之形势也。"读此，不能不佩服徐先生深入细致体味诗歌"滋味"
的功夫和敏锐的感悟能力。而读"天闵案"关于谢灵运三首石门诗中
之"石门"应为嵊县之"石门"、鲍照《岐阳守风》之"岐阳""决非今陕
西之岐山县"的考证文字，则可知先生史地修养之深厚。正因为他有
多方面的文化修养，故其按语不乏卓见深识，其能切中肯綮，亦非
"所说虽是，乃偶中，非真知耳"（引汤东磵语解陶诗"畴昔苦长饥"之
"天闵案"）。

　　（四）对若干专题的详细论证。徐先生作按语，多因接触异常观
点或典型材料而发。如其引陈沆解元好问"可惜并州刘越石"云云，
即谓"此非遗山诗意，辨之如下"。而见陶渊明《饮酒》第十六首"行行
向不惑"、第十九首"是时向立年"，即谓"此二诗乃为求陶公年岁重

11

要材料，当详论于后"。上引按语亦有专题论证的，这里所谓"详细论证"者，是指形如论文的"天闵案"。此类按语，少则数百字，多则数千字。如其对曹操《苦寒行》中"太行山"、"羊肠坂"地点的确认，对陶渊明《辛丑岁七月赴假还江陵》原因的分析，都长达五百多字，而其论述"陶公归田之年，决为二十九岁"，"《饮酒》二十首，决为公三十九岁所作，且决为归田后作品"，更长达五千余字。他如讨论"陶集三大问题"之"甲子问题"（另两个问题是"侃后问题"、"年岁问题"），如果将其"所采众家之说"和他的按语都视为专题论文不可分割的部分，其文亦长达四千多字。就全书体例言，这些长篇按语自属异类，但其论述之专门化，涉及问题方面之多，征用材料之丰富，辨析逻辑之缜密，又非如此而不能成其事。于此亦可见出《集注》体例设置的原则，是以达意（或谓表达学术见解）为主，这大概也是该书能充分表述徐先生学术见解的原因之一吧。

总观《集注》之"天闵案"，所述学术观点皆因论诗而发。其论诗除用心体味诗之"滋味"外，还注意阐发诗的美学意义，使人觉得他的有些读诗感受颇有时代意识。像解王粲《七哀诗》之"天闵案"云："盖汉末中原多故，匈奴、乌桓、鲜卑、氐羌诸族，侵凌边地，无人过问。子弟多俘虏，哭泣无已时，真惨痛也。然豺虎构患，天下滔滔，岂真有所谓乐土哉？卒至无可如何，而以蓼虫不知辛为解，用意尤为悲愤。"解陶渊明《赠羊长史》之"天闵案"云："陶公盖深痛神州陆沉……起八句，言生逢叔末之世，读古人书，慨然想见黄、虞之盛，特今者中原沦于胡虏，不独黄、虞之不可逢，即圣贤遗迹之在中都者，欲一娱游心目而不可得也。用意何等沉郁！"读此类诗评，总会使人想起 1943 年前后日寇侵占中国的历史，隐约感受到流亡大学——国立武汉大学教授徐天闵先生心中的忧愤和不平。

三、读《集注》应了解五言诗研究的新动向和新成果

《汉魏晋宋五言诗集注》，毕竟是一个始编于 85 年前、初版于 70 年前的五言诗选注本，纵然徐天闵先生在书中容纳了那个时代五言诗研究的众多学说和见解，表达了他个人研究五言诗的不少心得和有价

值的看法，但由于时代的原因，它所集中展示的学术成果，对五言诗研究一些重大问题的突破，其作用是有限的。它基本上仍是一个按照传统观念、沿袭传统说法注解汉魏晋宋前五言诗的选本，其优势并不在于对旧说的更新和对整个研究格局的突破。既如此，我们读《集注》，特别是想借助它来研究汉魏晋宋五言诗，就很有必要了解抗战以来尤其是近几年来五言诗研究的新动向和新成果。

了解五言诗研究的新动向、新成果，有两本书不能不读。一是木斋的《古诗十九首与建安诗歌研究》（人民出版社 2009 年版），一是宇文所安的《中国早期古典诗歌的生成》（胡秋蕾、王宇根、田晓菲译，三联书店 2012 年版）。

先说后者。宇文所安研究汉诗，着眼于考察古代诗歌起源的生成史，把现存早期有关汉诗说法的材料放到社会文化环境中作同步检视，从分析诗的主题、话题、词汇以及用语习惯的变异过程和它们所反映出的时代特点入手，来确定其生成时期。结果发现古诗十九首、苏李诗、《白头吟》、秦嘉诗，都不可能产生在汉代，甚至《咏史》也不可能是班固的作品。宇文所安说："我们根本找不到表明无名《古诗》的年代早于建安的确凿证据。"（《中国早期古典诗歌的生成》第 62 页）"我不相信它（指《古诗》之《行行重行行》）在作为一个固定的文本这一意义上来说是一首汉诗。"（同前第 337 页）"这些诗（指苏、李诗）使用无名乐府和《古诗》常见的材料……很难相信其中的某些作品出自三世纪之前的作者之手。"（同前第 49 页）"（《古诗为焦仲卿妻作》）建安的创作时代很可疑，其现存的方式肯定出自南朝。"（同前第 291 页）"《宋书》中保存较长的《白头吟》，是由不同片段拼合而成的，我们有什么理由相信这一个特别的合成品是汉代的产物呢？"（同前第 362 页）"从《诗品》中的条目也可以看出，钟嵘似乎不知道秦嘉的诗，事实上，那些诗恐怕还没有被创作出来。"（同前第 299 页）《后汉书》没有提到秦嘉，如果他们的往来信件和诗歌在五世纪中期已经广为流传，很难想象范晔会遗漏他和徐淑。……秦嘉的诗可能不会早于梁初。"（同前第 300 页）宇文氏几乎把向来作为汉代五言诗优秀代表的作品都剔除来了，只是他对那些诗篇作者是谁、作于何时的真正答案，少有具体而绝对的陈述。

再说前者。木斋论著内容丰富，主要围绕建安诗人的五言诗创作和古诗十九首的作者两个核心问题展开。其突出看法是：

（一）五言诗"为众作之有滋味者也"，"缘情"而生，本质特征是"穷情写物"。写法则是王夫之说的"一诗止于一时一事"（《姜斋诗话》）。外在特征是多用双音词，"构建了每句三个音步的基本节奏"（《古诗十九首与建安诗歌研究》第2页）。两汉的所谓五言诗，功能以言志为主，构建句子多用单音词、虚词，尚未摆脱散文句法的限制，有的作品只能称为五字诗。五字诗的出现，实为五言诗之滥觞，可以看作是探索五言诗体制构建方式漫长过程中的一种尝试。事实上，五言诗写作极有成效的探索期是在建安初至建安十六年之间。标志是曹操五言抒情诗《蒿里行》（建安三年）、《苦寒行》（建安十一年）的出现，而其《观沧海》、《短歌行》"以四言诗的外形，开拓五言诗的题材（山水、游宴）和表现形式"（同前第4页）。建安十六年至二十二年为五言诗的成立期，参与五言诗群体诗人写作的成员，主要是二曹（丕、植）和建安七子中（孔融除外）的六子。此时三曹六子的生活，"从以政治、军事为中心而转为有闲暇于文学创作"。"由于游宴活动的需要，清商乐在游宴活动中空前兴盛，为新兴清商乐填写歌词（即写作五言诗）成了新的文人时尚"（同前第80页），"游宴诗的兴起为汉魏之际由两汉言志教化到为文造情文学自觉观念转型提供了温床"（同前第5页），而继曹丕、徐幹之后，女性题材大量进入诗中，五言诗的抒情题材得到进一步的开拓。从王粲去世的建安二十二年到太和末年，五言诗体制的成立进入成熟期。作为"五言之冠冕"的古诗十九首，苏、李诗等，都产生于这个时期。"由于曹植对甄氏的隐情以及由此引发生命的苦难，使他的五言诗写作达到了中国诗歌史前所未有的高峰"（同前第5页），因而他是五言诗创作高度成熟的代表性诗人。

（二）秦嘉三首五言诗的抒情性、词汇形式（多用双音词）、具体场景描写，和建安后期的五言诗相近。沈德潜即谓"去西汉浑厚之风远矣"（《古诗源》卷三）。"两汉诗作几乎都不是对眼前景、身边事的描写，因此难以形成后来诗歌的景物描写方式和意象表达方式。诗人们还没有将情感凭依诗歌来表达和倾诉的意识，美丽的山水自然，便娟移情的女性题材，宴饮乐舞，游子离别，这些建安时代五言诗的主题，在两汉时期，都未曾被诗人纳入审美视野。"（同前第35页）所谓秦嘉五言诗作"在萧统时代并不存在"，"到徐陵编《玉台新咏》才第一次出现"（同前第30页）。"秦嘉三首五言诗，不仅仅语句出自两人的四封信，而且张冠李戴，将徐淑责备秦嘉的话语化用为秦嘉自身旅程的描述；又将徐淑对于秦嘉责备怨恨的话语变为秦嘉报答徐淑的诗句，充分证明此诗乃是后人依照秦嘉、徐淑故事，在两人往返书信的基础上伪托而作。"（同前第28页）

木斋说"民间乐府"的提法不能成立，不同意将汉乐府分为"贵族乐府"（西汉）、"民间乐府"（东汉）两类，因为"两汉之乐府，皆为宫廷乐府也"（同前第45页）。《陌上桑》不是什么"民间乐府"民歌，而是文人之作。它"脱化于左延年的《秦女休行》"，"而左延年《秦》诗的写作时间是在建安曹魏时代"（同前第54页）。"曹植和傅玄是与《陌》诗关系最为密切的两位五言诗人，两人都写有《陌》诗的原型之一秦女休的题材，曹植《美女篇》有与《陌》诗相似的写法和近似的诗句，但傅玄直接写过与《陌》诗更多相同句子的《艳歌行》。《陌》诗若是断在建安到西晋之间，则曹植和傅玄是《陌》诗最为可能的作者。"（同前第68页）

（三）木斋说："十九首、苏李诗以及班婕妤的《怨诗》等'古诗'，都是建安十六年之后的作品。"（同前第103页）"从对比来看，十九首和苏李诗使用的基本句式和主要词汇，与两汉无涉，少量的相似语句，从孔融、王粲、阮瑀、徐幹、刘桢开始，各有数句而已。曹丕诗作中，与十九首和苏李诗相似的语句渐多，约有十余句左右，曹植诗作中与十九首和苏李诗相似的语句最多，达到三十句以上。其中更有许多句子完全相同，如'慷慨有余哀'等。有的差一个字，有的相差两个字。""还有一些用语，如'服食'、'苦辛'……十二个词语，皆为曹植首次使用的词语。特别是'中州'、'服食'等词汇，更是建安之后才开始在五言诗中使用的。……十九首和苏李诗之间有如此之多

15

的相同句式和语汇，说明两者之间拥有共同的作者，而两者之间与曹植的密切关系，又说明曹植就是所谓十九首和苏李诗的主要作者。"（同前 157 页）木斋断定：古诗十九首中，至少有九首诗的作者是曹植。它们是："其一，是《行行重行行》，应为曹植在黄初二年六月于邺城所作，这也是曹叡最为忌恨的植、甄唱和之作；其二，《青青河畔草》，应为曹植于黄初二年春夏之际在鄄城所作，也是曹叡所急需遮蔽的植、甄关系史上的重要篇章；其三《青青陵上柏》和其四《今日良宵会》，应为曹植分别在太和六年二月在洛阳所作和曹植于建安十七年正月于邺城所作，均为与甄氏无关之作。其五《西北有高楼》和其六《涉江采芙蓉》，以及其九《庭中有奇树》，分别为曹植的赠甄、思甄之作，皆早于《行行重行行》。"（同前第 264 页）其十三《驱车上东门》和其十五《生年不满百》，"它们都与求仙的主题关系密切"，"应该是曹植后期的作品"。"大抵应约略在黄初后期到太和期间所作"（同前第 249 页）。又宣称所谓苏、李诗，实为"曹植、曹彪兄弟的唱和之作"（同前第 265 页），"可以确认曹植就是（班婕妤）《怨歌行》的真正作者"（同前第 149 页）。此外，木斋还"将所谓的孔融五言诗两首（即《杂诗两首》）视为苏、李诗"（同前第 38 页）。说"王粲与阮瑀的《七哀诗》，都可能作于建安十六年到十七年之间"（同前第 102 页），王作并非作于其 16 岁时（初平三年）。论及曹植诗，认为《离友》"真正思念之人为甄后"（同前第 204 页），并"将《朔风诗》解释为曹植于建安十八年正月将归未归（魏都）之时思念甄后之作"（同前第 208 页）。"曹植之作"，"使用首句或是诗句中的语词作为题目的，多为女性题材的，如《种葛篇》、《美女篇》、《浮萍篇》等，可能都与甄氏有关，或是采用乐府诗题，如《七哀》等"（同前第 09 页）。还说"曹植此作（指《七哀诗》），应该是对甄氏充满了同情而写作的"（同前第 220 页），"与曹丕抛弃甄后背景有关"（同前第 224 页）。又谓"《行行重行行》与《塘上行》应为植、甄互赠的诗篇"（同前第 240 页）。"曹植的《杂诗六首》，其中的前四首，都应是写作对于甄氏的怀念之情。"（同前第 241 页）

（四）木斋对古诗十九首和曹植诗歌的研究，诸多新说的提出，都建立在对"植、甄隐情"确认的基础上。他依据《魏书》、《魏志》、《魏略》提供的史料，求证"植、甄隐情"的存在，并由此出发论述古诗、苏李诗及曹植诗作的相关问题。论及的内容有：

1. 黄初二年甄后之死、曹植获罪，皆因"植、甄隐情"所致。史载甄后赐死，乃因曹丕宠爱嫔妃而"后愈失意，有怨言"（《魏志·甄后传》）。木斋认为"作为皇后之被赐死，除非造反谋逆，否则，只有出现男女私情才有可能被赐死"（同前第 176 页）。他分析王沈《魏书》所记甄氏三条材料，谓一"说明甄后贤德，不可能因为后宫之间的嫉妒而死"。二"说明早在建安二十二年，甄氏就发生了离别丈夫一年反而'颜色丰盈'、'颜色更盛'的怪异现象，显示了有可能情感出轨的蛛丝马迹"。谓三说明"甄后的'三让'话语甚为恳切，是真的不想去洛阳与曹丕会面"，原因之一"是植、甄之间从建安二十二年以来的隐情。曹植此时期应该还在邺城"（同前第 178 页）。她"连续多年以'寝疾'为由，不与丈夫同征、同行、同居，而事实上却是'颜色更盛'，其中必定另有隐情"（同前第 179 页）。而"植、甄之间的隐情，不是一般的情感，而是惊天动地的千古奇恋"（同前第 85 页）。或谓"植、甄之间惺惺相惜，相互之间由同情到爱情，应该是有的，但并无肉体的出轨，是故甄后说'众口铄黄金，使君生别离'"（同前第 241、242 页）。"另再阅读《洛神赋》的辨诬，则植、甄关系，可能确实没有越过人伦之大防，但两人之间的情爱关系却是真实存在的。这正是两人都认为'众口铄黄金'的原因，也是后人之认为两者为千古奇冤之所在。"（同前第 247 页）

2. 史载"黄初二年，监国谒者灌均希旨，奏'植醉酒悖慢，劫胁使者'，有司请治罪，帝以太后故，贬爵安乡侯"（《魏志·曹植传》）。木斋认为史书所引灌均奏章之语，是其"最为表面的部分文字"。"（曹植）因何醉酒悖慢……唯一合理的解释，就是灌均发现了植、甄隐情的某些证据，譬如两人之间的诗作、信物等，曹植对灌均发出威胁，要劫持、抢下这些物证。这一推断，从曹植以后提及的这次'罪行'的言行中可以得到证明。"（同前第 181 页）如其"在魏明帝太和二年，上疏求自试说：'臣闻明主使臣，不废有罪。故奔北败军之将用，秦鲁以成其功；绝缨盗马之臣赦，楚赵以济其难。''绝缨'典故的使用，清楚说明了自己在黄初二年所犯罪行的内容"（同前第84页）。"'不废有罪'，再次说明曹植承认自己有罪。""因此，曹植黄初二年之罪，与甄后之死应该是同一个罪名，而不会是曹植争位。"（同前第185页）

3. 群臣和卞太后的态度，也证明"植、甄隐情"存在。曹植《写灌均上事令》说："孤前令写灌均所上孤章，三台九府所奏事，及诏书一通，置之坐隅，孤欲朝夕讽咏，以自警戒也。"木斋认为："从种种迹象看，灌均和三台九府之所奏，都应是植、甄隐情。如果说，在登位问题上，曹丕有对不起曹植的地方，但在情爱方面，曹植与甄后的私情被揭发，曹植就触犯了宫廷和天下在当时的共同道德底线，从而使舆论从同情曹植而转向对曹丕的同情。这一点，就连曹植也不能不承认自己有罪。曹植在就国之后，一直到太和时期，几乎每次上表都念念不忘提到自己的这次罪过。"（同前第185页）又王沈《魏书》记载："东阿王植，太后少子，最爱之。后植犯法，为有司所奏，文帝令太后弟子奉车都尉兰持公卿议白太后，太后曰：'不意此儿所作如是，汝还语帝，不可以我故坏国法。'及自见帝，不以为言。"木斋分析说："可知曹植之罪，就连一向最为喜爱他的太后也不能原谅，这就更不能是'醉酒悖慢'之罪。而且，几乎每个人、每处提及曹植罪行的诏书、话语，都对曹植罪行的具体名目避而不谈，采用'所作如是'的代用语来指陈，这正是汉民族对两性越轨罪行的习惯风俗。"（同前第183页）（笔者按：王沈用语似从《汉书·佞幸传·淳于长传》中来，只是叙事策略不同于彼，并不"具言"罪行。《传》曰："（王）莽求见太后，具言长骄佚，欲代曲阳侯，对莽母上车，私与长定贵人姊私通，受取其衣物，太后亦怒曰：'儿至如此，往白之帝！'"）

4.《魏志·陈思王植传》收有明帝曹叡驾崩前一年发出的一道诏令，中言"其收黄初中，诸奏植罪状，公卿已下议，尚书、中书、秘书三府、大鸿胪者，皆削除之。撰录植前后所著赋、颂、诗、铭、杂论，凡百余篇，副藏内外"。木斋认为"由于曹叡不能理解、更不能接受曹植与其生母甄后之间产生爱情这一事实"（同前第192页），故"终其一生都未真正原谅曹植……不能容忍植、甄之恋，既不能容忍曹植其人的生命存在，更不能容忍曹植诗作中与其生母有关的作品"（同前第198页）。"这一诏书，表面看是对曹植的宽宥，实质是要对所有有关曹植这一罪行的档案材料掩盖封杀。其中有两大类：一是黄初二年三台九府公卿大臣的弹劾奏章；二是曹植文集中涉及甄氏的作品。对前者明确说是'其收''皆削除之'，对后者则隐晦其内容，只说'撰录'，也就是重新编辑和抄写，并将重新编辑的版本'副藏内外'，以替代外面流行的文本。"所谓"撰录"，"很有可能是御批删改，令他人誊写"（同前第193页）。对涉及植、甄隐情的作品，"不能删除的加以修改，如《感甄赋》之为《洛神赋》；删除之后的作品担心后人不信，而分别置放于苏、李、枚乘、傅毅等人名下。当然，其他题材之作特别是优秀之作，如《今日良宵会》等，一并删除则另有原因：曹叡也是诗人，他又何尝不嫉妒曹植的诗名呢"（同前第196页）。或谓"为了达到使这些涉及植、甄隐情的诗作永远与其本事无关、与曹氏家族无关，将这些诗作分别派发到枚乘、傅毅、班婕妤等两汉诗人的名下，而曹植、曹彪的唱和之作则被依附到所谓的苏、李诗"（同前第65页）。

　　木斋、宇文所安对汉魏五言诗的研究，受晋宋以来学者的启发很多，他们所引用的前人的说法及依以立论的材料，许多都能在徐天闵先生的《汉魏晋宋五言诗选集注》中找得到。但他们（尤其是木斋）却能将其统合到对五言诗、古诗十九首、曹植诗的认知系统，最大限度地开发其学术价值，终于完成了对汉魏诗歌研究的重大突破。纵然他们的说法还有可以质疑的地方，可有许多却是很有说服力、令人不得不信服的结论。而他们论述的对象、取用的材料、破立的观点，和《集注》内容联系如此之密切，比较细致地了解他们的说法，显然有利于弥补《集注》之不足，所以本文对两家特别是对木斋之说作了较多的引录。当然，为了丰富和提升对《集注》内容的认识，我们还可

19

以参读其他研究汉魏六朝诗歌的著作和论文（如袁行霈《陶渊明集笺注》就值得一读，其论文《陶渊明年谱汇考》考订陶氏享年 76 岁，即为新说）。

二〇〇三年八月五日
武昌南湖山庄梅荷苑

序　言

　　抗战军兴，武汉大学西迁至嘉定，余乃移家入蜀。所藏旧籍及历年编著之短章残稿，悉未携出，今已付之灰烬矣！而学校图书，亦多有散失。六年以来，穷居边鄙，头白眼花，忽忽昏昼，忆昔人"亡书久似忆良朋"之语，辄为之彷徨绕室不能自已也。

　　昨岁偶从图书馆借得拙编《诗名著选》一册，盖十八年秋所选辑者。当时拟就渔洋山人《古诗选》节取汉魏六朝五言诗，并为笺注。穷一年之力，至谢玄晖而止。越年改授《古今诗选》，别撰讲义，而余所拟完成之《汉魏六朝五言诗笺注》，遂尔中辍。逮今十五年矣，兹册竟成孤本！惟已非旧编全部，子建诗佚若干首，玄晖以下缺。重念昔日搜集之勤，抄录之劳，恐非衰顿如今者所能胜任，乃为补笺其残缺，兼勘其误谬。析为三卷，定名为《汉魏晋宋五言诗选集注》，付诸排印。

　　玄晖以下，难为补续矣。其诗中案语，与今日所见者大有径庭，亦不拟复加改窜，藉以保存少壮时渐历之心境，得以频频回顾而已。蘧伯玉曰"行年五十，而知四十九年之非"，又安知五十以后，不以五十为非也耶！

民国三十二年十月　徐天闵

时寓乐山

目　次

卷　一

卷　二

卷　三

4

卷　一

无名氏

《文选》李善《注》曰："古诗，盖不知作者，或云枚乘，疑不能明也。诗云'驱马上东门'，又云'游戏宛与洛'，此则辞兼东都，非尽乘作，明矣。昭明以失其姓氏，编在李陵之上。"

古诗十九首

王士禛曰："《文选》作二十首，分'东城高且长'、'燕赵多佳人'为二首。"天闵案："方东树亦断为二，甚当。"

行行重行行，与君生别离。相去万余里，各在天一涯。道路阻且长，会面安可知？胡马依北风，越鸟巢南枝。相去日已远，衣带日已缓。浮云蔽白日，游子不顾返。思君令人老，岁月忽已晚。弃捐勿复道，努力加餐饭。（《玉台》作枚乘）

《楚辞》："悲莫悲兮生别离。"《广雅》："涯，防也。"《毛诗》曰："溯洄从之，道阻且长。"《韩诗外传》曰："《诗》曰'代马依北风，飞鸟栖故巢'，皆不忘本之谓也。"《古乐府歌》曰："离家日趋远，衣带日趋缓。"李善曰："浮云之蔽白日，以喻邪佞之毁忠良。故游子之行，不顾返也。《文子》：'日月欲明，浮云盖之。'陆贾《新语》曰：'邪臣之蔽贤，犹浮云之鄣日月。'《古杨柳行》曰：'谗邪害公正。''浮云蔽白日'，义与此同也。"郑玄《〈毛诗〉笺》曰："顾，念也。"《楚辞》："日月忽其不掩兮，春与秋其代序。"

3

方东树曰:"此只是室思之诗。起六句追述始别,夹叙夹议,'道路'二句顿挫断住。'胡马'二句忽纵笔横插,振起一篇奇警,逆摄下'游子不返',非徒设色也。'相去'四句,遥接起六句,反承'胡马'、'越鸟',将行者顿断,然后再入己今日之思,与始别相应。'弃捐'二句,换笔换意,绕回作收,作自宽语,见温良贞淑,与前'衣带'句相应。'衣带'句,如姚姜坞据《穀梁传》解作优游意,则是指行者,连下二句作一意,然无理无味。如解作'思君令人瘦'意,则为居者自言,逆取下'浮云'句,含下'思君'、'加餐',文势突兀奇纵。""'白日'以喻'游子','云蔽'言不见照也,兴而比也。班姬《自悼赋》曰:'白日忽已移光。'亦此意,而温厚不迫。与杜公'在山泉水清'同一用意、用笔,怨而不怒。一则'加餐',一则'倚竹',真是圣女性情。凡六换笔换势,往复曲折。古人作书,有往必收,无垂不缩,翩若惊鸿,矫若游龙。以此求其文法,即以此通其词意,然后知所谓如无缝天衣者如是,以其针线密,不见段落裁缝之迹也。旧解云:'首言行行,远也。次言行行,久也。(天闵案:吴伯其说《选》诗如此。)自起至越鸟八句言远,完上行行二字。相去以下八句言久,完下行行二字。(天闵案:张庚《古诗十九首解》如此。)噫!如此解诗,而世方且信而传之,可叹也!"

青青河畔草,郁郁园中柳。盈盈楼上女,皎皎当窗牖。娥娥红粉妆,纤纤出细手。昔为倡家女,今为荡子妇。荡子行不归,空床难独守。(《玉台》作枚乘)

郁郁,茂盛也。《广雅》:"嬴,容也。""盈"与"嬴",古字通。《方言》:"秦、晋之间,美貌谓之娥。"《韩诗》:"纤纤女手,可以缝裳。"薛君曰:"纤纤,女手之貌。"毛苌曰:"掺掺,犹纤纤也。"《史记》:"赵王迁母,倡也。"《说文》:"倡,乐也,谓作伎者。"《列子》:"有人去乡土,游于四方而不归者,世谓之为狂荡之人也。"

方曰:"此诗以叠字为奇,凡三换势。笔法极佳,而义乏兴寄,无可取。"

沈德潜曰："用叠字。从《卫·硕人》'河水洋洋，北流活活'一章化出。"

青青陵上柏，磊磊涧中石。人生天地间，忽如远行客。斗酒相娱乐，聊厚不为薄。驱车策驽马，游戏宛与洛。洛中何郁郁，冠带自相索。长衢罗夹巷，王侯多第宅。两宫遥相望，双阙百余尺。极宴娱心意，戚戚何所迫？

《庄子》："仲尼曰：'受命于地，唯松柏独也，在冬夏常青青。'"《楚辞》："石磊磊兮葛蔓蔓。"《字林》曰："磊磊，众石也。"《尸子》："老莱子曰：'人生于天地之间，寄也。'"寄者，故归。《列子》"死人为归人"，则生人为行人。郑玄《〈毛诗〉笺》："聊，粗略之辞也。"《广雅》："驽，驷也，谓马迟钝者也。"《汉书》："南阳郡有宛县。"洛，东都也。贾逵《〈国语〉注》："索，求也。"蔡质《汉宫典职》："南宫北宫，相去七里。"崔豹《古今注》："阙，观也。古每门树两观于其前，所以标宫门也。其上可居，登之则可远观，故谓之观。人臣将至此，则思其所阙，故谓之阙。"《楚辞》："居戚戚而不可解。"

陈沆曰："东汉始以南阳为南都，洛为东都，宛县在南阳，故有宛、洛之称。有工侯第宅、宫阙之事，故知此东汉之诗也。首以柏石之可久，反兴人生之如过客；以斗酒之足乐，反刺富贵者之无厌求。故推之冠带，又推之王侯，又推之两宫双阙，莫不盛满荣华，穷娱极宴。而我乃独忧戚于其间，果何所迫而云然乎？毋亦狂且愚乎？时梁鸿亦东出关过京师，作《五噫之歌》曰：'涉彼北芒兮，噫！顾瞻帝京兮，噫！宫阙崔巍兮，噫！民之劬劳兮，噫！辽辽未央兮，噫！'此诗亦《五噫》之旨也。"

方曰："言人不如柏石之寿，宜及时行乐，极其笔力写足。然今日已为陈言，后人拟之，无谓也。"

5

今日良宵会，欢乐难具陈。弹筝奋逸响，新声妙入神。令德唱高言，识曲听其真。齐心同所愿，含意俱未伸。人生寄一世，奄忽若飚尘。何不策高足，先据要路津？无为守穷贱，轗轲长哭辛。

毛苌《诗传》："良，善也。"《广雅》："具，备也。"善《注》："陈，犹说也。"《〈急就篇〉注》："筝，瑟也。本十二弦，今则十三。"《集韵》："秦俗薄恶，有父子争瑟者，各人其半，当时名为筝。"善《注》："所愿，谓富贵也。"《方言》："奄，遽也。"善《注》："高，上也。亦谓逸足也。"颜师古曰："轗轲，不遇也。"

陈曰："前八句皆合乐之通词，其寄意在后六句，故曰'识曲听其真'。恐听曲者但知声词，不知其心意也。后皆反言之而益明，乃代齐心者申含意也。杜子美诗'长安卿相多少年，富贵应须致身早'，子美岂羡富贵者哉！反言若正，则言之者无罪。此所望于识曲者之难也。"

方曰："起四句平叙，'令德'四句倒装，豫摄通篇，精神入化矣。所谓'高言'、'曲真'者，即上之'新声'也，即下'人生'六句也。'令德'，曲之情；'高言'，曲之文。以求富贵为'令德、高言'，愤谑已极，而意若庄，所以为妙。而布置章法，更深曲不测。言此心众所同愿，但未明言耳。今借'令德'、'高言'以申之，而所申乃如下所云云，令人失笑而复感叹，转若有味乎其言也。此即申上'青青陵上柏'一篇，而飘渺动荡，凭空幻出蜃楼海市，奇不可测。"

沈曰："'据要津'，乃诡词也。古人感愤，每有此种。"

西北有高楼，上与浮云齐。交疏结绮窗，阿阁三重阶。上有弦歌声，音响一何悲！谁能为此曲？无乃杞梁妻。清商随风发，中曲正徘徊。一弹再三叹，慷慨有余哀。不惜歌者苦，但伤知音稀。愿为双鸿鹄（善作"鸣鹤"），奋翅起高飞。（《玉台》作枚乘）

薛综《〈西京赋〉注》："疏，刻穿之也。"《说文》："绮，文缯也。

此刻镂以象之。"《尚书》中侯曰:"昔黄帝轩辕,凤凰巢阿阁。"《周书》:"明堂咸有四阿,然则阁有四阿,谓之阿阁。"郑玄《〈周礼〉注》:"四阿,若今四注者也。"薛综《〈西京赋〉注》:"殿前三阶也。"《琴操》:"杞梁妻叹者,齐邑杞梁殖之妻所作也。殖死,妻叹曰:'上则无父,中则无夫,下则无子,何以立吾节?亦死而已。'援琴而鼓之,曲终,遂自投淄水而死。"宋玉《长笛赋》曰:"吟清商,追流徵。"《说文》:"慷慨,壮士不得志于心也。"贾逵《〈国语〉注》:"惜,痛也。"

方曰:"此言知音难遇。一起无端妙极,五六叙歌声,七八硬指实之,以为色泽波澜。'清商'四句顿挫,于实之又实之。'不惜'二句乃本意,反似从上文生出溢意,收句深致慨叹。此等文法从《庄子》来。"("支"、"微"、"齐"、"佳"、"灰"为一部,于此可见。)

涉江采芙蓉,兰泽多芳草。采之欲遗谁?所思在远道。还顾望旧乡,长路漫浩浩。同心而离居,忧伤以终老。(《玉台》作枚乘)

《楚辞》:"折芳馨兮遗所思。"郑玄《〈毛诗〉笺》曰:"回首曰顾。"

方曰:"节短而托意无穷,古今同慨。'涉江'、'旧乡',意用屈子。'远道'之人,与我同居旧乡者也。今乃离居如此,故终老忧伤也。"

明月皎夜光,促织鸣东壁。玉衡指孟冬,众星何历历。白露沾野草,时节忽复易。秋蝉鸣树间,玄鸟逝安适?昔我同门友,高举振六翮。不念携手好,弃我如遗迹。南箕北有斗,牵牛不负轭。良无磐石固,虚名复何益?

《〈春秋〉考异》邮曰:"立秋促织鸣。"宋均曰:"促织,蟋蟀也。立秋女工急,故促之。"《春秋运斗枢》曰:"北斗七星,第五曰玉衡。"

李善曰:"《淮南子》曰:'孟秋之月,招摇指申。'然上云'促织',下云'秋蝉',明是汉之孟冬,非夏之孟冬矣。《汉书》曰:'高祖十月至灞上,故以十月为岁首。'汉之孟冬,今之七月矣。《礼记》:'孟秋之月寒蝉鸣。'又曰:'仲秋之月玄鸟归。'郑玄曰:'玄鸟,燕也,谓去蛰也。'"《韩诗外传》:"盖桑曰:'夫鸿鹄一举千里,所恃者六翮也。'"《毛诗》曰:"惠而好我,携手同归。"《国语》:"楚斗且语其弟曰:'灵王不顾于民,一国弃之如遗迹焉。'"《毛诗》曰:"惟南有箕,不可以簸扬。惟北有斗,不可以挹酒浆。睆彼牵牛,不以服箱。"善曰:"言有名而无实也。"《〈周礼〉疏》:"轭者,厄马颈使不得出也。"《声类》:"磐,大石也。"

陈曰:"诗作于汉武太初以前未改秦朔时,既在苏、李之前,当与枚叟同辈。盖吴、楚叛,改节附逆之人,无久要磐石之固,非仅《谷风》弃子之怨也。以《玉台》止录枚叟九篇,固不敢必为乘作。秋蝉玄鸟,托兴深微。寒苦者留,就暖者去。'玉衡'、'众星',赋也。'箕'、'斗'、'牵牛',比也。交无磐石之固,名同箕、斗之虚矣。实用枵然,何益之有?"

方曰:"感时物之变,而伤交道之不终,所谓感而有思也。后半奇丽,从《大东》来。初以起处不过即时即目以起兴耳,至'南箕'、'北斗'句,方知'众星'句之妙。古人文法、意脉如此之密。'秋蝉'喻友之得志居高,'玄鸟'兴己失所,下四句点明之。'虚名'即指箕、斗、牛之名,写时景耳,而措语高妙。"

冉冉孤生竹,结根泰山阿。与君为新婚,菟丝附女萝。菟丝生有时,夫妇会有宜。千里远结婚,悠悠隔山陂。思君令人老,轩车来何迟。伤彼蕙兰花,含英扬光辉。过时而不采,将随秋草萎。君亮执高节,贱妾亦何为?(《乐府》载此。《文心雕龙》曰:"《孤竹》一篇,傅毅之辞。")

《说文》:"冉冉,徐曰'弱也'。"毛苌《诗传》:"女萝,松萝也。"

《〈毛诗〉草木疏》曰："今松萝蔓松而生，而枝正青。菟丝草蔓联草上，黄赤如金，与松萝殊异。此古今方俗名草不同，然是异草，故曰附也。"《仓颉篇》："宜，得其所也。"《说文》："陂，阪也。"《〈尔雅〉翼》》："一干一花而香者，兰；一干数花而香不足者，蕙。"《广韵》："萎，蔫也。"《韵会》："蔫，物不鲜也。"《尔雅》："亮，信也。"

方曰："何义门曰：'孤竹是兴，菟丝是比。'余谓此诗即孔子《沽玉待价》、孟子"周霄问"章之旨。'菟丝生有时'二句，言两美宜合。然古之人未尝不欲仕，又恶不由其道，所谓'高节'也。二句正言，反对下文，以顿断之。下'千里'二句，乃纵言之。'思君'二句，交代晚而不遇本意，为一篇枢轴。'蕙兰'喻中之喻、比而又比也。四句又顿断。'君亮'二句，逆挽'会有宜'，结出'高节'，收束通篇。不言己执高节，却言君亮非不执高节，弃贤不用者，此等妙旨，皆得屈子用意之所以然。"

陈曰："刘勰谓'《孤竹》一篇，傅毅之词'。《后汉书》言毅少作《迪志诗》，又以显宗求贤不笃，士多隐处，作《七激》以讽。此诗犹言是旨。孤竹托根泰山，自植之高也。生有时，会有宜。宜，以礼也。阳不倡则阴不和，上不求则士不往。轩车不来，则会好无期。《楚辞》曰：'恐鹈鴂之先鸣兮，使夫百草为之不芳。'又曰：'惟草木之零落兮，恐美人之迟暮。'过时不采，将随草萎之谓也。怨思切矣，而犹曰'君亮执高节'，慎重之、又迟难之耳。然则余之迫不可待，奈何为哉！"

天闵案：毅，字武仲，茂陵人。博学能文。以明帝求贤不笃，士多隐处，尝作《七激》以讽。章帝以为兰台令史，拜郎中。与班固、贾逵共典校书，文雅显于朝廷。永元初，窦宪请为主记室。及宪为大将军，复以为司马，早卒。

庭中有奇树，绿叶发华滋。攀条折其荣，将以遗所思。馨香盈怀袖，路远莫致之。此物何足贵（善作"贡"）？但感别经时。（《玉台》作枚乘）

王逸《楚辞注》："在衣曰怀。"《毛诗》曰："岂不尔思？远莫致之。"《说文》："致，送诣也。"

邵子湘曰："与《涉江采芙蓉》一首意同。前曰'望乡'，此称'路远'，有行者、居者之别。"

迢迢牵牛星，皎皎河汉女。纤纤擢素手，札札弄机杼。终日不成章，泣涕零如雨。河汉清且浅，相去复几许？盈盈一水间，脉脉不得语。（《玉台》作枚乘）

焦林《大斗记》："天河之西，有星煌煌，与参俱出，谓之牵牛。天河之东，有星微微，在氐之下，谓之织女。"《毛传》："河汉，天河也。"五臣注："'迢迢'，远貌。'擢'，举也。'札札'，机杼声。"《说文》："杼，机之持纬者。"《毛诗》曰："跂彼织女，终日七襄。虽则七襄，不成报章。"《尔雅》："脉，相视也。"郭璞曰："脉脉，谓相视貌也。"何义门《读书记》曰："'脉'，当从'见'、从'目'，亦可通。从'月'则乖其义。《广韵》'嘆'字下笺列此，作'嘆嘆不得语'。"

方曰："此诗佳丽。只陈别思，旨意明显。收四句不着议论，而咏叹深至，托意高妙。（郑《笺》："东病而西不报，故不成章。"）"

回车驾言迈，悠悠涉长道。回顾何茫茫，东风摇百草。所遇无故物，焉得不速老？盛衰各有时，立身苦不早。人生非金石，岂能长寿考？奄忽随物化，荣名以为宝。

《毛诗》："驾言出游。"《说文》："迈，远行也。"又："具车马曰驾。"王逸《楚辞注》曰："茫茫，草木弥远，容貌盛也。"《庄子》："圣人之生也天行，其死也物化。"

10

方曰："此言人生不常，忽与草木同尽，疾没世而名不称之意。气体高妙，语质而豪宕，更胜妍词丽色。"

东城高且长，逶迤自相属。回风动地起，秋草萋已绿。四时更变化，岁暮一何速！晨风怀苦心，蟋蟀伤局促。荡涤放情志，何为自结束？（天闵案：此与下篇向连为一首，今依《文选纂注》。）

王逸《楚辞注》曰："逶迤，长貌也。"《说文》："属，连也。"《尔雅》："晨风，鹯鸼属。"《汉书》："景帝曰：'局促效辕下驹。'"

方曰："局意与前篇相似，但此云'放志'，彼言'立名'，相反不同。《十九首》诗非一人所作，故各有归趣也。'回风动地'六句，与'东风摇百草'，各极其警动。陶公《饮酒》第二、三章亦如此。"

燕赵多佳人，美者颜如玉。被服罗裳衣，当户理清曲。音响一何悲，弦急知柱促。驰情整中带，沉吟聊踯躅。思为双飞燕，衔泥巢君屋。（《玉台》作枚乘）

李善注："中带，中衣带。整带将欲从之。"《说文》："踯躅，住足也。踯躅，与蹢躅同。"

方曰："断为另一首。'音响'以下情词警策逼紧。此篇兴喻明白，同《迢迢牵牛星》，而此无甚精美。"

驱车上东门，遥望郭北墓。白杨何萧萧，松柏夹广路。下有陈死人，杳杳即长暮。潜寐黄泉下，千载永不寤。浩浩阴阳移，年命如朝露。人生忽如寄，寿无金石固。万岁更相送，贤圣莫能度。服食求神仙，多为药所误。不如饮美酒，被服纨与素。（《乐府》载此，作《驱车上东门行》）

11

《续汉书·百官志》："洛阳城十二门，一曰上东门。"《河南郡图经》曰："东有三门，最北头曰上东门。"《白虎通》曰："庶人无坟，树以杨柳。"仲长统《昌言》曰："古之葬者，松柏梧桐以识其坟也。"《庄子》曰："人而无人道，是之谓陈人也。"郭象曰："陈，久也。"《神农本草》："春夏为阳，秋冬为阴。"《庄子》："阴阳四时运行。"《韩非子》曰："虽与金石相毙，兼天下未有日也。"《范子》曰："白纨素，出齐。"

方曰："此诗意激于内，而气奋于外，豪宕悲壮，一气喷薄而下。前八句夹叙夹写夹议，言死者。'浩浩'以下十句，言今生人。凡四转，每转愈妙，结出归宿。汉、魏亦有尚气势者，如此诗及下二篇是也。与《行行重行行》等篇，又是一副笔墨。《西北有高楼》，又另是一副笔墨。《十九首》非一人作也。此诗及下二篇，已开陶公。"

陈沆曰："《〈文选·咏怀诗〉注》引《河南郡图经》云：'东有三门，最北头曰上东门。'故李善谓'词兼东都，非西汉之诗'，是也。其意盖疾没世而名不称，而无一语正言其意。故一推之圣贤莫能度，再推之神仙不可求，三推之酒食聊快意。夫既知命如朝露、寿无金石固矣，则美酒、纨素果足乐乎？盖言放意达观，无复念此。其无复念此者，正不能不念也。正言若反。"

去者日以疏，生者日以亲。出郭门直视，但见丘与坟。古墓犁为田，松柏摧为薪。白杨多悲风，萧萧愁杀人。思还故里闾，欲归道无因。

《吕氏春秋》曰："死者弥久，生者弥疏。"方曰："去者，死者也。疏，远也。"

方曰："气格略与上同。意谓睹此当思息机，勿妄逐世味。但苦未能归耳，意更悲痛。颜子'不远复'，屈子'及行迷之未远'，庄子惜'以有涯逐无涯'，去人愈远，则不能归矣。喻意逐世味者同归于

12

一死，而不知反身求道。只此二篇，古今之人不能出其意度之外矣。末二句突转勒住，如收下坡之骏。"

生年不满百，常怀千岁忧。昼短苦夜长，何不秉烛游？为乐当及时，何能待来兹？愚者爱惜费，但为后世嗤。仙人王子乔，难可与等期。

《吕氏春秋》高诱《注．曰："兹，年也。"《说文》："嗤，笑也。"《列仙传》："王子乔者，太子晋也，道人浮丘公接以上嵩高山。"

方曰："万古名言。即前《驱车》篇意，而皆重在饮酒，及时行乐。起四句笔势飞动，收句逆接反掉，另换笔势。"

凛凛岁云暮，蝼蛄夕鸣悲。凉风率已厉，游子寒无衣。锦衾遗洛浦，同袍与我违。独宿累长夜，梦想见容辉。良人惟古欢，枉驾惠前绥。愿得常巧笑，携手同车归。既来不须臾，又不处重闱。亮无晨风翼，焉能凌风飞？眄睐以适意，引领遥相睎。徙倚怀感伤，垂涕沾双扉。

《说文》："凛，寒也。"《方言》："南楚或谓蝼蛄为蝼。"《广雅》："蝼，蝼蛄也。"王逸曰："宓妃，神女，盖伊、洛之水精。"善《注》："良人念昔之欢爱，故枉驾以迎己。"《礼记》："婿出御妇车，而婿授绥，御轮三周。"《注》："绥，所以引车者。"《正字通》："眄睐，眷顾貌。"

方曰："前六句叙因由游子念其夫也，'锦衾'句以宓妃自比，言其初与游子相结也。'同袍'句点别，'独宿'二句章法，以一'梦'字摄下，顿叙交代。下六句接承说'梦'。'亮无'六句，因梦而思念深，杜公《梦李白诗》所从出；'眄睐'，寻梦也，即'落月满屋梁'意。思妇之辞，深妙如此。"

13

陈曰："君恩难久，君心中变也。《九章·抽思》云：'昔君与我成言兮，曰黄昏以为期。羌中道而回畔兮，反既有此他志。憍吾以其美好兮，览予以其修姱。与予言而不信兮，盖为予而造怒。'"

孟冬寒气至，北风何凛慄。愁多知夜长，仰观众星列。三五明月满，四五蟾（《文选》作"詹"）兔缺。客从远方来，遗我一书札。上言长相思，下言久离别。置书怀袖中，三岁字不灭。一心抱区区，惧君不识察。

《毛诗》："二之日栗冽。"毛苌曰："栗冽，寒气也。"《礼记》曰："地秉阴窍于山川，播五行于四时，和而后生月也。是以三五而盈，三五而缺。""蟾兔"，蟾诸与兔也。张衡《灵宪》曰："羿请不死之药于西王母，姮娥窃之奔月宫。盖托身于月，是为蟾诸。"《礼记》："兔曰明视。"陆佃曰："兔，吐也。明月之精，视月而生，故曰明视。"《五经通义》："月中有兔，与蟾蜍同。兔，阴也。蟾蜍，阳也，而与兔并明。系阴阳也。"案：《文选》，"蟾"作"詹"。善《注》："'詹'，与'占'通。古字通。"《说文》："札，牒也。"《广雅》曰："区区，爱也。"

方曰："与前篇大略相同。'三五'二句，言日月易迈，以起下久要不忘。而后半即承此意，言诚素不忘久要。正与《明月皎夜光》篇虚名不固者相反。此孟冬，夏令也。"
陈曰："孟冬而北风惨慄，则非七月矣。此汉武已改秦朔、用夏正后之诗乎？与苏、李同时也。既有书札，且言相思，则彼此同情，何又言惧不识察乎？旨归全在末句，故知通篇皆寄托之词也。北风，时气衰变也。月盈而缺，情谊亏于中路也。设使君子思旧见还，心衔恩遇，而亦惧谗谤及之矣。（汉武末年，至于刘屈厘涕泣辞相印，则固有此情事矣。）今虽不敢凿于事实，而要之君臣夫妇皆可通。不可以交游、问讯之恒词，蔽是诗也。"

客从远方来，遗我一端绮。相去万余里，故人心尚尔。文采双鸳鸯，裁为合欢被。著（掌吕反）以长相思，缘以结不解。以胶投漆中，谁能别离此？

《说文》："绮，文缯也。"赵德麟《侯鲭录·文选·古诗》云："'著以长相思，缘以结不解。'《注》：'被中著绵，谓之长相思，绵绵之意；缘被四边，缀以丝缕，结而不解之意。'"《韩诗外传》："子夏曰：'实之与实，如胶投漆，君子不可不留意也。'"

方曰："此亦与前篇相似，即'彤管'之贻意也。'想去'二句，后人必置于'胶漆'句上，而文势平矣。"

陈曰："君子之交难遭也。心尚尔者，不易尔也。'著以长相思，缘以结不解'，久要不忘之谊也。果若胶漆，则谁能离之矣；果非胶漆，则谁能合之矣。"

明月何皎皎，照我罗床帏。忧愁不能寐，揽衣起徘徊。客行虽云乐，不如早旋归。出户独彷徨，愁思当告谁？引领还入房，泪下沾裳衣。（《玉台》作枚乘）

《玉篇》："彷徨也。"《正韵》："彷徨，犹徘徊也。"

方曰："客子思归之作，语意明白。以'客行'二句横著中间为主，与前篇'相去万余里'二句正同。若移作结句，以为有余音，其味反短也。"

陈曰："《古诗十九首》，《文心雕龙》曰：'古诗佳丽，或云枚叔。其《孤竹》一篇，则傅毅之词。比采而推，其两汉之作乎？'李善亦以'驱车上东门'、'游戏宛与洛'，词兼东都，非尽乘作。然徐陵《玉台新咏》录枚乘古诗止九篇，两语皆不在其中。则十九首固非一人之词，惟九章则为乘作也。《本传》'两上吴王之书'，其谏显。九诗多出去吴之日。其谏隐。乃知屈原以前无《骚》，枚乘以前无五言。

15

若非宗国、故君之感，乌能迫其幽情，激其变调，下启百世，上续四始之乎！自《文选》滥竽，后人接响，郢书燕说，无病呻吟，不有论世阐幽，曷以诵词逆志，以为古之作者，亦将有乐于斯也。"又曰："《玉台新咏》录此九首，次第迥异。《西北有高楼》第一，《东城高且长》第二，《行行重行行》第三，《涉江采芙蓉》第四，《青青河畔草》第五，《兰若生春阳》第六（《兰若》一诗，《文选》不录。天闵案：渔阳选本亦未录入。）《庭前有奇树》第七，《迢迢牵牛星》第八，《明月何皎皎》第九。以史证诗，则《玉台》次第大胜《文选》。考《汉书》本传，枚乘字叔，淮阴人也。为吴王濞郎中。吴王之初怨望谋逆也，乘奏书谏，吴之不纳，乘与邹阳等皆去之梁，从梁王游。景帝即位，吴王举兵以诛错为名。汉闻之，斩错以谢诸侯。枚乘复说吴王罢兵，吴王不用乘策，卒见破灭。汉既平七国，乘由是知名，景帝召拜乘为宏农都尉。乘久为大国上宾，与英俊并游，得其所好。不乐郡吏，以病去官。复游梁，梁客皆善属词赋，乘尤高。孝王薨，乘归淮阴。武帝自为太子闻乘名，乘年老，乃以安车蒲轮征乘，道死。拜其子皋为郎。今以诗求之，则《西北》、《东城》二篇，正上书谏吴时所赋。《行行》、《涉江》、《青青》三篇，则去吴游梁之时。《兰若》、《庭前》二篇，则在梁闻吴反，复说吴王。《迢迢》、《明月》二篇，则吴败后作也。"

天闵案：《古诗十九首》，盖非一人或一时之作。昭明以失其姓氏，疑莫能明，题曰古诗，编于李陵之上。用意极为矜慎。孝穆《玉台新咏》乃以《西北有高楼》、《东城高且长》、《行行重行行》、《涉江采芙蓉》、《青青河畔草》、《庭前有奇树》、《迢迢牵牛星》、《明月何皎皎》八诗（加《兰若生春阳》为九篇），属之枚乘。当时似有所据，决非虚构。蕲水陈太初《诗比兴笺》、无锡丁仲祜《全汉诗》均从徐氏。特陈氏必指某篇为某时所作，则用意虽勤，终嫌穿凿，故于其笺释枚乘之作，悉未采取。古诗有本事可考者详为考证以释诗，自较亲切有味。若疑莫能明，妄为傅会，捕风捉影，大类痴人说梦。诗有因注而意转晦者，此类是也。两汉去《风》、《骚》未远，诗多比兴。温厚典则，莫之与京。贤士大夫或不得志，君臣朋友往往托物引类，发兴无端，然亦实有室思之作、弃妇之篇。若视为寄托，则诗意荒芜。要当静求文理，一扫拘牵，庶能以意逆志、心领神释也。（读阮公《咏怀诗》，尤须注意此旨。）

　　方曰："汉、魏诗，陈义古，用心厚，文法高妙。浑融变化，奇姿雄峻。用笔离合转换，深不可测。古今学人多不识，如颜延之、沈休文之解阮公，尚多误会乱道，何况流俗！《十九首》，须识其'天衣无缝'处、'一字千金'处、'惊心动魄'处、'冷水浇背，卓然一惊'处。此皆昔人甘苦论定之言，必真了解证悟，方能得力。大抵古诗皆从《骚》出，比兴多而质言少。及建安渐变为质，至陶公乃一洗为白道，即所谓去陈言也。杜、韩宗之，以立其极，其实《三百篇》本体，固如是也。"

苏 武

字子卿，京兆人。武帝天汉二年以中郎将使匈奴，十九年不屈节。会昭帝与匈奴和亲，得归汉，拜为典属国。宣帝神爵二年卒，年八十余。甘露三年，图形麒麟阁。

古诗四首

骨肉缘枝叶，结交亦相亲。四海皆兄弟，谁为行路人？况我连枝树，与子同一身。昔为鸳与鸯，今为参与辰。昔者长相近，邈若胡与秦。惟念当乖离，恩情日以新。鹿鸣思野草，可以喻嘉宾。我有一樽酒，欲以赠远人。愿子留斟酌，叙此平生亲。

善《注》："'骨肉'，谓兄弟也。"《汉书》："帝谓燕王旦曰：'今王，骨肉至亲。'"《论语》："子夏谓司马牛曰：'四海之内，皆为兄弟，君子何患乎无兄弟？'"《毛诗》："鸳鸯于飞。"郑玄曰："言其止则相偶，飞则为双。"《〈尚书〉大传》曰："书之论事，离离若参辰之错行。"宋衷曰："辰，龙星；参，虎星也。我不见，龙虎俱见。"《淮南子》曰："肝胆，胡越也。"许慎曰："胡在北方，越在南方。"李善《注》曰："'胡秦'，犹'胡越'也。"《毛诗》曰："呦呦鹿鸣，食野之苹。我有嘉宾，鼓瑟吹笙。"《〈毛诗〉传》曰："苹也。"郑氏《笺》云："苹，籁萧也。"孔《疏》曰："苹是水中之草，非鹿所食，故郑不从毛氏。观下'食蒿'、'食芩'，皆陆草，可知。则苹当依《经疏》'籁萧'。萍是浮萍，绝然二物。字可通借，义不相通。"

18

方曰:"起十二句,宾主往复,峥嵘跌宕,后惟杜公有此。'昔'为昔者,以拙钝重复,愈见朴厚。'鹿鸣'二句横入揳接,本非宾而可借喻宾矣。以其远行,搴起下'尊酒',文笔变换生动。此诗向来解者穿凿强说,皆不可通。题曰《古诗四首》耳,而必以前二首为子卿初出使时,别兄弟,别妻子;后二首为自匈奴回,别少卿,皆形似之喻、影响之谈。夫曰'我有一尊酒,欲以赠远人','远人'自指行者。而王元美谓是自称,固不可通。何义门以为指少卿,亦未谛。此只为居者送行者之辞。观次句、三、四句,则明指兄弟,宾主分明。'况我连枝树',承上'四海皆兄弟',言此密友亲交当为兄弟,况真兄弟乎!'愿子留斟酌',稍留而饮此酒。此只饯饮事,意甚明白。"

结发为夫妻,恩爱两不疑。欢娱在今夕,燕婉及良时。征夫怀往路,起视夜何其?参辰皆已没,去去从此辞。行役在战场,相见未有期。握手一长叹,泪为生别滋。努力爱春华,莫忘欢乐时。生当复来归,死当长相思。(《玉台新咏》作《留别妻》)

善《注》:"'结发',始成人也,谓男年二十,女年十五时,取笄、冠为义也。"《毛诗》曰:"燕婉之求。"《传》:"燕,安;婉,顺也。"陈奂《〈毛诗〉疏》曰:"《〈谷风〉传》:'宴,安也。宴,本字。燕,假借字。燕安婉顺,言人有安顺之德者。'《文选》引《韩诗外传》,引《韩诗》'燕婉之求'云'燕婉好儿'。"《毛诗》:"夜如何其!夜未央。"《传曰》:"其,辞也。"李善《注》:"参辰已没,言将晓也。"春华,喻年少也。《书》曰:"树德务滋。"滋,长也、益也。

方曰:"起四句总叙,次四句叙事,'行役'四句顿住。以下情至之语,笔力写到十分,最为沉郁,后惟杜公有之。此行者赠居者之词。"

黄鹄一远别,千里顾徘徊。胡马失其群,思心常依依。何况双飞龙,羽翼临当乖。幸有弦歌曲,可以喻中怀。请为游子吟,泠泠一何悲！丝竹厉清声，慷慨有余哀。长歌正激烈，中心怆以摧。欲展清商曲，念子不得归。俯仰内伤心，泪下不可挥。愿为双黄鹄，送子俱远飞。

《韩诗外传》曰："田饶谓鲁哀公曰：'夫黄鹄一举千里。'"善《注》："'依依'，思念之貌。'双龙'，喻己及友也。"《琴操》曰："《楚引》者，楚游子龙丘高出游三年，思归故乡，望楚而长叹，故曰《楚引》。"王逸《〈楚辞〉注》曰："'厉'，烈也，谓清烈也。"《说文》曰："怆，伤也。"《增韵》："摧，挫也。"五臣《注》："'泠泠'，音韵，清也。"《尔雅》曰："挥，竭也。"郭璞曰："'挥'，振，去水亦为竭。"

方曰："此似为客中送客，非行者留别，乃居者送行者之词。观明远《赠傅都曹别诗》，可见。若如何杞瞻滞解，作别少卿，则末句'送子'语'送'字，终强纽不通。"

烛烛晨明月，馥馥我（《补注》曰："当作'秋'。"）兰芳。芬馨良（一作"长"）夜发，随风闻我堂。征夫怀远路，游子恋故乡。寒冬十二月，晨起践严霜。俯观江汉流，仰视浮云翔。良友远别离，各在天一方。山海隔中州，相去悠且长。嘉会难再遇，欢乐殊未央。愿君（一作"言"）崇令德，随时爱景光。

《苍颉篇》曰："烛，照也。"薛君《韩诗章句》："馥，香貌。"善《注》："《汉书》：'武帝太初元年，改从夏正。'此或改正之后也。"

方曰："明是在家送人，岂虏庭之景耶？况云'江汉'，虏庭安得及之？善《注》'太初改元，改从夏正'，此十二月，乃改正后也。何云：'武以始元六年春至京师，则别在五年冬也。'按：始元上距太初二十三年，然李何亦强傅之于武耳。苏、李诸篇，东坡辨其伪，而又以为非曹、刘以下所能办。须识此意，盖与《十九首》同其高妙。"

天闵案：苏、李诸篇，与《十九首》同为圣品，杜、韩极为推服。杜诗云："李陵、苏武是吾师。"韩诗云："五言出汉时，苏李首更号。"东坡乃以李陵《答苏武书》为齐梁间小儿拟作，讥萧统不能深辨。（案：李陵《与苏武书》，文辞不类西汉，苏氏辨之甚当。盖文章自具时间性也。）因而疑及苏、李诗篇，然迄无左证。而此诸篇，实为五言冠冕，谁能揜没？乃谓非曹、刘以下所能办，因亦自悔其失言也。（丁福保曰："东坡晚年《跋黄子思诗》云：'苏、李之天成。'尊之亦至矣。"）《文选》于李诗，题曰《与苏武三首》，而于苏武诗，则题曰《诗四首》，殊有深意。李诗除有"盈觞"、"酒盈"字，稍有疑窦外，终难觅其破绽。况李陵已降匈奴，用惠帝讳，复何所忌耶？（案：此意本诸方氏。）至于苏诗，其第二首（《文选》列在第三，次序与王小异），《玉台》认为别室家之作，自为可信。若一、三、四三首，历来解者必以第一首为出使时别兄弟之作。（陈氏指为别李陵，尤为荒谬。）三、四两首，则为归汉留别少卿之作。遂至穿凿附会，拘滞难通，令人疑为伪作也。方氏所解，实能通其辞意，一扫望文生义、影响、形似之谈，特亦迷信东坡，认为伪作。余录方氏解说，复为辨之于此。

李　陵

字少卿，广之孙也。为骑都尉，天汉中，将步卒五千击匈奴，轻
斗矢尽，遂降虏。单于以女妻之，立为右校王。在匈奴二十余年卒。
有集二卷。

与苏武诗三首

良时不再至，离别在须臾。屏营衢路侧，执手野踟蹰。仰视浮云
驰，奄忽互相逾。风波一失所，各在天一隅。长当从此别，且复立斯
须。欲因晨风发，送子以贱躯。

《仪礼》："寡君有不腆之酒，请吾子与寡君须臾焉。"郑《注》：
"须臾，言不敢久。"《〈后汉书〉注》："屏营，彷徨也。"《玉篇》："踟
蹰，行不进貌。"《礼记》郑《注》曰："'斯须'，犹须臾也。"李善
《注》："'晨风'，早风也。"闵案：此与《古诗十九首》"晨风怀苦心"、
"亮无晨风翼"之"晨风"同，旧《注》非。"晨风"《注》已见前。

方曰："四句叙题事。'仰视'八句，句句转换，顿挫沉郁，后惟
杜公有之。"

携手上河梁，游子暮何之？徘徊蹊路侧，恨恨（一作"恨恨"）不能
辞。行人难久留，各言长相思。安知非日月，弦望自有时。努力崇明
德，皓首以为期。

22

五臣《注》："'河梁'，桥也。"《博雅》："蹊径，道也。"《广雅》："悢悢，恨也。"刘熙《释名》："弦，月半之名也。其形一旁曲，一旁直，若张弓驰弦也。望，月满之名也。月大十六日，月小十五日，日在东，月在西，遥相望也。"毛苌《诗传》曰："崇，终也。"《声类》曰："颢，白首貌也。'皓'与'颢'古字通。"

方曰："'游子'，自谓行人，指行者。'安知'二句如惊鸿脱兔，矫尾掉首。政古人用笔绝胜处，与子建'忧思'、'疢疾'同。'弦望'，犹言圆缺，以喻会别耳。本言月而挟句言日，言安知不再有会时。'努力'二句，忽又放笔，作无可奈何哀慰之词。盖自悲无奈何，而祝故人以崇德，此情曷有极耶？"

嘉会难再遇，三载为千秋。临河濯长缨，念（一作"别"）子怅悠悠。远望悲风至，对酒不能酬。行人怀往路，何以慰我愁？独有盈觞（王《选》作"樽"）酒，与子结绸缪。

《毛诗》曰："绸缪束薪。"《毛传》曰："绸缪，缠绵之貌也。"

方曰："洪容斋据'盈'字断为伪作。然陵已降匈奴，偶用惠帝讳，容或有之，未足为证。要之此诗非少卿作，证不必以此一字为断耳。"

大闳案：方氏既认"盈"字为不足证，又以此诗为伪作，殆信东坡之过也。或疑"三载为千秋"句，谓武与陵同居匈奴十余年，何得谓之"三载"？此尤为不考事实。据史载武牧羊海上凡十九年，陵降匈奴，立为右校王，两人贵贱殊途，果十余年同居，时时唔对耶？吾疑武将归汉最后数年，匈奴当稍加礼遇，虽不可证之于史，或为事实也。

班婕妤

婕妤，左曹越骑校尉况之女。少有才学，成帝选入宫，以为婕妤。从赵飞燕谮其咒诅考问之，上善其对，遂求供养太后长信宫。有集一卷。

怨歌行

一作《怨诗》，并序。丁福保曰："此诗，《文选》作《怨歌行》。李善《注》曰：'《歌录》曰：《怨歌行》，古词。然言古者有此曲，而班婕妤拟之。'则此题作《怨诗》似误。然善注谢朓《和王主簿怨情诗》，江淹《拟班婕妤诗》，并作《怨诗》。盖相传有此二本。又江淹杂拟题为《班婕妤咏扇》，则隐栝其意而命题，非旧有此目。"姜夔《诗说》曰："载始末曰'引'，体如行书曰'行'，放情曰'歌'，兼之曰'歌行'。悲如蛩螀曰'吟'，同乎俚俗曰'谣'，委屈尽情曰'曲'。"天闵案：《汉书》："为鼓一再行。""行"，盖乐阕也。姜氏云云，未悉所据，殊为望文生义。录之聊以备一说也。

昔汉成帝班婕妤失宠，供养于长信宫，乃作赋自伤，并为《怨诗》一首。

新裂（一作"制"）齐纨素，皎（一作"鲜"）洁如霜雪。裁成（一作"为"）合欢扇，团团（一作"团圆"）似明月。出入君怀袖，动摇微风发。常恐秋节至，凉飚（一作"风"）夺炎热。弃捐箧笥中，恩情中道绝。

《汉书》曰："罢齐三服官。"李斐曰："纨素为冬服。"范子曰：

24

"纨素出齐。"荀悦曰："齐国献纨素绢，天子为三官服也。"《方言》："自关而东谓之箑，自关而西谓之扇。"《苍颉篇》曰："怀，抱也。"闻人儌曰："'常恐'，未然之辞。此诗盖倢伃未见弃时虑远之作。"《〈仪礼〉注》："隋方曰箧。"《疏》："隋谓狭而长也。"《〈礼记〉注》："方曰笥。"《说文》："夺，强取也。徒活切。"《尔雅》："扶摇谓之飚。"

王船山曰："说到'常恐'便止，但堪作今人半首古诗耳。汉人有高过《国风》者，此类是也。"陈胤倩曰："是未见弃时作。夙有是虑，故供侍长信，安之若命。士仕女容，皆当每以自虞。"

天闵案：此诗当是见弃以后之作。"常恐"云者，盖追忆当日未见弃之时已预虑有今日，故曰怨诗也。

卓文君

《史记》："卓王孙有女文君，新寡，好音。相如以琴挑之，文君夜亡奔相如。"

白头吟

《乐府》作古辞。天闵案：《玉台新咏》题作《皑如山上雪》。《西京杂记》："司马相如将聘茂陵人女为妾，文君作《白头吟》以自绝。相如乃止。"《乐府解题》曰："《白头吟》疾人相知以新间旧，不能至于白首。鲍照辈自伤清直而遭谤，亦出于此。"

皑如山上雪，皓若云间月。闻君有两意，故来相决绝。今日斗酒会，明旦沟水头。蹀躞御沟上，沟水东西流。凄凄复凄凄，嫁娶不须啼。愿得一心人，白头不相离。竹竿何袅袅，鱼尾何簁簁。男儿重意气，何用钱刀为？

《说文》："皑，霜雪白也。"《诗·毛传》："皓，皎月光也。"《周礼·考工记》："广四尺、深四尺谓之沟。"《韵会》："蹀躞，行貌。"《六书故》："嗜进连步貌。"《〈汉书〉注》："苏林曰：'王渠，王官家渠也。犹今御沟也。'"《广雅》："嬝嬝，弱也。簁簁，动摇也。言不相及，将何以得鱼耶？"黄节曰："'簁簁'，亦鱼尾长貌。"《史记·平准书》曰："龟贝金钱刀币与焉。"《索引》曰："刀，钱也。如淳曰：'名钱为刀者，以其利于民也。'"王引之曰："'为'，语助也。"

26

王船山曰："《谷风》叙有无之求，《氓》蚩数复关之约，汉人乐府如此篇，何让《三百》?"

丁福保曰："《白头吟》，各选本均以为卓文君作，其实非是。"冯默庵曰："《宋书》大曲有《白头吟》，作古辞。《乐府诗集》、《太平御览》亦然。《玉台新咏》题作《皑如山上雪》，非但不出文君，并题亦不作《白头吟》也。惟《西京杂记》有文君为《白头吟》以自绝之说，然亦不著其辞。或文君自有别篇，不得遽以此诗当之也。宋人不明其故，妄以此诗实之，如黄鹤《〈杜诗〉注》、《合璧事类引》、《西京杂记》之类，并入此诗。《诗纪》因之，《诗删》选之，今人(指谭元春而言)遽云'有此妙口妙笔，真长卿快偶'，可笑、可怜!"(天闵案：此与陈太初说政同，特加详耳。)

孔 融

字文举，鲁国人。孔子之后，少有重名，举高第。为侍御史，迁虎贲中郎将。以忤董卓，转议郎，出为北海太守，累迁太中大夫。数以书争曹操，为操所害。与刘桢、王粲、陈琳、阮瑀、徐幹、应玚为建安七子。有《〈春秋〉杂议难》五卷、集十卷。

杂 诗

岩岩钟山首，赫赫炎天路。高明曜云门，远景灼寒素。昂昂累世士，结根在所固。吕望老匹夫，苟为因世故。管仲小囚臣，独能建功祚。人生有何常？但患年岁暮。幸托不肖躯，且当猛虎步。安能苦一身，与世同举厝？由不慎小节，庸夫笑我度。吕望尚不希，夷齐何足慕？

《诗·毛传》："岩岩，极石貌。"《广雅》："岩岩，高也。"《诗·毛传》："赫赫，显盛貌。"《十洲记》："钟山在北海。"《淮南子》曰："南方曰炎天。"天闵案："云门"，犹言"天衢"，非黄帝云门之乐舞也。《说文》："灼，炙也。"方曰："'累世士'本汉武诏'士有负俗之累'者。《〈古诗〉解》曰：'积几世。'直是可笑。'"晋灼曰：'负俗，谓被世讥弹也。'"《韩诗外传》："吕望行年五十，卖食棘津，七十屠于朝歌，九十乃为天子师。"闵案："苟"，诚也。言吕望诚能因世之变故，以扶周灭殷也。《左传》："鲁杀公子纠，召忽死之，管仲请囚。"《〈汉书〉注》："厝，置也。"《史记》："武王伐纣，伯夷、叔齐扣马而谏。殷既灭，义不食周粟。隐于首阳山，采薇而食之，遂饿死。"

方曰："起四句以势位言之，喻操之盛。'昂昂'言己不移节。'吕望'以下十句，寄托非常。由不慎小节，言人不知我，谓我志大才疏耳。结出本旨。'小节'即夷、齐苦身也。不为夷、齐小节，亦不取吕之扶兴，而取管仲，托意切至。此诗与刘琨《赠卢谌》，同一激昂慷慨。讽咏之久，自使气生。"

天闵案：东坡诗曰："孔融不肯下曹操。"此诗其表现也。方氏解释极精确，《诗比兴笺》未得其旨。"老匹夫"、"小囚臣"对举，盖谓吕老、管囚犹能有所建树，故曰"幸托不肖躯，且当猛虎步"也。结句又谓"吕望尚不希，夷齐何足慕"者，意谓使我有所树立；则当匡救汉室，如管仲之尊周，不取吕之扶兴。至于夷、齐，则是计无复之，今我尚未至其时，岂足慕哉！意志俊伟，莫之与敌，宜乎不能见容于曹氏君臣也。又曹氏挟天子以号令天下，北海犹事汉帝，虽志匡汉祚，而意志不白，人莫之谅，故曰"由不慎小节，庸夫笑我度"。方谓"小节"即指夷、齐，尤确。

蔡邕

字伯喈,陈留圉人也。性笃孝。建宁中,辟司徒桥玄府,出补河平长。召拜郎中、校书东观,迁议郎。灵帝崩,董卓为司空,辟邕,迁尚书侍中。及卓被诛,王允收邕付廷尉,遂死狱中。有《月令章句》十二卷、《独断》二卷、《劝学》一卷、集二十卷。

饮马长城窟行

《文选》作古辞。《玉台》作蔡邕,蔡集亦载此。郭茂倩《乐府诗集》曰:"一曰《饮马行》。长城,秦所筑以备胡者。其下有泉窟,可以饮马。古辞云:'青青河边草,绵绵思远道。'言征戍之客至于长城而饮其马,妇人思念其勤劳,故作是曲也。"郦道元《水经注》曰:"始皇二十四年,使太子扶苏与蒙恬筑长城,起自临洮,至于碣石;东暨辽海,西并阴山,凡万余里。民劳怨苦,故杨泉《物论》曰:'秦筑长城,死者相属,民歌曰:生男慎无举,生女哺用脯。不见长城下,尸骸相支拄。'其冤痛如此!今日北道谷口有长城,自城北出有高坂,旁有土穴出泉,挹之无穷。《歌录》云:'饮马长城窟。'信非虚言也。"《乐府解题》曰:"古辞,伤良人游荡不归。或云蔡邕之辞。若魏陈琳辞云:'饮马长城窟,水寒伤马骨。'则言秦人苦长城之役也。"

《广雅》曰:"长城南有溪坂,上有土窟,窟中泉流。汉时将士征塞北,皆饮马此水也。"

青青河边草,绵绵思远道。远道不可思,夙昔梦见之。梦见在我旁,忽觉在他乡。他乡各异县,辗转不可见。枯桑知天风,海水知天寒。入门各自媚，谁肯相为言？客从远方来，遗我双鲤鱼。呼儿烹鲤鱼，中有尺素书。长跪读素书，书上竟何如？上有加餐饭，下有长相忆。

丁福保曰："'河边'，《文选》五臣《注》：'本作河畔，按六朝拟作，凡题青青河边草者，皆拟此篇。题青青河畔草者，皆拟枚叔之作。'然则五臣误矣。"善《注》："良人行役，以春为期，期至不来，所以增思。"王逸《〈楚辞〉注》曰："绵绵，细微之思也。"《广雅》曰："昔，夜也。"《字书》曰："辗，亦展字也。"《说文》曰："展，转也。"《诗》郑《笺》曰："转，移也。"善《注》："枯桑无枝，尚知天风；海水广大，尚知天寒。君子行役，岂不离风寒之患乎？但人入门咸各自媚，谁肯为言乎？言皆不能为言也。"《诗·毛传》："媚，爱也。"黄节曰："《聘礼》郑《注》：'若有言'，谓若有所问也。《广雅》：'言，问也。''谁肯相为言'，谓谁肯相为问也。"又曰："《诗·桧风》'谁能烹鱼？溉之釜鬵。谁将西归？怀之好音。'烹鱼得书，古辞借以为喻。注者或言鱼腹中有书，或言汉时书札以绢素成双鲤，或言鱼沉潜之物，以喻隐密，皆望文生义，未窥诗意所出。"郑玄《〈礼记〉注》曰："素，生帛也。"《说文》曰："跪，拜也。"《古诗十九首》曰："努力加餐饭。"

黄节曰："前八句'皓'、'支'、'阳'、'霰'，一句一韵，两句一转。若《诗·大雅·常武》卒章'王犹允塞，徐方既来。徐方既同，天子之功。四方既平，徐方来庭。徐方不回，王曰还归'是也。'元'、'寒'，古通。《诗·大雅》'笃公刘，于胥斯原。既庶既繁，既顺乃宣，而无永叹'，则'元'、'寒'通。"

吴旦生曰："翰《注》谓枯桑无叶，则不知天风；海水不冻，则不知天寒，喻妇人在家，不知夫之消息也。善《注》谓枯桑无枝，尚知天风；海水广大，尚知天寒，喻夫在远不知妇之忧戚也。余意合下二句总看，乃云枯桑自知天风，海水自知天寒，以喻妇之自苦自知，而他家入门自爱，谁相为问讯乎？"

朱止谿曰："白乐天云：'诗有隐一字而意自见者。''海水知天寒'，言不知也。"

何义门曰："桑常知风，虽枯犹知之；水常经寒，到海犹知之。若新少年不通人情，各自媚悦于君子，谁为我言离思之苦乎？"天闵案："枯桑"二句，解释纷纭，参合吴、何二家之说，其义自明。

沈曰："通首皆思妇之词，缠绵婉转，篇法极妙。前面换韵，联折而下，节急。'枯桑'二句，用排偶接。急者缓之，乃古人神妙处。"

黄节曰："《文选》李善《注》云：'此辞不知作者姓名。'案：郦道元《水经注》云：'余每读《琴操》，见琴慎《相和雅歌录》云饮马长城窟，及其扳涉斯道，远怀古事，始知信矣。'《琴操》为蔡邕所作，而有是篇名。《乐府解题》谓'或云蔡邕之词'，于此盖可证也。"

秦 嘉

字士会，陇西人。

留郡赠妇诗三首并序

嘉为上郡计（王《选》作"掾"），其妻徐淑寝疾回家，不获面别，赠诗云尔。

人生譬朝露，居世多屯蹇。忧艰常早至，欢会常苦晚。念当奉役时，去尔日遥远。遣车迎子还，空往复空返。省书情凄怆，临时不能饭。独坐空房中，谁与相劝勉？长夜不能眠，伏枕独辗转。忧来如循环，匪席不可卷。

《周易》："蹇，难也，险在前也。"《说文》："省，视也。"《史记》："若循环终而复始。"《毛诗》："我心匪席，不可卷也。"

皇灵无私亲，为善荷天禄。伤我与尔身，少小罹茕独。既得结大义，欢乐苦不足。念当远离别，思念叙款曲。河广无舟梁，道近隔丘陆。临路怀惆怅，中驾正踯躅。浮云起高山，悲风激深谷。良马不回鞍，轻车不转毂。针药可屡进，愁思难为数。贞士笃终始，恩义不可属。

《史记》："或曰：'天道无亲，常与善人。'"《说文》："禄，福也。"《毛诗》："哀此茕独。"《笺》："茕，独也。"《疏》："单独之民穷

33

而无告也。"悼,一作"茕"。《类篇》:"罹,遭也。款曲,犹委屈也。"《说文》:"毂,辐所凑也。"《〈汉书〉注》:"针,所以刺病也。"按:古治病之法,按病者经脉腧穴用针刺之。《广韵》:"数,频也。叶苏谷切。"《韵会》:"促,迫也。"

肃肃仆夫征,锵锵扬和铃。清晨当引迈,束带待鸡鸣。顾看空室中,仿佛想姿形。一别怀万恨,起坐为不宁。何用叙我心?遗思致款诚。宝钗好耀首,明镜可鉴形。芳香去垢秽,素琴有清声。诗人感木瓜,乃欲答瑶琼。愧彼赠我厚,惭此往物轻。虽知未足报,贵用叙我情。

《毛诗》:"肃肃宵征。"《传》:"肃肃,疾貌。"《毛诗》:"八鸾锵锵。"《笺》:"锵锵,鸣声。"《毛诗》:"和鸾雍雍。"《传》:"在轼曰和,在镳曰鸾。"《疏》:"和亦铃也,以其与鸾相应和,故载见曰'和铃央央'是也。"《毛诗》:"投我以木瓜,报之以琼琚。"又:"投我以木桃,报之以琼瑶。"

方曰:"此诗叙述清婉,开公幹、惠连。诵之久,自得一种旖旎葱倩之致。"

古 辞

陌上桑

《宋书》作大曲。一作《日出东南隅行》，一曰《艳歌罗敷行》。崔豹《古今注》曰："《陌上桑》者，出秦氏女子。秦氏，邯郸人，有女名罗敷，为邑人十乘王仁妻。王仁后为赵王家令。罗敷出，采桑于陌上，赵王登台见而悦之，因置酒欲夺焉。罗敷巧弹筝，乃作《陌上桑》之歌以自明。赵王乃止。"《乐府解题》："古辞，言罗敷采桑为使君所邀，盛夸其夫婿为侍中以拒之。"与前说不同。

日出东南隅，照我秦氏楼。秦氏有好女，自名为罗敷。罗敷喜蚕桑，采桑城南隅。青丝为笼系，桂枝为笼钩。头上倭堕髻，耳中明月珠。缃绮为下裙，紫绮为上襦。行者见罗敷，下担捋髭须。少年见罗敷，脱帽着帩头。耕者忘其犁，锄者忘其锄。来归相怨怒，但坐观罗敷。（一解）

使君从南来，五马立踟蹰。使君遣吏往，问是谁家姝？"秦氏有好女，自名为罗敷。""罗敷年几何？""二十尚不足，十五颇有余。""使君谢罗敷，宁可共载不？"罗敷前置词："使君一何愚！使君自有妇，罗敷自有夫。"（二解）

"东方千余骑，夫婿居上头。何用识夫婿？白马从骊驹。青丝系马尾，黄金络马头。腰中鹿卢剑，可值千万余。十五府小史，二十朝大夫。三十侍中郎，四十专城居。为人洁白皙，鬑鬑颇有须。盈盈公府步，冉冉府中趋。坐中数千人，皆言夫婿殊。"（三解）

《说文》："系，繫也。"《方言》："笭，南楚、江、沔之间谓之'篿'，或谓之'笈'。"《注》："亦呼'篮'。"又："钩，宋、楚、陈、魏之间之鹿觡，或谓之钩格。自关而西谓之钩，或谓之'镮'。"《注》："悬物者。"《古今注》："长安妇人好为盘桓髻、堕马髻，今无复作者。"倭堕髻，一云堕马之余形也。《汉书》："武帝时，使人入海市明月大珠，至围二寸以下。"《释名》："缃，桑也，如桑叶初生之色也。"《说文》："缃帛，浅黄色也。"又："绮，文缯也。"《六书故》："织素为文曰绮。"《说文》："襦，短衣也。"又："担，负荷也。背曰负，担曰荷。"又："髭，口上须也。"《释名》："绡头，绡钞也，钞发使上从也。"《两汉博闻》："帩头，一作'绡头'。"《仪礼》郑《注》："帩头，自项巾而前交额上，却绕颈也。"《〈汉书〉注》："犁，耕也。"《释名》："锄，去秽助妙长也。"《古诗源》："作，缘也。"吴兆宜曰："《后汉·郭伋传》：'伋前在并州，行部到西河美稷，有儿童数千，道次迎拜曰：闻使君到喜，故来奉迎。'此诗云'使君从南来'，其为后汉人无疑。《〈汉官仪〉注》："驷马，加左骖右騑，二千石有左骖以为五马。"《诗》："孑孑干旄，在浚之都。素丝组之，良马五之。"郑《注》谓《周礼》'州长建旟'，汉太守比州长，法御五马，故云。《诗·毛传》："姝，美色也。"晋灼《〈汉书〉注》："以辞相告曰谢。"《尔雅》："女之夫曰婿。"闻人俀曰："《〈毛诗〉笺》：'在前，上处者。''在前'，列上头也。"《诗·毛传》："纯黑曰骊。"《说文》："骊，深黑色。"何承天《纂文》："马二岁为驹。"《说文》："羁，络马头也。"《汉书·隽不疑传》晋灼《注》："古长剑首以玉作井鹿卢形，上刻木作山形，如莲花初生未敷时。今大剑木首，其状似此。"《周礼》："凡官属皆有府史，春官小史掌邦国之治，秋官朝大夫掌邦家之国治。"《汉书·百官公卿表》应劭《注》："侍中入侍天子，故曰侍中。"《〈潘岳诔〉注》："专，擅也。专城，谓擅一城也，守宰之属。"《说文》："皙，人色白也。"又："鬋，鬋也。一曰长貌。"王逸《〈楚辞〉注》曰："冉冉，行貌。"黄节曰："'鱼'、'虞'、'尤'，古通。王逸《九思》'嗟嗟兮悲夫，散乱兮纷挐'，则'鱼'、'虞'通；《易林》'周流其墟，无有咎休’，则‘鱼’、‘尤’通；《诗·小雅·小旻》‘民虽靡膴，或哲或谋’，则‘虞’、‘尤’通。”

沈曰：“铺陈秾至，与辛延年《羽林郎》一副笔墨。此乐府体，别于古诗者在此。末段或称夫婿，若有章法，若无章法，古人入神处。篇中韵脚，三‘头’字、二‘隅’字，二‘余’字、二‘夫’字、二‘须’字也。”

古诗为焦仲卿妻作并序

汉末建安中，庐江小吏焦仲卿妻刘氏，为仲卿母所遣，自誓不嫁。其家逼之，乃投水而死。仲卿闻之，亦自缢于庭树。时人伤之，为诗云尔。（郭茂倩《乐府诗集》，“时”下有“人”字，末句作“而为此辞也”。）

孔雀东南飞，五里一徘徊。“十三能织素，十四学裁衣。十五弹箜篌，十六诵诗书。十七为君妇，心中常苦悲。君既为府吏，守节情不移。贱妾留空房，相见常日稀。（丁福保曰：“‘贱妾’二句，乃后人添入。宋刻《玉台》、《艺为类聚》、《乐府诗集》皆无之，宜删。”）鸡鸣入机织，夜夜不得息。三日断五匹，大人（一作“丈人”）故嫌迟。非为织作迟，君家妇难为。妾不堪驱使，徒留无所施。便可白公姥，及时相遣归。”

府吏得闻之，堂上启阿母：“儿已薄禄相，幸复得此妇。结发同枕席，黄泉共为友。共事三二（一作“二三”）年，始尔未为久。女行无偏斜，何意致不厚？”阿母谓府吏：“何乃太区区！此妇无礼节，举动自专由。吾意久怀忿，汝岂得自由！东家有贤女，自名为罗敷。可怜体无比，阿母为汝求。便可速遣之，遣去（一作“之”）慎莫留！”府吏长跪告（一作“答”），伏惟启阿母：“今若遣此妇，终老不复取！”阿母得闻之，槌床便大怒：“小子无所畏，何敢助妇语！吾已失恩义，会不相从许！”

府吏默无声，再拜还入户。举言谓新妇，哽咽不能语：“我自不驱卿,逼迫有阿母。卿但暂还家,吾今且报(一作"赴")府。不久当归还,还必相迎取。以此下心意,慎无违吾语。"新妇谓府吏:"勿复重纷纭!往昔初阳岁,谢家来贵门。奉事循公姥,进止敢自专?昼夜勤作息,伶俜萦苦辛。谓言无罪过,供养卒大恩。仍更被驱遣,何言复来还?妾有绣腰襦,葳蕤自生(《艺文类聚》作"金缕")光。红罗复斗帐,四角垂香囊。箱帘六七十,绿碧青丝绳。物物各自异,种种在其中。("箱帘"四句,《艺文类聚》作"交文象牙簟,宛转素丝绳";《太平御览》簟部引此二句,又作"交文象牙簟,宛转青丝绳"。)人贱物亦鄙,不足迎后人。("人贱"二句,《艺文类聚》作"鄙贱虽可薄,犹中迎故人"。丁福保曰:"'不足迎后人'句,似与'留待'句语意不应,不及此二句之谐适。惟'故人'字不可解,当是'后人'之讹。")留待作遗(一作"遣")施,于今无会因。时时为安慰,久久莫相忘!"

鸡鸣外欲曙,新妇起严妆。着我绣夹裙,事事四五通。足下蹑丝履,头上玳瑁光。腰若流纨素,(丁福保曰:"'腰如束素'虽本宋玉赋,然'着我绣夹裙'六句,皆言装束。'指如削葱根'四句,乃言姿态。此处'腰若'一句未免叙述夹杂。疑'若'字当作'著'字。")耳着明月珰。指如削葱根,口如含朱丹。纤纤作细步,精妙世无双。上堂谢(一作"拜")阿母,阿母怒不止(宋刻《玉台》、《乐府诗集》、《古乐府》皆作"母听去不止")。"昔作女儿时,生小出野里。本自无教训,兼愧贵家子。受母钱帛多,不堪母驱使。今日还家去,念母劳家里。"却与小姑别,泪落连珠子。"新妇初来时,小姑始扶床。今日被驱遣,(丁福保曰:"'小姑始扶床'、'今日被驱遣'二句,乃后人添入。宋刻《玉台》、《乐府诗集》皆无之,宜删。")小姑如我长。勤心养公姥,好自相扶将。初七及下九,嬉戏莫相忘!"出门登车去,涕落百余行。

府吏马在前,新妇车在后。隐隐何甸甸,俱会大道口。下马入车中,低头共耳语:"誓不相隔卿,且暂还家去,吾今且赴府。不久当还归,誓天不相负。"新妇谓府吏:"感君区区怀。君既若见录,不久望君来。君当作磐石,妾当作蒲苇。蒲苇纫如丝,磐石无转移。我有亲父兄,性行暴如雷。恐不任我意,逆以煎我怀。"举手长劳劳,二情同依依。

入门上家堂，进退无颜仪。阿母大拊掌，："不图子自归！十三教汝织，十四能裁衣，十五弹箜篌，十六知礼仪，十七遣汝嫁，谓言无誓违。（丁福保曰："'誓违'二字，义不可通。疑是'愆违'之讹。愆，古'愆'字。《诗》：'不愆于仪。'《礼·缁衣》篇引之，作'愆'。颜延年《秋胡》诗'百行愆诸己'句，李善《〈文选〉注》本亦作'愆'，可互证。"）汝今无（一作"何"）罪过，（丁福保曰："'无'，《诗乘》诸书并作'何'。按，'无罪过'不似问词，作'何'为是。然皆不言所本，盖明人推求文意以改之。"）不迎而自归？""兰芝惭阿母，儿实无罪过。"阿母大悲摧。

还家十余日，县令遣媒来。云"有第三郎，窈窕世无双。年始十八九，便言多令才。"阿母谓阿女："汝可去应之。"阿女含（一作"衔"）泪答："兰芝初还时，府吏见丁宁，结誓不别离。今日违情义，恐此事非奇。（丁福保曰："'奇'字义不可通，疑为'宜'字之讹。"）自可断来信，徐徐更谓之。"阿母白媒人："贫贱有此女，始适还家门。不堪吏人妇，岂合令郎君？幸可广问讯，不得便相许。"

媒人去数日，寻遣丞请还。说"有兰家女，（纪容序《〈玉台新咏〉考异》曰："'请还'二字未详。"又《序》有云："'刘氏'，此云'兰家'，二字之讹也。此二句文义不属。'说有'，云'有'亦复。疑此句下脱失二句，不特字句有讹也。"）承籍有宦官。"云"有第五郎，娇逸未有婚。遣丞为媒人，主簿通语言。"直说"太守家，有此令郎君。既欲结大义，故遣来贵门。"阿母谢媒人，："女子先有誓，老姥岂敢言？"阿兄得闻之，怅然心中烦。举言谓阿妹："作计何不量！先嫁得府吏，后嫁得郎君。否泰如天地，足以荣汝身。不嫁义郎体，（丁福保曰："'义郎体'三字未详。《乐府诗集》从'即'，亦不可解。"）其住欲何云？"兰芝仰头答："理实如兄言。谢家事夫婿，中道还兄门。处分适兄意，那得自任专？虽与府吏要，渠会永无缘。登即相许和，便可作婚姻。"媒人下床去，诺诺复尔尔。还部白府君："下官奉使命，言谈大有缘。"府君得闻之，心中大欢喜。视历复开书，便利此月内。六合正相应。"良吉三十日，今已二十七，卿可去成婚。"交语速装束，骆驿（丁福保曰："'骆驿'，诸本多作'络绎'。按《后汉书·郭伋传》'骆驿不绝'字，正从'马'。宋刻《玉台》犹是古字，明人误改也。"）如浮云。青雀白鹄舫，四角龙子幡，婀娜随风转。

金车玉作轮，踯躅青骢马，流苏金镂鞍。赍钱三百万，皆用青丝穿。杂彩三百匹，交广（一作'用'）市鲑珍。从人四五百，郁郁登郡门。

阿母谓阿女："适得府君书，明日来迎汝。何不作衣裳？莫令事不举。"阿女默无声，手巾掩口啼，泪落便如泻。移我琉璃榻，出置前窗下。左手持刀尺，右手执绫罗。朝成绣夹裙，晚成单罗衫。晻晻日欲暝，愁思出门啼。府吏闻此变，因求假暂归。未至二三里，摧藏马悲哀。新妇识马声，蹑履相逢迎。怅然遥相望，知是故人来。举手拍马鞍，嗟叹使心伤。"自君别我后，人事不可量。果不如先愿，又非君所详。我有亲父母，逼迫兼弟兄。以我应他人，君还何所望！"府吏谓新妇："贺卿得高迁！磐石方且厚，可以卒千年；蒲苇一时纫，便作旦夕间。卿当日胜贵，吾独向黄泉！"新妇谓府吏："何意出此言？同是被逼迫，君尔妾亦然。黄泉下相见，勿违今日言！"执手分道去，各各还家门。生人作死别，恨恨那可论！念与世间辞，千万不复全。

府吏还家去，上堂拜阿母："今日大风寒，寒风摧树木，严霜结庭兰。儿今日冥冥，令母在后单。故作不良计，勿复怨鬼神！命如南山石，四体康且直。"阿母得闻之，零泪应声落。"汝是大家子，仕宦于台阁。慎勿为妇死，贵贱情何薄？东家有贤女，窈窕艳城郭。阿母为汝求，便复在旦夕。"府吏再拜还，长叹空房中，作计乃尔立。转头向户里，渐见愁煎迫。

其日牛马嘶，新妇如青庐。奄奄（丁福保曰："前作'晻晻'，此作'奄奄'。按：《广韵》'晻，乌感切'。晻蔼，暗世。而左思《蜀都赋》'丰蔚所盛茂，八荒而奄蔼焉'，正作'奄'字。李善亦'音乌感切'。然则二字本通，非讹异也。"）黄昏后，寂寂人定初。"我命绝今日，魂去尸长留。"揽裙脱丝履，举身赴清池。府吏闻此事，心知长别离。徘徊庭树下，自挂东南枝。

两家求合葬，合葬华山旁。东西植松柏，左右种梧桐。枝枝相覆盖，叶叶相交通。中有双飞鸟，自名为鸳鸯。仰头相向鸣，夜夜达五更。行人驻足听，寡妇起彷徨。多谢后世人，戒之慎勿忘！

黄节曰："北宋本蔡质《汉仪》曰：《'河南府掾'出考》，案：'与从事同。''府吏'，犹府掾之属也。"司马相如《长门赋》："孔雀集而相存兮。"《乐府·艳歌何尝行》："六里一徘徊。"陈祚明曰："用《艳歌何尝行》语，兴彼此顾念之情。"《小尔雅》："缟之粗者曰素。"《风俗通》："箜篌，一曰坎侯，或曰空侯，取其空中。"按：箜篌，乐器名，详曹植《箜篌引》。《汉书·食货志》："四丈为匹。"《增韵》："施，用也。"《集韵》："关中呼夫之父曰'姎'，或省作'公'。""姥"与"母"同。王符《潜夫论》："骨法为禄相表气。"焦氏《易林》："禄命苦薄。"闻人倓曰："'薄禄相'，言禄命、骨相俱薄也。"《玉篇》："斜，不正也。"闻曰："'致不厚'，谓致母之不厚也。"宋玉《登徒子好色赋》："臣里之美者，莫若臣东家之子。"按：罗敷，见《陌上桑》。《集韵》："椎，击也。"按："哽咽"，悲塞也。《礼记》郑《注》："'报'，读为'赴'。"闻人倓曰："'以此下心意'，将有后图，聊复容忍也。'勿复重纷纭'，言不必复为迎取之说也。"吴兆宜曰："《诗》：'岁亦阳止。'"郑《笺》："十月为阳。时用事嫌于无阳，故以此月为阳。"《说文》："谢，辞也。"《集韵》："呤琲，行不正，亦作'伶俜'。"《释名》："腰襦，形如襦，其腰上翘、下齐腰也。"东方朔《七谏》《注》："葳蕤，盛貌。"《释名》："小帐曰斗，帐形如覆斗也。"《楚辞》："又欲充夫佩帏。"《注》："帏，谓之幐，香囊也。"《广韵》："箱，笼也。"《释名》："帘，廉也。自障蔽为廉耻也。"《广韵》："夹，同'袷'。"《史记·匈奴传》："服绣袷绮衣。"《急就篇》："衣裳施里曰袷。"《释名》："裙，下裳也。"又："裙，里衣也。古服，裙不居外，皆有衣笼之。"李子德曰："妇人衣饰将毕，然后著裙，则妆成将出矣。'事事四五通'，乃要其终言之。见自初妆以至妆成，每加一衣一饰，皆著后复脱、脱而复著，必四五更之，数数迟延，以捱时刻也。盖著毕则去矣。"陈祚明曰："严妆'事事四五通'，谓极意状束。"《异物志》："玳瑁如龟，生南海，大者如籧篨，背上有鳞，鳞大如扇，有文章。将作器则煮其鳞如柔皮。"陈祚明曰："纨素亦服饰耳，而'腰若流'之，轻躯洋洋，衣与翩翻也。"《后汉书·西域传》："大秦土多金银奇宝，有夜光璧、明月珠。"《广韵》："珰，耳珠也。"《杂事秘辛》："莹指，去掌四寸，肖十竹萌削也。"宋玉《神女赋》："朱唇的其若丹。"《后汉书》："大秦国有珊瑚、琥珀、琉璃、琅玕，珠丹、青碧。"陈祚明曰："'初七'、'下九'，应是节序，或七夕、重九也。"《西京杂记》："戚夫人侍儿贾佩兰，后出为扶风人段儒妻。说在宫内时，见戚夫人至七月七日临百子池，作于阗乐，乐毕以五色缕相羁，谓为相连爱。"《琅嬛记》："九为阳数，古人以二十九日为上九，初九日为中九，十九日为下九。每月下九，置酒为妇女之欢，名曰阳会。盖女子阴也，待阳而成。故女子于是夜为藏钩诸戏，以待月明，有忘寝达曙者。"崔骃《东巡颂》："隐隐辚辚。"《苍颉篇》："辀辀，众车声也，省作'軥'。"《汉书·灌婴传》："灌贤方与程不识耳语。"师古曰："附耳小语也。"《〈公羊传〉注》："录，取也。"王逸《楚辞注》："纫，索也。"《广韵》："纫，合丝为绳。"《唐韵》："蒲，水草。"《说文》："苇，大葭也。"又："拊，击也。"纪容舒《〈玉台新咏〉考异》曰："'誓违'二字，义不可连，疑是'愆违'之诡。'愆'，古'愆'字。《诗》：'不愆于仪。'《礼·缁衣篇》引之作'諐'。"黄节曰："《说文》：'誓，约束也。'《孟子》：'女子之嫁也，母命之，曰往之女家，必敬必戒，无违夫子。''无誓违'，谓无违约束也，当是用《孟子》义。"闻人倓曰："兰芝，仲卿妻名。"《广韵》："摧，伤也，忧也。"《尔雅·释训》："便便，辩也。"《注》："便，婢縣切。"令，善也。《汉书·谷永传》："师古曰：'丁宁，谓再三告示也。'"纪容舒曰："'恐此事非奇'，'奇'字义不可通，疑为'宜'字之讹。"陈祚明曰："言暂还复迎，人间多有，此不足为奇也。'断来信'，是谢绝媒人；'徐徐更谓之'，言再与府吏言也。"黄节曰："广，旷也。始还不得一问便许，欲其稍旷时日也。"天闵案："幸可广问讯"，幸其广为问讯，盖请渠向他处求婚也。黄说稍迂。闻人倓曰："县令因事而遣丞请于太守也。'籍'，户籍也。'丞籍有宦官'，言继承先人户籍而世有宦学莅官之人也。"《汉官仪》："主簿掌县之簿书，凡民租之版、出纳之会、符檄之要狱讼之成，总而出之，以赞令治。"《汉书·百官表》："郡守秦官，掌治其郡，秩二千石景帝更名太守。"黄节曰："'《易》：'天地交，泰；天地不及交，否。''否'谓先嫁也，'泰'谓后嫁也。'不嫁义即体'，'义'即卦义，'体'谓卦体也。《诗·卫风》：'尔卜尔筮，体无咎言。'《毛传》：'体，兆卦之体。'此言不可荣以禄者，否也。由否而泰，可以荣身。若不嫁，则卦义即兆所谓无往不复者，何云也？此并用泰六五'帝乙归妹''其往'，陈祚明、闻人倓皆作'其往'。'理实如兄言'，谓阿兄所言《易》理也。"天闵案："义即体"当是"义郎体"之误。黄引《易》、《诗》附会，颇嫌迂曲。闻人倓曰："'其往'，犹言过此以往。"沈德潜曰："'否泰如天地'一语，小人但慕富贵，不顾礼仪，实有此口吻。"陈祚明曰："'义郎'，反于府吏不义。"《博雅》："'要'，约也。"闻人倓曰："'渠'谓府吏。"张荫嘉曰："'登即'，犹'当即'也。'许和'，谓许与和好也。"天闵案："登"、"当"，一声之转。"和"，应也。"许和"，犹言许应也。闻人倓曰："《说文》：'床，安身之坐者。''尔尔'，应辞也。"《南齐书·礼志·五行说》："十二辰为六合，月建与日辰合也。"《楚辞》："吉日兮良辰。"张嘉荫曰："'交语'，谓太守遣人交相传语急速装束行聘诸事也。"《尔雅》："舫，舟也。"《释名》："旛，幡也，其貌幡幡也。"《韵会》："婀娜，弱态貌。"《说文》："骢马，青白杂毛也。"《西京杂记》："武帝时身毒国献白光琉璃鞍，自是长安始盛饰鞍马。或加以铃镊，饰以流苏。"《〈东京赋〉注》："流苏，五彩毛杂之以为马饰，而垂之。"黄节曰："《汉书·地理志·苍梧郡》：'武帝元鼎六年开莽曰：新广属交州。'"《论衡》："鲸肝死人。"案：即河豚也。《礼·王制》："八十常珍。"《注》："珍，味也。"《集韵》："鲑，音鞋。吴人谓鱼菜总称。"《一统志》："广州百越，汉置交广。《楚辞》："日晻晻而下颓。"闻人倓曰："'晻晻'，日无光也。'摧藏'，自抑挫之貌。'命如南山石，四体康且直'，谓死也。母前不敢直言，故隐约其辞。"黄节曰："'贵贱情何薄'句，'贵'谓大家子宦台阁也，'贱'谓妇也。贵贱相悬，遣妇不为薄情。'何薄'，言何薄之有也。'乃尔'者，作计已决之貌。'立'，谓起立，欲行其自经之计。'转头向户'，不遂行也。"闻人倓曰："'牛马嘶'，如《诗》所云'牛羊下来'也。"段成式曰："北方婚礼用青布幔为屋，谓之青庐。"《古今乐录》："宋少帝时，南徐一士子从华山畿往云阳。"黄节曰："西岳华山相去庐江甚远，合葬事当从《乐录》'南徐华山畿'为是。"

黄节曰："篇首至'及时相遣归'，以上二十二句为'灰'、'鱼'、'支'通。中介以'织'、'息'二字为'织'与'支'通。《楚辞·招魂》：'君无下此幽都些！土伯九约，其角觺觺些；敦脄血拇，逐人驱驱些；参目虎首，其身若牛些，此皆甘人。归来！归来！恐自遗灾些。'则'支'、'虞'、'灰'、'尤'通。《诗·小雅·四月》：'山有蕨薇，隰有杞桋。君子作歌，维以告哀。'则'支'、'微'、'灰'通。《诗·大雅·行苇》：'以引以翼，寿考维祺。'则'职'与'支'通。'府吏得闻之'至'慎勿违吾语'四十八句，为'有'、'虞'、'尤'、'虞'、'语'通。韦孟《讽谏诗》：'正谊曲近，殆其兹怙。嗟嗟我王，曷不斯思?'则'虞'与'支'通。《诗》'有周不显，在帝左右'，则'支'与'有'通。'虞'、'尤'通，见《陌上桑》。《诗·大雅》'敦弓既句，既挟四镞。四镞如树，序宾以不侮。'则'尤'与'语'通。'新妇谓府吏'至'精妙《楚辞·九辩》：'怆怳忱忱兮，去故而就新。廓落兮，羁旅而无友生。惆怅兮而私自怜'，则'真'通'庚'、通'先'。《诗·大雅·皇矣》：'其德克明，克明克类，克长克君'，则'庚'通'文'。《诗·大雅·抑》'告之话言，顺德之行'，则'庚'通'元'。《诗·大雅·笃公刘》'度其隰原，彻田为粮'，则'元'通'阳'。《汉铙歌》：'上陵何美美，下津风以寒。问客从何来? 言从水中央。'则'阳'、'寒'通。《诗·大雅·笃公刘》'观其流泉，其军三单'，则'寒'通'先'。《诗·小雅小·弁》'莫高匪山，莫浚匪泉'，则'先'通'删'。《易·象传》'鸣豫志穷，凶也；盱豫有悔，位不当也；豫大有得，志大行也'，又屈原《卜居》'寸有所长，智有所不明，神有所不通'，则'东'、'阳'、'庚'通。《楚辞·大招》'短狐，王虺骞只，魂乎无南，蜮伤躬只'，则'先'、'东'通。《诗·大雅·皇矣》'王此大邦，克顺克比，比于文王'，则'江'、'阳'通。'青'、'烝'、'鸣'，一音。屈原《远游》'恐天时之代序兮，耀灵晔而西征，微霜降而下沦兮，悼芳草之先零'，则'庚'、'青'通。《楚辞·天问》：'吴光争国，久予是胜。何环穿自闾社丘陵，爰出子文。'则'烝'、'文'通。《易林》：'禹招诸神，会稽南山。执玉万国，天下安宁。'则

'蒸'与'删'通。《参同契》'七八道已讫，曲折低下降，日月气双明，九六亦相应'，则'烝'与'江'通。'上堂拜阿母'至'泪落百余行'二十句，为'纸'叶'阳'。刘向《列女传》'安贱甘淡，不求丰美。尸不掩蔽，犹谥曰康'，可以证此。'府吏马在前'至'不得便相许'六十三句，为'有'、'语'、'佳'、'灰'、'支'、'微'、'尾'通。内'吾今且赴府'句，叠句用韵。'兰芝惭阿母'，三句一韵。'尔实无罪过'，及'幸可广问讯'句，非韵。'云有第三郎'、'窈窕世无双'二句，为'江'通'阳'、'阳'通'灰'。(天闵案：下云"年始十八九"、"便言多令才"，"才"与"郎"韵。故黄氏谓为"阳"通"灰"也。)《诗·唐风》：'肃肃鸨羽，集于苞栩。王事靡监，不能艺稷黍。父母何怙？悠悠苍天，曷其有所？'则'语'、'麌'通。'《诗·邶风》：'燕燕于飞，差池其羽。之子于归，远送于野。瞻望弗及，泣涕如雨。'则'麌'与'马'、与'微'通。若'麌'与'尾'通，求之古籍，颇难举例。惟班固《西都赋》'窈窕繁华，更盛迭贵。处乎斯政者，盖以百数'，则'遇'与'未'通，'尾'、'未'、'麌'为一音，可以借证。《豳风·东山》'我东曰归，我心西悲'，则'微'与'支'通。《诗·商颂·长发》：'圣敬日跻，昭假迟迟，上帝是祇，帝命式于九围。'则'支'与'微'通。《小雅·出车》：'春日迟迟，卉木萋萋。仓庚喈喈，采蘩祁祁。执讯获丑，薄言还归。赫赫南仲，狁犹于夷。'则'支'、'微'、'齐'与'佳'通。《邶风·终风》：'曀曀其阴，虺虺其雷。寤言不寐，愿言则怀。'则'佳'与'灰'通。《古乐府》：'行胡从何方，列国持何来？氍毹毺𣰐五木(《御览》作"五味")香，迷迭艾纳及都梁。'则'阳'通'灰'。'媒人去数日'至'郁郁登郡门'六十二句，为'删'、'元'、'寒'、'真'、'文'、'元'通。而在阳韵，应在烝韵，亦与'删'、'元'、'寒'、'真'、'文'、'先'通。并见上文。'誓'字、'尔尔'字、'内'字、'七'字不为韵。'阿母谓阿女'至'摧藏马悲哀'二十二句，为'语'、'马'、'歌'、'齐'、'微'、'灰'通。'晚成单罗衫'句，疑仍以'罗'字为韵，'衫'字与'奄奄'音相连并。否则，'衫'在咸韵，不通'歌'、'齐'矣。《诗·卫风》：'齐侯之子，卫侯之妻，东宫之妹，邢侯之姨，谭公维私。'则'齐'与'支'通。《大雅·抑》：'慎尔出话，

45

敬尔威仪，无不柔嘉。白圭之玷，尚可磨也。斯言之玷，不可为也。'则'支'通'麻'、'歌'。余并见上文。'阿母谓阿女'。单句为韵。'手巾掩口啼'，不为韵。'新妇识马声'，至'勿复怨鬼神'四十三句，为'庚'、'阳'、'先'、'删'、'元'、'寒'、'真'通。'知是故人来'句，'来'字为'灰'叶'阳'。并见上文。'上堂拜阿母'，不为韵。'命如南山石'，至'渐见愁煎迫'十七句，为'陌'、'职'、'药'、'缉'通。汉《祚都夷歌》：'荒服之外，土地硗确。吏译传风，大汉安乐。父子同赐，怀抱匹帛。'则'觉'、'药'、'陌'通。《尧时歌》：'日出而作，日入而息。凿井而饮，耕田而食。'则'药'与'职'通。《诗·小雅》'猃狁孔炽，我是用急。王于出征，以匡王国。'则'职'与'缉'通。'长叹空房中'句，不为韵。'其日牛马嘶'，至'自挂东南枝'十二句，为'鱼'、'尤'、'支'通。《左传》伯姬繇'车脱其幅，火焚其旗，不利行师，败于宗丘'，则'支'与'尤'通。余并见上文。'两家求合葬'，至'戒之慎勿忘'十四句，为'阳'、'东'、'庚'通，亦见上文。"

陈祚明曰："历述十许人口中语，各各肖其声情，神化之笔也。凡长篇不可不频频照应，否则散漫。篇中如'十三能织素'云云，'吾今赴府'云云，'磐石'、'蒲苇'云云，及前后两默无声，皆是照应法。然用之浑然，初无形迹，乃神化于法度者。"

李子德曰："阿母云'吾意久怀忿，汝岂得自由'，则公姑之遣兰芝，征邑发声，非一日矣。兰芝知其势不能挽回，始向府吏言之。诗人叙事，先后互见耳。钟伯敬乃云新妇不合先自求去，真强作解事也。"

《汉诗说》云："此诗乃言情之文，非写义夫节妇也。后人作节烈诗辄拟之，更益以纲常名教等语，遂恶俗不可耐。"

沈德潜曰："共一千七百四十五字，古今第一首长诗也。淋淋漓漓，反反覆覆，杂述十数人口中语，而各肖其声音面目，岂非化工之笔。长篇诗若平平叙去，恐无色泽，中间须染点华缛。五色陆离，使读者心目俱眩。如篇中新妇出门时，'妾有绣罗襦'一段，太守择日后，'青雀白鹄舫'一段是也。别小姑一段，悲怆之中，复极温厚。风人之旨，故应尔耳。唐人作《弃妇篇》，直用其语云：'忆我初来时，小姑始扶床。今别小姑去，小姑如我长。'忽接二语曰：'回头语小姑，莫嫁如兄夫。'轻荡无余味。故君子立言有则。"

曹　操

字孟德，沛国谯人。汉举孝廉，为郎。历位丞相，封魏王。后其子丕代汉，追谥曰武皇帝，庙号太祖。有《孙子略解》一卷，《兵书接要》十卷，《兵法接要》三卷，《兵书要略》九卷，《兵法》一卷，集三十卷，逸集十卷。

薤　露

崔豹《古今注》曰："《薤露》、《蒿里》，并丧歌也，本出田横门人。横自杀，门人伤之，为作悲歌，言人命奄忽如薤上之露易晞灭也。亦谓人死，魂魄归于蒿里。至汉武帝时，李延年分为二曲。《薤露》送王公贵人，《蒿里》送士大夫庶人，使挽柩者歌之，亦谓之挽歌。"《乐府解题》曰："《左传》'齐将与吴战于艾陵，公孙夏命其徒歌虞殡。'杜预云'送死《薤露歌》'，即丧歌，不自田横始也。"

惟汉二十世（《乐府诗集》作"惟汉二十二"），所任诚不良。沐猴而冠带，知小而谋强。犹豫不敢断，因狩执君王。白虹为贯日，己亦先受殃。贼臣执(一作"持")国柄，杀主灭宇京。荡覆帝基业，宗庙以燔丧。播越西迁移，号泣而且行。瞻彼洛城郭，微子为哀伤。

黄节曰："前汉高、惠、文、景、武、昭、宣、元、成、哀、平，后汉光武、明、章、和、殇、安、顺、冲、质、桓、灵为二十二世。此篇作于汉献时，故不数献帝也。《诗纪》、《诗乘》，首句作'二十世'，惟《乐府诗集》作'二十二世'。《乐府正义》云：'考世系，当

48

也。"《史记·项羽本纪》："人言楚人沐猴而冠带,果然。"《〈毛诗〉疏》："楚人谓猕猴曰沐猴。"《说文》："犹,玃属。"《集韵》："犹在山中,闻人声,预登木,无人乃下。"世谓不决曰犹豫。《〈史记〉注》："犹豫,二兽名。多疑,故借以为名。"《战国策》："唐雎谓秦王曰:'聂政之刺韩傀也,白虹贯日。'"黄节曰:"《后汉书·献帝纪》:'初平元年二月,白虹贯日。'"《左传》杜《注》:"播越,迁逾也。"黄节曰:"'且行',徂行也。《诗》:'出其东门,匪我思且。'《释文》:'且,音徂。'王引之曰:'徂,通作且。'故'且'亦通作'徂'。《书·费誓》:'徂兹淮夷,徐戎并兴。''徂'读为'且'。"《〈尚书〉大传》:"微子朝周,过殷古墟,见麦秀之蘄蘄、禾麦之蝇蝇也,曰:'此故父母之国。'乃为《麦秀之歌》,曰:'麦秀渐渐兮,禾黍油油。彼狡童兮,不与我仇。'"天闿案:"狡童",谓纣也。《史记》"微子"作"箕子"。

朱穆堂曰:"前言何进犹豫不断、自贻害也,后言董卓弑逆、宗社丘墟也。《后汉书》:'何进拜大将军,谋诛宦官,太后不从。进外收大名,不能断,故召四方豪杰向京城以胁太后。陈琳谏之,不听。遂召董卓屯关中,谋泄,张让、段珪等斩进于嘉德殿。袁术烧南宫,欲讨宦官。珪等劫少帝、陈留王夜出,卓引兵急进,闻帝在北邙,因往奉迎。帝见卓,恐怖涕泣。卓与言,不能辞对。与陈留王语,遂及祸乱之事,卓以为贤,遂废少帝为弘农王,立王为天子,是为献帝。并杀太后,卓迁太尉,领前将军事。闻东方兵起,乃鸩杀弘农王,徙都长安。洛阳数百万口,步骑趋蹙,更相蹈藉,积尸盈路,悉烧宫庙官府,二百里内,无复孑遗。'"

陈祚明曰:"禾黍之思,不须摹写而悲戚填胸。"

沈德潜曰:"借古乐府写时事,始于曹公。"

方曰:"此用乐府体写汉末事。所以然者,以所咏丧亡之哀,足当挽歌也。而《薤露》哀君,《蒿里》哀臣,亦有次第。此诗气势奋迈,古直悲凉,音节词旨,雄姿真朴。一起雄直,收尤哀痛深远。'犹豫'句，结上所任何进也。'因狩执君王'，张让、段珪也。'己亦先受殃'，何进为宦者所杀也。'贼臣'，董卓也。读此，知潘岳《关中》、谢瞻《张子房》之伤多而平弱。"

蒿里行

黄节曰："《汉书·武帝纪》'太初元年，禅高里。'《注》伏俨曰：'山名，在泰山下。'师古曰：'此高字自作高下之高，而死人之里，谓之蒿里，或呼为下里者也，字则为蓬蒿之蒿。'或者见泰山神灵之府，高里山又在其旁，则误以'高里'为'蒿里'。案：《玉篇》：'蒿里，黄泉也，死人里也。'《说文》：'呼毛反。'《经典》为'蒿'字。《〈内则〉注》：'蒿，干也。盖死则槁枯矣。以蓬蒿字为蒿里，乃流俗所误耳。今泰安城西南三里有高里山，山极小，上有塔，其东北有庙，内供阎罗、酆都阴曹七十二司等神像。盖即沿蒿里丧歌之误，直以蒿里为高里。'《元和郡县志》曰：'高里山在兖州，亦曰蒿里山。'"

关东有义士，兴兵讨群凶。初期会盟津，乃心在咸阳。军合力不齐，踌躇而雁行。势力使人争，嗣还自相戕。淮南弟称号，刻玺于北方。铠甲生虮虱，万姓以死亡。白骨露于野，千里无鸡鸣。生民百遗一，念之断人肠。

《书·大誓》："惟四月，天子发上祭于毕，下至于孟津。"《水经注》："河南有钩陈垒，世传武王伐纣八百诸侯所会处，河水至斯曰孟津。'盟'、'孟'，古通。"天闳案："盟"、"孟"，一声之转。今河南有孟津县。黄节曰："'乃心在咸阳'，即沮受所谓'迎大驾于长安，复宗庙于洛邑也'。"《博雅》："踌躇，犹豫也。"《礼记》："兄之齿，雁行。"天闳案："踌躇而雁行"，言踌躇不进，而又不肯相下也。黄节曰："'嗣'，犹言'继'也。'还'，音'旋'。"《〈汉书〉注》：'转旋'，言须臾之间也。'《汉书·地理志》：'九江郡，秦置。高帝死年，更名淮南国。武帝元狩元年复，故有寿春邑。'《通鉴》：'袁术称帝于寿春。'《后汉书》云:'术以九江太守为淮南尹。'盖又改九江为淮南治寿春也。韦昭《吴书》:'汉室大乱,天子北诣河上,六玺不自随,掌玺者以投井中。孙坚北讨董卓,顿兵城南,使人浚井,得汉国玉玺。'故曰'北方'。"《说文》:"铠,甲也。"《〈周礼·司甲〉疏》:"古用皮谓之甲,今用金谓之铠。"《汉书·严安传》:"介胄生虮虱。"《说文》:"虮,虱子。"《诗》:"周余黎民,靡有孑遗。"

闻人倓曰:"《通鉴》:'初平元年春,关东州郡皆起兵以讨董卓,推渤海太守袁绍为盟主。董卓在洛阳,袁绍等诸军皆畏其强,莫敢先进。曹操曰:举义兵以诛暴乱,大众已合,诸君何疑?是时关东州郡务相兼并以自强大,袁绍、袁术亦自离贰。术既与绍有隙,各立党援以相图谋。术结公孙瓒而绍连刘表,豪杰多附于绍。术怒曰:群竖不吾从而从吾家奴乎?建安二年,术称帝于寿春。'《后汉书》:'术有僭逆之谋,闻孙坚得传国玺,遂拘坚妻,夺之。'诗盖咏此也。"

钟惺曰:"汉末实录,真诗史也。亦道尽群雄病根。惟玄德、伯符可免。成败鼎足,局自此定。本初、公路、景升辈,落其目中、掌中久矣。"

方曰:"此言袁绍初意本在王室,至军合不齐,始与孙坚等相争,而绍弟亦别自异心。'铠甲'以下,极言乱离之惨。真朴雄阔,远大极矣。"

苦寒行

《艺文》、《乐府》作魏文帝。《歌录》曰:"《苦寒行》,古辞。"《乐府解题》曰:"晋乐奏魏武帝《北上篇》,备言冰雪溪谷之苦。或谓之《北上行》。《宋志》同。《艺文类聚》作文帝辞,误。"

北上太行山,艰哉何巍巍!羊肠坂诘屈,车轮为之摧。树木何萧瑟,北风声正悲。熊罴对我蹲,虎豹夹路啼。溪谷少人民,雪落何霏霏。延颈长叹息,远行多所怀。我心何怫郁,思欲一东归。水深桥梁绝，中路(一作"道")正徘徊。迷惑失故路，薄暮无宿栖。行行日已远，人马同时饥。担囊行取薪，斧冰持作糜。悲彼东山诗，悠悠使我哀。

天闵案：今地学家以汾河以东，碣石以西，长城、黄河之间诸山为太行山脉。山西晋城县南有太行山，乃山脉之主宰也。此诗所云"太行"、"羊肠"，乃怀、泽间太行坂道。详黄所说。"诘屈"，屈曲也。"怫郁"，忧滞也。《释名》："糜，煮米使糜烂也。"《〈毛诗〉序》："《东山》，周公东征也。周公东征三年而归，劳归士，大夫美之，故作是诗也。诗曰：'我徂东山，慆慆不归。'"黄节曰："《汉书·地理志·河内郡·山阳》下云：'东太行山在西北。'《辇王》下云：'太行山在西北。'案：山阳，今河南怀庆府修武县西北三十里；辇王，今河南怀庆府河内县治，山阳在辇王之东，故曰东太行。盖太行之支峰也。《汉志·上党郡·壶关》下云：'而羊肠坂，而《太原郡·晋阳》下无之。'据《读史方舆纪要》，羊肠坂有三：一在太原西北九十里，即晋阳之羊肠坂。李善引高诱《〈淮南子〉注》是也。一在潞安府壶关县东南百六里。《汉志》所言壶关之羊肠坂是也。一在怀、泽间，即太行坂道。《括地志》云：'河内县北有羊肠坂道。'《元和志》云：'太行泾在怀州北，阔三步，长四十里。羊肠所经，瀑有悬流，实为险溢。李善引高诱《吕览》：'太行山在河内野王县北。'则羊肠坂当即怀、泽间之太行坂。《括地》、《元和》两志所举是也。然李《注》又云：'坂在太行，山在晋阳。'则是以太原之羊肠坂当之，误矣。何义门以此诗为征高幹时作，张云敬据《魏志》'建安十年，高幹以并州复叛，执上党太守，举兵守壶关口，公征幹，围壶关拔之'，谓诗中所言羊肠坂宜指壶关，则又与太行不合。窃谓此盖征高幹时从河内以窥上党取道怀、泽间，所上者河内之太行，所经者河内之羊肠也。'东归'，指谯郡而言。"

朱止谿曰："《苦寒行》歌北上，志王业之艰难也。或曰：'献帝初平之元，公举义兵，与董卓战于荥阳，不克，还屯河内。是诗作于其时耶?'"

　　方曰："起十句夹叙夹写，'延颈'以下始入己行旅之苦。收句拓开远抱，与前'微子'同。《乐府》以此为文帝作，余以结句断为武帝作。子桓，溺豢乐之犬豕耳，无此志意矣。武帝诗沉郁顿挫，凝重蟠屈，不一平顺。读之使人意满，后惟杜公有之。"

魏文帝

讳丕，字子桓。太祖长子，八岁能属文。建安十六年，为五官中郎将。二十二年，立为魏太子。太祖薨，嗣位为丞相魏王，受汉禅，遂即帝位。有《列女传颂》一卷，集三十卷。

芙蓉池作

乘辇夜行游，逍遥步西园。双渠相溉灌，嘉木绕东川。卑枝拂羽盖，修条靡苍天。惊风扶轮毂，飞鸟翔我前。丹霞夹明月，华星出云间。上天垂光彩，五色一何鲜！寿命非松乔，谁能得神仙？遨游快心意，保己终百年。

《广韵》："辇，人步挽车也。"天闵案：天子之车曰辇，不以马挽，以人步挽，取其轻安也。《说文》："渠，水所居也。"《列仙传》："赤松子，神农时师。"王乔，即周灵王太子晋。已见前。

方曰："首二句点题，三四写景如画。'卑枝'二句，承'嘉木绕'。'惊风'句，极写人所道不出之景。子建衍之，更极详尽。（天闵案：子建《公燕诗》云："神飙接丹毂，轻辇随风移。"）'丹霞'四句是人君语，收四句意祖前人。此诗可谓浑穆沉厚，精深华妙。然语无多味，盖欢娱之辞难工也。"

54

曹　植

字子建，太祖子，文帝同母弟也。建安十六年，封平原侯，寻徙封临菑。文帝即位，命诸侯并就国。黄初二年，贬安乡侯，改封甄城，二年立为甄城王，四年徙封雍丘。明帝太和元年，改封浚仪，二年复还雍丘，三年徙东阿，六年加封陈王，薨。年四十一，谥曰思。有《列女传颂》一卷，集三十卷。

箜篌引

《汉书》"塞难越祷祠于太乙后土"，作"坎侯"。"坎"，声也。应劭曰："使乐人侯调作之，取其坎坎应节也，因其姓曰'坎侯'。"苏林曰："作'箜篌'。"崔豹《古今注》："朝鲜津卒霍里子高，晨起刺船，有白首狂夫，披发提壶，乱流而渡，其妻随而止之。不及，堕河而死。妻援箜篌而鼓之，作《公无渡河》之曲，声甚凄惨，曲终亦投河而死。子高还语其妻丽玉，丽玉伤之。乃引箜篌以写其声，闻者莫不堕泪饮泣。丽玉以其曲传邻女丽容，名曰《箜篌引》。"

置酒高殿上，亲友（《宋书》作"交"）从我游。中厨办丰膳，烹羊宰肥牛。秦筝何慷慨，齐琴和且柔。阳阿奏奇舞，京洛出名讴。乐饮过三爵，缓带倾庶羞。主称千金寿，宾奉万年酬。久要不可忘，薄终义所尤。谦谦君子德，磬折欲何求？惊风飘白日，光景驰西流。盛时不可再，百年忽我遒。生存华屋处，零落归山丘。先民谁不死？知命复何忧？（曾国藩曰："气势。"）

《声类》曰："宰，治也。"《楚辞》曰："挟秦筝而弹徽。"《史记》："苏秦说齐王曰：'临淄其民无不鼓瑟也。'"《汉书》："孝成赵皇后及壮，属阳阿主家歌舞。"《礼记》曰："君子之饮酒也，一爵而色洒如，二爵而言言斯，三爵而油油以退。"《〈周礼〉注》："羞，有滋味者。庶羞，谓各种滋味也。"《史记》："平原君以千金为鲁连寿。"《毛诗》曰："君子万年，永锡祚胤。"《论语》曰："久要不忘平生之言，亦可以为成人矣。"《注》："久要，久约也。"《列子》曰："或厚之于始，或薄之于终。"《周易》曰："谦谦君子，卑以自牧。"《〈礼记〉疏》："带佩于两边，臣则身宜缕折如磬之背，故曰磬折。"毛苌《诗传》曰："道，终也。"《左传》："子产曰：'人谁不死？'"《周易》曰："乐天知命，故不忧。"

方曰："此不必拘《乐府解题》，及诗内'久要'语，指为结交当有终始义也。曹氏父子，皆用乐府题自作诗耳。此诗大旨，言人姑及时行乐，终归一死耳。故己之谦谦自慎，只求保寿命而已。子建盖有忧生之嗟，常恐不保而又不敢明言，故迷其词。所谓寄托非常，岂寻常摘句者所能索解耶？起十二句以为如此之欢洽，似可以万年矣，而终恐不能保，故下以'久要'要之。而言己之小心敬慎，只求保性命而无他也。此四句乃本意，却作凭空突转，为前后过结。'磬折'句，言知足也。'惊风'六句，与上'万年'作两对。乐极则悲来，人之常理，况怀深感者邪？'先民'二句，作自宽语收。"

又曰："陈思天质既高，抗怀忠义，又深以学问，遭遇阅历，操心虑患，故发言忠悃，不诡于道。情至之语，千载下犹为感激悲涕。此诗之正声，独有千古，不虚耳。同时惟仲宣，局面阔大，语意清警，差足相敌。伟长、公幹，辅佐之耳。"

"子建乐府诸篇，意厚词赡，气格浑雄。但被后人盗窃熟滥，几成习见陈言，故在今日不容复拟，政与《古诗十九首》同成窠臼。究其真精妙蕴，固分毫未损，亦分毫未昭。盱衡今昔，子美、退之而外，恐真知其所至之境，不数靓也。"

怨歌行

《技录》、《乐录》、《乐府解题》，皆以为古辞。《艺文类聚·乐部》论乐、真西山《文章正宗》、郭茂倩《乐府诗集·相和歌辞》、《楚词曲》、晋乐所奏，皆作曹植辞。

为君既不易，为臣良独难。忠信事不显，乃有（音"又"）见疑患。
周公佐成王，金縢功不刊。推心辅王室，二叔反流言。待罪居东国，
泣涕常流连。皇灵大动变，震雷风且寒。拔树偃秋稼，天威不可干。
素服开金縢，感悟求其端。公旦事既显，成王乃哀叹。吾欲竟此曲，
此曲悲且长。今日乐相乐，别后莫相忘。

《论语》："为君难，为臣不易。"黄节曰："《〈汉书·贾谊传〉注》：'师古曰：患，合韵，音环。'"《尚书》："公乃归，乃纳册于金縢之匮中，王翼日乃瘳。武王既丧，管叔及其群弟乃流言于国曰：'公将不利于孺子。'周公居东二年，于后公乃为诗以贻王，命之曰《鸱鸮》。秋大熟，未获，天大雷电以风，禾尽偃。大木斯拔，邦人大恐。王与大夫尽弁，以启金縢之书。乃得周公所自以为功代武王之说，二公及王乃问诸史与百执事，对曰：'信。噫！公命我勿敢言。'王执书以泣，曰：'其勿穆卜，昔公勤劳王家，惟予冲人弗及知。今天动威以彰周公之德，惟朕小子，其新逆我国家，礼亦宜之。'王出郊，天乃大雨反风，禾则尽起。二公命邦人，凡大木所偃，尽起而筑之，岁则大熟。"刘坦之曰："'刊'，削也。'不刊'者，磨削不去之意。"黄节曰："'二叔'，管、蔡也。'流言'，谓播为中伤之言，如水之流注也。'居东'，本'东征'，今曰'待罪'"者，承郑玄'避居'之说，亦作诗者自谦之辞也。'流连'，犹言'流滞'也。'端'，事之萌也。"沈归愚曰："末四句用成语，古人不忌。"

刘履曰："子建在雍丘时，常自愤怨抱利器而无所施，上疏求自

试，明帝既不报。及徙东阿，复上疏言禁锢明时，兄弟乖绝，恩纪之违，甚于路人。愿人侍左右，承答圣问。其年冬召诸王朝。此诗之作，其在人朝之后、燕宴之时乎？子建于明帝为叔父，故借周公之事陈古以讽今，庶其有感焉！"

方曰："起八句感慨沉痛，桓伊为谢安诵之，安为泣下。其感人深矣。后半衍周公事太多，虽陈思有托而然，后人宜忌学之。"

天闵案：乐府体稍衍，似不为病。

名都篇

《歌录》曰："《名都》、《美女》、《白马》，并齐瑟行也。"郭茂倩《乐府诗集》曰："'名都'者，邯郸、临淄之类，刺时人骑射之妙、游骋之乐，而无忧国之心也。"《杂曲歌辞》、左克明《古乐府》同载。

名都多妖女，京洛出少年。宝剑值千金，被服光且鲜。斗鸡东郊道，走马长楸间。驰骋未能半，双兔过我前。揽弓捷鸣镝，长驱上南山。左挽因右发，一纵两禽连。余巧未及展，仰手接飞鸢。观者咸称善，众工归我妍。归来宴平乐，美酒斗十千。脍鲤臞胎鰕，炮（《文选》作"寒"）鳖炙熊蹯。鸣俦啸匹侣，列坐竟长筵。连翩击鞠壤，巧捷惟万端。白日西南驰，光景不可攀。云散还城邑，清晨复来还。（曾曰："气势。"）

王逸《荔枝赋》："宛洛少年。"《史记》：陆贾"宝剑值千（百）金"。《汉书》："睢弘少时，妒斗鸡走马。"《楚辞》："望长楸而太息。"《仪礼·司射》："搢三挟一。"郑玄曰："搢，捷也。"张铣曰："捷，引也。"《汉书》："匈奴冒顿乃作为鸣镝习勒其骑射。"《音义》曰："镝，箭也。如今鸣箭也。郑氏《〈周礼〉注》："凡鸟兽未孕曰禽。"毛苌《诗传》："发矢曰纵。"善《注》："'两禽'，'双兔'也。"《毛诗》曰："鸢飞戾天。"郑玄曰："鸱之属也。"刘履曰："接，迎射之也。众工，善射之徒。归，许与也。"《〈毛诗〉传》："善事曰工。"《方言》："自关以西谓好曰姸。"《三辅黄图》："飞廉观在上林，武帝作。后明帝取飞廉、铜马置之西门外，为平乐观。"《野客丛书》："《典论》云：'灵帝末年，有司湎酒，一斗直千文，今云一斗十千。盖诗人寓言耳。'"《毛诗》："炮鳖脍鲤。"《苍颉篇》曰："臇，少汁臛也。子兖切。"《〈说文〉长笺》："鰕，同'蝦'。"廖氏曰："蝦子在腹外。"《左传》："宰夫胹熊蹯不熟。"《洛神赋》："命俦啸侣。"《汉书》："霍去病在塞外尚穿域蹹鞠。"如淳曰："域，鞠室也。"郭璞《"三苍"解诂》："鞠毛丸可蹋戏。"《三才图会》："击壤，故野老之戏。以木为二壤，前广后锐，形如履。先置一壤于地，遥于三四十步外，以手中壤掷之，中者为上。"

朱兰坡《〈文选〉集释》曰："'脍鲤臇胎鰕，炮鳖炙熊蹯'，李善注引《〈苍颉〉解诂》曰：'臇，少汁臛也。'案：《广雅》：'臇、膹、䐑、臛也。臇，俗臛字。'《说文》：'臇，臛也。臇，肉羹也。'《尔雅》：'肉谓之羹。'郭《注》：'肉，臛也。'段氏云：'羹有二：实于鉶者用菜芼之谓之羹。实于庶羞之豆者，不用芼亦谓之羹。'《礼经》：'牛膷、羊臐、豕膮。'郑云：'今时臛也，是今谓之臛，故谓之羹。'余谓《说文》：'隽，肥肉也。''隽'与'臇'声义相近。后《七启》云：'臇，汉南之名鹑。'是以鹑为臛。《楚辞·招魂》云：'鹄酸臇凫。'是以凫为臛。又云：'露鸡、臛蠵。'蠵乃大龟，则龟亦可为臛。《七启》又云：'寒芳苓之巢龟。'彼《注》谓'今之胚寒也。胚与鲭同，酱类也。寒鳖正与《七启》语相似。酱称寒者。'《广雅》：'䣼，酱也，与凉通。'《周礼》：'酱人。'郑《注》：'凉，今寒粥。''膳夫'注：'凉作䣼。'寒，正凉之义。善《注》谓'寒'、'韩'，古字通。引《释名》'韩羊、韩鸡本出韩国所为'，盖失之。'寒'与'脍'为对文，若作'韩'，则不称矣。杨升庵曰：'五臣妄改作炰，盖炮鳖脍鲤，《毛诗》旧句，浅识者孰不以为寒字误而从炰字耶？不思寒与炰字，形相近远，音呼又别，何得误至于此？'"天闵案：以陈思好用成语推之，似当作"炰"字。

陈祚明曰："'白日'二句下，定当言寿命不常，少年俄为老丑；

或欢乐难久，忧戚继之，方与作诗之意有合。今只曰'云散还城邑，清晨复来还'而已，万端感慨，皆在言外。"吴伯其曰："寻常人作《名都诗》，必搜求名都一切事物，杂错以炫博，而子建只推出一少年以例其余。于少年中只出得两件事，一曰驰骋，一曰饮宴，却说得中间一事不了又一事，一日不了又一日。只是牢骚抑郁，借以消遣岁月。一片雄心，无有泄处，其自效之意，可谓深切著明矣。"

天闵案：郭茂倩《乐府诗集》，谓此诗为刺时人，吴伯其谓借以写牢骚抑郁。以《美女》、《白马》两篇之意推之，则吴说近是。然而此篇尤深隐难识矣。

美女篇

郭茂倩《乐府诗集》曰："美女者以喻君子，言君子有美行，愿得明君而事之。若不遇时，虽见征求终不屈也。"《杂曲歌辞》、左克明《古乐府》同载。

美女妖且闲，采桑歧路间。柔条纷冉冉，落叶何翩翩。攘袖见素手，皓腕约金环。头上金爵钗，腰佩翠琅玕。明珠交玉体，珊瑚间木难。罗衣何飘飖，轻裾随风还。顾盼遗光彩，长啸气若兰。行徒用息驾，休者以忘餐。借问女安居？乃在城南端。青楼临大路，高门结重关。荣华耀朝日，谁不希令颜？媒氏何所营？玉帛不时安。佳人慕高义，求贤良独难。众人徒嗷嗷，安知彼所观？盛年处房室，中夜起长叹。（曾曰："气势。"）

《说文》："闲，雅也。"《上林赋》："妖冶闲都。"善曰："'闲'，幽闲也。"吕向曰："'冉冉'，动貌。'翩翩'，飞貌。"善曰："'攘袖'，卷袂也。'环'，钏也。"《释名》："爵钗，钗头上施爵。"《尚书》："厥贡惟球琳琅玕。"《传》："琅玕，石而似珠。"刘良曰："'交'，络也，南方草木状。'珊瑚'，出大秦国，有州在涨海。"天闵案：今动物学家言，暖海中有一种圆筒形小虫结合营生，其所分泌之石灰质即为其共同之骨干，形歧出如树枝，故自昔称珊瑚树，实非树也。有红色、白色及黑色者，多为印章及扇坠之用。《南越志》曰："木难，金翅鸟沫所成。碧色珠也，大秦国珍之。"吕向曰："'还'，转也。"《神女赋》："吐芬芳其若兰。"《慎子》曰："毛嫱、西施，衣以玄锡，则行者止。"杜笃《禊祝》曰："怀秀女，使不餐。"李周翰曰："'休'，止也。"善曰："'南端'，城之正南门也。"《列子》："虞氏，梁之富人，高楼临大路。"《古乐府》曰："大路起青楼。"《神女赋》："耀乎若白日初出照屋梁。"《韩诗》："东方之日兮，彼姝者子，在我室兮。"薛君曰："诗人言所说者颜色盛也，言美如东方之日也。"《周礼》："媒氏掌万民三判。"《尔雅》："安，定也。"吴兆宜曰："《仪礼·士婚礼》：'纳徵、玄纁、束帛、俪皮，如纳吉礼。'贾公彦《疏》曰："士大夫乃以玄纁、束帛，夫子加以榖圭，诸侯加以大璋。"《说文》："嗷，众口愁也。"苏武诗："盛年行已衰。"案："盛年"，谓盛壮之年也。

刘履曰："子建志在辅君匡济，策功垂名，乃不克遂，虽授爵封，而其心犹为不仕，故托以处女寓怨慕之情焉。其言妖闲皓素，以喻才质之美；服饰珍丽，以比己德之盛，至于文彩外著，芳誉日流，而为众所雅慕如此。况谓居青楼高门，近城南而临大街，则非疏远而难知者，何为见弃，不以时而币聘之乎？其实为君所忌不得亲用，今但归咎于媒荐之人，盖不敢斥言也。且古之贤者必择有道之邦然后入仕，犹佳人之择配而慕夫高义者焉。惟子建以魏氏至亲，义当与国同其休戚，虽欲他求，其可得乎？此所以为求贤独难，而其所见亦岂众人之所能知哉？夫盛年不嫁，将恐失时，故惟中夜长叹而已。"

方曰："《名都》、《美女》二篇，今皆习为陈言，不得再拟。""美女如此容华而安于义命，不轻于求遇，以喻士不求达也。"

徐经纶曰："'佳人'以下三折，愈折愈深。"

白马篇

郭茂倩《乐府诗集》曰："《白马》者，言人立功、立事，尽力为国，不可念私也。《杂曲歌辞》、左克明《古乐府》同载。"

白马饰金羁，连翩西北驰。借问谁家子？幽并游侠儿。少小去乡邑，扬声沙漠垂。宿昔秉良弓，楛矢何参差。控弦破左的，右发摧月支。仰手接飞猱，俯身散马蹄。狡捷过猴猿，勇剽若豹螭。边城多警急，胡虏(一作"胡骑")数迁移。羽檄从北来，厉马登高堤。长驱蹈匈奴，左顾凌鲜卑。弃身锋刃端，性命安可怀？父母且不顾，何言子与妻？名编(五臣作"在")壮士籍，不得中顾私。捐躯赴国难，视死忽如归。

《罗敷行》："黄金络马头。"《说文》："羁，络头也。"《汉书·地理志》："周既克殷，分冀州之地以为幽、并。"闻人倓曰："自古言勇侠者，皆推幽、并。"《说文》："汉北方，流沙也。"黄节曰："'垂'，边陲也。"《家语》："孔子曰：'肃慎氏贡楛矢。'"《汉书》："控弦贯石，威动北邻。"邯郸淳《艺经》："马射左边为月支三枚、马蹄二枚。"黄节曰："破左的者必从右发。月支，即左边之的也。《典书》：'尚书令荀彧言：闻君善左右射，此实难能。余言执事未睹夫项发口纵俯马蹄而仰月支也。'《赭白马赋》：'经玄蹄而电散，历素支而冰裂。'善《注》：'玄蹄'，马蹄也；'素支'，月支也，皆射帔名也。凡物飞迎前射之曰'接'。'猱'，猿。《方言》：'剽，轻也。'欧阳《〈尚书〉说》：'螭，猛兽也。'《说文》：'檄以木简为书，长尺二寸，用微召也。'魏武奏事，若有急则插以鸡羽，谓之羽檄。"闻人倓曰："《汉书》颜师古《注》：'厉，疾飞也。'吕延济曰：'厉，策也。《汉书》：'匈奴其先，夏侯氏之苗裔也。'又曰：'燕北有东胡山戎，或曰鲜卑。'《苍颉篇》曰：'凌，侵也。'吕向曰：'怀，惜也。'《〈前汉·元帝纪〉注》：'籍者，为尺二竹牒。记其年纪、名字、物色。'《吕氏春秋》：

‘三军之士，视死若归。’”

朱秬堂曰：“此寓意于幽、并游侠，实自况也。子建《自试表》云：‘昔从武皇帝，南极赤岸，东临沧海，西望玉门，北出玄塞，伏见所以用兵之势，可谓神妙。而志在擒权馘亮，虽身分蜀境、首悬吴阙，犹生之年。’篇中所云‘捐躯赴难’，‘视死如归’，亦子建素志，非泛述矣。”

方曰：“此篇奇警。杜公《出塞》诸什，脱胎于此。明远《代出自蓟北门》、《结客少年场》、《幽并重骑射》，皆模此，而实出自屈子《九歌·国殇》也。”

远游篇

《楚辞·远游篇》曰：“悲时俗之迫阨兮，愿轻举而远游。质菲薄而无因兮，焉托乘而上浮？”郭茂倩《乐府诗集》曰：“王逸云：‘《远游》者，屈原之所作也。屈原履方直之行，不容于世，困于谗佞，无所告诉，乃思与仙人俱游戏，周历天地，无所不至焉。’陈思此篇所自出。”《杂曲歌辞》、左克明《古乐府》同载。

远游临四海，俯仰观洪波。大鱼若曲陵，承浪相经过。灵鼍戴方丈，神岳俨嵯峨。仙人翔其隅，玉女戏其阿。琼蕊可疗饥，仰首吸朝霞。昆仑本吾宅，中州非我家。将归谒东父，一举超流沙。鼓翼舞时风，长啸激清歌。金石固易敝，日月同光华。齐年如天地，万乘安足多？

毛苌《诗传》：“曲陵曰阿。”《列子》：“渤海之东有壑焉，其中有山无所连著，常随波上下往还，不得暂峙焉。帝恐流于西极，失群圣之居，使巨鳌十五，举首而戴之。”《史记》：“海中有三山，名曰蓬莱、方丈、瀛洲，仙人居之。”按：“神岳”即指方丈。“嵯峨”，高貌。《释名》：“老而不死曰仙。仙，迁也，迁入山也。”《汉武内传》：“帝闲居承华殿，忽见一女子，曰：'我墉宫玉女王子登也，至七月七日，王母暂来。'言讫，不知所在。"《尔雅》："大陵曰阿。"《西京赋》："屑琼蕊以朝餐，必性命之可度。"《甘泉赋》："噏青云之流霞。"《渤海十洲记》："昆仑山有三角，其一角正干北辰，名曰阆风巅。其一正西，名玄圃台。其一正东，名昆仑宫。有五城十二楼。"《十洲记》："扶桑上有太帝宫，太真东王父所治处也。"《列仙传》："老子西游，关令尹喜知真人当过，物色而得之，与老子俱至流沙之西，莫知所终。"《楚辞》："俟时风之清激兮。"《毛诗》："其啸也歌。"《传》："啸，蹙而出声。"《楚辞》："与天地兮比寿，与日月兮齐光。"

朱秬堂曰："读曹植《五游·远游篇》，悲植以才高见忌，遭遇艰厄。灌均之谗，仪、廙受诛，安乡之贬，幸耳。时诸侯王皆寄地空名，国有老兵百余人，以为守卫。隔绝千里之外，不听朝聘。设防辅监国之官，以伺察之。法既峻切，过恶日闻，惴惴然朝不知夕。所谓'九州不足步'，（案：此《五游》咏句，渔洋亦未选。）'中州非我家'，皆其忧患之辞也。至云'服食享遐纪'、'延寿保无疆'，（案：二语亦《五游》咏句。）则有忧生之心为己蹙矣。"

方曰："气体宏放，高妙恢阔。'曲陵'、'时风'，用字法，非恒钉所知。'金石'四句，总咏歌之，若继《大人赋》而言。"

赠丁仪

《魏略》："仪字正礼，太祖辟为掾。"善《注》："《集》云'与都亭侯丁廙'，今云'仪'，误也。"天闵案：廙，字敬礼，仪弟。兄弟皆善陈思。太祖欲立植为嗣，仪、廙力赞其说。文帝受禅，兄弟皆伏诛。

初秋凉气发，庭树微销落。凝霜依玉除，清风飘飞阁。朝云不归山，霖雨成川泽。黍稷委畴陇，农夫安所获？在贵多忘贱，为恩谁能博？狐白足御冬，焉念无衣客？思慕延陵子，宝剑非所惜。子其宁尔心，亲交义不薄。（曾曰："情韵。"）

《说文》:"除,殿阶也。"《左传》:"凡雨自三日以往曰霖。"《广雅》:"八月浮云不归。"王逸《〈楚辞〉注》:"弃,委也。"《说文》:"畴,耕治之田也。"《晏子春秋》:"齐景公之时,雨雪三日,公被狐白之裘坐于堂侧,谓晏子曰:'雨雪三日,天不寒何也?'晏子曰:'贤君饱知人饥,温知人寒。'公曰:'善!'遂出裘发粟。"《楚辞》:"无衣裘以御冬。"按:"狐白",谓集狐腋之白毛为裘也。《新序》:"延陵季子将西聘晋,带宝剑以过徐君。徐君不言而色欲之,季为有上国之事,未献也,然心许之矣。致使于晋,顾反,则徐君死,于是以剑带徐君墓树而去。"

方曰:"起写霖潦,以起丁之困。'在贵'四句逆接。此诗清警而自具沉雄。大约子建皆中锋,学之不能得其厚重,雄关高峻,而得其陈意陈言,则失之板实。"

赠白马王彪并序

《集》云《于圈城作》。

《序》曰:黄初四年正月,白马王、任城王(《魏志》:"彪字朱虎,初封白马王,后徙封楚。任城王彰,字子文,并武帝子。建安中为北中郎将,伐乌丸用功,文帝初三年为任城王,四年朝京师,不得即见,忿怒暴薨。"《世说》:"魏文帝忌弟任城王骁壮,因在卞后阁共围棋,并噉枣。文帝以毒置枣蒂中,自选可食者以进,王弗悟,遂中毒卒。"天闵案:《世说》与《魏志》异,殆陈寿为文帝讳也。)与予俱朝京师,会节气,到洛阳,任城王薨。至七月与白马王还国,后有司以二王归藩,道路宜异宿止,意每恨之。盖以大别在数日,是用自剖,与王辞焉,愤而成篇。

谒帝承明庐,逝将归旧疆。清晨发皇邑,日夕过首阳。伊洛广(一作"旷")且深,欲济川无梁。泛舟越洪涛,怨彼东路长。顾瞻恋城阙,引领情内伤。(曾曰:"情韵。")

陆机《洛阳记》："承明门，后宫出入之门。吾尝怪'谒帝承明庐'，问张公，公云：'魏明帝作建始殿，朝会皆由承明门。'"《毛诗》："逝将去汝。"王引之曰："逝，发声也，不为义。"善《注》："'旧疆'，甄城也。时植虽封雍丘，仍居甄城。"陆机《洛阳记》："首阳山在洛阳东北，去洛二十里。"《山海经》："熊耳之山，伊水出焉。南入于洛。"《楚辞》："道壅塞而不达，江河广而无梁。"《国语》："秦泛舟于河。"《西京赋》："起洪涛而扬波。"《毛诗》："顾瞻周道。"又："在城阙兮。"《左传》："引领西望，曰：'庶几乎？'"《楚辞》："永怀兮内伤。"

天闵案：起四句叙朝阙归藩，"伊洛"六句写将归恋阙之情，词意凄警。

太谷何寥廓，山树郁苍苍。霖雨泥我途，流潦浩纵横。中逵绝无轨，改辙登高冈。修坂造云日，我马玄以黄。（曾曰："情韵。"）

薛综《〈东京赋〉注》："太谷在洛阳西南。"刘履曰："太谷，东路所经行之山谷也。善《注》：'在洛阳西南。'非是。"《风俗通》："泰山松树，郁郁苍苍。"《魏志》："黄初四年，七月大雨，伊洛溢流。"《左传》："凡雨自三日以往曰霖。"《毛传》："行潦，流潦也。"《毛诗》："肃肃兔罝，施于中逵。"《广雅》："轨，迹也。"《毛诗》："陟彼高冈，我马玄黄。"《传》："玄马病则黄。"

方东树曰："写艰苦行路之情，喷薄而出。"
天闵案：《艺苑卮言》曰："陈思王《赠白马王彪》诗，全法《大雅·文王》之什，以故首二句不相承耳。后人不知，合二为一，良可笑也。"余谓"顾瞻"二句，悠然不尽，确是收语；"太谷"二句，尤突兀雄奇。此为当然两章，政不必以其法《文王》之什而断其为二也。

玄黄犹能进，我思郁以纡。郁纡将何念？亲爱在离居。本图相与偕，中更不克俱。鸱枭明衡轭，豺狼当路衢。苍蝇间白黑，谗巧令亲疏。欲还绝无蹊，揽辔止踟蹰。（曾曰："情韵。"）

《楚辞》："志纡郁其难得。"王逸注："纡，屈也。郁，愁也。"《楚辞》："将以遗兮离居。"《毛传》："偕，俱也。"吴琪曰："二王初出都，未有异宿之命。出都后，群臣希旨，中途命下，始不许二王同路。'鸱枭'云云，总归咎于有司等，若不出于文帝之意者然。"善《注》："'鸱枭'、'豺狼'，以喻小人也。"《毛诗》："懿厥哲妇，为枭为鸱。"《庄子》："加之以衡轭。"《汉书》："杜文谓孙宝曰：'豺狼当路，不宜复问狐狸。'"《公羊传》："楚庄王伐郑，放乎路衢。"《注》："'路衢'，郭内衢也。"《毛诗》："营营青蝇，止于樊。"郑玄曰："蝇之为虫，污白使黑，污黑使白，喻佞人变乱善恶也。"《广雅》："间，毁也。"《楚辞》："揽腓辔而下节。"郑玄《周礼注》曰："蹊，即径也。"何焯曰："'欲还绝无蹊'，言欲还诉而不可得也。"

方东树曰："起四句乃及彪，点题。'本图'以下，叙述本事，至痛无隐。"

踟蹰亦何留，相思无终极。秋风发微凉，寒蝉鸣我侧。原野何萧条，白日忽西匿。归鸟赴乔林，翩翩厉羽翼。孤兽走索群，衔草不遑食。感物伤我怀，抚心长叹息。（曾曰："情韵。"）

《汉书》："息夫躬《绝命词》曰：'嗟若是兮欲何留？'"蔡邕《月令章句》："寒蝉应阴而鸣，鸣则天凉，故谓之寒蝉也。"《楚辞》："山萧条而无兽。"又："日杳杳而西颓。"《毛诗》："翩翩者雏。"善《注》："厉，疾貌。"《尚书》："不遑退食。"《广雅》："戚，伤也。"《古诗》："感物怀所思。"《列子》："师襄乃抚心高蹈。"《楚辞》："长太息以掩涕。"

刘履曰："方将自释，而又感物如此。是则索群之念虽切，而归赴之程莫稽，安得不伤怀而太息耶?"

　　方东树曰:"感物伤怀，已明道之。"

　　太息将何为? 天命与我违。奈何念同生，一往形不归。孤魂翔故域，灵柩寄京师。存者忽复过，亡没身自衰。人生处一世，去若朝露晞。年在桑榆间，影响不能追。自顾非金石，咄唶令心悲。

　　郑玄《〈周易〉注》:"命，所受于天也。"《楚辞》:"属天命而委之咸池。"王逸曰:"咸池，天神也。"《古诗》:"同袍与我违。"《毛传》:"违，离也，谓不耦也。"《魏志》:"武皇帝卞皇后，生任城王彰、陈思王植。"《左传》:"郑罕、驷、丰，同生。"杜预曰:"罕，子皮;驷，子皙;丰，公孙段也，三家本同母兄弟也。"又:"往，死者。"《释名》:"往，眶也，归往于彼也。"黄节曰:"故域，任城也。"《汉书》:"贡禹上书曰:'骸骨弃捐，孤魂不归。'"黄节曰:"《太玄》范望《注》曰:'过，去也。''存者'，谓己与白马也。'忽复遇'，谓须臾亦与任城同一往耳。'亡没身自衰'句，倒文，谓身由衰而没耳。"天闵案:黄说未确。"存者"，谓白马王也。盖谓死者已死，生者又去，弟兄辈既有亡没，则我身自衰耳。《汉书》:"李陵谓苏武曰:'人生如朝露，何久自苦如此!'"《薤露歌》曰:"薤上露，何易晞?"《毛传》:"晞，干也。"《东观汉记》:"失之东隅，收之桑榆。"善《注》:"日在桑榆，以喻人之将老。"《尚书》:"惟影响。"闻人倓曰:"言年将暮，如影响之不可追也。"《古诗》:"人生非金石，岂能长寿考?"《说文》:"咄，叱也，丁兀切。"《声类》曰:"唶，大呼也，子夜切。"善《注》:"言人命叱呼之间，或至夭丧也。"

　　方东树曰:"此兼念任城之亡，以及存者，愈见深痛。"

　　心悲动我神，弃置莫复陈。丈夫至四海，万里犹比邻。恩爱苟不亏，在远分日亲。何必同衾帱，然后展殷勤。忧思成疾疢，无乃儿女仁。仓卒骨肉情，能不怀苦辛? (曾曰:"情韵。")

《毛诗》:"洽比其邻。"陆氏《音义》曰:"比,毗志反。"《汉书·孙宝传》:"入舍祭竈请比邻。"《邓析子》:"远而亲者,志相应也。"善《注》:"'分',犹'志'也。"《毛诗》:"抱衾与裯。"《毛传》:"衾,被也。"郑玄曰:"'裯',床帐也。'帱'与'裯',古字同。"《毛诗》:"心之忧矣,疢如疾首。"《毛传》:"疢,犹病也。"《史记》:"吕公谓吕媪曰:'非儿女之所知。'"又韩信谓汉祖曰:"项王,所谓妇人之仁也。"李陵《书》:"前书仓卒。"善《注》:"'骨肉',谓兄弟也。"苏武诗:"骨肉缘枝叶。"《古诗》:"辗轲长苦辛。"

方东树曰:"此伤痛无可如何,转作自宽语。收二句又倏转,言终不能自宽。回环往复,愈见深痛。解者谓此为慰彪之词,于理曲纡难通。"

苦辛何虑思,天命信可疑。虚无求列仙,松子久吾欺。变故在斯须,百年谁能持?离别永无会,执手将何时?王其爱玉体,俱享黄发期。收泪即长路,援笔从此辞。(曾曰:"情韵。")

善注《楚辞》,序曰:"帝阍、宓妃,虚无之语。"《论衡》:"传书称赤松、王乔好道为仙,度世不死,是又虚也。"魏武帝《善哉行》:"痛哉世人,见欺神仙。"《汉书·谷永传》:"三郡所奏,皆有变故。"郑玄《〈周礼〉注》曰:"故,灾也。"《吕氏春秋》:"人之寿,久不过百。"《古诗》:"生年不满百。"闻人倓曰:"'变故'二句,即《序》所谓'大别在数日'也。"蔡琰诗:"念别无会期。"《毛诗》:"执子之手,与子偕老。"《七发》:"太子玉体不安。"《〈左传〉注》:"享,受业。"《尚书》:"询兹黄发。"《韩诗外传》:"孙叔敖治楚,三年而楚国霸,楚史援笔而书于策。"苏武诗:"援笔从此辞。"

朱绪曾曰:"'变故在斯须',此因任城暴薨而叹人生变故之速。更忧谗惧祸,期于别后克己慎行而免于刑戮也。语极融浑。"方东树曰："只是放声长号，生离死别，尽此须臾。千载读之，犹为堕泪，何况当日！此真不愧《三百篇》兴观群怨之旨。"

送应氏诗二首

朱绪曾曰："《魏书》曰：'汝南应玚字德琏，太子辟为丞相掾属，转为平原侯庶子，后为五官将文学。玚弟璩。'"

刘良曰："此送应玚、璩兄弟也。时董卓迁献帝于西京，洛阳被烧焚，故诗中多见荒芜之事。"

步登北芒坂，遥望洛阳山。洛阳何寂寞，宫室尽烧焚。垣墙皆顿擗，荆棘上参天。不见旧耆老，但睹新少年。侧足无行径，荒畴不复田。游子久不归，不识陌与阡。中野何萧条，千里无人烟。念我平常居（五臣作"平生亲"），气结不能言。（曾曰："情韵。"）

郭缘生《述征记》："北芒，洛阳北芒岭。靡迤长阜，自荥阳山连岭修亘，暨于东垣。"《说文》："寂，无人声也。"《后汉·献帝纪》："车驾至洛阳，宫室尽烧。"《汉书》："伍被曰：'臣今见宫中生荆棘。'"《〈孟子〉注》："太山之高，参天如云。"《礼记》："六十曰耆。"《东观汉纪》："马援曰：'隗嚣侧足无所立。'"《国语》："田畴荒芜。"贾逵《注》："一井为畴。"《风俗通》："南北曰阡，东西曰陌。"刘歆《遂初赋》："野萧条而寥廓。"《东观汉纪》曰："北夷作寇，千里无烟火。"《古诗》："悲与亲友别，气结不能言。"

何焯曰："亦无甚新奇可喜，而思深言远，一气团结，此为建安风调。"

方东树曰："先写本乡乱离之惨，苍凉悲壮，与武帝《苦寒行》、仲宣《七哀》，同其极至。明远、杜公，皆尝拟之。末二句乃逗将远适之意，极章法伸缩之妙。'平常居'，托应自言所见。"

清时难屡得，嘉会不可常。天地无终极，人命若朝霜。愿得展嫌婉，我友之朔方。亲昵并集送，置酒此河阳。中馈岂独薄，宾饮不尽觞。爱至望苦深，岂不愧中肠。山川阻且远，别促会日长。愿为比翼鸟，施翮起高翔。（曾曰："情韵。"）

李陵《书》："策名清时。"又《诗》："嘉会难再遇。"《庄子》："天与地无穷，人死各有时。"《毛诗》："燕婉之求。"《毛传》："燕安，婉顺也。"《毛诗》："我友敬矣。"又："城彼朔方。"《尔雅》："昵，近也。"《周易》："在中馈。"王弼曰："妇人职中馈。"《汉书》："杜邺说王音曰：'爱至者其求详。'"《尔雅》："鹣鹣比翼。"又："南方有比翼鸟焉，不比不飞，其名谓之鹣鹣。"《注》："似凫，青赤色，一目一翼，相得乃飞。"

何义门曰："前首写去路之荒凉，次首言流怀之难极。'山川'一句，收转前首，其情一片。"

方东树曰："起五句言人生离别，不可常保，故愿得展情。'我友'三句，实点'送'字。'中馈'四句，义深文曲，言不能答其深望，故以为愧。'山川'四句，又致其款恋不忍离别之忧，用笔变化，不可执著。鲍、谢且不能窥，后惟杜、韩二公有此耳。'愿得展嫌婉'，所谓'口前截断第二句'也。"

三良诗

《〈诗〉疏》："文六年，《左传》云：'秦伯任好卒，以子车氏之三子奄息、仲行、鍼虎为殉，皆秦之良也。国人哀之，为之赋《黄鸟》。'"

功名不可为，忠义我所安。秦穆先下世，三臣皆自残。生时等荣乐，既没同忧患。谁言捐躯易？杀身诚独难。揽涕登君墓，临穴仰天叹。长夜何冥冥，一往不复还。黄鸟为悲鸣，哀哉伤肺肝。

《吕氏春秋》：“功名之立，天也。”善曰：“言功立不由于己，故不可为也。”天闵案：功名由天，故曰“不可为”也。忠义可以自勉，故曰“我所安”也。应劭《〈汉书〉注》：“秦穆与群臣饮酒，酒酣，公曰：‘生共此乐，死共此哀。’奄息等许诺。及公薨，皆从死。”《说文》：“捐，弃也。”《毛诗·黄鸟篇》：“临其穴，惴惴其慄。”

方曰：“一起破空而来，‘秦穆’二句点，‘生时’二句承。峥嵘飞动，雄迈无比。‘谁言’二句倏转，出余意。以下但停蓄感叹，沉痛之至。”

杂　诗

天闵案：原诗六首，渔阳选三首，兹选一首。

高台多悲风，朝日照北林。之子在万里，江湖迥且深。方舟安可极，离思故难任。孤雁飞南游，过庭长哀吟。翘思慕远人，愿欲托遗音。形影忽不见，翩翩伤我心。（曾曰：“识度。”）

《新语》曰：“‘高台’喻京师，‘悲风’言教令，‘朝日’喻君之明。‘照北林’言狭，比喻小人。”《尔雅》郭璞《注》：“方舟，并两船也。”《〈毛诗〉传》：“极，至也。”《广韵》：“任，堪也。”善曰：“‘翘’，犹‘悬’也。”

曾国藩曰：“《易·小过》：‘飞鸟遗之音。’谓欲托之寄音讯于故乡也，转瞬而雁之行影已不见矣。‘之子’，远人，似当有所指，若徐幹之类。”
方曰：“‘高台多悲风’二句，兴象自然，无限托意。‘之子’四句，文势与上忽离。‘孤雁’二句，横接。‘翘思’句，接‘离思’。‘形影’句，双接雁与人，作收。文法高妙，与《十九首》、阮公等同其神化。”

七哀诗

《玉台》作《杂诗》。《乐府》作《怨歌行本辞》。《韵语阳秋》："痛而哀，义而哀，感而哀，怨而哀，耳目闻见而哀，口叹而哀，鼻酸而哀，谓之七哀。"吴兢《乐府古题要解》："《七哀》起于汉末。"

明月照高楼，流光正徘徊。上有愁思妇，悲叹有余哀。借问叹者谁？言是宕子妻。君行逾十年，孤妾常独栖。君若清路尘，妾若浊水泥。浮沉各异势，会合何时谐？愿为西南风，长逝入君怀。君怀良不开，贱妾当何依？（曾云："情韵。"）

吕向曰："月行疾，其光如流。'正'，谓当其时也。'徘徊'，谓终夜月光回转、四面迁照也。"善《注》："夫皎月流辉，轮无辍照，以其余光未没，似若徘徊。前觉以为文外旁情，斯言当矣。"刘良曰："'逾'，过也。"黄节曰："'清路尘'与'浊水泥'是一物，'浮'为尘，'沉'为泥。故下云'浮沉''异势'，指尘、泥也。亦喻兄弟一体，而荣枯不同也。《乐府》改作'高山柏'，则二物不伦矣。'君怀不开'，则虽欲入君怀，不可得矣。诚如是，则何行依也。此逆料必然之辞，其怨极深。"《尔雅》："谐，和也。"

朱止溪曰："此曲疑作于文帝时。《怨歌行》，作于明帝初立也。"
刘坦之曰："建与文帝同母骨肉，今乃浮沉异势，不相亲与，故以'孤妾'自比。首言月光徘徊，喻文帝恩泽流布，而独不见及也。"
朱述之曰："胡应麟《诗薮》云：'明月照高楼，想见余光辉'，李陵逸诗也。子建'明月照高楼，流光正徘徊'，全用此句，而不用其意，遂为建安绝唱。"
方曰："起八句叙题，'君若清路尘'以下，语语紧健，妙绪不穷，收句忽转一意。古人收句，往往换意换势换笔，或兜转，或放开，多留弦外之音、不尽之意。"

王 粲

字仲宣，山阳高平人，有异才。汉献帝西游，因徙居长安。以西
京扰乱，乃之荆州依刘表。表卒，曹操辟为丞相掾，赐爵关内侯，拜
侍中。建安二十二年卒，年四十二。有《去乏论集》三卷、《汉末英雄
记》十卷、集十一卷。

咏史诗

自古无殉死，达人所共知（《文选》作"共所知"）。秦穆杀三良，惜
哉空尔为。结发事明君，受恩良不訾。临没要之死，焉得不相随？妻
子当门泣，兄弟哭路陲（《文选》作"垂"）。临穴呼苍天，涕下如绠縻。
人生各有志，终不为此移。同知埋身剧，心亦有所施。生为百夫雄，
死为壮士规。黄鸟作哀（《文选》作"悲"）诗，至今声不亏。

《礼记》："陈乾昔寝疾，命箕子曰：'如我死，则必大为我棺，
使二婢子夹我。乾昔死，其子曰：'殉葬，非礼也，况又同棺乎。'"
《〈毛诗·秦风·黄鸟〉疏》："服虔曰：'杀人以葬，璇环其左右，曰
殉。'"郑玄《〈礼记〉注》："尔，语助也。"贾逵《〈国语〉注》："訾，量
也。"《毛诗》："彼苍者天，歼我良人！"《说文》："绠，汲井绠也。
縻，牛辔也。"《玉篇》："剧，甚也。"《广韵》："剧，艰也。"案：言三
良殉秦穆，同知死祸甚烈，然其心固亦有所施用也。包咸《〈论语〉
注》："施，行也。"《毛诗》："惟此奄息，百夫之特。"郑玄曰："百夫
之中最雄俊者也。"《〈毛诗〉序》："《黄鸟》，哀三良也。"《〈楚辞〉
注》："亏，负也。"

方曰："起四句先言不应杀良臣，'结发'以下，却转出当殉意来，而以子建收处哀叹意置于此。'人生'以下，却以子建起句为收，而加清警。通首文势浩瀚，似胜子建作。其意亦本屈子。谢、鲍尝拟其词意，而气格之高妙，则远不逮也。"

天闵案：此似与子建同时唱和之作，用意政同。五臣《注》谓："魏武好以己事诛杀贤良，故托言三良以讽。"盖仅就起四句而为之说，未得本诗之要旨也。诗意仍视殉死为当，"人生"四句，即子建所谓"忠义我所安"也。特子建别具苦心，故言之尤觉深痛，仲宣乃人臣客气语耳。方氏乃谓此篇较胜，似为失言。

七哀诗

天闵案：原诗三首，《文选》选一、二两首，王选一、三两首。

西京乱无象，豺虎方遘患。复弃中国去，委（《文选》作"远"）身适荆蛮。亲戚对我悲，朋友相追攀。出门无所见，白骨蔽平原。路有饥妇人，抱子弃草间。顾闻号泣声，挥涕独不还。未知身死处，何能两相完？驱马弃之去，不忍听此言。南登霸陵岸，回首望长安。悟彼下泉人，喟然伤心肝。

《老子》："执大象，天下往。"河上公《注》："象，道也。"《汉书》述张耳、陈余"据国争权，还为豺虎"。善曰："'遘'，与'构'同，古字通。"天闵案："象"，法也。二句盖谓吕布杀董卓、李傕、郭汜之乱。《毛诗》："蠢尔蛮荆。"《传》："蛮荆，荆州之蛮也。"天闵案：此盖往荆州依刘表时所作，故曰"适荆蛮"。善《注》："言回顾虽闻其子号泣之声，但知挥涕独去，不复还视也。'未知'二句，妇人之辞。"《诗文》："完，全也。"《汉书》："文帝葬霸陵。"按：在陕西长安县东，其西北为霸陵县，北周废。即霸上也。《〈毛诗〉序》："《下泉》，思治也。曹人思明王贤伯也。"闻人倓曰："沈约称仲宣《壖岸之篇》，指此。"

方曰："起六句点题，而沉雄阔大，气体骞举。'出门'以下，以中道所见言之，情词酸楚，至不忍闻。《小雅》伤乱，同此惨酷。'南登'以下思治，沉痛悲凉，寄哀终古。"

边城使心悲，昔我亲更之。冰雪截肌肤，风飘无止期。百里不见人，草木谁当迟（王注："与'治'同，平声。"）？登城望亭燧，翩翩飞戍旗。行者不顾反，出门与家辞。子弟多俘虏，哭泣无已时。天下尽乐土，何为久留兹？蓼虫不知辛，去来无与咨。

《玉篇》："更，历也。"《说文》："截，断也。"《后汉·西羌传》："障塞亭燧出长城外数千里。"按：谓设亭障、举烽火以为守望也。《尔雅》："戍，遏也。"《注》："戍守，所以止寇贼。"《〈尔雅〉疏》："囚敌曰俘。"《汉书》晋灼《注》："生得曰'虏'。"《毛诗》："逝将去汝，适彼乐土。"《楚辞》："蓼虫不徒守葵藿。"闻人倓曰："言蓼辛葵甘，虫各安其故，不知迁也。以比人之久留兹者。"《集韵》："咨，谋也，问也。"

方曰："起二句文法双绾。'冰雪'四句言地，'登城'六句言人，笔势苍莽浩荡，后惟杜公有之。'天下'二句，逆转反掉。'蓼虫'二句，本怨恨之辞，却庄言之，悲慨尤深。此诗直嗣二《雅》，昭明之选，乃逸此篇，选择殊失当也。"又曰："苍凉悲慨，才力豪健，陈思而下，一人而已。"

钟嵘《诗品》曰："魏侍中王粲，其源出于李陵。发愀怆之词，文秀而质羸，在曹、刘间别构一体。方陈思不足，比魏文有余。"

何焯曰："仲宣最为沉郁顿挫，而钟记室以为文秀而质羸，殆所未喻。"

天闵案：仲宣《七哀诗》三首，均依荆州刘表时作。一首写出西京时乱离之惨，二首写羁旅忧思，即《登楼赋》之意，三首写边城虏氛甚炽。盖汉末中原多故，匈奴、乌桓、鲜卑、氐羌诸族，侵凌边地，无人过问。子弟多俘虏，哭泣无已时，真惨痛也。然豺虎构患，白骨蔽野，天下滔滔，岂真有所谓乐土哉？卒至无可如何，而以蜉蝣不知辛为解，用意尤为悲愤。又案：公幹诗，王氏竟未入选，而伟长、德琏，仅选其一二，无甚精彩，悉为节去。

繁　钦

字休伯，文才机辨。少得名于汝颖，为丞相主簿。建安二十二年卒。有集十卷。

定情诗

《解题》："言妇人不能以礼从人，而自相悦媚，乃解衣服、玩好，致之，以结绸缪之志。若臂环致拳拳、指环致殷勤、耳珠致区区、香囊致叩叩、跳脱致契阔、佩玉结恩情，自以为志。而期于山隅、山阳、山西、山北，终而不答，乃自悔伤焉。"

我出东门游，邂逅承清尘。思君即幽房，侍寝执衣巾。时无桑中契，迫此路侧人。我既媚君姿，君亦悦我颜。何以致拳拳？绾臂双金环。何以致殷勤？约指一双银。何以致区区？耳中双明珠。何以致叩叩？香囊系肘后。何以致契阔？绕腕双跳脱。何以结恩情？美玉缀罗缨。何以结中心？素缕连双针。何以结相于（一作"投"）？金簿画搔头。何以慰别离？耳后玳瑁钗。何以答欢欣？纨素三条裙。何以结愁悲？白绢双中衣。与我期何所？乃期东山隅。日旰兮不来，谷风吹我襦。远望无所见，涕泣起踟蹰。与我期何所？乃期山南阳。日中兮不来，飘风吹我裳。逍遥莫谁睹，望君愁我肠。与我期何所？乃期西山侧。日夕兮不来，踯躅长叹息。远望凉风至，俯仰正衣服。与我期何所？乃期山北岑。日暮兮不来，凄风吹我襟。望君不能坐，悲苦愁我心。爱身以何为？惜我华色时。中情既款款，然后卦密期。褰衣蹑茂草，谓君不我欺。厕此丑陋质，徙倚无所之。自伤失所欲，泪下如

78

连丝。

　　《毛诗》:"出其东门,有女如云。"黄节曰:"《诗·陈风》:"东门之枌。"《毛传》曰:"国之交会,男女之所聚。"《郑风》:"东门之墠。"《毛传》曰:"东门,城东门也。男女之际近而易,则如东门之墠,据此则陈、郑东门皆男女相聚之地。"《毛诗》:"邂逅相遇。"《玉篇》:"邂逅,不期而会也。"《楚辞·远游》:"闻赤松之清尘。"按:"清尘",犹云"清徽"。《毛诗》:"期我乎桑中。"《左传》:"夫子有桑中之喜,宜将窃妻以逃也。"《诗·毛传》:"媚,爱也。"《广雅》:"拳拳,爱也。"《说文》:"钏,臂环也。"《广韵》:"绾,系也。"《汉旧仪》:"宫人御幸,赐银指环,令数环计月也。"《〈汉书〉注》:"师古曰:'区区,小也。'"《风俗通》:"耳珠曰珰。"《〈广雅〉释训》曰:"叩叩,诚也。"《说文》:"肘,臂节也,手腕动脉处。"《毛诗》:"死生契阔。"《传》:"契阔,勤苦也。"《字汇》云:"钏,古之跳脱金条,旋转数匝,浮贯臂间。古男女同用,今惟女饰用之。"《释名》:"缨,颈也。自上而下系于颈也。"黄节曰:"《礼·内则》:'妇事舅姑衿缨綦履。'郑《注》:'衿,犹结也。妇人有衿缨,示有系属也。'《尔雅·释器》云:'佩衿谓之褑。'郑《注》:'佩玉之带上属。''何以结中心',谓佩衿也。"闻人倓曰:"谢氏《诗源》:'昔有姜氏与邻人文胄通殷勤,文胄以百炼水精铁一函遗姜氏,姜氏启履箱,取连理线贯双针结同心花以答之,故《定情诗》曰'素缕连双针'。"孔融《书》:"不得与足下岸帻广坐,举杯相于,以为邑邑。"《广韵》:"于,居也。"按:相于,犹云相依以居也。《邺中记》:"金薄薄打,纯金如蝉翼。"《西京杂记》:"武帝过李夫人,就取玉簪搔头,此自后宫搔头皆用玉画镂也。"《续〈汉书·舆服志〉》:"贵人助蚕戴玳瑁钗。"《释名》:"裙下,裳也。裙,群也,联接群幅也。缉下横缝,缉,其下也。"黄节曰:"'三举',其多也。盖即联接群幅在条也。"《释名》:"中衣,言小衣之外、大衣之中也。"《说文》:"旰,晚也。"《尔雅》:"东风谓之谷风。"又:"回风为飘。"又:"北风谓之凉风。又:"山小而高曰岑。"《吕氏春秋》:"风有八等:炎风、滔风、薰风、巨风、凄风、飂风、厉风、寒风。"又:"西南风曰凄风。"黄节曰:"《〈诗〉序》:'《氓》,刺时也。淫风大行,男女无别,遂相奔诱。华落色衰,复相背弃。'"《广韵》:"尥,必也。"黄节曰:"'密期',犹'密约'也。"《说文》:"褰,袴也。攘,抠衣也。从手。褰声则褰,乃攘之假借。"吴兆宜曰:"《释名》:'厕,杂也,言人杂厕其上也。'"

朱秬堂曰:"《卫·氓》在被弃之后,此诗在负约之初,其为愧悔则一也。《氓》诗曰'老使我怨',可伤也。此诗曰'厕其丑陋质,徙倚无所之',尤可惜也。一不自检,遂不胜自失之悔。情之荡,可惧哉!定情者约之以礼,而不自失也。"

陈沆曰:"繁主簿有《咏蕙篇》云:'蕙草生北山,托身失所依。植根阴崖侧,夙夜惧危颓。寒泉浸我根,凄风常徘徊。三光照八极,独不蒙余晖。芭叶永凋悴,凝露不暇晞。百草皆含荣,己独失时姿,比我英芳发。鹍鸠鸣已哀。'夫休伯在魏,书翰见优。宾僚燕好,未为不遇,何哀苦若此哉?观魏文《与吴质书》,历数存没诸人,不及主簿,得毋情好不终、骚怨斯作乎?彼甄后结发,尚致塞糠;子建连枝,犹泣煮釜。繁与二丁、德祖,俱摈七子之列,知此《定情》之作,必匪无病之呻。始合始睽,彼凉我厚,君臣朋友,千载同情。渊明《闲情》之赋,此导其前修;平子《四愁》之章,此申其嗣响。味斯比兴,遂等闺情。辄复举隅,以当论世。"

阮 籍

字嗣宗，陈留尉氏人，司空记室瑀之子。容貌瑰杰，志气豪放。初辟太尉掾，进散骑常侍大将军。司马昭欲为其子炎求婚，籍沉醉六十日，不得言而止。后引为从事中郎，籍闻步兵厨多美酒，遂求为步兵校尉。纵酒昏酣，遗落世事。又对人能为青白眼，由是礼法之士，深所仇疾，大将军常保持之。有集十三卷。

咏 怀

天闳案：阮公《咏怀》凡八十二首，《文选》录十七首，陈沉《诗比兴笺》录三十八首，王选三十二首。颜延年曰："阮籍在晋文代，常虑祸患，故发此咏耳。"又曰："嗣宗身仕乱朝，常恐罹谤遇祸，因兹发咏，故每有忧生之嗟。虽志在刺讥，而文多隐避，百代之下，难以情测。故粗明大意，略其幽旨也。"

吴汝纶曰："八十二章，决非一时之作。疑其总集生平所为诗，题之为《咏怀》耳。"

成倬云曰："正于不伦不类中，见其块垒发泄处。一首只作一首读，不必于其中求章法贯穿也。"

黄节曰："《晋书》本传云：'籍本有济世志，属魏、晋之际，天下多故，名士少有全者，籍由是不与世事，遂酣饮为常。'又云：'籍发言玄远，口不臧否人物。'斯则《咏怀》之作所由来也。而臧否之情，托之于诗，一寓刺讥，故东陵、吹台之咏，李公、苏子之悲，园绮、北阳之思、高子、三闾之怨，诗中递见。此李崇贤所谓'文多隐避'者也。"

陈沆曰:"阮公凭临广武,啸傲苏门,远迹曹爽,洁身懿、师,其诗愤怀禅代,凭吊今古,盖仁人志士之发愤焉,岂直忧生之嗟而已哉?"

《诗·大雅》:"仲山甫永怀。""永"、"咏",古通。《尚书》:"歌永言。"《汉书·艺文志》,引"永"作"咏"。师古曰:"咏者,永也。永,长也。所以长言之也。"《晋书》本传:"籍作《咏怀诗》八十余篇,为世所重。"

夜中不能寐,起坐弹鸣琴。薄帷鉴明月,清风吹我襟(《文选》作"衿")。孤鸿号外野,翔(《文选》作"朔")鸟鸣北林。徘徊将何见?忧思独伤心。(曾曰:"识度。")

《释名》:"帷,围也。"《广雅》:"鉴,照也。"《尔雅》:"衿,谓之裤。"《注》:"衣小带。"吴琪曰:"鸟不夜翔,曰'翔鸟',正以月明故。即曹孟德诗:'月明星稀,乌鹊南飞。'"

方曰:"此为八十一首(天闵案:《咏怀》八十二首,方氏谓为八十一首,未悉所据。)发端,总言所以咏怀不能已于言之故。而情景交融,含蓄不尽。虽其词意已为后人剿袭熟滥,然其兴象如新,未尝分毫损也。"

何焯曰:"籍之忧思,所谓有甚于生者,注家何足以知之。"(蒋师爚曰:"此刺善《笺》'忧生之嗟'也。")

徐经纶曰:"'忧思'二字,为八十余篇之血脉。"

黄节曰:"诸家多以此篇为八十二首之发端,若蒋师爚诠次其先后辞旨,以类相次。陈沆乃刺取三十八首,分上中下三篇,曰悼宗国将亡,曰刺权奸,曰述己志。此皆强与区分,无当于阮公作诗之旨,窃不敢从。"

天闵案:黄说是也,然"忧思"二字确为八十余篇之主宰。又此诗但写情景,不著论议,谓为发端,似无不可。或阮公总集所著,特题一首于其端耶。

　　二妃游江滨，逍遥顺风翔。交甫怀环珮，婉娈有芬芳。猗靡情欢爱，千载不相忘。倾城迷下蔡，容好结中肠。感激生忧思，萱草树兰房。膏沐为谁施？其雨怨朝阳。如何金石交，一旦更离伤？（曾曰："识度。"）

　　《列仙传》："江妃二女出游于江汉之湄，逢郑交甫见而悦之，不知其神人也。交甫下请其珮，遂手解珮与交甫。交甫悦，受而怀之。去数十步视珮，空怀无珮，顾二女忽然不见。"《〈毛诗〉传》："婉娈，少好貌。"《子虚赋》："扶舆猗靡。"黄节曰："案：《庄子·应帝王篇》：'吾与之虚而委蛇。'《列子·皇帝篇》作'猗移'。《礼记·玉藻》：'疾趋则欲发而手足毋移。'郑《注》：'移之，言靡迤也。'则'猗靡'即'猗移'，亦即'委蛇'也。《毛诗》郑《笺》：'委蛇，委曲，自得之貌。'"《汉书》："李延年歌曰：'一顾倾人城，再顾倾人国。'"《登徒子好色赋》："臣东家之子，嫣然一笑，惑阳城，迷下蔡。"《毛诗》："焉得萱草，言树之背。"《传》："萱草令人忘忧。背，北堂也。"《毛诗》："岂无膏沐，谁适为容？"又："其雨其雨，杲杲出日。"郑《笺》："人言'其雨，其雨'，杲杲然日复出，犹我言'伯且来，伯且来'，则复不来也。"黄节曰："'萱草'三句，皆用《卫风·伯兮》诗义。"《汉书》："楚王使武涉说韩信曰：'足下自以为与汉王为金石交，今为汉王所擒矣。'"

　　何焯曰："此盖托朋友以喻君臣，非徒休文好德不如好色之谓。结谓一与之齐，终身不易，臣无二心，奈何改操乎？"
　　刘履曰："初司马昭以魏氏托任之重，亦自谓能尽忠于国，至是专权僭窃，欲行篡逆，故嗣宗婉其词以讽刺之。言交甫能念二妃解珮于一遇之顷，犹且情爱猗靡，久而不忘。佳人以容好结欢，犹能感激思望，专心靡他，甚而至于忧且怨，如何股肱大臣，视大臣腹心者，一旦更变而有乖背之伤也？君臣、朋友皆以义合，故借金石之交为喻。所以文多隐避者如此，亦不失古人谲谏之义矣。须溪刘会孟谓从二妃来，不谓有此结语，盖所谓如截奔马者。此文词变化之妙，学者亦不可不知也。"

方曰："如沈解颟顸，不能显出其真情，发露其真味。窃意此即'初既与予成言，后悔遁而有他'，交不忠者怨长之旨。然不知其为何人而发。公必不苟为空言泛语、剿袭屈子也。'膏沐'句，犹云'我安适归矣'。"

天闵案：方说是也。"猗靡"四句，极言欢爱，即所谓"金石交"也。"感激"四句，乃言忧思，所谓"离伤"也。"如何"二句，总结。"感激"句折入"忧思"，令人不觉。"感激"生"忧思"，言欢爱之极，转忧其不可久也。刘氏云云，未得其旨。

嘉树下成蹊，东园桃与李。秋风吹飞藿，零落从此始。繁华有憔悴，堂上生荆杞。驱马舍之去，去上西山址。一身不自保，何况恋妻子？凝霜被野草，岁暮亦云已。（曾曰："识度。"）

《汉书·李广传赞》："桃李不言，下自成蹊。"《博雅》："蹊，径道也。"《说文》："藿，豆之叶也。"《楚辞》："惟草木之零落兮。"沈约曰："风吹飞藿之时，盖桃李零落之日。华实既尽，柯叶又凋，无复一毫可乐悦。"《文子》："有荣华者，必有憔悴。"张铣曰："'荆杞'喻奸臣，言因魏室陵迟，奸臣是生。奸臣，则晋文王也。"天闵案："堂上生荆杞"，即麋鹿游于姑苏台之意，喻亡国也。即所谓"憔悴"也。张说非是。李善曰："'西山'，夷、齐所居。言一欲从之以避世患。"《楚辞》曰："潄凝霜之雰雰。"《字书》曰："凝，冰坚也。"《毛诗》："岁聿云暮。"《苍颉篇》："已，毕也。"沈约曰："荣悴去就，此人并无保身之术，况复妻子者乎！"李善曰："繁霜已凝，岁亦暮止。野草残悴，身亦当然。"蒋师爚曰："'凝霜'二句，谓无复羡来春之桃李云尔。"

刘履曰："此言魏室全盛之时，则贤才者愿禄仕其朝，譬犹东园桃李，春玩其华，夏取其实，而往来者众，其下自成蹊也。及乎权奸

84

僭窃，则贤者退散，亦犹秋风一起，而草木零落，繁华者于是而憔悴矣。甚至荆杞生于堂上，则朝廷所用之人从可知焉。当是时，惟脱身远遁，去从夷、齐于西山，尚恐不能自保，何况恋妻子乎？篇末复谓严霜被草、岁暮云已者，盖见阴凝愈盛，世运垂穷，朝廷终将变革，无复可延之理，是以情促词绝，不自知其叹息之深也。"

陈沆曰："司马懿尽录魏王公置于邺，'嘉树零落'、'繁华憔悴'，皆宗枝剪除之喻也。不然，去，何必于西山？身，何至于不保？岂非周粟之耻、义形于色者乎？而不蹈叔夜非薄汤武之祸，则比兴殊于指斥也。"

方曰："此疑初辞曹爽辟时作。'桃李'盖以喻爽，忧其今虽荣华，旋即憔悴。'驱马'二句言己欲上西山以避之，即乱邦不居之义。否则严霜岁暮，'一身且不保'矣。二句倒装，笔势凌厉。"

沈德潜曰："一结见否终则倾，有去之恐不速意。"

天闵案：诸家所说，大略相同，惟方氏谓指曹爽，亦自可通。但细玩此诗意旨，实有亡国之惧，不仅区区为曹爽忧也。"堂上"句即谓"憔悴"，文笔非常酣恣。"凝霜"二句，有岌岌不可终日之势。昔人所谓"惊心动魄"者，此类是也。

天马出西北，由来从东道。春秋非有托，富贵焉常保？清露被皋兰，凝霜沾野草。朝为美（五臣作"媚"）少年，夕暮成丑老。自非王子晋，谁能常美好？（曾曰："识度。"）

《汉书》："天马来，从西极，涉流沙，九夷服。天马来，历无草，经千里，循东道。"张晏曰："马从西而来东道也。"沈约曰："由西北来东道也。"郑玄《〈礼记〉注》："托，止也。"黄节曰："各本皆同。今《〈礼记〉注》无之。《考异》曰：'此所引即《礼记·祭统》讫其嗜欲，《注》云讫犹止也。'作'托'，但传写之误。"沈约曰："春秋相代，若环之无端。天道常也，譬如天马本出西北，忽由东道，况富之与贫、贵之与贱易至乎？"李善曰："'清露'二句，迅疾也。"《楚辞》："皋兰被径兮。"《古诗》："白露沾野草。"吕向曰："春露秋霜，互以相代。"

吴琪曰："汉以后之诗，率多比赋，求之《选》诗，合兴义者，止此'天马'二句。说者往往曲为之说，以求切于下文，则是比也非兴矣。不过以天马之出，引起'春秋'云云耳，'春秋'二字似泛论天时，乃人生所受之年光，《史记》所云'富于春秋'也。'春秋'既为人生所受之年光，最切于身者，犹非可止。（天闵案：此解颇为迂曲。）况富贵乃人所遇之幻境，非切于身者，又安能常保乎？'清露'二句以下方是比义，言人当春秋鼎盛之时，何异清露之被皋兰，及当此衰落之时，何异凝霜之沾野草，然盛极必衰，曾不终朝。苟非仙人，犹且春非我春，秋非我秋，而乃谓富为我富，贵为我贵，岂不愚哉！"

刘履曰："此特明乎理之可晓者以证之云尔。若夫言外之意，当潜心领会可也。"

方曰："言世间万事无常，以兴盛衰之不常。'春秋'取代谢义，'清露'二句，即履霜坚冰意。（天闵案：此解甚确。）此与上'桃李'皆言其危亡在即，决几之言也，而此首尤隐，止'富贵'句露。"

徐经纶曰："陈沆谓马出西极，由东道主人引之使来。司马氏本人臣，由魏帝致之使盛，马即典午之姓。其说近凿。"

平生少年时，轻薄好弦歌。西游咸阳中，赵李相经过。娱乐未终极，白日忽蹉跎。驱马复来归，反顾望三河。黄金百镒尽，资用常苦多。北临太行道，失路将如何？（曾曰："识度。"）

《三秦记》："地在九嵕之南、渭水之北。山水皆阳，故曰咸阳。"按：今陕西长安县东有渭城故城，即秦所都也。颜延年曰："赵，汉成帝赵后飞燕也；李，武帝李夫人也，并以善歌妙舞，幸于二帝。"黄节曰："'赵、李'，自颜氏外有三说。顾炎武据《汉书·谷永传》'赵、李从微贱专宠'，《外戚传》'班倢伃进侍者李平为倢伃，而赵飞燕为皇后'，则以为'赵、李'者，赵飞燕、李平亲属也。梁章钜据《佞幸传》，云：'佞幸宠臣，孝文时宦者，则赵谈；孝武时宦者，则李延年也。'顾起元据《汉书·何并传》'轻侠赵季、李款，多畜宾客，以气力渔食间里'，并曰'赵、李杰（原书为"杰"，误，应为"桀"）恶，当得其头，以谢百姓'，则与此诗轻薄意尤近。"《说文》："蹉跎，失时也。"韦昭《〈汉书〉注》："河东、河南、河内也。"黄节曰："《咏怀》十三首，'苏子狭三河'，《文选注》：'沈约曰：河南、河东、河北，秦之三川郡。古人呼水皆为河耳。''河内'，即河北。嗣宗本陈留尉氏人，《通典》云：'陈留故属秦三川郡。'则此云'反顾望三河'者，盖指故乡之陈留也。'"刘履曰："嗣宗所举陈留，在河南之东，故自西而望，概称三河也。"贾逵《〈国语〉注》："一镒二十四两。"《战国策》："魏王欲攻邯郸，季梁闻之，中道而反，衣焦不伸，头尘不去。往见王曰：'今者臣来，见人于太山，方北面而持其驾，告臣曰：我欲之楚，臣曰：之楚，将奚为北面？曰：吾马良。臣曰：虽良，此非楚之路也。曰：吾用多。臣曰：虽多，此非楚之路也。曰：吾御者善。此数者愈善而离楚愈远。今王动欲成霸王，恃王国之大，兵之精锐，而欲攻邯郸以广地尊名，王之动愈数，而离王愈远耳，犹至楚而北面也。'"

李善曰："少年之日，志好弦歌，及乎岁晚旋归，路失财尽，同乎太山之子，当如之何乎？"

蒋师爚曰："此以少年蹉跎，终竟失路，为寓言也。驾反穷途，歌哭一致。"

刘履曰："此嗣宗自悔其失身也，以喻初不自重，不审时而从仕，魏室将亡，虽欲退休而无计。故篇末托言太行失路，以寓懊叹无穷之情焉。"

吴琪曰："'生平少年时'，《选》诗中凡两见。嗣宗作俶傥不拘，开后来李太白一派；休文作清绝无尘，开后来孟襄阳一派。"

陈沆曰："此借己以喻国也。首四句比魏之盛时，白日蹉跎比明帝之崩，失路比国家之失权。"（天闵案：陈说最为穿凿。兹录曾氏所节录者，非原文也。）

方曰："此言为人之失，与失路同。疑以己托讽曹爽，不可荒淫失道，虽若裕如，而祸患忽来；虽悔失路，无如何也。'黄金'二句倒装。"（天闵案：方说亦凿。）

姚范曰："此为阮公自言事实耳。"（天闵案：此与刘说政同，而刘说尤为详尽。）

昔闻东陵瓜，近在青门外。连畛距阡陌，子母相钩带。五色曜朝日，嘉宾四面会。膏火自煎熬，多财为患害。布衣可终身，宠禄岂足赖？（曾曰："识度。"）

《史记》："邵平者，故秦东陵侯。秦破为布衣，贫，种瓜于长安城东。瓜美，故时俗谓之东陵瓜，从邵平始也。"《三辅黄图》："长安城，东出南头第一门，曰霸城门。民见门色青，因曰青门。"《说文》："畛，井田间陌也。"孔安国《〈尚书〉传》："距，至也。"《说文》："南北曰阡，东西曰陌。"李善曰："'子母'、'五色'，俱谓瓜也。"刘履曰："'子母'，言瓜之大小相连带也。"《述异记》："吴桓王时，会稽生五色瓜。吴中有五色瓜，充岁贡。"《庄子》："山木自寇也，膏火自煎也。"《汉书》："疏广曰：'愚而多财，则益其过。'"《左传》："石碏曰：'四者之来，宠禄过也。'又华元曰：'不能治官，赖宠乎？'"

沈约曰："当东陵侯侯服之时，多财爵贵，及种瓜青门，匹夫耳。实由善于其事，故以美味见称。连畛距陌，五色相照，非惟周身赡己，乃亦坐致嘉宾。夫得固易失，荣难久恃。膏以明自煎，人以财兴累，布衣可以终身，岂宠禄之足赖哉！"

刘履曰："嗣宗知魏亡有日，不乐久仕，思得如秦故侯，种瓜于青门，则志愿毕矣，故咏其事以自见。按：《史记》'世称东陵瓜从邵平始'，盖平所以垂名者，不以侯而以瓜。《诗》云'诚不以富，亦只以异'，其是之谓乎。"

何焯曰："言古人即易代失侯，可以种瓜食力，何事不可？固穷欲事二姓乎？此又为虽非党恶而依违者讽也。"

方曰："此言爽溺富贵将亡，不能如邵平之犹能退保布衣也。旨

88

意宏远，秘藏隐避，而用笔回转顿挫，变化无端。起六句先写瓜，极夸其美，写至十分词足。'膏火'二句，凭空横来，与上全不接。'布衣'句倏又截断，遥接前六句种瓜之安乐。'宠禄'句倒接'膏火'、'多财'，以二句分结。如此章法，岂非奇观？休文解殊陋。"（天闵案：方说谓指曹爽，仍嫌无据。）

徐经纶曰："此以邵平自比，'膏火'二句，横空接入，章法妙绝。末谓即易代失侯，而种瓜食力，安我布衣，谁能靦颜二姓以蒙宠禄乎？"

黄节曰："丘光庭《兼明书》云：'此遭乱代，思深居远害，故以瓜喻之。言邵平种瓜，不能深远，近在青门之外，又色妍味美，遂为人所食也。'吴琪《选诗定论》云：'东陵之瓜，近东门，而会宾客，言人不能高蹈远引而婴患害也。'二家之说，未会全诗，观'布衣'二句之对于邵平，盖称之，非讥之也。"

灼灼西隤日，余光照我衣。回风吹四壁，寒鸟相因依。周周尚衔羽，蛩蛩亦念饥。如何当路子，磬折忘所归？岂为夸誉名，憔悴使心悲。宁与燕雀翔，不随黄鹄飞。黄鹄游四海，中路将安归？（曾曰："识度。"）

《楚辞》："日杳杳而西颓。"按："隤"与"颓"通。五臣作"颓"。张铣曰："'颓日'，喻魏也，尚有余德及人。'回风'，喻晋武。'四壁'，喻大臣。'寒鸟'，喻小臣也。"《韩非子》："鸟有周周者，重首而屈尾，将欲饮于河则必颠，乃衔羽而饮。"《尔雅》："西方有比肩兽焉，与邛邛岠虚比，为邛邛岠虚，啮甘草，即有难。邛邛岠虚负而走，其名谓之蟨。"郭璞曰："蟨，音厥。"綦毋邃曰："'当路'，当仕路也。"《吕氏春秋》："古之人有不肯富贵者，由重生故也，非夸以名也，为其实也。"司马彪《〈庄子〉注》："夸，虚名也。"郑玄《〈礼记〉注》："名，令闻也。"胡绍煐曰："五臣'誉'作'与'。"按：善引《吕览》，见《本生篇》。高注："夸，虚也。"阮诗即本此。古"以"、"与"字通。此诗第三十首有"背弃夸与名"句，则作"与"是也。

沈约曰："若斯人者，不念己之短翮，不随燕雀为侣，而欲与黄鹄比游。黄鹄一举冲天，翱翔四海，短翮退而不逮，将安归乎？为其计者，宜与燕相随，不宜与黄鹄齐举。"吴琪曰："所归者何？乃生人安身立命之处也。"

方曰："此疑亦辞爽辟时作。起二句喻爽之将亡，'回风'八句，言天寒虫鸟尚知因依，求免颠仆，而彼昏不悟，惟知进趋忘归。而己不肯从之者，非矜夸名誉，乃重生，恐惧焦耳，故憔悴兴悲。章法笔势，奇矫浩迈。'黄鹄'，言爽党何晏、邓飏辈也。"（天闵案：方氏谓指曹爽，似未可据。）

徐经纶曰："'岂为夸与名'二句，言磬折忘归之子，岂为虚名乎？然憔悴亦可悲矣。"

黄节曰："二句盖言易姓之际，当仕路者，虽磬折忘归，而终不免于被弃之悲耳。"

天闵案："岂为"二句，玩其文法，应属上"回风"八句为一段，"燕雀"四句，乃自谓。徐、黄二氏所说，较方氏为允。

曾国藩曰："陈沆以'磬折'、'忘归'为讥党附司马氏者，未知然否？至谓末四句为阮公自命之词，鉴黄鹄之失路，宁燕雀以卑栖，则深得其本旨矣。"

黄节曰："刘履、吴琪皆以末四句为嗣宗自谓，何焯从之，曰：'末言己宁没身下位，不敢附司马氏尊显也。'陈沆、曾国藩亦皆取之，则与沈约说异。沈归愚曰：'为知进而不知退者言，盖鄙之之词。'则仍以沈约之说为允。"

天闵案："宁与燕雀翔，不随黄鹄飞"。"宁与"、"不随"云云，确为自谓语气。黄未会归愚之情，仍取沈约之说，甚为无当。

步出上东门，北望首阳岑。下有采薇士，上有嘉树林。良辰在何许？凝霜沾衣襟。寒风振山冈，玄云起重阴。鸣雁飞南征，鹍鸠发哀音。素质游商声，凄怆伤我心。（曾曰："识度。"）

戴延之《西征记》："洛阳东北首阳山，有夷、齐祠。今在偃师县西北。"《史记·伯夷传》："登彼西山兮，采其薇矣。"又《龟筴传》："无虫曰嘉林。"沈约曰："夷、齐尚不食周粟，况取之以不义者乎?"曹大家《东征赋》："选良辰而将行。"按："许"，犹"所"也。张衡《南都赋》："玄云合而重阴。"沈约曰："'良辰何许'，言世路险薄非良辰也。风霜交至，凋殒非一，玄云重阴，多所拥被，是以寄言夷、齐，望首阳而叹息。"《楚辞》："恐鹈鴂之先鸣兮，使夫百草为之不芳。"沈约曰："此鸟鸣则芳歇也，芬芳歇矣，所存者茝腐耳。"《礼记》："孟秋之月其音商。"郑玄曰："秋气和则商声调。"沈约曰："致此凋素之质，由商声用事于秋时也。'游'应作'由'，古人字类无定也。"黄节曰："首阳山见之古籍凡三所：一据《水经注》'河水东经平县故城北，南对首阳山'，则在今偃师县西北，即洛阳东北之首阳山。是为此诗所指之山。杜佑云：'夷、齐葬于此。'然考河南旧志云：'首阳山即邙山最高处，日出先照，故云。'以旧志考之，然则以其名同首阳，故立夷、齐庙，杜氏误以为夷、齐葬于此耳。阮瑀文曰：'适彼洛阳，瞻彼首阳，敬吊伯夷。'及嗣宗《首阳山赋》，皆指此山无误也。"又曰："嗣宗《首阳山赋》，作于高贵乡公正元年秋，其时魏尚未禅于晋。赋曰：'惟兹年之末岁兮，端旬首而重阴。风飘回一曲至兮，雨旋转而纤襟。蟋蟀鸣乎东房兮，鹈鴂号乎西林。时将暮而无俦兮，虑凄怆而感心。振沙衣而出门兮，缨缕绝而靡寻。步徙倚以遥思兮，喟叹息而微吟。将修饬而欲往兮，众嶻嵯而笑人。聊仰首以广俯兮，瞻首阳之冈岑。树丛茂以倾倚兮，纷萧爽而扬音。'疑此诗及其三诗，皆当时作也。"

方曰："因乱极而思首阳以寄慨。起四句为一意，言止此处人、地两佳。'良辰'六句，空中发叹，起下二句，言太平必不可冀，而盛时将歇，结明上所以思首阳也。'素质'结上六句，咏叹言之。"

徐经纶曰："末谓怀此素质，游荡于商声之中，乌知所届哉!'游'字不必作'由'字解。"

北里多奇舞，濮上有微音。轻薄闲游子，俯仰乍浮沉。捷径从狭路，俛俛趋荒淫。焉见王子乔，乘云翔邓林。独有延年术，可以（五臣作"用"）慰我心。（曾曰："识度。"）

《史记》："纣使师涓作新声北里之舞。"《礼记》："桑间、濮上之音，亡国之音也。"司马迁《报任少卿书》曰："故且从俗浮沉，与时俯仰。"《离骚》："夫惟捷径以窘步。"李善曰："轻薄之子，随时浮沉。弃彼大道，好从狭路。不尊恬淡，竞赴荒淫。言可悲甚也。"《山海经》："夸父与日竞逐而渴死，弃其杖，化为邓林。"《方言》曰："延，长也。"《〈毛诗〉传》曰："慰，安也。"李善曰："子乔离俗一轻举，全性以保真。其人已远，故曰'焉见'。其法不灭，故曰'可慰心'。"

蒋师爚曰："按：《三国志·魏少帝芳纪》，何晏有放郑声而弗听之奏。司马懿废帝，撰《太后令》，亦云'不亲万几，日延倡优'，是必有闲游子，导以荒淫歌舞者。故起便以亡国之音，又结出好吹笙之王子乔。其登仙亦何可遽信？只延年之术，或有可采，荒淫则岂所以延年？"

黄节曰："蒋说'王乔'四句，盖从李善者。"何焯曰："'焉见'云云，言轻薄闲游者，不足以见之也。吴琪曰：'趋捷径狭路'者，焉见千仞之上，有乘云而翔云者哉？'何焯之说，与吴琪同。吴琪曰：'以当时之事证之，如贾充之张水嬉，以示夏统，盖闲游而趋荒淫者，岂知夏统乃乘云而翔之子乔哉？'"

曾国藩曰："陈沆谓此章讥党附司马氏者，愚谓前六句似讥邓飏、何晏之徒，后四句则自况之语，言虽不能避世高举，犹可全生远害耳。"

吴汝纶曰："后四句，倒语也，言生当乱世，独有求仙之一法，而仙人不可见也。"

方曰："亦言曹爽之荒淫，不可久长，若得仙术乃可耳，用意深远。先言无仙，复思延年，开合入妙。"

天闵案：方说阮诗，多认为讽刺曹爽之作。按《晋书》本传，曹爽辅政，召为参军，籍因以疾辞，屏于田里。岁余而爽诛，时人服其远识。此盖方氏所指证者。余谓嗣宗亲见魏祚将移，深为痛惜，不仅区区为曹爽忧也。

湛湛长江水，上有枫树林。皋兰被径路，青骊逝骎骎。远望令人悲，春气感我心。三楚多秀士，朝云进荒淫。朱华振芬芳，高蔡相追寻。一为黄雀哀，涕下谁能禁？（曾曰："识度。"）

《楚辞》："湛湛江水兮上有枫，目极千里兮伤春心。"又："皋兰被径兮斯路渐。"又："青骊结驷兮齐千乘。"王逸《注》："湛湛，水貌。"《毛诗》："驾彼驷骆，载骤骎骎。"《毛传》曰："骎骎，骤貌。"孟康《〈汉书〉》注："旧名江陵为南楚，吴为东楚，彭城为西楚。"《吕氏春秋》曰："舜耕于历山，秀士从之。"李周翰曰："'秀士'谓宋玉之流。"《高唐赋》曰："妾旦为朝云。"黄节曰："'朱华振芬芳'，殆犹《高唐赋》所云'榛林郁盛，葩华覆盖。绿叶紫裹，丹茎白蒂'也。"《战国策》："庄辛谏楚王曰：'郢必危矣！王独不见黄雀，俯啄白粒，仰栖茂林，鼓翅奋翼，自以为与人无争，不知夫公子、王孙左挟弹、右摄丸，以其颈为的。昼游茂树，夕调酸咸尔。黄雀，其小者也。蔡圣侯因是已。南游北陵巫山，饮茹溪之流，食湘波之鱼，左抱幼妾，右拥嬖女，与之驰骋乎高蔡之中，而不以国家为事。不知夫予发方受命乎灵王，系已以朱丝而见之也。蔡灵侯之事，其小者也，君王之事因是已。左州侯，右夏侯，辇从鄢陵君与寿陵君，封禄之粟，方府之金，与之驰骋乎云梦之中，而不知以天下国家为事，不知夫穰侯方受命乎秦王，填黾塞之内，而投己乎黾塞之外。'"刘履曰："'高蔡'亦楚地。"

刘履曰："按：《通鉴·正元元年》'魏王芳幸平乐观，大将军司马师以其荒淫无度，褻令倡优，乃废为齐王，迁之河内，群臣送者皆为流涕'，嗣宗此诗，其亦哀齐王芳之废乎。盖不敢直陈游幸平乐之事，乃借楚地而言。夫江水之上，草木春荣，其乘青骊驰骤而去，使人远望而悲念者，正以春气之能动人心也。彼三楚固多秀士，如宋玉之流，但以朝云荒淫之事导而进之，无有能匡辅之者，是其目前情实。虽如朱华芬芳之可悦，至于一遭祸，则终身悔之，将何及哉！故以高蔡、黄雀之说终之，亦可谓明切矣。"

黄节曰："何焯谓此篇以襄王比明帝，以蔡灵侯比曹爽。嗣宗，爽之故吏，痛府主见灭、王室将移也。'朱华'句，谓私取先帝才人为伎乐。'高蔡'句，谓兄弟数出游也。蒋师爚曰：'按《曹爽传》，有南阳何晏、邓飏、沛国丁谧。晏乃进之孙，飏乃禹后。《后汉·何进传》：'南阳宛人。'《邓禹传》：'南阳新野人。'是皆楚士，皆进自爽。'何、蒋二氏之说，陈沆、曾国藩从之，然未免事事附会，且解说'朱华'、'高蔡'二句，尤无理，不如刘履说耳。"

方曰："此借楚王之荒淫以比爽，不知司马氏同乎穰侯，将以尔酸咸也。一起苍茫无端，直书即目。三四言乱象已成，方驰骋荒淫而不顾。五句将一'望'字束上四句，又起下悲感。所悲为何？悲彼相与荒淫耳。'朱华'正说荒淫，'高蔡'三句借楚事为证，笔势雄远跌宕。义门、姜坞谓但指爽、晏，非谓明帝，得之矣。"

徐经纶曰："因起用《招魂》，通篇便纯用楚事，打成一片。虽不足尽文章之妙，然亦可悟运古之法耳。"

昔年十四五，志尚好诗书。被褐怀珠玉，颜闵相与期。开轩临四野，登高望所思。丘墓蔽山冈，万代（集一作"世"）同一时。千秋万岁后，荣名安所之？乃悟羡门子，噭噭令自嗤。（曾云："识度。"）

《论语》："子曰：'吾十有五，而志于学。'"杜预《〈左氏传〉注》曰："尚，上之耳。"《家语》："子路问于孔子曰：'有人于此被褐而怀玉何如？'子曰：'国无道可也，国有道则衮冕而执玉也。'"吕延济曰："'褐'，布衣。'珠玉'喻道德。"《史记》："颜回字子渊，少孔子三十岁。闵损字子骞，少孔子十五岁。"《方言》曰："冢大者曰丘。"王逸《〈楚辞〉注》曰："小曰丘。"蒋师爚曰："《〈毛诗〉传》：'山脊曰

冈。丘，基蔽山冈者。'冈高于丘，故墓蔽于冈。"《战国策》："楚王谓
安侯君曰：'寡人万岁千秋之后，谁与乐此矣。'"《淮南子》："死有
遗业，生有荣名。"《史记》："始皇使燕人卢生求羡门。"韦昭曰："古
仙人也。"《说文》："嗤，笑也。'嗤'，与'蚩'同。"吕向曰："乃悟羡
门轻举而我负累，所以自嗤。籍忧生以此自释。"蒋师爚曰："《庄
子·自乐篇》："嗷嗷然随而苦之。"刘向《九歌》："声嗷嗷以寂寥
兮。"《注》："嗷嗷，呼声。思为屈原讼理冤结。'嗷嗷'，今自嗤。"
刘琨《答卢谌书》："所谓破涕笑，勘不破者，珠玉怀于被褐，有嗷嗷
而已耳。勘得破者，荣名悟于丘基，嗷嗷者适足以自嗤耳。起昔收
今，转瞬之感，便非万代观。"黄节曰："'所思'，谓颜、闵之徒，然
已成丘墓矣。虽有千秋荣名，不如羡门之长生耳。是以今日自嗤，嗤
昔年之志于颜、闵也。"沈约曰："自我以前，徂谢者非一，虽或税驾
参差，同为今日之一丘，夫岂异成？故云万代同一时也。若夫被褐怀
玉，托好诗书，开轩四野，升高永望，志事不同，徂没理一，迫悟羡
门之轻举，方自笑耳。"

何焯曰："此言少时敦悦诗书，期追颜、闵，及见世不可为，乃
蔑礼法以自废。志在逃死，何暇顾身后之荣名哉？因悟安期、羡门，
亦遭暴秦之代，诡托神仙耳。"（黄节曰："诗中无蔑礼之意，但籍尝曰：
'礼岂为我辈设哉？'则是昔思颜、闵，今悟羡门，有不欲为礼法束缚之意。"）

方曰："起四句，求荣名也。'开轩'四句，'荣名安所之'也，却
以二句横接顿注，乃悟为仙人所笑。夷犹咏叹。"（天闵案："乃悟"二句，
盖谓悟羡门之轻举，昔之'嗷嗷'者，今适足自笑耳。方谓乃悟为仙人所笑，非
是。"今"，《诗纪》作"令"。）

徐经纶曰："此言少好诗书，期追颜、闵，及见世不可为，乃蔑
礼法而不顾。'开轩'四句，谓众生役役，行归于尽。'千秋'二句，
非谓荣名不足宝也。当魏、晋易姓之际，而欲攀附以求荣名，则必有
不可问者矣，毋宁诡托羡门以仙自晦耳。"

徘徊蓬池上，还顾望大梁。绿水扬洪波，旷野莽茫茫。走兽交横

驰，飞鸟相随翔。是时鹑火中，日月正相望。朔风厉严寒，阴气下微霜。羁旅无俦匹，俯仰怀哀伤。小人计其功，君子道其常。岂惜终憔悴，咏言著斯章。（曾曰："识度。"）

《汉书·地理志》："河南开封县东北有蓬池。或曰'即宋蓬泽也'。"姜皋曰："《汉·地理志》'蓬'，作'逢'。臣瓒《注》引汲郡古文'梁惠王发逢忌之薮以赐民'，今浚仪有逢陂忌泽是也。《汉书·地理志》陈留郡有浚仪县，故大梁也。"何焯曰："大梁，战国时魏地，借以指王室。"《楚辞》："莽茫茫之无涯。"《毛传》："茫茫，广大貌。"《左传》："晋侯伐虢，公问卜偃曰：'吾其济乎?'对曰：'克之。''其九月、十月之交乎?''鹑火中，必是时也。'"杜预曰："夏之九月、十月也。"《尚书》孔安国《传》："十五日，日月相望也。"《尔雅》："朔，北方也。"杜预《〈左传〉注》："厉，猛也。"曾子曰："阴气腾则凝为霜。"善注《孙卿子》曰："天有常道，君子有常体。君子道其常，小人计其功。"沈约曰："'岂惜终憔悴'，盖由不应憔悴而致憔悴，君子失其道也。小人计其功而通，君子道其常而塞，故致憔悴也。因乎眺望多怀，兼以羁旅无匹，而发此咏。"

何焯曰："嘉平六年二月，司马师杀李丰、夏侯太初等。三月，废皇后张氏。九月甲戌，遂废帝为齐王，乃十九日也，是月丙辰朔。十月庚寅，立高贵乡公，乃初六日也，是月乙酉朔。师既定谋，而后白于太后，则正日月相望之时。末言后之诵者，考是岁月，所以咏怀者见矣。初，齐王芳正始元年，改用夏正，则此诗正指司马师废齐王事也。"

方曰："此诗，何义门解得之。"又曰："此诗盖同渊明《述酒》，必非惜一己之憔悴也。沈解陋。"

徐经纶曰："何说是也。六句喷薄而出，气激神变，对此茫茫，飞走失性，而以'是时'二句倒煞醒意。'朔风'四句，正言阴盛阳衰，权奸逼君，孤忠无与，重益哀伤。末四句，言小人逆节贪功，岂知君子守其常哉! 激而发咏，不为一身憔悴惜也。"

县车在西南，羲和将欲倾。流光耀四海，忽忽至夕冥。朝为咸池晖，濛汜受其荣。岂知(集作"放")穷达士，一死不再生。视彼桃李花，谁能久荧荧？君子在何许？叹息(集作"旷世")未合并。瞻仰景山松，可以慰吾情。(曾云："识度。")

《淮南子》："日浴于咸池，是谓晨明。至于悲泉，爰息其马，是谓县车。"《广雅》："日御曰羲和。"屈原《天问》："出自汤谷，次于蒙汜。"王逸《注》："汜，水涯也。日出东方汤谷之中，暮入西极蒙水之涯。'蒙'，一作'濛'。"《玉篇》："'荧荧'，犹'灼灼'也。"按："何许"，犹言"何所"。《毛诗》："陟彼景山，松柏丸丸。"《传》："丸丸，易直也。"按：景山，今在河南偃师县南。

陈祚明曰："日光西倾，大命遒尽。余光所被，岂乏沾荣？夏侯之属云亡，殉国之人不见，睹丸丸之松，犹幸宗社之未改耳。"

王闿运曰："'穷'、'达'字并用始妙，'达'固不永，'穷'亦何失？"

方曰："此'朝阳不再盛'一句意耳。'朝为'二句用逆笔，追忆盛时皆受其荣，及大命将倾，无论穷、达，与之俱尽。'桃李'句随手指证，是行文恣肆处。"

吴汝纶曰："末四句，挐古遥集。"

杨朱泣歧路，墨子悲染丝。揖让长离别，飘摇难与期。岂徒燕婉情？存亡诚有之。萧索人所悲，祸衅不可辞。赵女媚中山，谦柔愈见欺。嗟嗟途上士，何用自保持？

《淮南子》："杨朱见逵路而哭之，谓其可以南、可以北。墨子见练丝而泣之，谓其可以黄、可以黑。"《一统志》："杨歧山在平乡县，世传杨朱泣歧之所。"《礼记》："揖让而治天下者，礼乐之谓也。"《易林》："海老水干，鱼鳖萧索。"《〈左传〉疏》："衅是间隙之名。"《战国策》："昔赵王以其姊为代王妻，欲并代，约与代王遇于句注之塞。乃令工人作为金斗，长其尾，令其可以击人。与代王饮，而阴告厨人曰：'即酒酣乐进热歠。'厨人进斟羹，因反斗而击代王，杀之，王脑涂地。"蒋师爚曰："按：代在中山之北，嗣宗误以代为中山。"闻人倓曰："'嗟嗟'二句，言当途之人，以何自保。"

陈祚明曰："'歧路'、'素丝'，无定者也，以比患至之无方。典午窃国深心，初似诚谨，信用之后，权在难除。丧亡孰不悲？而祸衅已成，乌能自保？将述赵女之喻，先以燕婉比之存亡，旨甚显矣。寻省用意，深切如斯。辞愈曲，而情愈明。"曾国藩曰："'歧路'、'染丝'，言变迁不定，翻覆无常，不特燕婉之情如此，即国之存亡亦不过一反覆间耳。"（天闵案："揖让"二句，曾氏未释，当从方说。详后。）

王闿运曰："'歧路'、'染丝'，言变化于不觉。"

黄节曰："按《孔丛子》曰：'舜尚揖让，汤武用师。'《毛诗》曰：'予室翘翘，风雨所漂摇。'此《鸱鸮》诗辞，传谓周公救乱作也。嗣宗诗意，盖谓后王取天下，藉口于汤武用师，揖让之风，相离既远，让王处此，求如诗所云'予室漂摇'者，亦不可复期矣。（天闵案：此释"揖让"二句，穿凿特甚。）彼篡夺之人，貌为安顺，让王徒见其燕婉之情而已，岂知诚有关于国之存亡乎？故天下萧然，人皆知祸衅不可免。不见赵之图代，以谦柔而行其欺，亦犹篡夺者以燕婉而亡人国也。杀夺之机，自上启之，可欺如此。世途之人，何以自保乎？"

方曰："起二句言毫厘千里，存亡几希。'揖让'，交好也，而不可保。一别离后，岂徒交绝而已，存亡实有焉。'萧索'二句，言已见其祸衅必然，虽为之悲，而无如何也。'赵女'二句，言懿且为鬼为蜮，匿怨而友也。'途上士'，谓当途之子，即指爽。此盖专指曹、马之交，危机如此，而爽不悟也。文法深曲顿挫，一波三折。"（天闵案：方谓指曹、马之交，危机如此，而爽不悟，未知确否。但其解说之辞，实较诸家为优也。）

驾言发魏都，南向望吹台。箫管有遗音，梁王安在哉？战士食糟糠，贤者处蒿莱。歌舞曲未终，秦兵已复来。夹林非吾有，朱宫生尘埃。军败华阳下，身竟为土灰。

　　魏都，大梁也。此借战国之魏，以喻曹氏。《〈水经·渠水〉注》："陈流《风俗传》曰：'县有仓颉、师旷城，上有列仙之吹台。北有牧泽，泽中出兰蒲，俗谓之蒲关泽，梁王增筑以为吹台。城隍夷灭，略存故迹，今层台孤立于牧泽之右矣。其台方百许步，世又谓之繁台。'"黄节曰："案：《战国策》曰：'梁王魏婴觞诸侯于范台，酒酣，请鲁君举觞，鲁君兴，避席择言曰：今主君之尊，仪狄之酒也；主君之味，易牙之调也。左白台而右间须，南威之美也；前夹林而后兰台，强台之乐也。有一于此，足以亡其国。'据此，则'繁台'疑即'范台'。'繁'、'范'音，同出奉母。《文昌杂录》云：'繁台，梁孝王按歌吹之台，后有繁氏居其侧，黑人呼为繁台。'是为审《魏策》范台之所始耳。后人据《水经注》及《文昌杂录》，乃谓此诗'梁王'即指汉梁孝王，殊误。如以梁孝王为'梁王'，则'秦兵复来'句，不可通矣。盖此诗之'梁王'，用《战国策》梁王魏婴事也。"《史记·孟尝君传》曰："仆妾余梁肉而士不厌糟糠。"《韩诗外传》曰："原宪居鲁，环堵之室茨以蒿莱。"《史记·魏世家》曰："信陵君无忌卒，景湣王元年，秦拔我二十五城以为秦东郡。二年秦拔我朝歌，卫徙野王。三年秦拔我汲，五年秦拔我垣蒲阳。卫王假三年，秦灌大梁虏王假，遂灭魏。""夹林"，地名，见上。《楚辞》曰："紫贝阙兮朱宫。"《战国策·魏策》曰："秦拜魏于华阳，王且入朝于秦。"黄节曰："华阳、黑水惟梁州。"贾公彦曰："雍、豫皆兼梁地。"《史记·魏世家》曰："所亡良秦者，山南山北。"《正义》曰："山，华山也。华山之东南，七国时，汝州属魏，华山之北同华、银绥，并魏地。"阮瑀《七哀》诗："于时忽一过，身体为土灰。"

　　陈沆曰："此借古以寓今也。明帝末年，歌舞荒淫而不求贤、讲武，不亡于敌国，则亡于权奸，岂非百世殷鉴哉！"方曰："借梁王以陈殷鉴，而文笔雄迈，沉郁顿挫，意厚词醇。明帝末年，歌舞荒淫，不知求贤、讲武，以致司马窃国，故用古事叹之。"

朝阳不再盛，白日忽西幽。去此若俯仰，如何似九秋？人生若尘露，天道邈(一作"竟")悠悠。齐景升丘山，涕泗纷交流。孔圣临长川，惜逝忽若浮。去者余不及，来之吾不留。愿登太华山，上与松子游。渔夫知世患，乘流泛轻舟。（曾曰："识度。"）

蒋师爚曰："《易》曰：'日中则昃。'故云'朝阳不再盛'。"《七启》："九秋之夕，为欢未央。"闻人倓曰："'去此'，去魏盛时。'九秋'，喻易代。"《晏子春秋》曰："景公游于牛山，北临其国而流涕曰：'若何滂滂，去此而死乎？'"《论语》："子在川上曰：'逝者如斯乎？不舍昼夜。'"班倢伃《自悼》曰："惟人生兮一世，忽一过兮若浮。"《楚辞·远游》曰："往者余弗及兮，来者吾不闻。"《汉书·地理志》："京兆尹华阴县，注太华山在南。"魏武帝《气出唱》曰："华阴山自以为大，高百尺，浮云为之盖。仙人欲来，来者为谁？赤松、王乔，乃德旋之门。"《史记·张良传》曰："愿弃人间事，从赤松子游耳。"《楚辞·渔夫篇》曰："渔夫曰：'圣人不凝滞于物而能与世推移，莞尔而笑，鼓枻而去。'"《鹖冠子》曰："乘流以逝。"

方曰："以'朝阳'兴魏，言'去此若俯仰'，犹言其亡也忽焉。前十二句为一段。'愿登太华'二句，入已顿断，'渔夫'另出一意。作文外曲致，指点入妙。"
曾国藩曰："此亦汲汲自修之意。"（此与陈太初氏解说相同，方说较佳。）

炎光延万里，洪川荡湍濑。弯弓挂扶桑，长剑倚天外。泰山成砥砺，黄河为裳带。视彼庄周子，荣枯何足赖？捐身弃中野，乌鸢作患害。岂若雄杰士，功名从此大。

扬雄《剧秦美新》曰："震声日景，炎光飞响。"李善《注》曰："炎光，日景也。"《楚辞》曰："长濑湍流，沂江潭兮。"王逸《注》："湍，亦濑也。"《楚辞》曰："揔余辔乎扶桑。"王逸曰："扶桑，日所拂木也。"宋玉《大言赋》："长剑耿介倚天外。"又："弯弓挂扶桑。"《史记·高祖功臣年表序》："封爵之誓曰：'使黄河如带，泰山若厉，国以永宁，爰及苗裔。'"《史记》曰："庄子者，蒙人也，名周。"《庄子·列御寇篇》曰："庄子将死，弟子欲厚葬之，庄子曰：'吾以天地为棺椁，日月为连璧，星辰为珠玑，万物为赍送，吾葬具岂不备耶？何以加此？'弟子曰：'吾恐乌鸢之食夫子也。'庄子曰：'在上为乌鸢食，在下为蝼蚁食，夺彼与此，何其偏也！'"

曾国藩曰："此首有屈原《远游》之志、高举出世之想。"

方曰："此以高明、远大自许。狭小河岳，言己本欲建功立业，非无意于世者。今之所以望首阳、登太华、从仙人、渔夫以避世患者，不得已耳。岂庄生枯槁比哉！语势壮阔，气体高峻，有包举六合之概。与孔北海同。"

黄节曰："此诗犹《大人先生传》所云：'本根挺而枝远，叶繁茂而华零，无穷之死，犹一朝之生，身者多少，又何足营意也？''雄杰士'，即指上挂弓倚剑、厉山带河，功名之辈。'岂若'二字，有不与为伍意，亦犹《传》所云'不与尧舜齐德、不与汤武并功'也。"

天网弥四野，六翮掩不舒。随波纷纶客（集作"落"），汎汎若浮凫（一作"凫鹥"）。生命无期度，朝夕有不虞。列仙停修龄，养志在冲虚。飘飖云日间，邈与世路殊。荣名非己宝，声色焉足娱？采药无旋返，神仙志不符。逼此良可惑，令我久踌躇。（曾曰："识度。"）

《老子》："天网恢恢，疏而不失。"《战国策》："振六翮而凌清风。"《说文》："掩，敛也。"《楚辞·卜居》："将汎汎若水中之凫与波上下，偷以全吾躯乎？"按："汎"、"氾"通。"纷纶"，众多貌。《周易》曰："戒不虞。"《释名》曰："停，定也，定于所在也。"《毛传》曰：

"修，长也。"《礼记》曰："古者谓'龄'，年龄亦'龄'也。"《列子》曰："太冲莫朕。"又曰："虚者，无实也。道德指归，盈而若冲，实而若虚。"《古诗》曰："荣名以为宝。"《楚辞》曰："羌声色兮娱人。"《史记·封禅书》曰："自威宣、燕昭使人入海，求蓬莱、方丈、瀛洲，此三神山者，其传在渤海中，去人不远。患且至，则船风引而去。盖尝有至者，诸仙人及不死之药皆在焉。及至始皇并天下，至海上，使赍童男女入海求之，船交海中皆以风为解，曰'未能至望见之焉'。后五年，始皇南至湘山，遂登会稽，并海上，冀遇海中三神山之奇药，不得，还，至沙丘崩。"《说文》："符，信也。"

黄节曰："'神仙志不符'，殆如魏文皇《折杨柳行》所云'王乔假虚辞，赤松垂空言'也。《广韵》：'逼，迫也。''逼此良可感'，谓随波相逐，则生命无常；志在神仙，而采药又不足信，二者相迫于中，踌躇不能自决，以是良可惑也。"

蒋师爚曰："起二语咏浮凫，第四句顶'随波客'以点之。"

陈祚明曰："起句言世途逼窄，无可自展，随俗俯仰，可以苟容。然生命难期，颇欲遐举。末言荣名、声色既不足耽，而采药、神仙，又非事实。"

朱嘉徵曰："伤乱世贤者或不免焉。前是何平叔一流，后是嵇中散一流。"

方曰："此即屈子《远游》意，所谓心烦意乱也。起、结相为呼应，中分两种人。'荣名'二句承'随波'四句，'采药'二句承'列仙'四句。收语原本《卜居》，与杜公'疑误此二柄'，语意不同。"

儒者通六艺（一作"义"），立志不可干。违礼不为动，非法不肯言。渴饮清泉流，饥食并（一作"甘"）一箪。岁时无以祀，衣服常苦寒。屣履咏南风，缊袍笑华轩。信道守诗书，义不受一餐。烈烈褒贬辞，老氏用长叹。（曾曰："识度。"）

《史记·孔子世家》："孔子以诗、书、礼、乐教弟子，盖三千焉，身通六艺者七十有二人。"《汉书》颜师古《注》："六艺，六经也。"《说文》："干，犯也。"《论语》曰："非礼勿动。"《孝经》曰："非先王之法言不敢言。"《礼记·儒行》曰："并日而食。"郑玄曰："并日而食，二日用一日食也。"《论语》曰："一箪食，一瓢饮。"《礼记·王制》曰："春荐韭，夏荐麦，秋荐黍，冬荐稻。"《易林》曰："无以供祭。"《后汉书·崔骃传》曰："宪屣履迎门。"李贤《注》曰："屣履，谓纳履曳之而行，言忽遽也。"《礼记》曰："舜作五弦之琴，以歌《南风》。"《论语》曰："衣敝缊袍，与衣狐貉者立而不耻者，其由也与。"《〈论语〉注》："缊，枲者。"杜预《〈左传〉注》："轩，大夫车。"谢承《后汉书》曰："闻人统家贫无马，行则负担，卧则无被，连麕皮以自覆，不受人一餐之馈。"天闵案："褒贬辞"，盖指《春秋》。

黄节曰："'烈烈'二句，蒋师爚以为即老子'天下皆知美之为美，斯恶；皆知善之为喜，斯不善'之义。按：《庄子》曰：'孔子谓老聃曰：丘治诗、书、礼、乐、易、春秋六经，自以为久矣，孰道其故矣。以奸者七十二君，论先王之道，而明周召之迹，一君无所钩用。甚矣！夫人之难说也，道之难明耶？'《老子》曰：'夫六经者，先王之陈迹也，岂其所以迹哉？今子之所言，犹迹也。夫迹履之所出，而迹岂履也哉？'又《庄子》曰：'老聃曰下有桀、跖，上有曾、史，而儒、墨毕起，于是乎喜怒相疑，愚智相欺，善否相非，诞信相讥，而天下衰矣！'以证本诗，所言似较蒋说为近。"

沈德潜曰："儒者守义，老氏守雌，道既不同，宜闻言而长叹。魏、晋人崇尚老、庄，然此诗各从其志，无进退两家意。"

方曰："十三句说儒者，一句结收，章法奇绝。古人诗文，一意到底，又恐平钝，故贵妙有章法，此学诗微言也。"

陈沆曰："此叹汉党锢诸儒，危行而不言逊。故末句以老规儒，乌用月旦之评、清流之目哉？"

秋驾(作"税驾"者误)安可学，东野穷路旁。纶深鱼渊潜，矰设鸟高翔。汎汎承轻舟，演漾靡所望。吹嘘谁以益，江湖相捐忘。都冶难为颜，修容是我常。兹年在松乔，恍惚诚未央。

《〈文选·魏都赋〉注》，李善引《庄子》："尹需学御三年而无所得，夜梦受秋驾于其师，明日往朝于师，其师望而谓之曰：'吾非独爱道也，恐子之未可与也，今将教子以秋驾。'"案：今本《庄子》佚。《汉书·礼乐志》："飞龙秋，游上天。"苏林曰："'秋'，飞貌也。"师古曰："《庄子》有秋驾之法者，亦言'驾马腾骧，秋秋然'也。"《韩诗外传》曰："颜渊侍坐鲁定公于台，东野毕御马于台下，定公曰：'善哉！东野毕之御也。'颜渊曰：'善则善矣，其马将佚矣。'定公不悦。颜渊退，俄而厩人以东野毕马败闻矣。公趋驾召颜渊，颜渊至。定公曰：'不识吾子以何知之？'颜渊曰：'臣以政知之。昔人舜工于使人，造父工于使马。舜不穷其民，造父不极其马，是以舜无佚民，造父无佚马。今东野毕之御马，历险致远，马力殚异，然犹策之不已，所以知其也。兽穷则啮，鸟穷则啄，人穷则诈。自古及今，穷其下能不危者，未之有也。'"《毛传》："纶，约缴也。"《〈周礼〉注》："高也，可以弋飞鸟。"黄节曰："'鱼'、'鸟'二句，盖用《庄子·大宗师篇》'且汝梦为鸟而厉乎天，梦为鱼而没于渊'意，郭《注》言'无往而不自得也'。"《毛诗》："二子乘舟，汎汎其景。"《〈柏舟诗〉传》曰："汎汎，流貌。"黄节曰："'演'，疑'潢'之误。司马相如《上林赋》曰：'灏溔潢漾。'《楚辞·九辨》曰：'然潢洋而不可带。'《论衡》曰：'潢洋无涯。''潢洋'、'灏洋'皆与'潢漾'同义，亦同为叠韵字。'靡所望'，犹无涯也。若非'演漾'，则双声字。《说文》曰：'演，长流也。''吹虚'疑作'吹呴'。《老子》'或嘘或吹'，《河上》'嘘'作'呴'。《玉篇》引《老子》亦作'呴'。《庄子·大宗师篇》曰：'泉涸，鱼相处于陆，相呴以湿，相有以沫，不如相忘于江湖。'《注》曰：'如其不足而相爱，孰若有余而相忘。'"蔡邕《青衣赋》："都冶妩媚。"《小尔雅》："都，盛也。"《说文》："冶，女态也。"《司马相如传》："修容乎礼园。"《汉书》扬雄《解难》曰："历览者兹年矣，而殊不窭。"古曰："'兹'，益也。'兹年'，言其久也。"宋祁曰："'兹'字当作水旁。"《毛诗》曰："夜未央。"《释文》引《说文》曰："央，久也、已也。"

方曰："起二句往复开合，作一段。'纶深'二句，言不轻身以入世，'汎汎'四句衔承之。'都冶'以下，乃入正意。言能不以身轻人，则可以保身而年比松、乔也。此诗意接而语不接。"

曾国藩曰："'秋驾'二句，言有才者终至蹉跌。"

方曰："五言诗以汉、魏为宗。用意古厚，气体高浑，盖去《三百篇》未远，虽不必尽贤人君子之词，而措意立言，未乖风雅。惟其兴寄遥深，文法高妙，后人不能尽识，往往昧其本解，而徒摭其句格面目，递相仿效，遂成熟滥可厌。李空同、何大复辈且蔽于此，况其他乎！虽然，尝欲通其蔽，以为捧心、学步者诚失矣，而并西子、邯郸绝之，非徒使正色绝响，亦恐无以待天下豪杰之士。即李、杜之于汉、魏，岂不升其堂、哜其胾而又发挥旁达、益拓其疆宇乎？古今作者之心，原本流通万世而无间，亦在好学者立志苦研耳。方今且溯源于六经、三百篇，屈原、宋玉之所为，而顾谓汉、魏如天之绝人以升跻也，不几于因噎废食欤？"

卷 二

张 华

字茂先，范阳人。晋武帝受禅，以为黄门侍郎。赞伐吴，有功，封广武侯，迁尚书，后进为侍中中书监。尽忠匡辅，加封公。元康（惠帝年号）六年，拜司空。与赵王伦，孙秀有隙，为伦、秀所害。有《博物志》十卷、《杂记》五卷，又《杂记》十一卷、集十卷。

情诗二首

天闵案：原诗五首，《文选》录二首，王《选》同。

清风动帏帘，晨月照（五臣作"烛"）幽房。佳人处遐远，兰室无容光。襟怀拥虚景，轻衾覆空床。居欢惜夜促，在戚怨宵长。抳（五臣作"抚"）枕独啸叹，感慨心内伤。

《古诗》："卢家兰室桂为梁。"曹植诗："人远精魂近，寤寐梦容光。"善《注》："拥，犹抱也。"

游目四野外，逍遥独延伫。兰蕙缘清渠，繁华荫绿渚。佳人不在兹，取此欲谁与？巢居知风寒，穴处识阴雨。不曾远别离，安知慕俦侣？

《楚辞》："忽反顾以游目。"又："结幽兰而延伫。"王逸《注》："延，长也。伫，立貌。"《尔雅》："小洲曰渚。"闻人倓曰："'佳人'二句，言夫行不在，欲取兰蕙以相赏，其谁与之同乎？春秋含露挐，

109

穴藏先知雨。阴暗未集，鱼已唅喁。巢居之鸟先知风，树木摇，鸟已翔。"《韩诗》："鹳鸣于垤，妇叹于室。"薛君曰："鹳，水鸟，巢居知风，穴处知雨。天将雨，而蚁出壅土，鹳鸟见之，长鸣而喜。"

天闵案：收四句，反跌入妙。

钟嵘《诗品》："晋司空张华诗，其源出于王粲。其体华艳，兴托不奇，巧用文字，务为妍冶，虽名高曩代，而疏亮之士，犹恨其儿女情多，风云气少。谢康乐云：'张公虽复千篇，犹一体耳。'"

沈德潜曰："茂先诗，《诗品》谓其'儿女情多，风云气少'，此亦不尽然。总之笔力不高，少凌空矫捷之致。"又曰："《情诗》二首，秾丽之作，油然入人，茂先诗之上者，与葛生《蒙楚诗》同意。"

陆　机

字士衡，吴郡人，大司马抗之子也。少有奇才，领父兵，为牙门将。吴亡入洛，太傅杨骏辟为祭酒，累迁太子洗马、著作郎。出补吴王郎中令，入为尚书郎。赵王伦辅政，引为参军。太安（惠帝年号）初，成都王颖等起兵讨长沙王乂，假机后将军、河北大都督，因战败绩，为颖所害。有《晋记》四卷、《洛阳记》一卷、《要览》若干卷、集四十七卷。

招隐诗

韩非子"闲静安居之谓隐"。

明发心不夷，振衣聊踟蹰。踟蹰欲安之？幽人在浚谷。朝采南涧藻，夕息西山足。轻条象云构，密叶成翠幄。激楚伫兰林，回芳薄秀木。山溜何泠泠，飞泉漱鸣玉。哀音附（"附"音"拊"）灵波，颓响赴曾曲。至乐非有假，安事浇淳朴？富贵苟难图，税驾从所欲。

《毛诗》："明发不寐，有怀二人。"孔颖达《疏》："从明而至夜，则地暗，至旦而明，则地开发。"《楚辞》："心蛋蛋而不夷。"王逸《注》："夷，悦也。"杜预《〈左氏传〉注》："振，整也。"《说文》："踌躅，住足也。"善《注》："'踌'与'踟'同。"《幽通赋》："眷浚谷而勿坠。"按："浚"，深也。《毛诗》："于以采蘋，南涧之滨。于以采藻，于彼行潦。"刘桢诗："大厦云构。"又《齐都赋》："翠幄浮游。"杜预《〈左传〉注》："幄，帐也。"《上林赋》："激楚、结风。"《〈史记〉集

111

解》："郭璞曰：'激楚，歌曲也。'《列女传》曰：'听激楚之遗风也。'《索引》：'激楚，急风也。结风，回风，亦急风也。楚地风气既自漂疾，然歌乐者犹复依激、结之急风以为节，其乐促迅哀切也。'"《楚辞》："游兰皋与蕙林。"王逸《〈楚辞〉注》："薄，附也。"《广雅》："秀，美也。"枚乘《书》："泰山之溜穿石。"《楚辞》："激飞泉之微液。""漱"犹"荡"也。五臣《注》："言飞泉漱荡玉石而有声也。"天闵案："曾"与"层"通。"曲"谓山曲。五臣《注》："言似崩颓之响，赴于幽深之曲也。"《庄子》："'天下有至乐无有哉？'老聃曰：'夫得是，至美至乐也。得至美而游乎至乐，之谓至人。'"又："唐虞始得天下，漓淳散朴。"闻人伕曰："'浇'与'漓'同。"《论语》："子曰富而可求也，虽执鞭之士，吾亦为之。如不可求，从吾所好。"《史记》："李斯曰：'当今人臣之位，无居上者，可谓富贵极矣，吾未知所税驾也。'《方言》："舍车曰税。'税'与'脱'，古字通。"

钟嵘《诗品》："晋平原相陆机诗，其源出于陈思。才高辞赡，举体华美。气少于公幹，文劣于仲宣。尚规矩，不贵绮错，有伤直致之奇。然其咀嚼英华，厌饫膏泽，文章之渊泉也。张公叹其'大才'，信矣！"

《艺苑卮言》："陆士衡翩翩藻秀，颇见才致，无奈俳弱何。安仁气力胜之，趣旨不足。太冲莽苍，《咏史》、《招隐》，绰有兼人之语，但太不雕琢。"

沈德潜曰："士衡诗亦推大家，然欲逞博，而胸少慧珠，笔又不足以举之，遂开出排偶一派。西京以来，空灵、矫健之气，不复存矣。降自梁、陈，专工队仗，边幅复狭，令阅者白日欲卧，未必非士衡为之滥觞也。"

潘 岳

字安仁，荥阳中牟人。美姿仪，少以才颖发名。善属文，清绮绝世。举秀才，为郎，迁河阳、怀二县令，入补尚书郎，累迁给事黄门侍郎。素与孙秀有隙，及赵王伦辅政，秀遂诬岳与石崇为乱，诛之。有集十卷。

悼亡诗三首

《风俗通》："慎终悼亡。"郑玄《诗笺》曰："悼，伤也。"

荏苒冬春谢，寒暑忽流易。之子归穷泉，重壤永幽隔。私怀谁克从？淹留亦何益？僶俛恭朝命，回心反初役。望庐思其人，入室想所历。帏屏无仿佛，翰墨有余迹。流芳未及歇，遗挂犹在壁。怅恍如或存，周遑（五臣作"惶"）忡惊惕。如彼翰林鸟，双栖一朝只。如彼游川鱼，比目中路析。春风缘隙来，晨霤承檐滴。寝息何时忘？沉忧日盈积。庶几有时衰，庄缶犹可击。

《广韵》："荏苒，展转也。"善《注》："'荏苒'，犹渐也。'之子'，谓妻也。"《神女赋》："情独私怀，谁者可语？"《尔雅》："淹留，久也。"《毛诗》："僶勉从事。"按："僶勉"，犹勉强也。陈奂曰："僶勉、密勿，一声之转。"善《注》："'役'，谓所任也。"《说文》："历，过也。"《广雅》："帏，帐也。"《说文》："仿佛，若似也。"《广雅》："挂，悬也。"王逸《〈楚辞〉注》："恍，失意也。"沈德潜曰："'周遑忡惊惕'五字，颇不成句法。"天闵案："周遑"，一作"回遑"。"遑"，

113

眼也。二句盖谓胸中怅怳之时，如其人之或存，稍一静思，则觉其人已往，故怅然而惊惕也。王弼《〈周易〉注》："翰，鸟飞也。"《尔雅》："东方有比目鱼焉，不比不行。"《说文》："霤，屋承水也。"宋玉《笛赋》："武毅发，沉忧结。"《〈尔雅〉注》："庶几，傥幸也。"《庄子》："庄子妻死，惠子吊之，庄子则方箕踞鼓盆而歌。惠子曰：'与人居，长子老身，死不哭，亦足矣，又鼓盆而歌，不已甚乎?'庄子曰：'不然，是其始死也，我独何能无概然? 察其始而本无生，非徒无生也而本无形，非徒无形也而本无气。人且偃然寝于巨室，而我嗷嗷然随而哭之，自以为不通乎命，故止。'"天闵案：收二句言我之沉忧，庶几渐衰减，则犹可如庄生之箕踞鼓盆也，然而此恨绵绵无绝期矣。意最沉郁。

皎皎窗中日，照我室南端。清商应秋至，溽暑随节阑。凛凛凉风生，始觉夏衾单。岂曰无重纩，谁与同岁寒? 岁寒无与同，朗月何胧胧。展转盼枕席，长簟竟床空。床空委清尘，室(一作"空")虚来悲风。独无李氏灵，仿佛睹尔容。抚衿长叹息，不觉泪沾(五臣作"涕沾")胸。沾胸安能已? 悲怀从中起。寝兴目存形，遗音犹在耳。上惭东门吴，下愧蒙庄子。赋诗欲言志，此志难具纪。命也可奈何，长戚自令鄙。

善《注》："'室南端'，室之正南门。"《礼记》："季夏，土润溽暑。"《说文》："溽暑，湿暑也。"《〈汉书〉注》："阑，希也。"《玉篇》："凛凛，寒也。"《尚书》孔子《传》："纩，细绵也。"《埤苍》："瞳胧，欲明也。"《庄子》："空穴来风。"司马彪曰："门户孔空，风善从之。"桓子《新论》："武帝所幸李夫人死，方士李少君言能致其神。乃夜设烛张幄，令帝居他帐。遥见好女，似夫人之状，还帐坐。"《毛诗》："载寝载兴。"杨修《伤夭赋》："悲体貌之潜翳兮，目常存乎遗形。"《左传》："今君虽终，言犹在耳。"《列子》："魏有东门吴者，死子而不忧。"《史记》："庄子，蒙人也，故云蒙庄子。"《尚书》："诗言志。"《〈国语〉注》："纪，犹录也。"鱼豢《魏略》："赵岐卒，歌曰：'有志无时，命也奈何！'"《论语》："小人常戚戚。"

曜灵运天机，四节代迁逝。凄凄朝露凝，烈烈夕风厉。奈何悼淑俪，仪容永潜翳。念此如昨日，谁知已卒岁。改服从朝政，哀心寄私制。茵帱张故房，朔望临尔祭。尔祭讵几时？朔望忽复尽。衾裳一毁撤，千载不复引。亹亹期月周，戚戚弥相愍。悲怀感物来，泣涕应情陨。驾言陟东阜，望坟思纡畛。徘徊墟墓间，欲去复不忍。徘徊不忍去，徙倚步踟蹰。落叶委埏侧，枯荄带坟隅。孤魂独茕茕，安知灵与无。投心遵朝命，挥涕强就车。谁谓帝宫远，路极悲有余。

《楚辞》："角宿未旦，曜灵焉藏。"《广雅》："曜，灵日也。"陈琳《柳赋》："天机之运旋，夫何逝之速也。"《庄子》："天其运乎。"郭《注》："不运而自行也。"《毛诗》："秋日凄凄。"又："冬日烈烈，飘风发发。"《广韵》："厉，烈也，猛也。"《左传》："施氏之妇曰：'已不能庇其伉俪。'"杜预《注》："俪，偶也。"魏太祖《祭桥玄文》："幽灵潜翳。"《广韵》："翳，隐也，蔽也。"《苍颉篇》："昨，隔日也。"天闵案：《丧礼》："夫为妻，齐衰期服，有用杖、不用杖之别。父母在，为妻不杖。"《礼记》郑《注》："茵，褥也。"《毛诗》郑《笺》："帱，床帐也。"《尔雅》："引，陈也。"《楚辞》："时亹亹而过中兮。"王逸《注》："亹亹，进貌。"五臣云："行貌。"《尔雅》："陨，坠也。"《楚辞》："郁结纡畛兮，离愍而长鞠。"王逸《注》："纡，曲也。畛，痛也。"《声类》："埏，墓隧也。"《方言》："荄，根也。"《楚辞》："茕茕兮不遑寐。"天闵案：《玉篇》："茕茕，忧思也。"此诗"茕茕"，应作孤独意解。《礼记》："子路曰：'吾闻诸夫子，丧礼，与其哀不足而礼有余也，不若礼不足而哀有余也。'"此采其意。

钟嵘《诗品》："晋黄门侍郎潘岳诗，其源出于仲宣。《翰林》叹其翩翩然，如翔禽之有羽毛，衣服之有绡縠，犹浅于陆机。谢混云：'潘诗烂若舒锦，无处不佳。陆文如披沙简金，往往见宝。'嵘谓益寿轻华，故以潘胜。《翰林》笃论，故叹陆为深。余常谓陆才如海，潘才如江。"

　　沈德潜曰："安仁诗品，又在士衡之下。《悼亡》诗格虽不高，其情自深也。"又曰："安仁党于贾后，谋杀太子遹，与有力焉。人品如此，安得佳也？潘、陆诗如剪彩为花，绝少生韵。"

张 协

字景阳，与兄载齐名。辟公府掾，转秘书郎，累迁中书侍郎，转河间内史。天下已乱，遂屏居草泽，以属吟自娱，终于家。有集四卷。

杂 诗

原诗十首，渔洋选六首

秋夜凉风起，清气荡暄浊。蜻蛚吟阶下，飞蛾拂明烛。君子从远役，佳人守茕独。离居几何时，钻燧忽改木。房栊无行迹，庭草凄以绿。青苔依空墙，蜘蛛网四屋。感物多所怀，沉忧结心曲。

《易通·卦验》："立秋，蜻蛚鸣。"《〈毛诗〉疏》："陆玑云：'蟋蟀似蝗而小，正黑有光泽如漆，有角翅，一名蛬，一名蜻蛚。'"《古今注》："飞蛾善拂灯火。"《毛诗》："哀此茕独。"按：茕独，无所依也。《论语》："钻燧改火。"《礼·含文嘉》："燧人氏始钻木取火，炮生为熟。"按："燧"，古取火之具。金燧，取火于日；木燧，取火于木，并见《礼记·内则》。《邹子》："春取榆、柳之火，夏取枣、杏之火，季夏取桑、柘之火，秋取柞、楢之火，冬取槐、檀之火。"《说文》："栊，槛也。"《古诗》："秋草萋以绿。"《淮南子》："穷谷之涔，生一苍苔。"《说文》："蜘蛛，蟨也。"魏文帝诗："蜘蛛绕户牖。"《论衡》："蜘蛛结丝以网飞虫，如之用计，安能过之？"《毛诗》："乱我心曲。"

117

朝霞迎白日，丹气临旸(善作"汤")谷。翳翳结繁云，森森散雨足。轻风吹劲草，凝霜竦高木。密叶日夜疏，丛林森如束。畴昔叹时迟，晚节悲年促。岁暮怀百忧，将从季主卜。

《尚书》："它嵎夷曰旸谷。"《淮南子》："日出汤谷。"善《注》："'丹气'，谓赤水之气也。"《毛诗》："曀曀其阴。"《毛传》："如常阴曀然，'翳'与'曀'，古字通。"《论衡》："初出为云，繁云为翳。"蔡邕《霖雨赋》："瞻玄云之晻晻，悬长雨之森森。"天闵案："竦"，动也。《史记》："司马季主者，楚人也。卜于长安东市。宋忠与贾谊游于市中，谒季主请卜。"

昔我资章甫，聊以适诸越。行行入幽荒，欧(五臣作"瓯")骆从祝发。穷年非所用，此货将安设？瓵甀夸玙璠，鱼目笑明月。不见郢中歌，能否居然别。阳春无和者，巴人皆下节。流俗多昏迷，此理谁能察？

《庄子》："宋人资章甫而适诸越，越人散发文身，无所用之。"司马彪曰："散，断也。资，取也。章甫，冠名。"善曰："'章甫'以喻明德，'诸越'以喻流俗。"《史记》："东海王摇者，其先，越王勾践之后也，姓驺氏。摇率越人佐汉，汉立摇为东海王，都东瓯，世俗号为东海王。"徐广曰："'驺'，一作'骆'。"按：今浙江永嘉县西南有东瓯城。《穀梁传》："吴，夷狄之国，祝发文身。"范宁曰："祝，断也。"《尔雅》："瓵甀谓之甓。"《逸论语》："璠玙，鲁之宝玉。孔子曰：'美哉璠玙，远而望之焕若也，近而视之瑟若也。一则理胜，一则孚胜。'"《雒书》："秦失金镜，鱼目入珠。"李斯《上秦始皇书》："垂明月之珠。"东方朔《神异经》："西北金阙上，有明月珠，径三寸，光照千里。"《战国策》："宋玉曰：'客有歌于郢中者，其始曰下里巴人，国中属而和者数千人；其为阳春白雪，国中属而和者不过数十人。是其曲弥高，其和弥寡。'"《尹文子》："形之与名，居然别矣。"

《礼记》："不从流俗。"郑玄曰："流俗，失俗也。"

朝登鲁阳关，狭路峭且深。流涧万余丈，围木数千寻。咆虎响穷山，鸣鹤聒空林。凄风为我啸，百籁坐自吟。感物多思情，在险易常心。朅来戒不虞，挺辔越飞岑。王阳驱九折，周文走岑崟。经阻贵无迟，此理著来今。

虞仲雍《荆州记》："其北有四关，鲁阳、伊阙之属也。按：鲁阳关，即三鸦镇，战国时曰鲁关，在鲁山县西南、南召县东北。"《水经注》："鲁阳关，左右连山插汉，秀木干云。"又："鲁阳关，水出鲁阳关分头山。"《说苑》："齐王曰：'大国之树必巨围。'"应劭曰："八尺曰寻。"《说文》："咆，嗥也。"《〈左传〉注》："聒，欢也。"《庄子》："子游曰：'地籁，则众窍是已。'"司马相如《赋》："通车朅来兮。"《注》："朅来，去来也。"《周易》："君子以除戎器，戒不虞。"《汉书》："琅邪王阳为益州刺史，行部至卬崃九折阪，叹曰：'奉先人遗体，奈何数乘此险以病去？'"善《注》："此言'王阳驱九折'，盖驱马而去之也。"《公羊传》："百里与蹇叔送其子而戒之曰：'尔即死，必殽之嵚岩，是文王之所避风雨者也。'"何修曰："其处险阻，故文王过之驱驰，常若避风雨也。"《汉书》："杜业上书曰："深思往事，以戒来今。"

述职投边城，羁束戎旅间。下车如昨日，望舒四五圆。借问此何时？胡蝶飞南园。流波恋旧浦，行云思故山。闽越衣文蛇，胡马愿度燕。风土安所习，由来有固然。

《〈尚书〉大传》："古者诸侯之于天子，五年一朝，见其身，述其职。述其职者，述其所职也。"《礼记》："武王克殷反商，未及下车，而封黄帝之后于蓟。"接后，人称凡官吏初到任曰"下车"。《楚辞》："前望舒使先驱。"王逸曰："望舒，月御也。"《汉书》："汉立无诸为闽越王，王闽中。"苏武《书》："越人衣文蛇，代马依北风，君子于其国也，怆怆伤于心。"善《注》："'度燕'，即'依北风'也。"《左传》："乐操土风，不忘本也。"《东京赋》："凡人心是所学，体安所习。"《鲁连子》："子谭子曰：'物之必至，理固然也。'"

结宇穷冈曲，耦耕幽树阴。荒庭寂以闲，幽(一作"山")岫峭且深。凄风起东谷，有渰兴南岑。虽无箕毕期，肤寸自成霖。泽雉登垄雏，寒猿拥条吟。溪壑无人迹，荒楚郁萧森。投耒循岸垂，时闻樵采音。重基可拟志，回渊可比心。养真尚无为，道胜贵陆沉。游思竹素园，寄辞翰墨林。

《释名》："山脊曰冈。"郑玄《〈周礼〉注》："薮，大泽也。"《说文》："山有穴曰岫。"《毛诗》》"有渰凄凄，兴雨祁祁。"《传》："渰，云兴貌。"善《注》："'渰'与'弇'同，音'奄'。"《尚书》："月之从星，则以风雨。"安国曰："月经于箕则多风，离于毕则多雨。"《公羊传》："触石而出，肤寸而合，不崇朝而遍雨乎天下者，唯太山尔。"《注》："侧手为肤，案指为寸。"《庄子》："泽雉十步一啄，百步一饮。"《说文》："雏，雄雉鸣也。"又："楚，丛木也。"《射雉赋》："萧森繁茂。"《春秋·运斗枢》："山者地基。"《〈吴都赋〉注》："回，渊水也。"夏侯湛《抵疑》："玄白冲虚，仡尔养真。"《庄子》："夫虚静恬淡、寂寞无为者，天地之平而道德之至也。"《慎子》："道胜则名不彰。"又："夫道所以使贤，无奈不肖何也。所以使智，无奈愚何也。若此，则谓之道胜矣。"《庄子》："孔子之楚，舍于蚁丘之浆。其邻有夫妻、臣妾登极者，仲尼曰'是陆沉者也，是其市南宜僚耶？'"郭象曰："人中隐者，譬如无水而沉也。"《风俗通》："刘向为孝成皇帝典校书籍，皆先书竹，为易刊定，可缮写者以上素也。今东观书，竹素也。"《归田赋》："挥翰墨以奋藻。"《长杨赋》："籍翰林以为主人。"

钟嵘《诗品》曰："晋黄门侍郎张协诗，其源出于王粲。文体华净，少病累。又巧构形似之言，雄于潘岳，靡于太冲。风流调达，实旷代之高手。词彩葱倩，音韵铿锵，使人味之，亹亹不倦。"

　　天闵案：景阳诗，与《十九首》为一派，但无空灵、矫健之致耳。
又案：二陆三张，渔阳谓为概乏风骨，选录甚少。兹复汰去过半，录
其一二，于以见晋初诗之梗概也。

左　思

字太冲，齐国临淄人。征为秘书郎，齐王同命为记室，辞疾不就。有集五卷。

咏史八首

弱冠弄柔翰，卓荦观群书。著论准过秦，作赋拟子虚。边城苦鸣镝，羽檄飞京都。虽非甲胄士，畴昔览穰苴。长啸激清风，志若无东吴。铅刀贵一割，梦想骋良图。左眄澄江湘，右盼定羌胡。功成不受爵，长揖归田庐。

《礼记》："人生二十曰弱冠。"《汉书注》："翰，笔也。"孔融《表》："英才卓踔。""踔"与"荦"通。按："卓荦"，超绝也。善《注》："《过秦论》，贾谊作。《子虚赋》，司马相如作。"《汉书》："冒顿乃作鸣镝，习勒骑射。"《音义》："镝，箭也，如今鸣箭也。"《尚书》："善毂乃甲胄。"《史记》："司马穰苴者，田完之苗裔也。齐景公以为将军，将兵扞燕、晋之师。其后田和因自立为齐威王，用兵行威，大放穰苴之法，而诸侯朝齐。威王使大夫追论古者司马法，而附穰苴其中，因号曰司马穰苴之法。"《楚辞》："临深水而长啸。"善《注》："'激'，感也。"《江表传》："建安二年，策又遣使贡方物，倍于元年所献。其年制书转拜讨逆将军，改封吴侯。"《东观汉记》："班超上书曰：'臣乘圣汉威神，冀效铅刀一割之用。'"善《注》："'骋'，施也。"《广雅》："眄，视也。"《方言》："澄，清也。"《战国策》："韩挟齐、魏以眄楚。"眄，怒视貌。《汉书》："郦食其长揖不拜。"又疏广

122

曰："吾自有旧田庐。"

沈德潜曰："此章自言。"

郁郁涧底松，离离山上苗。以彼径寸茎，荫此百尺条。世胄蹑高位，英俊沉下僚。地势使之然，由来非一朝。金张藉（善作"籍"）旧业，七叶珥汉貂。冯公岂不伟，白首不见招。

《〈毛诗〉传》："离离，垂貌。"《说文》："穀曰苗，凡草初生亦曰苗。"《荀子》："西方有木焉，名曰射干，茎长四寸，生于高山之上，南临百仞之渊。木茎非能长也，所立者然也。"《七发》："高百尺而无枝。"《韩诗内传》："所以为世子何？言世世不绝。"孔氏《〈尚书〉传》："胄，长子也。谓卿大夫子弟也。"《广雅》："蹑，履也。"《尔雅》："僚，官也。"《战国策》："非以韩能强于楚也，其地势然也。"《周易》："非一朝一夕之故。"《汉书·金日磾传赞》："七世内侍，何其盛也！"又《张汤传》："张氏子孙相继，自宣、元以来，为侍中、常侍者，凡十余人。功臣之后，唯有金氏、张氏亲近宠贵，比于外戚。"李善曰："'七叶'，自武至平也。'珥'，插也。"董巴《舆服志》："侍中、中常侍冠武弁，貂尾为饰。《汉书》："冯唐以孝著，为郎中署长，事文帝。帝辇过问唐曰：'父老，何自为郎？'"《说文》："伟，奇也。"荀悦《汉纪》："冯唐白首，屈于郎署。"

吾希段干木，偃息藩魏君。吾慕鲁仲连，谈笑却秦军。当世贵不羁，遭难能解纷。功成耻（善作"不"）受赏，高节卓不群。临组不肯绁，对珪宁肯分？连玺曜前庭，比之犹浮云。

《广韵》："希，望也。"《吕氏春秋》："段干木者，魏文侯敬之，过其庐而轼之。其仆曰：'干木，布衣耳，而君轼其庐，不亦过乎？'文侯曰：'干木不趋俗役，怀君子之道，隐处穷巷，声驰千里之外，未肯一己易寡人也。寡人光乎势，干木富于义，势不如德尊，财不如义高，吾安敢不轼乎?'"班固《幽通赋》："干木偃息以藩魏。"《毛诗》："或息偃在床。"《韵会》："'藩'与'蕃'通'屏'也。"《史记》："鲁仲连好奇伟傲傥之画策，而不肯仕。赵孝成王时，秦使白起围赵，魏王使将军新垣衍说赵尊秦为帝，鲁连适游赵，谓平原君曰：'梁客新垣衍安在?吾且为君责而归之。'乃见新垣衍，垣衍拜谢，不敢复言帝秦。秦将闻之，为却军五十里。又秦军引去，平原君欲封鲁连，鲁连辞让，终不肯受。平原君乃置酒，酒酣起前，以千金为寿。鲁连笑曰：'所谓贵于天下之士者，为人排患释难、解纷乱而无取也。即有取者，是商贾之事也，而连不忍为也。'遂辞去，终身不复见。"邹阳《书》："不羁之士，与牛骥同皂。"《史记》："鲁仲连好持高节。"《说文》："组，绶属。"王逸《〈楚辞〉注》："缫，系也。"《礼·稽命徵》："诸侯执珪。"《解嘲》："析人之珪。"郑玄《〈周礼〉注》："玺，印也。"善曰："将加之官，必授之以印。后仲连为书遗燕将，燕将自杀。田单欲爵之，仲连逃海上。二国皆欲封，故云'连玺'。"《论语》："子曰：'不义而富且贵，于我如浮云。'"

济济京城内，赫赫王侯居。冠盖荫四术，朱轮竟长衢。朝集金张馆，暮宿许史庐。南邻击钟磬，北里吹笙竽。寂寂扬子宅，门无卿相舆。蓼蓼空宇中(一作"内")，所讲在玄虚。言论准宣尼，辞赋拟相如。悠悠百世后，英名擅八区。

五臣《注》："'济济'，美盛貌。"《〈诗〉传》："赫赫，显盛貌。"《西都赋》："冠盖如云。"《广雅》："术，道也。"杨恽《书》："乘朱轮者八人。"《古诗》："长衢罗夹巷。"《汉书》："盖宽饶曰：'上无许、史之属，下无金、张在托。'"善曰：《汉书》：'孝宣许皇后，元帝母，元帝封外祖父广汉为平恩侯。'又曰：'史良娣，宣帝祖母也。兄恭，宣帝立。恭已死，封恭长子高为乐陵侯。'"《说文》："寂寂，无人声也。"《寰宇记》："子云宅在华阳县少城西南角，一名草玄堂。"《汉书》："扬雄《自叙》曰：'雄家素贫，嗜酒，人希至其门。'"《广雅》："蓼，深也，空廓也。"《说文》："宇，屋边也。"《汉书》："雄方草《太玄》，有以自守。"《老子》："玄之又玄，众妙之门。"《管子》："虚无、无形谓之道。"《汉书》："时有人问雄者，雄常用法应之，撰为十三卷，像《论语》，号曰《法言》。"又："先是时，蜀有司马相如作赋，甚弘丽温雅，雄心壮之。每作赋，常据以为式。"《说文》："擅，专也。"《解嘲》："天下之士，当营于八区。"

皓天舒白日，灵景耀神州。列宅紫宫里，飞宇若云浮。峨峨高门内，蔼蔼皆王侯。自非攀龙客，何为欻来游？被褐出阊阖，高步追许由。振衣千仞冈，濯足万里流。

《广雅》："皓，明也。傅玄《三都赋》："白日舒灵景于天。"《河图·括地象》："昆仑东南地方五十里，名曰神州。"《西京赋》："正紫宫于未央。"《盐铁论》："梓匠营宫室，上成云气，下成山林。"按："峨峨"，高貌。《史记·孟子、荀卿列传》："为开第康庄之衢，高门大屋尊宠之。"《毛诗》："蔼蔼王多吉士。"《传》："蔼蔼，济济也。"《法言》："攀龙鳞，附凤翼。"《〈西京赋〉注》："欻者，言忽也。""被褐"，见阮籍诗注。"阊阖"，晋宫阙名。洛阳城阊阖门西向。《高士传》："许由，字武仲，阳城槐里人。为人据义履方，尧让天下于由，不受，于是遁耕于中岳下。"王粲《七释》："濯身乎沧浪，振衣乎高岳。"

荆轲饮燕市，酒酣气益震。哀歌和渐离，谓若旁无人。虽无壮士节，与世亦殊伦。高眄邈四海，豪右何足陈？贵者虽自贵，视之若埃尘。贱者虽自贱，重之若千钧。

孔氏《〈尚书〉传》："乐酒曰酣。"《广韵》："震，起也。"《史记》："荆轲既至燕，爱燕之狗屠及善击筑者高渐离。荆轲嗜酒，日与高渐离饮于燕市。酒酣以往，高渐离击筑，荆轲和而歌于市中，相乐也。已而相泣，旁若无人者。"臣瓒《〈汉书〉注》："邈，绵藐也。"《〈四愁诗〉序》："豪右，兼并之家。"《列子》："杨朱曰：'贵非所贵，贱非所贱，齐贵齐贱。'"《汉书》："十六两为一斤，三十斤为一钩。"

《艺苑卮言》："'以彼径寸茎，荫此百余条'，是涉世语。'贵者虽自贵，弃之若埃尘'，是轻世语。'振衣千仞冈，濯足万里流'，是出世语。每讽太冲诗，便飘飘欲仙。"

主父患不达，骨肉还相薄。买臣困樵采（善作"采樵"），伉俪不安宅。陈平无产业，归来翳负郭。长卿还成都，壁立何寥廓！四贤岂不伟，遗烈光篇籍。当其未遇时，忧在填沟壑。英雄有屯邅，由来自古昔。何世无奇才，遗之在草泽。

《史记》："或说主父偃曰'太横'，主父曰：'臣结发游学四十年，身不得遂，亲不以为子，昆弟不收。'"《吕氏春秋》："父母之于子也，子之于父母也，此之谓骨肉之亲。"《汉书》："朱买臣家贫，常刈薪樵，卖以给食。担束薪，行且读书，妻亦负戴相随，数止买臣无讴歌道中，买臣愈益疾歌。妻羞之，求去。买臣笑曰：'吾年五十，当富贵也，今已四十余矣。汝苦日久，待我富贵，报汝功。'妻恚怒曰：'如公等终饿死沟中耳，何能富贵?'买臣不能留，即听去。"《〈左传〉注》："俪，偶也。伉，敌也。"《汉书》："陈平负郭穷巷，以席为门。"《方言》："翳，菱也。"《尔雅》："菱，隐也。"《〈礼记〉注》："负之言背也。"《史记》："卓文君奔司马相如，相如与驰归成都，居徒四壁立。"《楚辞》："嗟寥廓而无处。"善《注》："班固说东平王苍曰：'遗烈若于无穷。'"《汉书》："吴起、商鞅，垂著篇籍。"《周易》："屯如邅如。"《集韵》："屯邅，难行不进貌。"《国语》："古曰在昔。"《孙子》："何世之无才？何才之无施？"

习习笼中鸟，举翮触四隅。落落穷巷士，抱影守空庐。出门无通路，枳棘塞中途。计策弃不收，块若枯池鱼。外望无寸禄，内顾无斗储。亲戚还相蔑，朋友日夜疏。苏秦北游说，李斯西上书。俯仰生荣华，咄嗟复凋枯。饮河期满腹，贵足不愿余。巢林栖一枝，可为达士模。

　　《说文》：“习习，数飞也。”《鹖冠子》：“笼中之鸟，空笼不出。”
《〈毛诗〉笺》：“隅，角也。”善曰：“‘落落’，疏寂貌。”《风赋》：“廓
抱影而独倚。”《孔丛子》：“孔子《山陵之歌》曰：‘枳棘充路，陟之无
缘。’”东方朔《六言》：“计策弃捐不收。”《〈楚辞〉注》：“块，独处
貌。”《国语》：“叔向曰：‘绛之富商，而无寻尺之禄。’”《古出东门
行》：“盎中无斗米。”《说文》：“储，蓄也，谓蓄积以待用也。”《〈毛
诗〉笺》：“蔑，轻也。”《庄子》：“亲友益疏。”《史记》：“苏秦乃西去
赵之燕，阳为得罪于燕而亡。自燕之齐，齐宣王以为客卿，然燕大夫
多与苏秦争宠而使人刺苏秦。”又：“李斯西入秦说秦王。”又：“始皇
以斯为相，二世下斯五刑。”《庄子》：“其疾也，俯仰之间。”《晋书·
石崇传》：“尝为客作豆粥，咄嗟便办。”按：“咄嗟”，言时之极速，
犹言呼吸间也。《文子》：“生有荣华，心有愁悴。”沈德潜曰：“言苏
秦、李斯始不遇，继而遇，终不得死所也。故有‘俯仰’、‘咄嗟’之
叹云。”《庄子》：“鹪鹩巢于深林，不过一枝；偃鼠饮河，不过满腹。”

　　钟嵘《诗品》：“晋记室左思诗，其源出于公幹。文典以怨，颇为
精切，得讽谕之致。虽野于陆机，而深于潘岳。谢康乐常言：‘左太
冲诗，潘安仁词，古今难比。’”
　　沈德潜曰：“太冲《咏史》，不必专咏一人，专咏一事，咏古人而
己之性情俱见。此千秋绝唱也，后维明远、太白能之。”（天闵案：沈论
极确。）

刘 琨

字越石，中山人。少以雄豪著称，永嘉(怀帝年号)初，为并州刺史。建兴(愍帝年号)二年，加大将军，都督并州。三年，进司空。四年，其长史以并州叛，降石勒，琨遂奔蓟。段匹磾因与结婚，约以共戴晋室。元帝渡江，复加太尉，封广武侯。后其子群与匹磾有隙，遂被害。谥曰"愍"。

重赠卢谌

王隐《晋书》："琨与卢志亲善，志子谌，琨先辟之，后为从事中郎。段匹磾领幽州，求为别驾。谌笺诗与琨，故有此答。"《晋书》："琨诗托意非常，摅畅幽愤，远想张、陈，感鸿门、白登之事，用以激谌。谌素无奇略，以常辞酬和，殊乖琨心。"

握中有悬璧，本自荆山璆。惟彼太公望，昔在渭滨叟。邓生何感激，千里来相求。白登幸曲逆(音"句遇")，鸿门赖留侯。重耳任五贤，小白相射钩。苟能隆二伯，安问党与仇。中夜抚枕叹，想与数子游。吾衰久矣夫，何其不梦周？谁云圣达节，知命故不忧？宣尼悲获麟，西狩涕孔丘。功业未及建，夕阳忽西流。时哉不我与，去乎若云浮。朱实陨劲风，繁英落素秋。狭路倾华(一作"车")盖，骇驷摧双辀。何意百炼钢，化为绕指柔！

善《注》："'悬璧'，悬黎以为璧。以喻谌也。"天闵案："悬黎"，即"悬藜"，美玉也。《史记》："梁有悬藜。"《琴操》："卞和歌曰：

128

'攸攸沂水，经荆山兮。穴山采玉，难为功兮。'"《史记》："太公望以渔钓干周西伯，将出猎，果遇太公于渭之阳。"《六韬》："文王卜田，史扁为卜。田于渭之阳，将大得。非龙非彲，非熊非罴，非得公侯，天遗汝师。文王斋戒三日，田于渭阳，卒见吕尚，坐茅以渔。"《答宾戏》："周望兆动于渭滨。"《东观汉纪》："邓禹，字仲华，南阳人。世祖安集河北，禹自南阳北渡河，追至邺。谒上，上见之，甚欢。谓曰：'我得拜除长吏，生远来，宁欲仕耶？'禹曰：'不愿也。'"赵岐《〈孟子〉章指》："千载闻之，犹有感激。"《周易》："同气相求。"《汉书》："陈平从高帝击韩信，至平城，为匈奴所围，七日不得食。用平奇计，使单于阏氏解围以得开。高帝既出，南过曲逆，召御史，封平为曲逆侯。"又："冒顿围高帝于白登七日。"如淳曰："平城旁高之地。"《史记》："范增说项羽急击沛公，项伯素善张良，夜驰见良，具告以事。良要项伯入见沛公，曰：'早自来谢。'沛公旦日从百余骑见项王，至鸿门，项王因留沛公饮，范增数目项王击沛公，羽不应。须臾，沛公起如厕，于是遂去，乃令张良留谢。"《左传》："晋公子重耳之及于难也，遂奔狄。从者狐偃、赵衰、颠颉、魏武子、司空季子。"杜预《注》："狐偃，子犯也。魏武子，犨也。司空季子，胥臣白季也。此五人贤而有大功也。"《左传》："寺人披谓晋侯曰：'齐桓公置射钩，而使管仲相。'"杜预《注》："乾时之役，管仲射桓公中钩。"善《注》："'二伯'，晋文、齐桓也。'党'，谓五贤。'仇'，谓射钩也。'数子'，谓太公已下也。言数子皆能陈谋以静乱，故己想与之共游。"《论语》："子曰：'甚矣！吾衰也。久矣，吾不复梦见周公。'"《左传》："曹子臧曰：'前志有之曰：圣达节。'"《周易》："乐天知命，故不忧。"《公羊传·哀公十四年春》："西狩获麟，何以书？记：'异也。'孔子曰：'孰为来哉？孰为来哉？'反袂拭面涕沾袍。"沈德潜曰："'宣尼'二句，重复言之，与阮籍'多言焉所告，繁辞将诉谁'，同一反复申言之意。"(天闵案："宣尼"、"孔丘"叠用，终是小疵，不必曲为之讳也。)按：汉平帝追谥孔子为褒成宣尼公，故曰"宣尼"。善《注》："'夕阳西流'，喻将老之人也。"《家语》："孔子云：'修事而能建业。'"《注》曰："建功业。"宋子京《笔记》："山东曰朝阳，山西曰夕阳，指山之处耳。后人便用'夕阳忽西流'。"嵇康《忧愤诗》："时不我与。"善《注》："'云浮'，言疾也。"《论语》："日月逝矣，岁不我与。"刘桢《与临淄侯书》："肃以素秋。"刘歆《遂初赋》："奉华盖于帝侧。"《说文》："辀，辕也。"应劭《汉书注》："说者以金取坚刚，百炼不耗。"

钟嵘《诗品》："晋太尉刘琨、晋中郎卢谌诗，其源出于王粲。善为凄戾之词，自有清拔之气。琨既体良才，又罹厄运，故善叙丧乱，多感恨之词。中郎仰之，微不逮者矣。"

沈德潜曰："越石英雄失路，万绪悲凉，故其诗随笔倾吐，哀音无次，读者乌得于语句间求之。"又曰："拉杂繁会，自成绝调。"

方曰："此诗一起一结，不知从何处来、何处去，所谓'入不言兮去不辞'也。起二句空中下手，以比卢谌。'惟彼'以下，历举建功业之人，皆欲谌与此诸人相比，以与己共功名耳。'中夜'二句顿挫束上，'吾衰'句倏转，如神龙掉首，空中夭矫。言不得志，故独忧悲。而顿挫沉郁，真如金石流、蛟龙僵。古人作书，用墨必有流珠处，此种是也。'功业'八句，稍缓以疏其气。一收，咏叹无穷。此等用笔，前惟汉魏阮公、后惟杜公有之。"

陈沆曰："本传云：'琨诗托意非常，远想张、陈，感鸿门、白登之事，用以激谌。谌素无奇略，以常词酬和，殊乖琨心。'案：诗中征事杂沓，比兴错出，各有指归。'太公'、'邓禹'，述己匡扶王室之志；'白登'、'鸿门'，冀脱己患难之中。（天闵案：此殊附会。）'重耳'、'小白'，欲与段匹磾同奖王室，比迹桓、文，不以见幽小嫌为辱。望谌以此意达之匹磾，披沥死争，必能见悟也。（天闵案：越石此诗，决非见幽以后之作，此说尤为穿凿。）'知命'以下，慨功业之不立、志命之不偶。本传言琨闻祖逖进用，与亲故书曰：'吾枕戈待旦，志枭逆虏，常恐祖生先我著鞭。'即此诗之旨乎？元遗山《论诗绝句》曰：'曹刘坐啸虎生风，四海无人角两雄。可惜并州刘越石，不教横槊建安中。'谓刘桢浅狭阒寥之作，未能以敌三曹。（天闵案：此非遗山诗意，辩之如下。）惟越石气盖一世，始足与曹公苍茫相敌也。"

天闵案：公幹之什，存于今者无几，实难与曹相敌。然曹、刘并称，由来已久。想刘诗散亡，当不少也。按：魏文帝书云："公幹有奇气，但未遒耳。其五言诗之善者，妙绝时人。"又钟嵘《诗品》曰："魏文学刘桢诗，其源出于《古诗》。仗气爱奇，动多振绝，真骨凌霜，高风跨俗。但气过其文，雕润恨少。然自陈思已下，桢称独步，是以曹、刘并称也。"杜甫诗云："方驾曹刘不啻过。"盖本诸此。遗山所谓"两雄"，正指曹、刘，无贬斥公幹之意。下二句谓越石足与曹、刘相敌。太初《诗比兴笺》用力颇勤，然过事穿凿，乖违本旨者，正复不少。读者不可不知也。

又案：遗山谓"越石方驾曹、刘"，确为定评。

扶风歌

陈沆曰："集中《扶风歌》九首，盖以两韵为一首，即《乐府》四句一解之例也。"

《通典》："京兆、冯翊、扶风，皆古雍州之域。秦始皇以为内史，汉景帝二年，分置左右内史。武帝改左内史为左冯翊，右内史为右扶风，后与京兆号三辅。故赵广汉云：'乱吾治者常二辅是也。'"按：今陕西关中道西部之地。

朝发广莫门，暮宿丹水山。左手挽繁弱，右手挥龙渊。顾瞻望宫阙，俯仰御飞轩。据鞍长太息，泪下如流泉。系马长松下，发鞍高岳头。烈烈悲风起，泠泠涧水流。挥手长相谢，哽咽不能言。浮云为我结，归(五臣作"飞")鸟为我旋。去家日以远，安知存与亡。慷慨穷林中，抱膝独摧藏。麋鹿游我前，猿猴戏我侧。资粮即乏尽，薇蕨安可食？揽辔命徒侣，吟啸绝岩中。君子道微矣，夫子故(一作"固")有穷。惟昔李骞期，寄在匈奴庭。忠信反获罪，汉武不见明。我欲竟此曲，此曲悲且长。弃置勿复陈，重陈令心伤。(《乐府》每四句一解，凡九解。)

善《注》："《晋宫阙名》曰：'洛阳城：广莫门，北向。'"《汉书》："高都县筦谷，丹水所出也。"天闵案："高都"，今山西晋城县，属冀宁道。（晋城旧名凤台，属泽州府。）又案："丹水"凡三：一、发源陕西商县西北冢岭山，东南流经商县南，又东入河南，经内乡、淅川，东注均水。秦置丹水县，故城，淅川县西丹水之阳。亦称丹流，又称丹江。尧战丹水之浦，以服苗蛮，舜封尧子丹朱于丹水。皆即此也。二、发源山西高平县北丹朱岭，东南流经晋城入河南沁阳县，南注沁河。分支东流为小丹河，入卫河。《山海经》："沁水之东，有林焉，名曰丹林，丹水出焉。"即此。亦称大丹水，此诗所指也。三、汴河，古亦称丹水。见《水经注》。《左传》："卫子鱼曰：'分鲁公以封父之繁弱。'"杜预《注》："封父，古诸侯。繁弱，大弓名也。"《战国策》："苏秦说韩曰：'韩之剑戟，龙渊、太阿，皆陆断马牛，水击鸿雁。'"曹植《书》："有龙渊之利，乃可议于断割。"闻人倓曰："轩，车也。言车之轻捷如欲飞也。"《古乐府》："山溜何泠泠。"案："泠泠"，水声也。晋灼《〈汉书〉注》："以辞相告曰谢。"案："哽咽"，悲塞也。《汉书》息夫躬《绝命辞》："秋风为我吟，浮云为我阴。"《琴操·王昭君歌》曰："离宫绝旷身摧藏。"《左传》："共其资粮扉屦。"《毛诗》："言采其薇。"又："言采其蕨。"《楚辞》："揽骓辔而下节。"李陵《书》："吟啸成群。"《周易》："君子道消。"《穀梁传》："淑姬归于纪，其不言逆，何也？逆之道微矣。"《论语》："在陈绝粮，子路曰：'君子亦有穷乎？'子曰：'君子固穷，小人穷斯滥矣。'"闻人倓曰："'夫子'，谓孔子。"《汉书》："武帝天汉二年，李陵为骑都尉，顿屯卒三千，出居延，至浚稽山，与匈奴相值。战败，弓矢并尽，陵遂降。"《周易》："归妹愆期，有时。"王肃曰："愆，过也。"案："騫"与"愆"通。李陵《书》："陵虽驽怯，令汉贳陵罪，全其老母，使得奋大辱之积，庶几乎曹柯之盟，此陵宿昔之所不忘也。"曹植《怨歌行》："吾欲竟此曲，此曲悲且长。"魏文帝《杂诗》曰："弃置而复陈。"

沈德潜曰："悲凉酸楚，亦复不知所云。"

陈沆曰："诗不知何时作，或谓作于自并州奔蓟时。则'朝发广莫门，顾瞻望宫阙'，皆与并州无涉。况是时，琨父母遇害晋阳，何尚有'去家日远，安知存亡'之语。考永嘉元年，以琨为并州刺史，琨在路上表曰：'臣九月未得发，道险山峻，胡寇塞路，辄以少击众，冒险而进，顿伏艰危，辛苦备尝。'即此诗歌咏也。自洛阳都城赴镇，故有'广莫门'、'宫阙'之语。时九月末，故有'烈烈悲风'之语。又本传言并土饥荒，流离四散，存者无复人色。荆棘成林，豺狼满道，故有'资粮乏尽'、'薇蕨安食'、'麋鹿'、'猿猴'之语。时琨仅募得千人，转斗之晋阳，故有'揽辔命俦侣，吟啸绝岩中'之语。时琨领匈奴中郎将，故借李陵以见志。《〈文选〉注》：'穷期，即愆期。'盖恐旷日持久，讨贼不效，区区孤忠，不获见谅于朝廷耳。若谓指匹磾见幽，则事在日后，不愿投蓟之初。遽作此语，况'汉武不见明'，亦与匹磾事无涉。谓之诗谶则可，谓之直赋则不可，故笺以正之。"

郭 璞

字景纯，河东闻喜人。文章冠一时，尤妙于阴阳、算历、卜筮之术。王导引为参军，补著作佐郎，迁尚书郎，以母忧去。王敦起为记室参军，敦既谋逆，使筮。璞曰："无成，寿且不久。"敦大怒，即收斩之。及敦平，追赠弘农太守。有《〈尔雅〉注》五卷、《音》二卷、《图》十卷、《赞》二卷、《〈方言〉注》十三卷、《〈三苍〉注》三卷、《〈穆天子传〉注》六卷、《〈山海经〉注》二十三卷、《图赞》二卷、《水经注》三卷、《周易林》五卷、《洞林》三卷、《新林》四卷、又九卷、《卜韵》一卷、《楚辞》二卷、《〈子虚上林赋〉注》一卷、集十七卷。

游仙诗

天闵案：原诗十四首，《文选》录七首，王选九首。

钟嵘《诗品》："晋弘农太守郭璞诗，宪章潘岳，文体相辉，彪炳可玩。始变永嘉平淡之体，故称中兴第一。《翰林》以为诗首。但《游仙》之作，辞多慷慨，乖远玄宗。而云'奈何虎豹姿'，又云'戢翼栖榛梗'，乃是坎凛咏怀，非列仙之趣也。"

李善曰："凡《游仙》之篇，皆所以滓秽尘网，锱铢缨绂，餐霞倒景，饵玉玄都。而璞之制，文多自叙，虽志狭中区，而辞无俗累，见非前识，有以哉。"

何焯曰："景纯之《游仙》，即屈子之《远游》也。章句之士，乌足以知之。"

沈德潜曰："《游仙诗》本有托而言，坎壈咏怀，其本旨也。钟嵘贬其少列仙之趣，谬矣。"（天闵案：沈评极确。）

134

方曰："本屈子《远游》之旨，而拟其辞，遂成佳制。"

京华游侠窟（五臣作"客"），山林隐遁栖。朱门何足荣？未若托蓬莱。临源挹清波，陵冈掇丹黄。灵谿可潜盘，安事登云梯？漆园有傲吏，莱氏有逸妻。进则保龙见，退为触藩羝。高蹈风尘外，长揖谢夷齐。

《西京赋》："都邑游侠，张、赵之伦。"《庄子》："徐无鬼见魏武侯，武侯曰：'先生居山林久矣。'"《周易》："遁世无闷。"郭璞《〈山海经〉注》："山居为栖。"《十洲记》："臣故舍韬隐而赴王庭，藏养生而侍朱门。"《史记》："李少君谓武帝曰：'臣常游海上，见安期生仙者，通蓬莱中也。'"《〈毛诗〉传》："挹，取也。"又："掇，拾也。"《本草经》："赤芝，一名丹芝，食之延年。"善《注》："凡草之初生，通名曰黄，故曰丹黄。"《游天台山赋》："过灵谿而一濯。"庾仲雍《荆州记》："大城西九里有灵谿水。"《列子》："公输般为云梯以取宋。"张湛《注》："班输为梯，可以陵虚。"善曰："言仙人升天因云而上也。"《史记》："庄子尝为蒙漆园吏，楚王闻周贤，使使厚币迎，许以为相。周笑谓楚使者曰：'亟去！无污我。'"《烈女传》："莱子逃世，耕于蒙山之阳，或言之楚，楚王遂驾至老莱之门，曰：'守国之孤，愿变先生。'老莱曰：'诺！'妻曰：'妾闻居乱世为人所制，能免于患乎？妾不能为人所制。'投其畚而去。老莱乃随而隐。"《周易》："乾九二，见龙在田。子曰：'龙德而正中者也。大壮，羝羊触藩，羸其角，不能退，不能遂，无攸利。'"《说文》："羝，牡羊也。"善《注》："'进'谓求仙，'退'谓处俗。"沈德潜曰："'进'谓仕进，言仕进者为保全身名之计，'退'则类触藩之羝，孰若高蹈风尘、从事于游仙乎？"天闵案：沈说是也。善《注》"'进'谓求仙"，非是。盖萦心禄位者，进则汲汲自保，退又难舍功名，所谓患得患失也。"云梯"，亦指高位，善《注》亦非。

青溪千余仞，中有一道士。云生梁栋间，风出窗户里。借问此何谁？云是鬼谷子。翘迹企颍阳，临河思洗耳。闾阖西南来，潜波涣鳞起。灵妃顾我笑，粲然启玉齿。蹇修时不存，要之将谁使？

庾仲雍《荆州记》："临沮县有青溪山，山东有泉，泉侧有道士精舍。郭景纯尝作临沮县，故《游仙诗》嗟青溪之美。"《史记》："苏秦东师事于齐，而习于鬼谷先生。"徐广曰："颍川阳城有鬼谷。"《鬼谷子序》："周时有豪士隐于鬼谷，因自号鬼谷子，言其自远也。"按：鬼谷子，姓王名诩，一说无乡里、族姓、名字。《广雅》："翘，举也。"《正韵》："企，举踵望也。"《吕氏春秋》："昔尧朝许由于沛泽之中，请属天下于夫子，许由遂之颍川之阳。"《琴操》："尧大许由之志，禅为天子。由以其言不善，乃临河而洗其耳。"《史记·律书》："闾阖风居西南。闾者倡也，阖者藏也。"《周易》："风行水上涣。"沈德潜曰："言风至而波纹生也。"善曰："'灵妃'，宓妃也。"《毛诗》："顾我则笑。"《谷梁传》："军人粲然皆笑。"《庄子》："女商谓徐无鬼曰：'吾所以说君者，吾未尝启齿。'"司马彪曰："启齿，笑也。"《楚辞》："吾令丰隆乘云兮，求宓妃之所在。解佩纕以结言兮，吾令蹇修以为理。"王逸曰："古贤蹇修为媒理也。"方东树曰："观收四句，岂真出世者耶？其旨可知矣。"

翡翠戏兰苕，容色更相鲜。绿萝结高林，蒙笼盖一山。中有冥寂士，静啸抚清弦。放情凌霄外，嚼蕊挹飞泉。赤松临上游，驾鸿乘紫烟。左挹浮丘袖，右拍洪崖肩。借问蜉蝣辈，宁知龟鹤年？

《埤雅》："翠鸟或谓之翡翠，名前为翡，名后谓翠。旧云雄赤曰翡，雌青曰翠。"善《注》："'兰苕'，兰秀也。言珍禽芳草递相辉映，可悦之甚也。"《〈毛诗草木〉疏》："松萝，蔓松而生，枝正青。"《〈蜀都赋〉注》："蒙笼，草木茂盛貌。"善《注》："'冥'，玄默也。"《楚辞》："放游志乎云中。"《淮南子》："大丈夫乘云凌霄与造物逍遥。"《典论》："饥餐琼蕊，渴饮飞泉。"《列仙传》："赤松子，神农时雨师。服水玉，教神农，能入火不烧。至昆仑山上，常止西王母石室

中，随风雨上下。"嵇康《答难》："偓佺以柏实方目，赤松以水玉乘
烟。"古《白鸿颂》："兹亦耿介，矫翮紫烟。"《列仙传》："浮丘公接王
子乔以上嵩高山。"《神仙传》："卫树卿与数人博，其子度曰：'向于
博者为谁？'叔卿曰：'是洪崖先生。'"《列仙传》："洪崖先生，尧时
已三千岁。"案："扟"，引也。《夏小正》："蜉蝣朝生而暮死。"《养生
要论》："龟鹤寿有千百之数，性寿之物也。道家之言：鹤曲颈而息，
龟潜匿而喑，此其所以为寿也。服气养性者法焉。"善《注》："'蜉
蝣'，比世人；'龟鹤'，比仙人。"《庄子》："朝菌不知晦朔，蟪蛄不
知春秋，此小年也。"此用其意。

　　六龙安可顿，运流有代谢。时变感人思，已秋复愿夏。淮海变微
禽，吾生独不化。虽欲腾丹溪，云螭非我驾。愧无鲁阳德，回日向三
舍。临川哀年迈，抚心独悲吒。

《楚辞》："维六龙于扶桑。"《〈淮南子〉注》："日乘车驾以六龙，
羲和御之。"闻人倓曰："'顿'，停也。"《庄子》："黄帝曰：'阴阳四
时运行，各得其序。'"《淮南子》："二者代谢舛驰。"高诱曰："代，
更也。谢，叙也。"《国语》："赵简子叹曰：'雀入于海为蛤，雉入于
淮为蜃，鼋、鼍、鱼、鳖，莫不能化，惟人不能。哀夫！'"魏文帝
《典论》："夫生之必死，成之必败，然而惑者望乘风云，冀与蟠龙共
驾，适不死之国。国即丹溪，其人浮游列缺，翱翔倒景，然死者相
袭，丘垄相望，逝之莫反，潜者莫形，足以觉也。"《淮南子》："鲁阳
公与韩遘难，战酣，日落，援戈而麾之，日为之反三舍。"许慎曰：
"二十八宿，一宿为一舍。"《论语》："子在川上曰：'逝者如斯夫，
不舍昼夜。'"《尚书》："日月逾迈。"《广韵》："吒，叹也。"《楚辞》：
"忧不眠兮寝食，吒增叹兮如雷。"方东树曰："收四句即《远游》'惟
天地之无穷，哀人生之长勤；往者余弗及兮，来者吾不闻'四句
之意。"

　　逸翮思拂霄，迅足羡远游。清源无增澜，安得运吞舟？珪璋虽特

达，明月难暗投。潜颖怨清阳，陵苕哀素秋。悲来恻丹心，零泪缘缨流。

善《注》："首二句喻仙者之愿轻举也。"《韩诗外传》："吞舟之鱼，不居潜泽；度量之士，不居污世。"善《注》言："'清源不能运吞舟之鱼'，喻尘俗不足容乎仙也。"《礼记》："孔子曰：'珪璋，特达德也。'"邹阳《书》曰："明月之珠，夜光之璧，以暗投人于道，莫不按剑相眄者。"善《注》："'珪璋'、'明月'，皆喻仙也。言仙者虽有超俗之誉，而非无捕影之讥。"《尔雅》："春为青阳。"善《注》："'潜颖'，在幽潜而结颖者。"《尔雅》："苕，陵苕也。"善《注》："言世俗不欲求仙，而怨天施之偏，又欺浮生之促，类潜颖怨青阳之晚臻、陵苕哀素秋之早至也。"诸葛亮《与李平教》："详思斯戒，明吾丹心。"《淮南子》："孟尝君流涕沾缨。"善《注》："悲俗迁谢，故恻心。"

天闵案：此与上章，直书胸臆，即崇贤所谓"自叙"也。意旨甚显。崇贤既已知之，而其诠释仍缘饰游仙为说，殆所未喻。陈太初谓："慷慨如斯，而犹绳以玄旨，叹以冲虚，谅在知音，不当如是耳。"又谓："吞舟非浅澜可运，喻奇才非卑位可展也。不然，轻举自由，遗情任物，有何暗投之按剑，有何陵苕之怨哀，有何缨泪可流，丹心可恻。"得其旨矣。

又案：太初笺景纯《游仙诗》，可谓得其大旨。然以牵合事实过多，终嫌穿凿，窃未敢从，故悉不录。

杂县(音"爰")寓鲁门，风暖将为灾。吞舟涌海底，高浪驾蓬莱。神仙排云处，但见金银台。陵阳挹丹溜，容成挥玉杯。姮娥扬妙音，洪崖颔其颐。升降随长烟，飘摇戏九垓。奇龄迈五龙，千岁方婴孩。燕昭无灵气，汉武非仙才。

《国语》："海鸟曰爰居，止于鲁东门外三日。展禽曰：'今兹海其有灾乎？夫广川之鸟兽，常知风而避其灾也。'是岁也，海多大风，冬暖。"贾逵《注》："爰居，杂县也。""吞舟"，见上。《汉书》："齐威、宣、燕昭使人入海求蓬莱、方丈、瀛洲，此三神山者，仙人及不死之药皆在焉。而黄金、白银为宫阙，未至，望之如云。"《列仙传》："陵阳子明者，铚乡人也。好钓鱼，于旋溪钓得白鱼，肠中有书，教子明服食之法。子明遂上黄山，采五石脂服之。三年，龙来迎去。"《抱朴子》："流丹者，石芝、赤精，盖石、硫黄之类也。事见《太一玉英》。"《列仙传》："容成公自称黄帝师，见于周穆王，能善补导之事。取精于玄牝，其要谷神不死，发白复黑，齿落复生。"《神仙传》："茅君学道于齐，不见使人，金案、玉杯，自来人前。"《淮南子》："羿请不死之药于西王母，嫦娥窃而奔月。"许慎曰："嫦娥，羿妻也。逃月中，盖虚上夫人是也。""洪崖"，注见前。《列子》："领其颐则歌合律。"《广雅》："领，动也。"《列仙传》："宁封子者，黄帝时人，积火自烧而随烟上下。"《淮南子》："卢敖游乎北海，至于蒙毂之上，见一士焉。卢敖仰视之，乃与语曰：'惟敖为背群离党，穷观于六合之外者，若敖而已。今则观夫子于是，始可与敖为交乎？'士笑曰：'今子游于此，而语穷六合，岂不亦远哉！然子处矣，吾与汗漫期于九垓之上，吾不可以久居。'士举臂而竦身，遂入云中。卢敖视之，弗见乃止。"五臣《注》："'九垓'，九天也。"郑玄《〈礼记〉注》："龄，年也。"《遁甲开山图》，荣氏《解》曰："五龙，皇后君也。昆弟四人，皆人面而龙身。长曰角龙，木仙也。次曰徵龙，火仙也。次曰商龙，金仙也。次曰羽龙，水仙也。父曰宫龙，土仙也。父与诸子同得仙，治在五方。"孔安国《〈论语〉注》："方，比方也。"《释文》："人初生曰婴儿。"《说文》："孩，小儿笑也。"《拾遗记》："燕昭王召其臣甘需曰：'寡人志于仙道，可得途乎？'需曰：'上仙之人，去滞欲而离嗜爱，洗神灭念，游于太极之门。今大王所爱之容恐不及玉，纤腰皓齿，患不如神，而欲却老云游，何异操圭爵以量沧海乎？'"《汉武内传》："西王母曰：'刘彻好道，然形慢神秽，虽当语之以至道，殆恐非仙才也。'"

方东树曰："学古艳歌《今日乐上乐》，其实从《远游》来。"

沈德潜曰："超然而来，截然而止，须玩章法。"

晦朔如循环，月盈已复魄。蓐收清西陆，朱羲将由白。寒露拂陵
苕，女萝辞松柏。蔽容不终朝，蜉蝣岂见夕。圆丘有奇草，钟山出灵
液。王孙列八珍，安期炼五石。长揖当途人，去来山林客。

《说文》："朔，月一日始也。晦，月尽也。"《〈尚书〉大传》："三
王之统，若循连环。"《礼记》："播五行于四时，和而后月生也。是以
三五而盈，三五而阙。"《尚书》："惟三月，哉生魄。"孔安国曰："十
六日明清而魄生也。"《尚书》，孔《疏》："魄者，形也。谓月之轮廓
无光之处名魄也。"《礼记》："孟秋之月，其神蓐收。"司马彪《续汉
书》："日行北陆谓之冬，西陆谓之秋。"《楚辞》："吾令羲和弭节
兮。"善《注》："'朱羲'，日也。"《河图》："立秋秋分，月从白道。"
《汉书》："月有九行，立秋秋分，西从白道。"《淮南子》："斗指辛则
寒露。""陵苕"，见上。闻人倓曰："'辞松柏'，谓女萝先已枯也。"
《庄子》："朝菌不知晦朔。"支遁云："一名舜英，朝生暮落。"潘尼
云："木槿也。"《尔雅》："蜉蝣，渠略。"《注》："似蛣蜣，身狭而长
有角，黄黑色，聚生粪土中，朝生暮死，猪好啖之。"《外国图》："圆
丘有不死树，食之乃寿。"《十洲记》："北海外有钟山，自生千岁芝及
神草。"善《注》："'灵液'，谓玉膏之属也。"曹植《苦寒行》："灵液飞
波，兰珪参天。"王羲之诗："灵液被九区。"《汉书》："漂母谓韩信
曰：'吾哀王孙而进食。'"《周礼》："食医掌和调八珍之齐。"《注》：
"'珍'，谓淳熬、淳母、炮豚、炮牂、捣珍、渍熬、肝膋也。"《列仙
传》："安期生，阜乡人，自言千岁。"《抱朴子》："五石：丹砂、雄
黄、白矾石、曾青、礜石也。"善曰："'王孙列八珍'以伤生，'安期
炼五石'以延寿，言优劣殊也。'当途'，当仕路也。"方东树曰："皆
用《远游》语。"

旸谷吐灵曜，扶桑森千（一作"万"）丈。朱霞升东山，朝日何晃
朗。回风流曲棂，幽室发逸响。悠然心永怀，眇尔自遐想。仰思举云

翼，延首矫玉掌。啸傲遗世罗，纵情在（一作"任"）独往。明道虽若
昧，其中有妙象。希贤宜励德，羡鱼当结网。

　　《〈尚书〉传》："日出谷而天下明，故称旸谷。"蔡邕《陈太丘碑》：
"苞灵曜之纯。"《帝王世纪》："大荒之中，旸谷上有扶桑，九日居下
枝，一日居上枝，皆载乌。"何晏《景阳殿赋》："若擒朱霞而耀天。"潘
岳《秋兴赋》："天晃朗以弥高兮。"曹植诗："流飙激棂轩。"闻人倓
曰："'曲棂激鲜飙，石室有幽响'，本此。"《毛诗》："仲山甫永怀。"
《博雅》："眇，远也。"《晋书·谢安传》："悠然遐想有高世之志。"
《庄子》："其翼若垂天之云。"《晋书·孙惠传》："握神策于玉掌。"闻
人倓曰："此所谓'掌'，指鸟足。"陆机诗："矫首顿世罗。"《淮南
子》："山谷之人，轻天下、细万物而独往。"《老子》："明道若昧，
进道若退。"又："无状之状，无象之象，是谓忽恍。"又："执大象，
天下往。"《法言》："颜尝晞夫子矣。"李轨曰："晞，望也。"《汉书·
董仲舒传》："临渊羡鱼，不如退而结网。"方东树曰："全是《远游》
辞意。"

　　采药游名山，将以救年颓。呼吸滋玉液，妙气盈胸怀。登仙抚龙
驹，迅驾乘奔雷。鳞（《初学》作"鲜"）裳逐电曜，云盖随风回。手顿羲
和辔，足蹈闾阖开。东海犹蹄涔，昆仑蝼（一作"若"）蚁堆。遐邈冥茫
中，俯视令人哀。

　　"采药"，见阮籍诗注。《楚辞》："岁忽忽其若颓。"《淮南子》：
"王乔、赤松，吹呴呼吸，吐故纳新。"《汉武内传》："上药有风实、
云子、玉液、金浆。"陆机《周处碑》："妙气挺于人间。"《星经》："房
四星，一名天旗，二名天驷，三明天龙，四名天马。"《海赋》："惊浪
雷奔。"《楚辞》："驾龙舟兮乘雷。"《埤雅》："电与雷同气。雷从回，
电从申，阴阳以回薄而成雷，以申泄而为电。"《大人赋》："绰云盖而
树华旗。"陆机诗："顿辔倚高岩。""顿"，止也。《说文》："闾阖，天
门也。"《楚辞》："吾令帝阍开关兮，倚闾阖而望予。"《淮南子》："牛

蹄之涔。"闻人倓曰:"潦水曰涔。"《韵会》:"垤,蚁封也。"《广韵》:"堆,聚土也。"闻人倓曰:"'退',邈远也。'冥茫',昧也,言人世也。"方东树曰:"豪俊同刘太尉,令人眉飞色舞。"

古　辞

闻人倓曰："《乐府》作"古辞"。《玉台新咏》作江淹。"

西洲曲

天闵案：《乐府诗集》载入杂曲歌辞。

忆梅下西洲，折梅寄江北。单衫杏子红，双鬓鸦雏色。西洲在何处？两桨桥头渡。日暮伯劳飞，风吹乌臼树。树下即门前，门中露翠钿。开门郎不至，出门采红莲。采莲南塘秋，莲花过人头。低头弄莲子，莲子青如水。置莲怀袖中，莲心彻底红。忆郎郎不至，仰首望飞鸿。鸿飞满西洲，望郎上青楼。楼高望不见，尽日栏干头。栏干十二曲，垂手明如玉。卷帘天自高，海水摇空绿。海水梦悠悠，君愁我亦愁。南风知我意，吹梦到西洲。

案：西洲（"洲"亦作"州"）在今江苏江宁县，晋扬州刺史治所。其东有东府城，会稽王道子于东府领州，故号此为西洲。《说苑》："越使诸发执一枝梅遗梁王，梁臣韩子顾左右曰：'恶有以一枝梅遗列国之君者乎？'"《六帖》："《魏文帝列传》：'吴选曹令史卓病荒，梦见一人以向越单衫与之。'"《格物论》："杏叶似梅，差小而微红。"《释名》："鬓，峻也，所居高峻也。"《〈尔雅〉注》："鸦，乌也。"《广雅》："纯黑。"《古乐府》："艇子荡双桨。"《毛诗》："七月鸣鵙。"《传》："白劳也。"《群芳谱》："乌臼，一名鸦臼。乌喜食其子，因名之。或云：其木老，则根下黑烂成白，故得此名。"《说文》："钿，金

143

华也。《六书故》：'金华为饰，田田然。'"廖氏曰："用翡翠、丹粉为之。"《〈尔雅〉疏》："北人以莲为荷。"《韵会》："阑板间阑干。"《乐府解题》："大垂手，小垂手，皆言舞而垂手也。"案：此采其字。

陶 潜

潜，字渊明，或曰渊明，字元亮，浔阳柴桑人。太尉长沙公侃之曾孙，少有高趣。亲老家贫，起为州祭酒，不堪吏职，解归。躬耕自资。隆安(晋安帝年号)中为镇军参军，义熙(安帝年号)元年，迁建威参军。未几，求为彭泽(故城在江西湖口县东三十里)令，在县八十余日解归。暨入宋，终身不仕。颜延年诔之，谥曰"靖节征士"。

游斜川并序

辛丑(一作"酉")正月五日，天气澄和，风物闲美，与二三邻曲，同游斜川。临长流，望曾城，鲂鲤跃鳞于将夕，水鸥乘和以翻飞。彼南阜者，名实旧矣，不复乃为嗟叹。若夫曾城，傍无依接，独秀中皋，遥想灵山，有爱嘉名。欣对不足，率共赋诗。悲日月之遂往，悼吾年之不留。各疏年纪、乡里，以记其时日。(闻人倓曰："斜川在今江西南康府。"大闳案：南康府今废，星子县其旧治也，属九江道。)

开岁倏五日(一作"十")，吾生行归休。念之动中怀，及辰为兹游。气和天惟澄，班坐依远流。弱湍驰文鲂，闲谷矫鸣鸥。迥泽散游目，缅然睇曾丘。虽微九重秀，顾瞻无匹俦。提壶接宾侣，引满更献酬。未知从今去，当复如此否。中觞纵逸情，忘彼千载忧。且极今朝乐，明日非所求。

冯衍赋："开岁发春兮，百卉含英。"李公焕曰："按：辛丑岁，靖节年三十七。诗曰'开岁倏五十'，乃义熙十年甲寅，以诗语证之，

145

《序》为误。（天闵案：谓《序》"辛丑"，"一作'辛酉'"为误也。）今作'开岁倏五日'，则与《序》中正月五日，语意相贯。"天闵案："归休"，谓行归于尽也。《古诗》："死者为归人。"《后汉书·来歙传》："歙班坐绝席，在诸将之右。"《〈汉书〉注》："急流曰湍。"《游天台山赋》："整轻翮而思矫。"《博雅》："矫，飞也。"《增韵》："迥，寥远也。"《楚辞》："忽反顾以游目兮。"闻人倓曰："'曾丘'，即《序》中所谓'曾城'。"《名胜志》："曾城山，即乌石山，在星子县西五里，有落星寺。"《楚辞》："曾城九重。"曾国藩曰："《淮南子》：'昆仑山有曾城九重。'陶公因目中所见之曾城，而遥想昆仑之曾城。观《序》所云'临长流，望曾城'句，当是斜川有山名曾城，故爱其嘉名与昆仑同耳。骆庭芝云：'曾城，落星寺也。'然《序》云'独秀中皋'，则是指山，非指寺矣。"王褒《僮约》："舍中有客，提壶行酤。"《〈汉书〉叙传》："引满举白。"《毛诗》："献酬交错。"陶澍曰："中觞，酒半也。各本作'觞'，焦竑从宋本作'肠'，非。"

《黄江诗话》曰："此篇年月在赴假之前。曰'忘彼千载忧'，又曰'明日非所求'，皆有慨乎言之。盖七月之赴假，亦见桓玄之将乱，不徒以不堪吏职也。又此诗元显专权于内，桓玄觊觎于外，晋之危亡已兆。先生年才三十七，虽及时行乐，何遽汲汲如此。良以名臣之后，不得假手以救乱，实有不能已者。以为作达，真不知先生者矣。"

方曰："此游诗正格，准平绳直，无奇妙，而清真自不可及。'弱湍'二句，略整。又案：此言行将归休，似为解官之时，故云'未知从今去'云云。"（天闵案："吾生行归休"，重在"吾生"二字。方氏解作休官，迂谬难通。）

五月旦作和戴主簿

《通典》："主簿，一人，录门下众事，省署文书。汉制也，历代皆有。"

虚舟纵逸棹，回复遂无穷。发岁始(一作"若")俯仰，星纪奄将中。明两萃时物(一作"南窗罕悴物")，北林荣且丰。神渊写时雨，晨色奏景风。既来孰不去，人理固有终。居常待其尽，曲肱岂伤冲？迁化或夷险，肆志无窊隆。即事如已高，何必升华嵩！

《庄子》："方舟济河，有虚船来触，虽有褊心之人不怒。"张协《七命》："纵棹随风。"《汉书·礼乐志》："元血之精，回复此都。"天闵案："回复"，犹云往复也。《楚辞》："开春发岁兮，白日出之悠悠。"《庄子》："其疾也哉，俯仰之间也。"张华赋："逼来年之将至兮，迫星纪之未移。"天闵案：此与《礼记》"月穷于纪"之"纪"同。注："纪"，会也。《易》"明两"作"离"。李鼎祚曰："夏火之候也。"《易》："萃，聚也。"《广雅》："悴，困悴也。"《秋兴赋》："虽末士之荣悴。"《毛诗》："郁彼北林。"《七启》："观游龙于神渊。"《增韵》："写，倾也，输也。"《史记·律书》："景风者，居南方。景者，言阳道竟，故曰景风。"《淮南子》："清明风至，四十五日景风至。"《注》："离卦之风也。"《尔雅》："四时和为通正，谓之景风。"《庄子》："适来，夫子时也；适去，夫子顺也。安时而处顺，哀乐不能入也。"天闵案："既来"四句，正取《庄子》意。《高士传》："贫者士之常，死者民之终，居常以待终。"《韵会》："冲，和也。"《玉篇》："冲，虚也。"《庄子》："道冲而用之，渊乎者万物之宗。"陆机诗："迁化有明徵。"诸葛亮论："历夷险而益固。"《长笛赋》："窊隆诡戾。"《注》："'窊隆'，高下貌。"《史记》："鲁连曰：'吾宁富贵而诎于人，吾宁贫贱肆志焉。'"天闵案："迁化"二句，言大化推移，生民随所遭遇，或夷或险，然自真能肆志，而外功名、忘生死者视之，固无所谓优劣也。故曰"即事似已自高"，(案："即事"，即指"居常待尽"之旨。)不必更"升华嵩"而求仙也。《尔雅》："华山为西岳，又嵩高为中岳。"何梦春曰："'华嵩'，用呼子先上华阴山及王子乔上嵩高山事。"

方曰："此与《斜川》，皆请假回作。"(案：辛丑，安帝隆安五年，公时年三十七岁，作镇军参军。)又曰："此与《斜川》同，而气势较遒。'虚舟'二句，喻也。"(天闵案："虚舟"四句，盖谓虚心应物，无往不可，惟日月侵寻，一年将半，不能无感耳。)又曰："高妙天成，又有笔势。此康乐所力追而不能及者，令我释然。"

和刘柴桑

《莲社高贤传》："刘程之，字仲思，彭城人。汉楚元王之后，少孤，事母以孝闻。谢安、刘裕嘉其贤，相推荐之，皆力辞。裕以其不屈，乃旌其门曰'遗民'。"陶公本传："时周续之入庐山事释慧远，彭城刘遗民亦遁迹荒山，渊明又不应征命，谓之'浔阳三隐'。"李公焕曰："遗民尝作柴桑令。"案："柴桑县"，汉置，隋废，故城在今江西九江县西南。县盖以山得名，柴桑山，在今江西九江县西南九十里。

山泽久见招，胡事乃踌躇？直为亲戚故，未忍言索居。良晨入奇怀，挈杖还西庐。荒途无归人，时时见废墟。茅茨已就治，新畴复应畬。谷风转凄薄，春醪解饥劬。弱女虽非男，慰情良胜无。栖栖世中事，岁月共相疏。耕织称其用，过此奚所须。去去百年外，身名同翳如。

李公焕曰："时遗民约靖节隐庐山，结白莲社，靖节雅不欲预其社列，但时复往还于庐阜间。"何孟春曰："'西庐'，指上京之旧居。"方东树曰："此谓刘初仕而今还也。旧注谓刘招公入社，而公不往，甚浅而陋。"《礼记》："吾离群而索居久矣。"《说文》："挈，悬持也。"《招隐诗》："荒途横古今。"《西都赋》："徒观迹于旧墟。"《淮南子》："茨之以生茅。"《说文》："茨以茅盖屋。"《毛诗》："如何新畬？"《传》："三岁曰畬。"李公焕曰："靖节自庚戌徙居南村，已再稔矣。今秋获后，复应畬也。"(天闵案：依方说，此亦谓刘。)《毛诗》："习习谷风。"《尔雅》："东风谓之谷风。"《古诗解》："凄薄，犹言料峭，寒意也。"《说文》："醪汁，滓酒也。"《说文》："劬，劳也。"赵泉山曰：

"'谷风'四句，虽出于一时之谐谑，亦可谓巧于处穷矣。以弱女喻酒之醨薄，饥则濡枯肠，寒则若挟纩，曲尽贫士嗜酒之常态。"吴瞻泰曰："王棠曰：'柴桑有女无男，潜心白业，酒亦不欲，想必以无男为憾，故公以达者之言解之。'陶澍曰：'赵以弱女为比，王则赋也。'说并通，两存之。"方东树曰："'弱女'句，或刘本无男，乃见真妙，而沈德潜以为喻酒之薄，无论陶公无此险薄轻儇笔意，而于诗亦气脉、情景俱浇漓矣。"何焯曰："'共相疏'，我弃世，世亦弃我也。"何孟春曰："百年后身与名且不得存，况外物乎？然则敝庐何必广？衣食当须纪，耕织称其用可也。"闻人倓曰："'翳如'，谓泯灭也。"

方曰："此以刘能归为旨，一起八句，著笔用意，全在此。'亲旧'二句，贯下'还'字。'荒途'二句，以他人不归者相比。'茅茨'以下，言初归修治田宅，直至'岁月共疏'，方说足。'栖栖'二句顿挫，以宽为势。若无此，则气促矣。'耕织'四句，又于题后、题外绕回咏言，往复三折。"又曰："公之辞彭泽，与刘之去柴桑，其趣一同。故此和刘，即自咏也。"（天闵案：方说极精。）

赠羊长史并序

左军羊长史，衔使秦川，作此与之。

刘履曰："义熙十三年，太尉刘裕伐秦，破长安，秦王姚泓诣建康受诛，时左将军朱龄石遣长史羊松龄往关中称贺。"钱大昕曰："陶渊明《赠羊长史诗序》云：'左军羊长史衔使秦川'，诗当作于义熙十四年灭姚泓后。羊为左军长史，必朱龄石之长史矣。惟史称朱以右将军领雍州，而此云左军小异。考《宋书·朱传》，义熙十二年已迁左将军，左右将军品秩虽同，而左居右上。朱镇雍州，必仍本号，不应转改为右，则此云左军者为可信。"

愚生三季后，慨然念黄虞。得知千载上（一作"外"），正（一作"上"）赖古人书。圣贤留遗迹，事事在中都。岂忘游心目？关河不可逾。九域甫已一,逝将理舟舆。闻君当先迈,负疴不获俱。路若经商山,为我少踟蹰。多谢绮与角,精爽今何如?紫芝谁复采?深谷久应芜。驷马无贳患,贫贱有交娱。清谣结心曲,人乖运见疏。拥怀累代下,言尽意不舒。(曾曰:"识度。")

《汉书叙传》:"三季之后,厥事放纷。"按:"三季",谓夏、商、周三代也。《周易》:"神农氏没,黄帝、尧、舜氏作。"黄山谷曰:"'正赖古人书'、'正尔不能得'、'正宜委运去',皆当时语。或者改作'上赖古人书'、'止尔不能得',甚失语法。"李公焕《注》:"洛阳,西晋之故都,长安乃秦、汉所都。"方东树曰:"'中都',不必呆数典故,即指关中耳。"天闵案:"中都",当兼关、洛而言。李说是也。闻人倓引《〈汉书〉注》"中都在太原",非是。孙绰赋:"恣心目之寥朗。"王羲之《序》:"游目骋怀。"《魏志·武帝纪》:"绥爰九域,罔不率俾。"李公焕《注》:"'九域'句,谓刘裕平关、洛也。"《说文》:"迈,远行也。"李公焕《注》:"松龄衔左将军朱龄石之命,诣裕行府,贺平关、洛。原诗意靖节欲从松龄访关、洛,会病不果行也。"天闵案:"负疴",盖托词。李《注》谓"会病不果行",固矣。汤东磵注:"天下分裂,而中州贤圣之迹,不可得而见。今九土既一,则五帝之所连,三王之所争,正当首访,而独多谢于商山之人,何哉?盖南北虽合,而世代将易,但当与绮、角游耳。远矣深哉!"天闵案:商山,今在陕西商县东。即南山之脉,有七盘十二绁,亦云商岭南坂。四皓避秦于此。《〈史记〉索引》:"四皓,谓东园公、绮里季、夏黄公、角里先生。"顾皓曰:"'角',古音'禄'。"李济翁《资暇录》云:"汉四皓,其一号角里先生,今多以'觉'音呼之,谬也。至于读'角'为'觉',而'角里'之音'禄'者,辄改为'角',则又与误读为'觉'者,同一谬也。"汤东磵注:"《紫芝歌》:'莫莫高山,深谷逶迤。弈弈紫芝,可以疗饥。唐虞世远,吾将安归?驷马高盖,其忧甚大。富贵之畏人兮,不如贫贱之肆志。'"陶澍曰:"'贳',贷也。'无贳患',言其患不可贷也。即四皓歌'驷马高盖,其忧甚大'意。"何孟春《注》:"'清谣',指四皓歌。"

　　闻人倓曰："刘裕平关中，越三年即受晋禅。陶公此诗念黄、虞，谢绮、角，盖致慨于晋、宋之间也。言虽易尽，意奚能舒乎？"方曰："此丁巳年公五十二岁作。关、洛平后二年，裕即篡。此题难于刘太尉《赠卢谌》，彼可以明目张胆正说，故雄杰豪放。此不能明说，故伊郁隐迷。其文法之妙，与太史公《六国表》同工。觉颜（天闵案：谓颜延之也。）《北使洛》，如嚼蜡，如牛负物行深泥，索然无生气。陶诗当以此为冠卷。"又曰："高妙疏远，笔势骞举，不独谢不能，鲍亦不能。"

　　天闵案：陶公盖深痛神州陆沉，刘裕收复关、洛，本为经营中原绝好时会，特裕志在篡窃，无心于此，故借赠羊长史，一写其愤慨耳。注家向无有道及此者。起八句，言生逢叔末之世，读古人书，慨然想见黄、虞之盛，特今者中原沦于胡虏，不独黄、虞之不可逢，即圣贤遗迹之在中都者，欲一娱游心目而不可得也。用意何等沉郁！"九域"四句，言关、洛既平，中原当可底定，吾亦庶几漫游关、洛，重睹先圣昔贤所遗留之旧物，特经营非人，恐终再沦没耳。此难显言，故托言"负疴"、"不获俱"者，直是不能往也。此方氏所谓"隐迷"。注家乃谓靖节"意欲从松龄访关、洛，会病不果行"，真是痴人说梦也。"路若"八句，笔势陡起，意谓生此乱世，但当从黄绮游耳。"清谣"四句，言黄绮之游，亦政未易企及，虽人事之多乖，亦世运之不我与，故曰"拥怀累代之下"。言有穷而意不可尽。闻《注》谓念黄、虞，谢绮、角，致慨于晋、宋之间，可谓知其一、未知其二也。

癸卯十二月中作与从弟敬远

　　天闵案：晋安帝元兴三年癸卯。

　　沈约《宋书》："潜自以曾祖晋世宰辅，不复屈身后代。自高祖王业渐隆，不复肯仕。所著文章皆题年月，义熙以前，则书晋室年号，自永初已来，惟云甲子而已。"

　　方东树曰："此晋安帝年号而书甲子。可见沈约、萧统所云‘义熙以前书晋年号，永初以来，惟书甲子’为妄说。”

　　天闿案：陶集有三大问题，亟待解决。一为侃后问题。（案：陶公非陶侃后，阎咏发之，方东树力持其说，著《陶诗附考》。）二为甲子问题。三为年岁问题。（案：陶公卒于宋永嘉丁卯，六十三岁，古今讫无异说。近人梁启超著《陶渊明年谱》，谓公得年仅五十六，其说颇辩。）一、三两问题，因非究其全集，暂置不论。惟甲子问题，与所选诗颇多牵涉，略采众家之说，以备参考。

　　僧思悦曰：“《文选》，五臣《注》云：‘渊明诗，晋所作者皆题年号，入宋所作，但题甲子而已，意者耻事二姓，故以异之。’思悦考渊明诗，有题甲子者，始庚子，距丙辰，凡十七年间，只九首（一作十一首）耳。皆晋安帝时所作也。中有《乙巳岁三月为建威参军使都，经钱溪作》。此年秋乃为彭泽令（一本无“中有乙巳岁”三句，但言渊明以乙巳秋为彭泽令），在官八十余日，即解印绶，赋《归去来辞》，后一十六年庚申晋禅宋，恭帝元熙二年也。岂容晋未禅宋前二十年，辄耻事二姓，所作诗但题甲子，以自取异哉？刿诗中又无标晋年号者，其所题甲子，盖偶记一时之事耳。后人类而次之，亦非渊明本意。”

　　《复斋漫录》云：“思悦云云，秦少游尝言宋初受命，陶公自以曾祖侃晋世宰辅，耻复屈身，投劾而归，耕于浔阳。其所著书，自义熙以前，题晋年号，永初以后，但题甲子而已。黄鲁直诗，亦有‘甲子不数义熙前’之句。然则少游、鲁直，且尚惑于五臣之说，他可知已。”

　　曾季狸曰：“陶渊明诗，自宋义熙（天闿案：‘义熙’，晋安帝年号，当是‘永初’之误。）以后，皆题甲子，此说始于五臣注《文选》云尔，后世遂仍其说。治平（宋英宗年号）中，有虎丘寺僧思悦者，独辨其不然，谓‘岂有宋未受禅耻事二姓哉’？思悦之言，信而有征矣。”

　　谢枋得曰：“五臣《〈文选〉注》，谓渊明诗自晋义熙以后皆题甲子，后世仍其说。治平中，僧思悦独不谓然，曾裒父艇斋亦信其说。以余考之，刘裕平桓玄，改元义熙，自此大权尽归于裕，渊明赋《归去来辞》，义熙元年也。至恭帝元熙二年禅宋，帝曰：‘桓氏之时，晋已无天下，重为刘氏所延，将二十载。今日之事，本所甘心。’详味斯言，则刘氏自义熙庚子得政，至庚申革命，凡二十年。渊明自庚子后题甲子者，盖逆知其末流必至于此也。思悦、裘父，殆不足以知之。"

天闳案：沈约谓"义熙已前，则书晋室年号，自永初已来，惟书甲子而已"。五臣注《文选》，稍易其辞，谓"自晋义熙以后，皆题甲子"，本祖沈说。《谢氏家录》误会五臣《注》，乃谓"渊明自义熙庚子后题甲子"，果如所言，则是晋尚未亡，天下尚知奉晋之年号，渊明已不复奉之。其说之谬，不攻自破。

王应麟曰："《左传》引《商书》曰：'沉潜刚克，高明柔克。'《洪范》言：'惟十有三祀，箕子不忘商也，故谓之《商书》。'渊明于义熙后，但书甲子，亦箕子之志也。陈咸用汉腊亦然。"

吴师道曰："予家《渊明集》十卷，后有阳休之《序录》、宋丞相《私记》，及曾纮《〈读山海经〉误句》三条。乾道(宋孝宗年号)五年，林栗守州时所刊。第三首卷有思悦《序》，思悦者不知何人，今未有考，但其所言甚当，而有未尽。且《宋书》、《南史》皆云：'自宋王业渐隆，不复肯仕，所著文章皆题其年月。义熙以前，明书晋氏年号，自永初以来，唯云甲子而已。'李善注《文选》，亦引《宋书》云云。盖自沈约、李延寿皆然，李善亦引之。不独五臣误也。今考陶文，惟《祭程氏妹文》书'义熙三年'，《祭从弟敬远》，则书'岁在辛亥'，《自祭文》则曰'岁在丁卯'。惟丁卯在宋元嘉四年，辛亥亦在安帝时，则所谓'一时偶记'者，信乎得之矣。"

宋濂《渊明像跋》曰："有谓渊明耻事二姓，在晋所作，皆题年号，入宋后，惟书甲子，则惑于《传记》之说，而其事有不得不辨者。今《渊明集》具在，其诗题甲子者，始于庚子而讫于丙辰，凡十有七年，皆晋安帝时所作。初不闻隆安、元兴、义熙之号，若《九日闲居诗》，有'空视时运倾'之句；《拟古》第九章，有'忽值山河改'之语，虽未敢定为何年，必受晋禅后所作。不知何故，反不书甲子耶？其说盖起于沈约《宋书》之误，而李延寿《南史》、五臣注《文选》皆因之。虽有识如黄庭坚、秦观、李焘、真德秀，亦踵其谬而弗之察。独萧统撰本传，谓渊明'以曾祖晋世宰辅，耻复屈身后代，见宋王业渐隆，不复肯仕'。朱子《通鉴纲目》遂本其说。书曰'晋征士陶潜卒'，可谓得其实矣。呜呼！渊明之清节，其不待书甲子而后始见耶？"

郎瑛曰："五臣注《文选》，以渊明诗，晋所作者，皆题年号，入宋但题甲子，意谓耻事二姓，故以异之。后世因仍其说，虽少游、鲁直亦以为然也。治平中，虎丘寺僧思悦编陶诗，辨其不然。谓渊明之诗，有题甲子者，始庚子，距丙辰，凡十七年，诗一十二首，皆安帝时作也。至恭帝元熙二十年庚申始禅宋，夫自庚子至庚申计二十年，岂有晋未禅宋之前二十年内辄耻事二姓，而所作即题甲子以自取异哉？矧诗中又无标晋年号者，所题甲子但记一时事耳。其说出而旧疑释矣。后蔡采之《碧湖杂记》又云：'元兴二年，桓玄篡位，继而刘裕秉政，至元熙二年始受禅，前此名虽为晋，实则非也。故恭帝曰：桓玄之时，晋已无天下，重为刘公所延，今日之事，本所甘心。计时逆推正二十年也。盖渊明逆知末流必至革代，故所题云云。'以予论之，若唐、若宋，天下危而复安，常有之也，岂可逆料二十年后事耶？故唐韩偓之诗，亦记甲子，其后因全忠篡唐，人遂以为有渊明之志。蔡说谬矣。惜思悦尚辨未至，若曰二十年间，陶诗岂止十二首耶？且未革之时，逆知即题甲子，而永初、元嘉之作，如《赠长沙族祖》、《王抚军座中送客》者，反不题甲子，何耶？至于《述酒》篇内'豫章抗高门，重华固灵坟。流泪抱中叹，平王去旧京'。正指宋迫恭帝事，又何不题甲子耶？盖偶尔题之，后人偶尔类之，岂陶公之意耶？因复辨之，以足思悦之义。"

赵绍祖曰："按汲古毛氏所刻摹《苏文忠手书》：'《渊明集》，近丹徒鲁太守子山(铨)来守宁国，重刻于郡斋，余得一本。其后有治平中思悦跋，其第三卷首云云。'前明宣城梅禹所刻《六朝诗乘》，于渊明诗极推思悦之论为是。又宋景濂集中有《渊明像跋》，亦见及此。而王渔洋《池北偶谈》引傅平叔辨，其意亦同。而渔阳盛称以为前人所未发，盖未见思悦之论也。余谓渊明文章，晋标年号，宋书甲子，《宋书》始为此说，《南史》亦同。(自注："惟《晋书》删此语。")而李善取以注《文选》，五臣更引伸之。即如思悦之论，亦非五臣之失。但沈约《宋书》，既去渊明不远，李善最博，未必耳食为言。此二公当非不见渊明集者，使渊明集中书甲子者，仅此九首，又皆在晋时而无标年号者，此亦开卷可得，而何作此言？余意集中书甲子年号，转相传写，必为后人所删去，而此数首特删之未尽耳。（自注：渊明未必首首题年号、甲子，不过于一年所作之前题之，如《饮酒》、《读山海经》，使题云'某年、某甲子《饮酒》、《读山海经》'，成何语耶？此数首特记一事，故书甲子于题首，而是岁中所标之年号必在前矣。后人删而去之，而此数首之甲子以在题上，故不删。此情理自然，可想而知者也。）未可便以为《宋书》、《〈文选〉注》之失也。若后人习用旧说，陈陈相因，诚不免为思悦所讥。而黄鲁直诗'甲子不数义熙前'，与注不合，其用意更晦。至谢叠山谓刘裕自庚子得政，渊明书甲子始此，盖逆知其末流所必至，此固强为之说。而何义门欲改《〈文选〉注》，以为当云'自永初以来，不书甲子'，凿空为说，尤可笑也。"

陶澍曰："'晋标年号，宋惟甲子'之说，自沈约著于《宋书》，而李延寿《南史》、李善《〈文选〉注》，相承无异。五臣云：'意之耻事二姓，故以异之。'犹约说也。至宋僧思悦，始创新论。谓'诗中并无标晋年号者。所题甲子，盖偶记一时之事。岂容晋未禅宋前二十年，辄耻事二姓，所作诗，但题甲子以取异哉？'由是王复斋、曾季狸、吴师道、宋景濂、郎仁宝诸人，起而和之，而先生之隐衷，与史氏之特笔，几为所汩，此所谓以不狂为狂也。按北齐阳休之《序录》，言先生集，先有两本行于世，一本八卷无序，一本六卷并序目，编颇颠乱，兼复缺少。萧统所撰八卷，合序、目、诔、传，而少五孝传及四八目，然编录有体，次第可寻。是昭明之前，先生集已行世。《五柳传》云：'尝著文章自娱，颇示己志。'则其集必有自定之本可知。约去先生仅十余年，必亲见先生自定之本可知。窃意自定之本，其目以编年为序，而所谓'或书年号，或仅书甲子'者，乃皆见于目录中。故约作《宋书》，特为发其微趣。宋元献《私记》云：'《隋经籍志》：宋征士《陶潜集》九卷。'又云：'梁有五卷、录一卷。'《唐志》：'《陶泉明集》五卷。'今官私所行本，凡数种，与二本不同。有八卷者，即梁昭明太子所撰，合序、传、志等在集前为一卷，正集次之，亡其录。录者，目录也。是先生集必自有录一卷，而沈约云文章皆题岁月者，当是据录之体例为言。至唐初，其录尚在，故李善等依以作注。后乃亡之，遂凌乱失序，无从校勘耳。假令先生原集，义熙以前，亦止书甲子，永初以后，或并记年号，休文无端造为此说，则当时之人，皆可取陶集核对，以斥其非，岂有历齐、梁、陈、隋，俱习焉不察，李延寿反采入《南史》，李善又取为《选注》哉！休之谓渊明编录有体，次第可寻，窃意昭明自加搜校，必依先生自定之目，一以编年为序。若如今本，孰能寻其次第？思悦等但据题上所有甲子为说，不知今集自庚子至丙辰十七年，诗止数首。而壬寅、甲辰、丙午、丁未、辛亥、壬子、癸丑、甲寅、乙卯等年，俱无一篇。辛丑《游斜川诗》，转不在编年之内，其非旧次亦可见矣。余门人赵绍祖谓‘先生未必首首题年号、甲子，不过于一年所作之前题之，而《阻风》、《赴假》等诗，盖偶书甲子于题首，后人删其每岁所标之甲子，而此数首甲子以在题上，故不删’。其说近是。若宋景濂谓‘先生清节，不待书甲子而后见’，则是似未审所争书不书者非甲子，乃晋、宋之年号也。（天闿案：陈论极精。）不书宋号，正孤臣惓惓故朝，托空文以见志者。王厚斋谓与箕子称殷祀、陈咸用汉腊同意，真先生旷代知己。异说纷纷，可以息其喙矣。”

寝迹衡门下，邈与世相绝。顾盼莫谁知，荆扉昼常闭（必结切，一作“閟”）。凄凄岁暮风，翳翳经日（一作“夕”）雪。倾耳无希声，在目皓已洁（或作“结”）。劲气侵襟袖，箪瓢谢屡设。萧索空宇中，了无一可悦。历览千载书，时时见遗烈。高操非所攀，谬得固穷节。平津苟不由，栖迟讵为拙？寄意一言外，兹契谁能别！

《毛诗》：“衡门之下，可以栖迟。”《传》：“衡门，衡木为门，言浅陋也。栖迟，游息也。”李公焕注：“‘閟’，必结切，闭也。”陶澍注：“章渊《稿简赘笔》曰：‘颜延年《赠王太常诗》：‘郊扉常昼闭。’闭，音鳖，此作‘閟’，字异音一。’”天闿案：《玉篇》：‘‘閟’，俗‘闭’字。”《礼记》：“大音希声。”罗大经曰：“‘倾耳’二句，雪之轻虚洁白，尽在是矣，后此莫能加也。”《论语》：“子曰：‘贤哉！回也。

一箪食，一瓢饮。'"闻人倓曰："'劲气'二句，言不免饥与寒也。"左思诗："寥寥空宇中。"天闵案："历览"四句，谓历览古人之书，颇时时窥见其壮烈。高操非所敢攀，亦自得古人固穷之节。《论语》："君子固穷，小人穷斯滥矣。"陈祚明曰："'平津'，平道也。仕宦之路亦人所共由，而犹'不由'之也。"李公焕《注》："汉元朔中，武帝诏封公孙宏为平津侯。"曾国藩曰："'平津'二句，言苟不慕公孙宏丞相封侯，则栖迟山林亦未为拙也。'不由'，谓不由其道也。"闻人倓曰："'一言'，谓固穷也。公因易代抗节，则'言外'意也。言古人之节，我自契之。'谁'，则能辨者。"天闵案："寄意一言外"，犹云"寄意尽在言外"也。"抗节"之说，非是。方氏辩之甚精。

方曰："此咏雪诗，而平生本末俱备，无一毫因易代抗节意，而解者多妄说。'倾耳'二句，谢能之。公善用虚字，最雅。无软弱率易之病，如'箪瓢'等句可爱。'平津苟不由'，此设揣之词，于枯木寒严无暖气中，求出强自宽来。即屈子《卜居》意。'苟'字、'讵'字，开合相应。此'癸卯'，乃安帝元兴二年，是年桓玄篡位，刘裕以下邳太守加彭城内史，而公作镇军参军在荆州，有《怀田舍诗》。注家犹引沈约《宋书》，指是为易代抗节而发，误甚。"

天闵案：渊明抗心羲、黄，平生不知有汉，无论魏、晋，故知桃花源乃此老胸中别一天地也。后世仰其泥涂轩冕，适当晋、宋易代之际，指为抗节，无如稽之篇章，全不吻合。曲士眼光，好为形似之谈也。然刘宋篡逆，自尤为渊明所深痛恶，故渊明集中无题刘宋之年号者。要之，此非抗节也，此其襟抱俊伟之流露耳。又按沈约《宋书》，谓："所著文章，皆题年月，义熙以前，则书晋氏年号。自永初以来，惟云甲子。"乃"皆题年月"之一"皆"字，为后世胶执，异说纷纭，想入非非。其实渊明之作，不必篇篇皆题甲子，更无篇篇皆著年号，特晋之年号则标，宋之年号决不欲承用。山谷乃谓"甲子不数义熙前"，则竟谓宋以后甲子亦不用矣。迂谬难通，引起纠纷，甚无谓也。

与殷晋安别并序

殷先作晋安长史掾，因居浔阳。后作太尉参军，移家东下，作此以赠。

游好非久长（一作"少长"），一遇尽殷勤。信宿酬清话，益复知为亲。去岁家南里，薄作少时邻。负杖肆游从，淹留忘宵辰。语默自殊势，亦知当乖分。未谓事已及，兴言在兹春。飘飘西来风，悠悠东去云。山川千里外，言笑难为因。才华（一作"良才"）不隐世，江湖多贱贫。脱有经过便，念来存故人。

懒真子："'游好非久长'，一作'非少长'。其意云：吾与子非少时、长时游从也，但今一相遇，故订交耳。"毛苌《诗传》："一宿曰宿，再宿曰信。"又："'薄'，辞也。"《正义》曰："于义无取，故为语辞。"闻人倓曰："'少时'，无多时也。"《周易》："君子之道，或出或处，或默或语。"闻人倓曰："事刘裕为长史，与公殊趣，故云尔。"又曰："'事已及'，即《序》中所云'移家东下'也。'良士'，谓殷。'江湖'，自谓。'脱有'，或然之辞。"《孔丛子》："先生步玉趾而慰存之。"《说文》："存，恤问也。"马永卿曰："一本无第十韵，故东坡韵《送张中诗》云：'不救归装贫。'亦止于'贫'字。"

陈祚明曰："殷先作晋臣，与公同时，后作宋臣，与公殊调。篇中语极低回，朋好仍敦，而异趣难一也。"

吴崧曰："'良才不隐世'，并不以殷之出为非。'江湖多贱贫'，亦不以己之处为是。各行其志，真所谓'肆志无污隆'也。"

方曰："一语不假借，亦无讽讥轻慢。青天白日，分寸不溢。公所以修辞立诚，为有道之言也。'语默'二句分寸，情词芊绵真挚，后惟杜、韩二公有之。"

始作镇军参军经曲阿作

陶澍曰:"吴仁杰《年谱》以此诗为庚子年作,其说曰:'曲阿,今丹阳也。'本传为镇军建威参军,按晋官制,镇军、建威皆将军,官各置属掾,非兼官也。以诗题考之,先生盖于此年作镇军参军,至乙巳作建威参军,《史》从省文耳。《文选》此诗,李善《注》云:'宋武帝行镇军将军。'按裕元兴元年为建威将军,与此先后岁月不合,先生亦岂从裕辟者?善《注》未识何据,镇军未详何人。"澍按:是时镇京口者刘牢之也,此诗作在庚子前,说具《年谱》。又按:仁和孙志祖颐谷所辑《〈文选李注〉补正》云:"《题注》:臧荣《晋书》曰:'宋武帝行镇军将军。'"《补正》曰:"赵云:本集此题上著'始作'。则在为建威参军之前矣,末篇《从都还诗》,题著'庚子岁'三字,则此为隆安己亥矣。""镇军"虽莫考为何人,然此年刘裕才参刘牢之军事,至元兴三年,始行镇军将军事。《题注》非也。

天闵案:镇军决非刘裕,陶氏之说是也。陶复谓是时镇京口为刘牢之,当即牢之。余考周济《晋略隐逸传》,谓隆安四年,公为武陵王遵镇军参军,不知周氏果何所本。方东树亦谓题曰《经曲阿》,或《之京口》、或《经过》,均不可知。则牢之之说,恐尚未能肯定也。

弱龄寄事外,委怀在琴书。被褐欣自得,屡空常晏如。时来苟冥会,宛辔(集作"婉娈")憩通衢。投策命晨装,暂与园田(一作"林")疏。眇眇孤舟逝,绵绵归思纡。我行岂不遥,登降(一作"陟")千里余。目倦川途异,心念山泽居。望云惭高鸟,临水愧游鱼。真想初在襟,谁谓形迹拘?聊且凭化迁,终返班生庐。(曾曰:"识度。")

《晋中兴书》:"简文诏曰:'会稽王英秀玄虚,神栖事外。'"郑玄《〈仪礼〉注》:"委,安也。"刘歆赋:"玩琴书以条畅。"《老子》:"是以圣被褐而怀玉。"《论语》:"回也其庶乎屡空。"吴师道曰:"自何晏注《论语》,以空为虚无,意本《庄子》,前儒多从之。朱子以回赐'屡空'、'货殖'对语，故以空匮释之。今此以'被褐'对'屡空'，又《饮酒诗》：'颜生称为仁，荣公言有道。屡空不获年，长饥至于老。'以'屡空'对'长饥'，朱子之意正与之合。"天闵案：《史记·伯夷列传》："回也屡空，糟糠不厌。"《汉书》："扬雄家产不过十金，室无旦夕之储，晏如也。"卢谌诗："遇蒙时来会。"李善《注》："'宛'，屈也。'通衢'，喻仕路也，言屈长往之驾，息于通衢之中也。"《楚辞》："安眇眇兮，无所归薄。"又："缥绵绵之不可纤。"王逸曰："绵绵，细微之思，难断绝也。"顾皓曰："'登陟'，当作'登涉'。"仲长统《昌言》："古之隐士，或夫负妻戴，以入山泽。"《庄子·庚桑楚》："鸟兽不厌高，鱼鳖不厌深，夫全其形生之人，藏其身也，不厌深眇而已矣。"李善曰："言鱼鸟咸得其所，而己独遗其性也。"《淮南子》："全性保真，不亏其身。"《老子》："修之于身，其德乃真。"《〈楚辞〉注》："保真，守玄默也。"《庄子》："庄子谓惠子曰：'孔子行年六十，而六十化。'"郭象曰："与时俱化也。"班固《幽通赋》："终保己而贻则，里上仁之所庐。"张伯起曰："'真'，玄默也。此理久在胸襟，谁谓形迹能拘之哉？'凭化迁'，所谓与时推移，即赴镇军参军，然终当返故庐耳。言出非所乐也。"何孟春曰："靖节初以家贫亲老，不得已而仕，故其言如此。"

罗大经曰："士岂能长守山林，长亲蓑笠，但居市朝轩冕时，要使山林之念不忘，乃为胜耳。渊明'望云惭高鸟'四句，似此胸襟，岂为外荣所点染哉！"山谷曰："佩玉而心若槁木，立朝而意在东山，亦此意也。"

方曰："此诗先言不求仕，今乃暂仕。'眇眇'以下，略写行途，只叙始终不愿仕而终将归，此意人人皆喻，惟以公志求之，则言外事外，别见高怀本量，非石隐激讦，亦非求富贵利达，并非如沈约、萧统所言，忠义介节，的然较然，不可浼也。盖仕非公所乐，而不妨仕。其曰：'时来苟冥会，聊且凭化迁。'事时偶合，适当如此，便且如此，随运化而迁转，不立己以违时，此孔子'仕止久速，无可无不可'之义。不害道，亦不失己，古今不数觏也。盖平时处之无难，当危疑之际，庸人非作巢幕豕虱，即鹰犬爪牙。一种高人，见几行遁；一种仁人，殉国立节。公于前二等不屑为，人知之；公于后二等亦不求同，则非人所知。沈约、萧统，智不足以识公，强为傅会，转失之诬。”

辛丑岁七月赴假还江陵夜行涂口作

李善《注》：“《江图》曰：‘自沙阳县下流一百一十里，至赤圻，赤圻二十里至涂口也。’”天闵案：江陵今属湖北荆南道。陶澍曰：“今武昌府之嘉鱼、蒲圻二县，皆晋沙阳县地，嘉鱼县北尚有沙阳故城遗址。以里计之，涂口当在九江府上流八九十里。”

陶澍曰：“按吴仁杰《谱》谓先生未尝居江陵，据《祭妹文》‘女弟在江陵’。疑亲闻过女，先生因省亲赴之。亲以疾留江陵，遂不起，故《祭妹文》有‘萧萧冬月’之语。于情事亦近。但玩诗中‘如何舍此去，遥遥至西荆’，‘怀役不遑寐，中宵尚孤征’等语，似因奉使宵征，不见有特为省亲乞假之意，与《规林诗》之‘欣伺温颜’、‘喜见友于’者不类。尝通考先生出处前后，始参镇军，就辟京口，故有《始作镇军参军经曲阿》诗。镇军在京口，故经曲阿。庚子五月请假回里，途必由建康，故有《从都还阻风规林》诗，怀所生而念友于，遂留浔阳逾年，故明年辛丑正月有《游斜川》诗，疑旋入都免假，至七月有江陵之役。自都往江陵，必由浔阳，故有《赴假还江陵》诗。而王事靡监，只可便道乞假，不能久留，故其此意与《国风》、《小雅》行役告劳相似。考《晋书》，是年六月孙恩寇丹阳，进逼建康，中外戒严，时桓玄以荆州刺史镇江陵，上表请入卫，会恩退，朝廷以诏书止之。恩退在六月，先生江陵之行在七月，或即奉诏止玄之役耶！”

又曰：“先生至江陵，若谓为仕玄，则题固云《赴假还江陵》。《集韵》：‘假，休沐也。’应劭《汉官仪》：‘五日一假沐。’《晋书·王尼传》：‘护军与尼长假。’岂得反以假还为趋职，意必以事使江陵，路出浔阳，事毕便道请假归视。其辞简，犹曰‘赴假还自江陵’云尔。”

古直曰："案：上篇曰《从都还》,（天闵案：谓《庚子岁五月中从都还阻风于规林》二首。）此篇曰《赴假还》。《尔雅》：'还，返也。'《广雅》：'还，归也。''假还'，犹言'假归'耳。《世说》：'陆机赴假还洛。'《晋书·顾恺之传》：'尝因假还。'《徐邈传》：'并吏假还。'明晋人有此语矣。然上篇曰'戢枻守穷湖所归'，明为栗里，而非江陵，此篇何以忽言归江陵，是则兹疑矣。考江陵为陶侃旧镇，后虽移镇武昌，其田庐不可与之俱去，子姓留居江陵者必尚多。靖节之先，开源于此，丘陇成行，兄弟莫远，准礼不忘本之义，则靖节称还江陵宜也。《礼记·少仪》，郑《注》训'赴'为'疾'，《释文》释为'急疾'，是则'赴假'犹言'急假'。然靖节此诗非有大故，何为遑遽若是。陶澍疑为奉诏止桓玄入卫，深合情事。"

天闵案：先生江陵之行，陶氏、古氏均认为奉使，其说是也。（案：是否即为奉诏止桓入卫，尚未敢必。）但"赴假还江陵"五字，索解大难。古氏乃谓先生不乐此行，不便明言。江陵本开源所自，而母、妹时亦在此，故遂托之赴假还江陵耳。（说具古氏《陶谱》。）陶氏则谓奉使江陵，路出浔阳，事毕便道请假归视，其辞简，犹曰"赴假还自江陵"云尔。是古氏认先生由都直赴江陵，并未返里，赴假盖托辞。而陶氏则谓由都赴江陵，事毕乃归视，赴假盖还柴桑也。余细玩此诗，似先生仍是由柴桑赴江陵，非从都直赴江陵，尤非返自江陵也。诗曰："如何舍此去，遥遥至西荆。""此"者，柴桑之林园也。"叩枻新秋月，临流别友生。""友生"，亦里中之知旧也。观其"怀役"、"商歌"等句，则先生诚留恋故里，不乐此行，然使母氏果在江陵，则因奉使而得省亲，其辞当不如是之愁绝。母氏在江陵之说，尚待探讨。（案：此另一问题，暂置不论。）余疑先生先乞假还里，于里中奉诏使江陵耳，诗题当为《赴假还使江陵》。"还"，旋也，即也。"还"下夺一"使"字，犹云赴假旋复奉使于江陵也。夺一"使"字，遂与情事不合。纷糅至此，使先生侨居江陵之说（梁启超《陶谱》谓先生曾侨居江陵），与仕于江陵之说（方东树谓先生自江陵假还复江陵，但又谓决非仕于桓玄），均不足据，则吾说容有当也。

闲居三十载,遂与尘事冥。诗书敦宿好,林园无俗情。如何舍此去,遥遥至西(一作"南")荆!叩枻新秋月,临流别友生。凉风起将夕,夜景湛虚明。昭昭天宇阔,皛皛川上平。怀役不遑寐,中宵尚孤征。商歌非吾事,依依在耦耕。投冠旋旧墟,不为好爵萦。养真衡茅下,庶以善自名。

《礼记》:"孔子闲居。"郑《注》:"退燕避人曰闲居。"《左传》:"赵衰曰:'郤縠说《礼》,乐而敦《诗》、《书》。'"《缠子》:"董无心曰:'无心,鄙人也,不识世情。'"按:"俗情",《文选》作"世情"。李善《注》:"'西',荆州也。时京都在东,故谓荆州为西也。"《楚辞》:"渔夫鼓枻而去。"王逸曰:"叩船舷也。"《毛诗》:"虽有兄弟,不如友生。"《月令》:"孟秋之月,凉风至。"《淮南子》:"觉视于昭昭之宇。"李颙《离思篇》曰:"寥寥天宇清。"《说文》:"通白曰皛。皛皛,明也。"《毛诗》:"不遑假寐。"《淮南子》:"宁戚商歌车下,而桓公慨然而悟。"许慎曰:"宁戚,卫人,闻齐桓公兴霸,无由自达,将车自往。'商',秋声也。"《庄子》:"卞随曰:'非吾事也。'"《论语》:"长沮、桀溺耦而耕。"《周易》:"我有好爵,吾与尔縻之。"曹植《辨问》:"君子隐居以养真也。"善《注》:"'衡门',茅茨也。"《〈礼记〉注》:"名,令闻也。"

方曰:"直书胸臆与即目,而情腴有穆如清风之味。"

桃花源诗并序

晋太元(孝武帝年号)中,武陵人(《一统志》:"湖广常德府,秦曰黔中,汉曰武陵,领县四。桃源、汉沅南地,属武陵。")捕鱼为业,缘溪行,忘路之远近。忽逢桃花林,夹岸数百步,中无杂树,芳华鲜美,落英缤纷。渔人甚异之,复前行,欲穷其林。林尽水源,便得一山,山有小口,仿佛若有光,便舍船从口入。初极狭,才通人。复行数十步,豁然开朗。土地平旷,屋舍俨然。有良田、美池、桑竹之属。阡陌交通，鸡犬相闻。其中往来种作男女，衣著悉如外人。黄发垂髫，并怡然自乐。见渔人，乃大惊，问所从来，具答之。便要还家，设酒杀鸡作食。村中闻有此人，咸来问讯。自云先世避秦时乱，率妻子邑人，来此绝境，不复出焉，遂与外人间隔。问今是何世，乃不知有汉，无论魏、晋。此人一一为具言所闻，皆叹惋。余人各复延至其家，皆出酒食。停数日，辞去。此中人语云："不足为外人道也。"既出，得其船，便扶向路，处处志之。及郡下，诣太守说如此。太守即遣人随其往，寻向所志，遂迷不复得路。南阳刘子骥，高尚士也。（《晋书·隐逸传》："刘骥之，字子骥，南阳人。好游山泽，桓冲闻其名，请为长，固辞不就。"）闻之，欣然规往，未果，寻病终。后遂无问津者。

嬴氏乱天纪，贤者避其世。黄绮之商山，伊人亦云逝。往迹浸复湮，来径遂芜废。相命肆农耕，日入从所憩。桑竹垂余荫，菽稷随时艺。春蚕收长丝，秋熟靡王税。荒路暧交通，鸡犬互鸣吠。俎豆犹古法，衣裳无新制。童孺纵行歌，斑白欢游诣。草荣识节和，木衰知风厉。虽无纪历志，四时自成岁。怡然有余乐，于何劳智慧。奇踪隐五百，一朝敞神界。淳薄既异源，旋复还幽蔽。借问游方士，焉测尘嚣外。愿言蹑轻风，高举寻吾契。

《史记·秦本纪》："自太戊以下，中衍之后，遂世有功，以佐殷国，故嬴姓多显，遂为诸侯。"《尚书》："儆扰天纪。"《疏》："历数，所以纪天时。"案：此天纪，犹云大法也。《论语》："贤者避世。"《汉书·王、贡、龚、鲍传序》："汉兴，有园公、绮里季、夏黄公、甪里先生，此四人者，当秦之世，避入商洛深山，以待天下之定也。"师古曰："'四皓'称号，本起于此，更无姓名可称。"余见《赠羊长史诗》。《毛诗》："所谓伊人，在水一方。"闻人倓曰："'往迹'二句，即《记》中所云'来此绝境不复出，遂与外人间隔'也。"《左传》："臣以为肆业及之也。"《注》："肆，习也。"《尔雅·释言》："肆，力也。"《击壤歌》："日入而息。"《〈毛诗〉传》："憩，息也。"《物理论》："菽，众豆之总名。"《说文》："稷，斋也，五谷之长。"天闵案：今植物学家言：“稷，高粱也。江淮以北农田多种之，通呼之曰秫。秫苗有红、白二种，汉以后者误以粟为稷，唐以后又误以黍为稷，谷类中种之最早，故称为百谷之长也。”《毛诗》：“我艺黍稷。”《韵会》：“艺，种也。”《尚书》：“秋大熟。”《释言》：“靡，无也。”《春秋·宣十五年》：“初税亩。”《说文》：“税，租也。”《玉篇》：“晻暧，暗貌。”《论语》：“俎豆之事，则尝闻之矣。”孔《疏》曰：“俎豆，礼器也。”《礼记》：“有虞氏以梡，夏后氏以嶡，殷以椇，周以房俎。夏后氏以楬豆，殷玉豆，周献豆。”《汉书·朱买臣传》：“行歌道中。”《礼记》：“斑白者不提挈。”《玉篇》：“诣，往也，到也。”《汉书·律历志》曰：“箕子言《大法》九章，而《五纪》明历法。自殷周改制，咸正历纪。”孟康曰：“岁、日、月、星、辰，是为五纪。”《尚书》曰：“以闰月定四时成岁。”《老子》：“智慧出，有大伪。”“惠”、“慧”，古通。闻人倓曰：“‘五百’，自秦至晋五百余年也。”古直曰：“‘五百’，约数也。犹孟子言‘五百年必有王者兴’，不必适为五百也。”《苍颉篇》曰：“敞，高显也。”闻人倓曰：“‘旋复’句，即《序》所云‘迷不复得路’也。”《庄子·德充符》篇：“孔子曰：‘彼游方之外者也，而丘游方之内者也。’”又曰：“芒然彷徨乎尘垢之外。”《淮南子·览冥训》：“纵矢蹑风。”《说文》：“蹑，蹈也。”《晋书·刘琨传》：“南北迥邈，合契一致。”古直曰：“‘契’取符合，因而人之志意同者亦成为契。晋人尤喜用之。如《世说》云‘冥契既逝’、‘遂为矜契’，是也。”

方曰：“起四句作一总叙，‘往迹’以下夹叙夹写，‘奇踪’以下又总结，‘借问’四句入己，神气完足。”又曰：“陶疏谢密，然谢实陶出。如此，真谢之祖也。古人诗之高妙，无不艰苦者，但阮公、陶公，艰在用意、用笔，谢、鲍艰在造语、下字。初学人不先从鲍、谢入，而便学陶、阮，未有不凡近、浅率，终身无所知。”

形影神并序

贵贱贤愚，莫不营营以惜生，斯甚惑焉。故极陈形、影之苦，言神辨自然以释之。好事君子，共取其心焉。（毛晋曰："一本无末二句。"）

形赠影

天地长不没，山川无改时。草木得常理，霜露荣悴之。谓人最灵智，独复不如兹（一作"知"）！适见在世中，奄去靡归期。奚觉无一人，亲识岂相思？但余平生物，举目情悽洏。我无腾化术，必尔不复疑。愿君取吾言，得酒莫苟辞。

《老子》："天长地久，天地所以能长久者，以其不自生，故能长生。"《列子·杨朱篇》："人怀五常之性，有生之最灵者也。任智而不任力。"黄文焕曰："今年既悴之草木，明年复可发荣，惟人不能也。"《古薤露歌》："人死一去长不归。"颜延之诗："死为长不归。"闻人倓曰："言物皆悴而复荣，人独去而不归也。"李公焕《注》："'洏'，涕流貌。"王粲诗："涕流涟洏。"《列子·周穆王篇》："谒王同游，三执化人之祛，腾而上者，中天乃上，暨及化人之宫。"陶澍曰："'必尔'句，谓必如'适见'以下云云。"

何焯曰："此篇言百年忽过，行与草木同腐，此形必不可恃，当及时行乐。下篇反其意，谓不如立善也。"

《黄江诗话》曰："《序》有微意。"又曰："事不可为，心复难任，故借酒以排之，则庶可忘也。凡集中云酒者多如此。阮籍全真，终不事晋，与先生之酒，均为合道。"

方曰："以天地、草木陪说，笔势恣横。'我'，'形'自谓；'君'，指'影'也。'奚觉无一人'，言死去不足为有无也。"

影答形

存生不可言，卫生每苦拙。诚愿游昆华，邈然兹道绝。与子相遇来，未尝异悲悦。憩荫（一作"阴"）若暂乖，止日终不别。此同既难常，黯尔俱时灭。身没名亦尽，念之五情热。立善有遗爱，胡可不自竭。酒云能消忧，方此讵不劣！

《庄子·达生篇》："世之人以为养形足以养生，而养形果不足以存生，则世奚足为哉？"《庚桑楚篇》："南荣趎曰：'愿闻卫生之经而已矣。'闻人倓曰："'存生'，即所谓长不没、无改时也。此则难言矣。'昆华'，昆仑、华岳。答'腾化'句也。'憩荫'二句，言憩荫虽不见影，而映日则遂相依也。"又曰："有形则有影，故曰'同'。"《别赋注》；"黯，失色将败之貌。"《文子》曰："昔者中黄子曰：'色有五章，人有五情。'"阮籍《奏记》："忧望交集，五情相愧。"《论语》："君子疾没世而名不称焉。"《左传·昭二十一年》："子产卒，仲尼闻之出涕曰：'古之遗爱也。'"《后汉书·伏湛传》："窃怀区区，敢不自竭。"闻人倓曰："立德、立功、立言，皆所以立善也。善必身为之，故以之责形，惟恐身没而名亦没，故以立善劝之。收句答上篇'得酒'句。"《广韵》："劣，鄙也。"《汉书·东方朔传》："销忧者莫若酒。"《世说》："桓宣武移镇南州，制街衢平直，人谓王东亭曰：'丞相初营建康，无所因承，而制置迁曲，方此为劣。'"

《黄江诗话》曰："'诚愿'二句，亦是无可如何之辞，非真欲仙也。细味此首是正意，先生所存，岂六朝人所能望及！以是知先生非真好酒也。"方曰："起言既不能存，又无保之之术，又昧成仙之道，必然死耳。中言我悯尔空死，不得不效忠告，惟有立善留名不朽耳。"

神　释

　　大钧无私力，万理(一作"物")自森著。人为三才中，岂不以我故？与君虽异物，生而相依附。结托善恶同，安得不相与！三皇大圣人，今复在何处？彭祖爱永年，欲留不得住。老少同一死，贤愚无复数。日醉或能忘，将非促龄具。立善常所欣，谁当为汝誉？甚念伤吾生，正宜委运去。纵浪大化中，不喜亦不惧。应尽便须尽，无复独多虑。

　　贾谊《鵩鸟赋》："大钧播物兮，块圠无垠。"如淳《注》："陶者作器于钧上，此以造化为大钧。"应劭《注》："阴造阳化，如钧之造器也。"《礼记》："天无私覆，地无私载，日月无私照。"《易·系辞》："有天道焉，有人道焉，有地道焉，兼三才而两之，故《易》六画而成卦。"李公焕《注》："'我'，'神'自谓也。人与天、地并立而为三，以此，心之神也，若块然血肉，岂足以并天、地哉！"《庄子·大宗师》："假于异物，托于同体。"又曰："孰能相与于无相与？"《释文》："崔云：'与，犹亲也。一音豫。'"《汉书·司马迁传》："凡人所生者，神也。所托者，形也。"《风俗通》："《春秋·运斗枢》说：'伏羲、女娲、神农，是三皇也。'"《礼号·谥记》说"伏羲、祝融、神农"，《含文嘉》记"虑戏、燧人、神农"。《楚辞·天问》："彭铿斟雉帝何飨，受寿永久夫何长。"王逸《注》："彭铿，彭祖也。至八百岁，犹自悔不寿。"李公焕《注》："彭祖，姓篯名铿，颛顼玄孙，进雉羹于尧，尧封于彭城。历夏经商，至周年八百岁。"《列子·杨朱篇》："生则有贤愚贵贱，是所异也。死则有臭腐消灭，是所同也。"又曰："十年亦死，百年亦死，仁圣亦死，凶愚亦死，薶里曲聚，故魂魄无贤愚。"嵇叔夜《养生论》："若以肴酒为寿，未闻高阳有黄发之叟。"又曰："嘉肴旨酒，服之者短祚。"何孟春《注》："'将'，乃晋人发语辞。谢灵运诗'将非畏影者，阮瞻对王戎'，'将毋同'，皆是。"闻人倓曰："'日醉'二句，释《形赠影》'得酒莫苟辞'句；'立善'二句，释《影答形》'立善有遗爱'句；'甚念'二句，言'得酒'、'立善'，均为伤生。'纵浪'，犹言'放浪'。"古直曰："黄山谷谓：'正宜委运去、正赖古人书、正尔不能得，皆当时语。'案：《晋书·王羲之传》'正此佳婿'、'正与隆替对'、'正自不能不尽情极言'、'正由为法不一'、'正赖丝竹陶写'、'正自当随事行藏'，凡六用'正'字。山谷之言，信有征矣，然晋人实沿用汉人语耳。《汉书·终军传》'正二国废'、《循吏传》'正颇重听何伤'、《酷吏传》'正坐残贼免'、《游侠传》'正复雠取仇，犹不失仁义'，皆是也。"《列子·天瑞篇》："人至生至终，大化有四：婴孩也，少壮也，老耄也，死亡也。"《庄子·大宗师篇》："古之真人，不知悦生，不知恶死。"郭象《注》："与化为体。"

叶梦得曰："渊明作形影相赠与神释之诗，自谓世情惑于惜生，故极陈形、影之苦，而释以神之自然。《形赠影》曰：'愿君取吾言，得酒莫苟辞。'《影答形》曰：'立善有遗爱，胡为不自竭？'形累于养而欲饮，影役于名而求善，皆惜生之辞也。故神释之曰：'日醉或能忘，将非促龄具。'所以辨养之累。曰：'立善常所欣，谁当为汝誉？'所以解名之役。虽得之矣，然所致意者，仅在'促龄'与'无誉'，不知饮酒而得寿为善而皆见知，则神亦将汲汲而从之乎？似未能尽了也。是以极其释曰：'纵浪大化中，不喜亦不惧。应尽便须尽，无复独多虑。'此乃不以死生祸福动其心，泰然委顺，乃得神之自神耳。此释氏所谓断常见也。此公天姿超迈，真能达生而遗世。"

方曰："神，运形、影者也。前八句'神'，'三皇'以下'释'。纯用《庄子》之旨，以委运任化为极。'三皇'六句释'死'，'日醉'四句，分释'饮酒'、'立善'。'甚念'以下，正意也。"

归园田居　五首

少无适俗韵，性本爱丘山。误落尘网中，一去三十年。羁鸟恋旧林，池鱼思故渊。开荒南野际，守拙归园田。方宅十余亩，草屋八九间。榆柳荫后檐，桃李罗堂前。暧暧远人村，依依墟里烟。狗吠深巷中，鸡鸣桑树颠。户庭无尘杂，虚室有余闲。久在樊笼里，复得返自然。（曾曰："识度。"）

何孟春《注》："刘履曰：'三'当作'逾'，或在'十'字下。按《靖节年谱》'太元十八年，起为州祭酒，时年二十九'，正合《饮酒诗》'投耒去学仕，是时向立年'之句。以此推之，至彭泽退归才十三年，此云'三十年'，误矣。"陶澍曰："按吴仁杰以此诗为义熙二年彭泽归后所作，自初仕为州祭酒至去彭泽而归，才岁星一周，不应云三十年，当作'一去十三年'。刘说所本也。又，按'三'当作'己'，'三豕渡河'，'己'之误'三'，旧矣。"

方东树曰："公以义熙元年乙巳冬自彭泽归，自是终身不再出。时年四十一岁，其仕以三十六，首尾共止六年耳。所云'三十年'，指已去之年，举其大数，对今'四十'言之。若言前此三十，尚未能立，今而四十乃得决计耳。意盖如此，勿以词害之可也。盖三十九以前，仍系以三十耳。"（天闵案：方氏所说费解。）

古直曰："吴《谱》'义熙二年'下曰有《归园田居诗》五首，其诗盖自彭泽归明年所作也。案：此说是也。但又云'先生为州祭酒，至彭泽归才岁星一周，不应云三十年'，当作'一去十三年'，则非是。'误落尘网'，犹云'误生尘世'也。若解为入仕，岂特不应云三十年，即十三年，亦多星终七岁矣。"天闵案：古氏盖谓陶公得年五十二岁，此诗义熙二年丙午、先生三十一岁作，故曰"一去三十年"，然以误落尘网，犹云误生尘世，则其意与上"少无适俗"句，与下"羁鸟"二句均不协。余意刘说"十三年"、陶说"已十年"，均可通也。（天闵案：陶公年岁问题，于《饮酒》二十首当加讨论。）

何孟春注："《古诗》：'胡马嘶北风，越鸟巢南枝。'张景阳《杂诗》：'流波恋旧浦，行云思故山。'陆士衡诗：'孤兽思故薮，羁鸟悲旧林。'皆言不忘本也。《文子》曰：'鸟飞之乡，依其所生也。'王正长诗：'人情依旧乡，客鸟思故林。'皆此意。"潘岳《秋兴赋》："譬犹池

鱼、笼鸟，有江湖、山薮之思。"《楚辞》："时暧暧其将罢兮。"王逸
《注》："暧暧，昏昧貌。"

闻人倓曰："凡有大丘之里，谓之墟里。"吴正传《诗话》："《古
鸡鸣行》：'鸡鸣高树颠，狗吠深宫中。'陶公全用其语。第三篇'种斗
南山下，草盛豆苗稀'，本杨恽《书》意。《庄子·人间世篇》：'瞻彼
阒者，虚空生白。'《养生主篇》：'不薪畜乎樊中。'郭注：'樊，所以
笼雉也。'《老子》：'人法地，地法天，天法道，道法自然。'吴瞻泰
注："沃仪仲曰：'返自然句，于负重乍释，四体皆畅。'"查慎行曰：
"'返自然'，道尽归田之乐。可知尘网牵率，事事俱违本性。"

方曰："此诗纵横浩荡，元气磅礴，大含细入，精气入而粗秽
除。奄有汉、魏，包孕众胜，后惟杜公有之。韩公较之，犹觉圭角镵
露，其余不足论矣。'少无适俗'八句，当一篇大序文，而气势浩迈，
跌宕飞动，顿挫沉郁。'羁鸟'二句，于大气驰纵之中，回鞭弹鞚，
顾盼回旋。'方宅'十句，写田园耳。情景即目，宛然如画，而音节
铿锵，措辞秀韵，非烟火食人语。'久在'二句，接起处，换笔
另收。"

野外罕人事，穷巷寡轮鞅。白日掩荆扉，虚室绝尘想。时复墟曲
中，披草共来往。相见无杂言，但道桑麻长。桑麻日已长，我土日已
广。常恐霜霰至，零落同草莽。（曾曰："识度。"）

李审言曰："《后汉书·贾逵传》：'此子无人事于外。'章怀注：
'无人事，谓不广交通也。'"《汉书·陈平传》："家乃负郭穷巷，人
门外多长者车辙。"袁宏《三国·名臣赞》："披草求君，订交一面。"
《楚辞》："惟草木之零落兮。"《方言》："草，南楚之间谓之莽。"何孟
春《注》："刘履曰：'是时朝廷将有倾危之祸，故有是喻。'靖节虽处
田野，而不忘忧国，此亦可见矣。"

方曰："此既安居以后事，起六句由静而之动，'相见'二句为一
篇正面，'桑麻'以下乃申续余意耳。只就桑麻言，恐其零落，方见

真意实在田园，非喻意也。"

种豆南山下，草盛豆苗稀。晨兴理荒秽，带月荷锄归。道狭草木长，夕露沾我衣。衣沾不足惜，但使愿无违。（曾曰："识度。"）

《汉书·杨恽传》："田彼南山，芜秽不治。种一顷豆，落而为萁。"《吴越春秋》："子胥曰：'吾恐宫中生荆棘，露沾我衣。'"东坡云："以夕露沾衣之故而违其所愿者多矣。"

方曰："此又就第二首继续而详言之，而真景、真味、真意，如化工元气，自然悬象著明。末二句另换意收。古人之妙，只是回曲顿挫，从无平铺直衍。"

久去山泽游，浪莽林野娱。试携子侄辈，披榛步荒墟。徘徊丘垄间，依依昔人居。井灶有遗处，桑竹残朽株。借问采薪者，此人皆焉如？薪者向我言，死没无复余。一世异朝市，此语真不虚。人生似幻化，终当归空（一作"虚"）无。（曾曰："识度。"）

古直曰："'浪莽'，犹'泱漭'、'侊莽'也。《上林赋》：'过乎泱漭之野。'李善注：'如淳曰：大貌也。'《洞箫赋》：'弥望侊莽，联延旷荡。'李善注：'侊莽、旷荡，宽广之貌。'"闻人倓曰："'浪莽'，不精要之貌。《〈庄子〉注》：'莽，犹粗率也。'"《文选·与嵇茂齐书》："披榛觅路。"古《出夏门行》曰："市朝人易，千岁墓平。"天闵案：三十年为一世，"一世异朝市"，当是成语。言三十年之间朝市变化甚巨也。《列子·周穆王篇》："有生之气，有形之状，尽幻也。知幻化之不异生死也，始可以学幻矣。"《淮南子·精神训》："化者，复归于无形也。"

方曰："此又追叙今昔，是题中'归'字汁浆。前半叙事，'一世'四句，论叹作收。"

怅恨独策还，崎岖历榛曲。山涧清且浅，遇以濯吾足。漉我新熟酒，只鸡招近局。日入室中暗，荆薪代明烛。欢来苦夕短，已复至天旭。（曾曰："识度。"）

闻人倓曰："'策'，杖策也。"《埤苍》："崎岖，不安之貌。"《〈魏志〉注》："《祀故太尉桥公文》：'承从容誓约之言：路有经由，不以只鸡、斗酒过相沃酹，车过三步，腹痛勿怪。'"闻人倓曰："'近局'，谓亲宾之相近者。'局'，一作'属'。吴汝纶曰'属'作'局'，是'局'亦'近'也。阮步兵《答伏义书》云：'非近力所能免，非局器所能察。'亦以'近'、'局'对文。"《广雅·释诂》："暗，夜也。"《楚辞·招魂》："兰膏明烛。"张茂先《情诗》："居欢惜夜促。"《广雅》："旭，明也。"

方曰："此首言'还'，章法完整，直是一幅画图。'怅恨'二字，承上'昔人死无余'意来。首四句，还路未至。'漉酒'四句，既还后，以至'明烛'至'旭'。言之有序如此。此五诗衣被后世，各大家无不受其孕育者，当与《三百篇》同圣也。"

连雨独饮

运生会归尽，终古谓之然。世间有松乔，于今定何间？故老赠余酒，乃言饮得仙。试酌百情远，重觞忽忘天。天岂去此哉！任真无所先。云鹤有奇翼，八表须臾还。自我抱兹独，僶俛四十年。形骸久已化，心在复何言。（曾曰："识度。"）

闻人倓曰："'运生'，大运中凡有生者。'会'，犹'当'也。"《归去来辞》："聊乘化以归尽。"魏武帝《乐府》："赤松、王乔，亦云得道，得之未闻，庶以寿考。"魏文帝《乐府》："王乔假虚辞，赤松垂空言。"陶澍曰："'间'，从何校本，言松、乔亦同归于尽也。汤、焦、何、毛诸本作'闻'，亦通。"《汉书》，颜师古《注》："'重觞'，谓累献也。"《庄子·天地篇》："忘乎物，忘乎天，其名为忘己。"闻人倓曰："初酌时百情交集。（天闵案："百情远"，解作"百情交集"，非是。）重觞后，天机浑忘矣。"《庄子·齐物论》，郭象《注》："任自然而忘是非者，其体中独任天真而已。"闻人倓曰："'云鹤'二句，言仙人耽躬道真，至于遨游八表也。"天闵案：二句形容酒力之神，闻说支离。"偭俛"与"黾勉"同。《庄子·齐物论》："其形化，其心与之然，可不谓大哀乎？"郭象《注》："言其心形并驰。"又《大宗师篇》："且彼有骇形而无损心。"郭象《注》："以变化为形之骇动耳，不以生死损累其心。"

赵泉山曰："按《晋书》，靖节未尝有喜愠之色，惟遇酒即饮，或无酒亦雅吟不辍。《饮酒诗》云：'不觉知有我，安知物为贵。'《独饮诗》云：'试酌百情远，重觞忽忘天。天岂去此哉？任真无所先。'此酒中实际理地也，岂狂药昏酋(为命切)之语。"

移居二首

昔欲居南村，非为卜其宅。闻多素心人，乐与数晨夕。怀此颇有年，今日从兹役。敝庐何必广？取足蔽床席。邻曲时时来，抗言谈在昔。奇文共欣赏，疑义相与析。（曾曰："识度。"）

李公焕《注》："'南村'，即栗里也。"何孟春《注》："眉山杨恪曰：'柴桑之南村。'《江州志》云：'本居山南之上京，后遇火徙此。'"古直曰："'南村'在浔阳之负郭，非柴桑也。"详见所著《年谱》。《左传昭·三年》："谚曰：'非宅是卜，惟邻是卜。'"闻人倓曰："颜延之《陶征士诔》：'长实素心。'盖用此。"《礼记·少仪》："'亟见日朝夕。亟，数也。'何孟春《注》：'数，音朔，相见之频也。'"《古诗解》："'素心人'，谓本心质素无炫饰也。'从兹役'，谓从事此居也。"《左传》："有先人之敝庐在。"李公焕《注》："'邻曲'，指颜延年、殷景任、庞通之辈。"《增韵》:"抗,抵也,敌也。"《商颂》:"自古在昔。"《鲁语》:"古曰在昔。"《汉书·王褒传》:"朝夕诵读奇文。"《庄子》:"析万物之理。"

春秋多佳日,登高赋新诗。过门更相呼,有酒斟酌之。农务各自归,闲暇辄相思。相思则披衣,言笑无厌时。此理将不胜,无为忽去兹。衣食当须纪(一作"几"),力耕不吾欺。(曾曰:"识度。")

《汉书·艺文志传》曰:"登高能赋,可以为大夫。"嵇叔夜《琴赋》:"临清流,赋新诗。"闻人倓曰:"'披衣',起相寻也。"李公焕《注》:"'胜',音升,任也。"汤东磵《注》:"言此不可胜,无为舍而去之。韩子亦云乐之终身而不厌,何眼物慕?"何焯曰:"'将不胜',正言,胜绝惟此也。"陶澍曰:"'将'乃晋人发语,则'胜'读'如'字为是。"陈祚明曰:"'不胜',犹言'岂不胜'也。"古直曰:"《晋书·庾亮传》:"舅所执理胜。"又《袁乔传》:"以理胜为任。"《国语》,韦昭注:"纪,理也。"毛苌《诗传》:"理之文纪。"《楚辞》:"宁诛锄草茅以力耕乎?"闻人倓曰:"但能力耕,便足自给,故曰'不无欺'也。"

方曰:"一往清真,而吐属雅令,句法高秀。戊申六月遇火,移居必在是耳。"

庚戌岁九月中于西田获早稻

人生归有道,衣食固其端。孰是都不营,而以求自安!开春理常业,岁功聊可观。晨出肆微勤,日入负耒还。山中饶霜露,风气亦先寒。田家岂不苦?弗获辞此难。四体诚乃疲,庶无异患干。盥濯息檐下,斗酒散襟颜。遥遥沮溺心,千载乃相关。但愿长如此,躬耕非所叹。(曾曰:"识度。")

古直曰:"《史记·货殖传》曰:'贤人深谋于廊庙,议论朝廷,守信死节。岩穴隐居之士，设为名高者安归乎？归于富厚也。'《诗》曰'归有道'，则适与史公之言相反。所谓不义而富且贵，于我如浮云也。"戴震《〈孟子〉字义疏证》曰："道者，居处饮食自身，而周于身之所亲，无不该焉也。故曰：'修身以道。'又曰：'人伦日用咸道之实事，衣食为人伦日用之最重者，故曰'其端'也。"何孟春《注》："'归'，趣也。'端'，事首也。"《汉书·历律志》："立闰定时，以成岁功。"《后汉书·周燮传》："下有陂田，常肆勤以自给。"天闵案：《魏志·钟毓传》："使民得肆力于农事。""肆力"，犹"尽力"也。杨恽《书》："田家作苦。"古直曰："'乃'，言之助也。"《论语》曰："四体不勤。"陶澍曰："'四体'二语，即庞德公率妻子躬耕陇亩，而曰世人皆贻以危，我独贻以安也。"《增韵》："以盘水沃洗曰盥。"天闵案："襟颜"，谓襟怀与颜色也。"襟"一作"钦"，吴汝纶曰："'钦'字是。"《论语》："长沮、桀溺耦而耕，孔子过之，使子路问津焉。"何焯曰："本非沮、溺之徒，而生乎晋、宋之交，避世之心，乃若与之符也。"

刘履曰："此与前《归园田·种豆南山下》诗意相表里。"

谭元春曰："每读陶公真实本分语，觉不事生产人，反是俗根未脱，故作清高。"天闵案：王介甫绝句"无人语与刘玄德，问舍求田意最高"，亦是此意。

沈德潜曰："《移居》诗云：'衣食终须纪，力耕不吾欺。'此云：'人生归有道，衣食固其端。'又曰：'贫居依稼穑。'自勉勉人，每在耕稼，先生异于晋人在此。"

方曰："起四句直举胸臆，峥嵘飞动，鲍、谢不敢如此。必使凝固，不欲滑易。学者不先学鲍、谢而便学此，未有不庸滑。'人生归有道'，言人之生理，固有常道。'开春'以下叙说，句法秀出。"

饮酒二十首

余闲居寡欢，兼此夜已长，偶有名酒，无夕不饮。顾影独尽，忽焉复醉。既醉之后，辄题数句自娱。纸墨遂多，辞无诠次，聊命故人书之，以为欢笑尔。

衰荣无定在，彼此更共之。邵生瓜田中，宁似东陵时。寒暑有代谢，人道每如兹。达人解其会（一作"趣"），逝将不复疑。忽与一觞酒，日夕欢相持。（曾曰："识度。"）

李公焕《注》："黄山谷曰：'衰荣'二句，是西汉人文章，他人多少语言，尽得此理。'"东陵瓜"，见阮籍诗注。《易·系词》："日月运行，一寒一暑。"阮籍《咏怀诗》："四时更代谢。"《鹖冠子》："达人大观，乃见其符。"《古诗解》："'解'，通'晓'也。'会'，谓一理浑合之处。"天闵案：《诗·魏风》："逝将去女。"陈奂疏曰："逝，逮也。"

何焯曰："先世宰辅，故以邵平自比。平可游鄨侯之门，元亮何妨饮王宏之酒，在我翛然不滓，则衰荣各适而不相疑也。"
方曰："言不必撄情无常、无定之衰荣，惟知其古今皆若此，故但饮酒可也。以衰为主，以荣陪说，其理乃显。"

积善云有报，夷、叔在西山。善恶苟不应，何事立空言？九十行带索，饥寒况当年。不赖固穷节，百世谁当传。

《易·系辞》："善不积，不足以成名；恶不积，不足以灭身。"《说苑》："为善者天报以福，为恶者天报以祸。"《史记·伯夷列传》："或言天道无亲，常与善人，若伯夷、叔齐，可谓善人者非耶？积仁洁行如此而饿死，天之报施善人，其何如哉！"《列子·天瑞篇》："孔子游于泰山，见容启期行乎郕之野，鹿裘带索，鼓瑟而歌。孔子曰：'先生所以乐，何也？'对曰：'吾乐甚多。天生万物人为贵，吾得为人，一乐也。男女之别，男尊女卑，吾得为男，二乐也。人生有不见日月、不免襁褓者，吾已行年九十矣，三乐也。贫者士之常，死者人之终，处常得终，当何忧哉?'孔子曰：'善乎能自宽者也。'"何焯曰：
"'当年'，壮年也，今都下语犹尔。老弥戒得，则壮盛之厉节可想，
所以使百世兴起也。"李公焕《注》："荣启期至于九十，犹不免行而带
索，则自少至壮至老，当年之饥寒不可胜诉矣。"闻人倓曰："收二句
言报即不应，而善自当为也。"

方曰："不必计善恶之报爽，但以固穷守道为主，求仁得仁，同
一穷死，不如垂名没世。"

道丧向千载，人人惜其情。有酒不肯饮，但顾世间名。所以贵我
身，岂不在一生。一生复能几? 倏如流电惊。鼎鼎百年内，持此欲
何成?

《庄子·缮性篇》："世丧道矣，道丧世矣，世与道交相丧也。道
之人何由兴乎世，世亦何由兴乎道哉? 道无以兴乎世，世无以兴乎
道，虽圣人不在山林之中，其德隐矣。"郭象《注》："今所以不隐，由
其有情以兴也。"古直曰："道兴由乎有情，则道丧由乎无情矣。"《广
雅》："惜，爱也。"《孟子》赵《注》："啬，爱也。爱啬其情，犹之无
情也。"方东树曰："言由于不悟大道，故惜情顺名，而不肯任真，不
敢纵饮，不知及时行乐，此即生后名不如生前一杯酒。与上篇似相
背，然惟其能固穷，是以能忘忧而饮酒，固是一串，非相背也。"《晋
书·张翰传》："使我有身后名，不如即时一杯酒。"《列子·杨朱篇》：
"贵生爱身，以蕲不死可乎? 曰理无不死。"又曰："智之所贵，存我
为贵，然身非我有也，既生不得不全之。"《庄子·知北游篇》："生
者，喑醷物也，虽有寿夭，相去几何?"《乐府·晋白纻舞歌》："人生
世间如电过。"古直曰："'鼎鼎'二句，殆庄生所谓终身役役而不见其
成功也。'鼎鼎'，《礼记》郑《注》谓'大舒'，此非其意，疑当训为扰
攘 貌。"闻人倓曰："《礼记》'鼎鼎尔则小人'，《疏》：'鼎鼎尔，不
自严敬，则如小人然，形体宽慢也。'此言'鼎鼎'，取宽慢之意。百
年自速，而人意自宽慢。'持此欲何成'，'此'字指'但顾世间名'。

或以'鼎鼎'为薪火不传意，殊觉杜撰。宋陆游诗：'百岁常鼎鼎'、'新春鼎鼎来'，亦似未得陶公本意。"方东树曰："'鼎鼎'，言方来之年甚速如流电，吾人仅才百年之内，何足恃乎?"天闵案：放翁诗云："鼎鼎百年如电速。"正用陶诗，与方说同。

方曰："此即《神释》之意。"

栖栖失群鸟，日暮犹独飞。徘徊无定止，夜夜声转悲。厉响思清远，去来何依依。因值孤生松，敛翮遥来归。劲风无荣木，此荫独不衰。托身已得所，千载不相违。（曾曰："识度。"）

天闵案："栖栖"，犹"皇皇"也。"栖"或作"棲"。《世说》："王戎云：'太保理中清远。'"古直曰："《古诗》云：'丝竹厉清声。'"《洛神赋》："声哀厉而弥长。"《琴赋》云："张急故声清。"李善注："'厉'，烈也，急也。知凡厉、急之声，皆必清远。"刘琨《重赠卢谌诗》："朱实陨劲风。"

赵泉山曰："此诗讥切殷景仁、颜延之辈。"
方曰："此诗分两半看。前六句未归，是言己作镇军参军时六年间事也。后言既得归，即今是昨非之意。'孤松'句，仁也。'劲风'句，言天下皆乱，无乐土，即《采薇》歌意。收句要之以固守，永不更违，几于右军誓墓，所谓'致虚极，守静笃'。后来如某某不保晚节，复出失身，不能如陶公之刚决也。"

结庐在人境，而无车马喧。问君何能尔? 心远地自偏。采菊东篱下，悠然见（一作"望"）南山。山气日夕佳，飞鸟相与还。此中有真意，欲辨已忘言。（曾曰："识度。"）

《汉书·扬雄传》："结以倚庐。"周寿昌曰："陶潜'结庐'二字，即节取此语。"李善《注》："'结'，构也。"《琴赋》："体清心远邈难极。"东坡曰："采菊之次，偶然见山。初不用意，而景与意会，故可喜也。今皆作'望南山'。杜子美云：'白鸥没浩荡，万里谁能驯？'盖泯灭于烟波间耳，而宋敏求谓余云：'鸥不能没，改作波字。'二诗改此二字，觉一篇神气索然也。"胡仔《苕溪渔隐丛话·鸡肋集》曰："诗以一字论工拙。记在广陵日见东坡，云：'陶公意不在诗，诗以寄意耳。采菊东篱下，悠然见南山。俗本作望，则既采菊又望山，意尽于此，无余蕴矣。非渊明意也。见南山者本是采菊，无意望山，适举首见之，故悠然忘情，趣闲而累远，未可于文字精粗间求之。"李公焕《注》："王荆公曰：'渊明诗有奇绝不可及之语，如结庐在人境四句，由诗人以来无此句。敬斋云：'前辈有佳句，初未之知，如渊明悠然见南山，后人寻绎出来，始见其工。老杜佳句最多，尤不自知也。'"蔡宽夫曰："俗本多以'见'为'望'字，若尔，便有褰裳濡足之态矣。一字之误，害理如此。"《管子》："夫鸟之飞，必还山集谷也。"《老子》："窈兮冥兮，其中有精，其精甚真。"《庄子·齐物论》："大辩不言。辩也者，有不辩也。"又《外物篇》："言者所以在意，得意而忘言，吾安得夫忘言之人，而与之言哉？"

方曰："此直书即目即事，而高致、高怀如见。起四句言地非偏僻，而吾心既远，则地随之。境既闲寂，景物复佳，然非心远，则不能领其真意味。既领于心，而岂待言？所谓造适不及笑，献笑不及排，有曾点之意。后六句，即'心远地偏'之实事。"

行止千万端，谁知非与是。是非苟相形，雷同共毁誉。三季多此事，达士似不尔。咄咄俗中愚，且当从黄、绮。

《楚辞·九辩》："世雷同而炫耀兮，何毁誉之昧昧。"《庄子·齐物论》："故有儒、墨之是非，以是其所非，而非其所是。彼亦一是非，此亦一是非，果且有彼是乎哉？果且无彼是乎哉？"又曰："凡物无成与毁，道通为一，惟达者知通为一，为是不用而寓诸庸。"郭象《注》："夫无成与毁，犹无是与非也。达者无滞于一方，故忽然自忘，而寄常于自用。"汤东涧《注》："《汉·叙传》'三季'之后，《注》云：'三代之末也。'"《后汉·严光传》："咄咄子陵。"《韵会》："咄咄，惊怪声也。"李审言曰："陶公再用黄、绮，'黄、绮之商山'与此是也。"孙颐谷谓："汉、魏诗、文，用黄、绮者多。《后汉·张升友论》：'黄、绮引身，岩栖南岳。'魏繁钦《甪里先生训》：'黄、绮削迹南山。'又引黄伯忽《跋四皓碑》，逸少有'尚想黄、绮帖'。"古直曰："戴逵《闲游赋》'降及黄、绮'，曹毗《对》'儒绝世事而俊黄、绮'，孙引未及。"

方曰："本《齐物论》。起句举世皆迷，次句指真是真非，三句人人一是非。"

汤东涧曰："此篇言季世出处不齐，士皆以乘时自奋为贤，吾知从黄、绮而已。世俗之是非、誉毁，非所计也。"

汪洪度曰："当时改节乘时者，必恣意为是非、毁誉，自达人观之，无是非也，直俗中愚耳，故决意从黄、绮。"

秋菊有佳色，裛露掇其英。汎此忘忧物，远我遗世情。一觞虽独进，杯尽壶自倾。日入群动息，归鸟趋林鸣。啸傲东轩下，聊复得此生。（曾曰："识度。"）

《楚辞·离骚》曰："夕餐秋菊之落英。"李善曰："《文字集略》曰：'裛，坌衣香也。'然露坌花亦谓之裛也。"《〈毛诗〉传》曰："掇，拾也。"潘岳《秋菊赋》："汎流英于清醴。"《毛诗》："微我无酒，以遨以游。"《传》曰："非我无忧，可以忘忧也。"《尸子》："昼动而夜息，天之道也。"杜甫诗："临下览群动。"郭璞诗："啸傲遗俗罗。"《世说》："周仆射傲然啸咏。"东坡曰："靖节以无事为'得此生'，则见役于物者，非失此生耶？"天闵案：坡公语极高，得陶公意。"得此生"之"得"字，未易与俗物道也。李公焕曰："定斋曰：'自南北朝以来，菊诗多矣，未有能及渊明之妙。如秋菊有佳色，他花不足当此一佳字，然通篇语意高远，皆由菊而发耳。'"艮斋曰："'秋菊有佳色'

一语，洗尽古今尘俗气。"

方曰："就菊言，所谓即物即事。"

青松在东园，众草没其（一作"奇"）姿。凝霜殄异类，卓然见高枝。连林人不觉，独树众乃奇。提壶挂寒柯，远望时复为。吾生梦幻间，何事绁尘羁。（曾曰："识度。"）

《说文》："殄，尽也。一曰绝也。"《纂要》："冬木曰寒柯。"闻人倓曰："'时复为'，时复为饮也。"陶澍曰："此倒句，言'时复为远望'也。"《庄子·大宗师篇》："吾特与汝，其梦未始觉者耶！"郭象《注》："死生犹梦觉耳。"《列子》："有生之气、有形之状尽幻也。"《金刚经》："如梦幻泡影，如露亦如电。"《玉篇》："绁，马缰也。"

吴瞻泰曰："此借孤松为己写照。"
方曰："岁寒后凋之旨，而说来如新。就松言，皆以饮酒纬之，顾题也。"

清晨闻叩门，倒裳往自开。问子为谁欤？田父有好怀。壶浆远见候，疑我与时乖。褴褛茅檐下，未足为高栖。一世皆尚同，愿君汩其泥。深感父老言，禀气寡所谐。纡辔诚可学，违己讵非迷！且共欢此饮，吾驾不可回。（曾曰："识度。"）

《诗·齐风》："东方未明，颠倒衣裳。"天闵案：谢师厚诗"倒著衣裳迎户外"，本此。潘岳《〈秋兴赋〉序》："谈话不过农夫、田父之客。"王逸《九思》："路变易兮时乖。"《左传》杜《注》："蓝缕敝衣。"孔《疏》："《方言》云：'楚人谓贫人衣破丑敝为蓝缕。褴褛同。'"傅玄诗："整此蓝缕衣。"《楚辞·渔父》："世人皆浊，何不淈其泥而扬其波？"案："淈"与"汩"同。古直曰："'一世皆尚同'，即世人皆浊意。非墨子书所谓'尚同'也。文虽出彼，而义则殊。"《〈尚书〉传》：

"稟，受也。"《说文》："谐，詥也。"闻人倓曰："'纡辔'，犹'诡遇'也。'违己'，犹'枉己'也。"《〈毛诗〉传》："回，转也。"古直曰："'吾驾不回'，所谓'我心匪石，不可转也。'"

赵泉山曰："时辈多勉靖节以出世，故作此篇。"

《黄江诗话》曰："此必当时显有以先生不仕宋而劝驾者，故有'不足为高栖'云云，结语斩然。中有不忍言，特不可明言耳。"

方曰："此诗夹叙夹议，托为问答，屈子《渔父》之旨。《注》谓'时必有人劝公出仕者'，是也。收句完好。"

吴汝纶曰："此诗殆作于征著作郎、称疾不就时。"

古直曰："详味此诗，实为却聘之作。《宋书》本传云：'义熙末，征著作佐郎不就。'殆即咏此事也。"（天闵案：古氏之说与吴氏同。）《宋书》本传又云："自高祖王业渐隆，不复肯仕。此时刘裕诛锄异己，不遗余力，诚所谓'王业渐隆'者矣。故曰'吾驾不可回'也。"

在昔曾远游，直至东海隅。道路迥且长，风波阻中途。此行谁使然，似为饥所驱。倾身营一饱，少许便有余。恐此非名计，息驾归闲居。（曾曰："识度。"）

何孟春《注》："刘履曰：'指曲阿。盖其地在宋为南东海郡。'"陶澍曰："《宋书·州郡志》：'晋元帝初，割吴郡海虞县之北境为东海郡，立剡朐、利城、况其（李兆洛《地韵志韵编》曰："'祝其'之讹。"）三县。'刘牢之讨孙恩，济浙江，恩惧，逃于海，后浮海奄至京口。牢之在山阴，率大众还，恩走郁洲。今海洲之云台山，即郁洲，乃朐县地。先生参牢之军事，盖尝从讨恩至东海，故追述之也。"（天闵案：使周济晋略公为武陵王遵镇军参军，为不足据，则陶说容有当也。）《古诗》："道路阻且长。"《世说》："简文道王怀祖，直以真率少许，对人多多许。"《列子》："孔子自卫反鲁，息驾乎河梁而观焉。"

赵泉山曰："此篇述其为贫而仕。"

《荚江诗话》曰：“赋归而托言风波，则不仅为折腰明矣。”

方曰：“言恐失固穷之名，直书胸臆，无一字客气。”天闵案：《庄子》：“吾将为名乎？名者，实之宾也。吾将为宾乎？”观此则名犹实也。陶公意谓饥驱而远游，倾身而营一饱。其实，巢林不过一枝，饮河不过满腹。则吾所得者区区，而心为形役，实际之丧失不赀，故曰“恐此非名计”也。方氏仅以恐失固穷之名释之，殊少味矣。

颜生称为仁，荣公归（一作“言”）有道。屡空不获年，长饥至于老。虽留身后名，一生亦枯槁。死去何所知？称心固为好。客养千金躯，临化消其宝。裸葬何必恶，人当解意表。（曾曰：“识度。”）

《论语》：“子曰：‘回也其心，三月不违仁。’”又：“回也其庶乎屡空。”《史记》：“颜回，鲁人，字子渊，少孔子三十岁。”《家语》：“颜回三十二而死。”《史记·伯夷列传》：“回也屡空，糟糠不厌，而卒早夭。”“荣公”，即荣启期，已见前。古直曰：“荣启期，行年九十尚被裘带索，则知其长饥至老矣。”曾国藩曰：“‘归’，犹‘称’也。《论语》‘天下归仁焉’，称其仁也。曹植诗‘众工归我妍’，称其妍也。此‘归’字与上句‘称’字对举互见。”《庄子·徐无鬼篇》：“枯槁之士宿名。”《列子》：“从性而游，不逆万物，所好身后之名，非所取也。”《汉书·杨王孙传》：“其尸块然独处，岂有知哉？”东坡曰：“宝不过躯，躯化则宝亡矣。人言靖节不知道，吾不信也。”闻人倓曰：“《说文》：‘客，寄也。’生，寄也；死，归也。言其所养非可久也。”顾皓曰：“‘客养’二字，炼字尤精。”《原注》：“一作‘容’，非。”古直曰：“杨朱云：‘生则尧舜，死则腐骨。四海之主，终亦消化，何有于千金之躯哉？’‘客养’，谓厚自奉养，如礼宾客。《古诗》‘奄忽随物化，荣名以为宝’，知躯宝终消，而转希名宝，亦未为达矣。”天闵案：“客养”二字，闻氏、古氏所说均未惬。“客养千金躯”，犹云有客养其千金之躯也。只须加一“有”字，其意自明。《汉书·杨王孙传》：“及病且终，先令其子曰：‘吾欲裸葬以反吾真，必亡易吾意。死则为布囊，盛尸入地七尺，既下，从足引脱其囊，以身亲土。’《裸葬书》曰：‘盖闻古之圣人，缘人情不忍其亲，故为制礼，今则越之，吾是以裸葬以矫世也。’”《庄子·天道篇》，郭象《注》：“其贵恒在意言之表。”

汤东磵曰：“颜、荣皆非希身后名，正以自遂其志耳。（天闵案：此解深得渊明意旨。）保千金之躯者，亦终归于尽，则裸葬亦未可非也。或曰：‘前八句言名不足赖，后四句言身不足惜，渊明解处，正在身、名之外也。’”

方曰：“起六句将‘枯槁’与‘名’并说，以下解之，双承。名亦不知，枯槁亦不知，但贵称心耳。苟能称心，即裸葬犹可，又何生前枯槁足恨？‘何所知’是发明一二句‘名’，三四句‘枯槁’，以下分承总解。”

葛常之《韵语阳秋》曰：“东坡拈出渊明谈理之诗有三：一曰‘采菊东篱下，悠然见南山’。二曰‘啸傲东窗下，聊复得此身’。三曰‘客养千金躯，临化消其宝’。皆以为知道之言。盖摘章绘句，嘲风弄月，虽工何补。若知道者，出语自然超诣，非常人能蹈其轨辙也。”

长公曾一仕，壮节忽失时。杜门不复出，终身与世辞。仲理归大泽，高风始在兹。一往便当已，何为复狐疑？去去当奚道，世俗久相欺。摆落悠悠谈，请从余所之。

《史记·张释之传》：“其子曰挚，字长公，官至大夫，免以不能取容当世，故终身不仕。”《商君传》：“公子虔杜门不出已八年矣。”按：“杜”，塞也。《九辩》：“恨其失时而不当。”王逸《注》：“不值圣主而年老也。”《后汉书·儒林传》：“杨伦，字仲理，为郡文学掾，志乖于时，去职，讲授大泽中，弟子至千余人。后特征博士，前后三征，皆以直谏不合。既归，闭门讲授，自绝人事。”古直曰：“《说文》：‘摆，两手击也。’‘摆落悠悠谈’，击落谬悠之谈也。‘摆’，亦‘捭’字。见《〈后汉书·马融传〉注》。”闻人倓曰：“《韵会》：‘摆，开也。'《增韵》：'排而振之也。'"《晋书》："悠悠之谈，宜绝智者之口。"何孟春曰："长公、仲理皆勇退者，公以自决如此。"

《荭江诗话》曰："此言义不当复出，却不明言所以不出，结语可思。世俗悠悠，非荣则利，歧路之惑，多由此也。"

有客常同止，趣舍邈异境。一士常独醉，一夫终年醒。醒醉还相笑，发言各不领。规规一何愚，兀傲差若颖。寄言酣中客，日没烛当炳。（一作"日没烛当秉"，一作"日没烛何炳"，又作"烛可炳"）

《〈毛诗〉笺》："止，犹居也。晋、宋间以'同居'为'同止'。"古直曰："'取舍'，即'趣舍'，亦即'趋舍'。《淮南·齐俗训》：'故趋舍同，诽誉在俗。'"《后汉·冯衍传》："闻至言而晓领。"《礼记》郑《注》："领，理也。"《庄子·秋水篇》："埳井之蛙闻之，适适然惊，规规然自失也。"《注》："适适、规规，皆惊视、自失貌。"支遁《咏怀诗》："傲兀乘尸素。"《文选·游天台山赋》注："'兀'，无知貌也。"古直曰："'兀傲'，盖即醉后颓然自适之状。"《古诗》："何不秉烛游？"陶澍曰："两人同居，一醉一醒，渊明以醒者规规为愚，而醉者兀傲差颖耳。"

方曰："此慨世之庸愚可怜而不悟，吐属蕴藉，气象渊懿。陈遵问张竦之旨、子云《酒箴》之文也。"
古直曰："晋、宋之际，志节之士，每以酣饮避祸。《晋书·阮籍传》："文帝欲为武帝求婚于籍，籍醉六十日，不得言而止。拒婚以醉，诚兀傲若颖哉！盖自命醒者，每出智力以佐乱，岂若托于醉者，得全其真于酒中。'日没烛当秉'，靖节所以劝也。颜延年《咏刘伶》曰：'韬金日沉饮，谁知非荒宴。'盖得之矣。"（天闵案：古说甚精。杜子美诗曰："至今阮籍等，熟醉为身谋。"盖同此意也。）

故人赏我趣，挈壶相与至。班荆坐松下，数斟已复醉。父老杂乱言，觞酌失行次。不觉知有我，安知物为贵。悠悠迷所留，酒中有深味！

《左传·襄二十六年》："伍举奔郑，将遂奔晋，声子将如晋，遇之于郑郊，班荆相与食，而言复故。"杜《注》："班，布也。"《关尹子》："故我一身，虽有智有力，有音有行，未尝有我。"《庄子·秋水篇》："以道观之，物无贵贱；以物观之，自贵而相贱。"《说文》："留，止也。"天闵案：收二句谓世路悠悠，迷所归宿，惟酒中深味，可以寄耳。

《石林诗话》曰："晋人多喜饮酒，有至沉醉者，此未必意真在酒，盖方时艰，人各惧祸，惟托于醉，可以粗远世故耳。"
方曰："此首正说饮酒。'父老'四句，说醉趣，情景、意识俱真。"

贫居乏人工，灌木荒余宅。班班有翔鸟，寂寂无行迹。宇宙一何悠，人生少至百。岁月相催逼，鬓边早已白。若不委穷达，素抱深可惜。

《诗·周南》："黄鸟于飞，集于灌木。"《毛传》："灌木，丛木也。"《〈汉书·赵壹传〉注》："班班，明貌。"《说文》："寂，无人声也。"左思《咏史诗》："寂寂扬子宅。"张华《杂诗》："户庭无行迹。"《列子·杨朱篇》："百年，寿之大齐，得百年者，千无一焉。"《易·系辞》："日月相推而明生焉，寒暑相推而岁成焉。"《庄子·德充符篇》："穷达贫富，是事之变，命之行也。日月相代乎前，而知不能规乎其始者也。"《孟子》："委而去之。"此"委"字所本，谓弃置也。

方曰："起四句贫居境象，'宇宙'句放笔向空中接，从空旷中得悟本趣。言若不委穷达，则多忧惧，是扰其素抱为可惜也。"

少年罕人事，游好在六经。行行向不惑，淹留遂无成。竞抱固穷节，饥寒饱所更。弊庐交悲风，荒草没前庭。披褐守长夜，晨鸡不肯鸣。孟公不在兹，终以翳吾情。

《论语》："游于艺。"《集解》："艺，六艺。"古直曰："礼、乐、射、御、书、数，古称六艺，汉后则移以称六经。"天闵案：诗、书、易、礼、乐、春秋，谓之六经，司马迁称为六艺。见《滑稽传》。《论语》曰："四十而不惑。"天闵案：《集韵》："向，趣也，趋同。"《释名》："趋，赴也。赴，所至也。"则"向"有渐近之意，故言"向沉"、"向晚"。则"向不惑"，"近不惑"也。"近不惑"，则公作此诗之年，乃三十九岁也。第十九首是时向立年，乃二十九岁也。此二诗乃为求陶公年岁重要材料，当详论于后。《诗》："风雨凄凄，鸡鸣喈喈。"宁戚《饭牛歌》："长夜漫漫何时旦？"何焯曰："谓不见治平也。"陈祚明曰："望鸡鸣是何旨？宁戚所叹'漫漫'也。"《前汉书》："陈遵，字孟公，嗜酒，每大饮，宾客满堂，辄关门，取客车辖投井中，虽有急，终不得去。"古直曰："诗曰'敝庐交悲风，荒草没前庭'，则绝似蓬蒿没人，刘龚独知之张仲蔚家。此'孟公'，必指刘龚也。"《后汉书·苏竞传》："刘龚，字孟公，长安人，善论议，扶风马援、班彪并器重也。"天闵案：古君谓"孟公"，指刘龚，其说颇新。但此诗重在饮酒，似仍指陈遵也。《方言》："翳，菱也。"郭璞《注》："蔽，菱也。"

方曰："感叹己身情事，惟宜饮酒以道之，惜不得陈遵共陶此情耳。固穷乃以全节，饮酒乃以固穷。时无孟公，不达吾饮酒之意。"

幽兰生前庭，含薰待清风。清风脱然至，见别萧艾中。行行失故路，任道或能通。觉悟当念还，鸟尽废良弓。

《〈文选〉注》："薰，香气也。"《诗·蒸民》："穆如清风。"《传》："清微之风，化养万物者也。"《公羊传·昭十九年》："复加一饭，则脱然而喜矣。"高诱《注》："脱，舒也。"古直曰："'脱'意为'舒'，

'脱然'则舒之貌。'清风脱然至',清风至貌也。"《楚辞》:"户服艾
而盈要兮,谓要兰其不可佩。"又曰:"何昔日之芳草兮,今直为此萧
艾也。"洪兴祖《注》:"《淮南》曰:'膏夏紫芝,与萧艾俱死。'萧
艾',贱草,以喻不肖。"《楚辞·离骚》曰:"羌中道而改路。"《九章》
曰:"羌中道而回畔。"古直曰:"'行行失故路',即此意也。"阮籍
《咏怀诗》:"失路将如何?"《史记·淮阴侯传》:"果若人言,高鸟
尽,良弓藏。"

　　《萸江诗话》:"非经丧乱,君子之守不见。寓意甚深,觉悟念
远,傅亮、谢晦辈不知也。"
　　方曰:"此诗分三节,言怀才见遇,又当思慎任道,即'怀仁辅
义天下悦,阿谀顺旨要领绝'二途。然后当思世路险艰,知足急退。
此诗用意甚远,必为时事而发。'清风'句以才见世,'任道'句哀而
诲之,收句即《归去来辞》'迷途知远,今是昨非','出山泉水浊',
忘其本来面目者皆是。"
　　吴汝纶曰:"此讽宋初勋臣。"
　　古直曰:"晋义熙八九年之交,刘裕诛锄异己,不遗余力,刘
藩、谢浑、刘毅、诸葛长民兄弟皆见夷戮。史记诸葛长民之言曰:
'昔年醢彭越,今年杀韩信,祸其至矣。'既而叹曰:'贫贱思富贵,
富贵必蹈危机,今日欲为丹徒布衣,岂可得耶?'诗盖因此托讽。"

　　子云性嗜酒,家贫无由得。时赖好事人,载醪祛所惑。觞来为之
尽,是谘无不塞。有时不肯言,岂不在伐国。仁者用其心,何尝失显
默。(曾曰:"识度。")

　　《汉书·扬雄传》:"家素贫嗜酒,时有好事之载酒肴,从雄游学
焉。而钜鹿侯芭常从玄居,受其《太玄》、《法言》焉。"《集韵》:"谘,
问也。"《韵会》:"塞,满也。"闻人倓曰:"言答其所问,人无不满意
而去也。"《汉书·董仲舒传》:"闻昔者鲁公问柳下惠:'吾欲伐齐,
何如?'柳下惠曰:'不可。'归而有忧色,曰:'吾闻伐国不问仁人,

此言何为至我哉?’"袁宏《三国名臣颂》:"时方颠沛,则显不如隐。万物思治,则默不如语。"

汤东磵曰:"此篇盖托子云以自况,故以柳下惠事终之。"《五柳先生传》云:"性嗜酒,家贫不能常得,亲旧或置酒招之,造饮则尽。"

何焯曰:"有时不肯言之,可得而亲,不可得而离,所以待王、颜辈也。"

陶澍曰:"载醪不却,聊混迹于子云。伐国不对,实希风于柳下。盖子云《剧秦美新》,正由未识不对伐国之义。必如柳下,方为仁者之用心,方为不失显默耳。此先生志节嚼然,即寓于和光同尘之内,所以为道合中庸也。"

方曰:"言止可饮酒,不可及世事,当深心接物。可知虽于王、颜相往还,而不入之,不可得而杂也。此见公沉毅刚勇。"

古直曰:"扬雄《美新》,受嗤千载,然实不与伐国之谋,观《汉书·扬雄传赞》可见也。"此诗盖为颜延之作。《宋书·颜延之传》曰:"少孤贫,居负郭,室巷甚陋。好读书,无所不览,文章之美,冠绝当时。好酒疏诞,不能斟酌当世。居身清约,不营财利。此与扬雄家贫嗜酒,少而好学,博览无所不见,简易佚荡,不汲汲于富贵,不戚戚于贫贱,不修廉隅以徼名当世,一何相近。延之仕宋,与雄仕新,又相同也,故以为拟。然为官落拓,三迁不过侍郎,一麾仍复出守,其不与篡晋之谋亦明矣。靖节称之,非阿好也。"(天闵案:此说甚新,与旧说异,因并存之。)

畴昔苦长饥,投耒去学仕。将养不得节,冻馁固缠己。是时向立年,志意多所耻。遂尽介然分,拂衣归田里。冉冉星气流,亭亭复一纪。世路廓悠悠,杨朱所以止。虽无挥金事,浊酒聊可恃。

《后汉书·袁安传》:"凡学仕者,高则望宰相,下则希牧守。"《淮南子·原道训》:"是故圣人将养其神,而与道浮沉俯仰。"《晋书·裴楷传》:"当见将养,勿违其意。"天闵案:《广韵》:"将,养也。"《论语》:"三十而立。"天闵案:"向立年",则为二十九岁矣。顾炎武《日知录》:"二句用方望《辞隗嚣书》'虽怀介然之节,欲洁去就之分'。"《楚辞》王逸《注》:"冉冉,行貌。"天闵案:"星气流",盖谓岁星气候之流转。古氏引《诗·豳风》"七月流火",谓"此'流'字所本",是也。闻人氏引《史记·始皇纪》"卢生曰:'候星气者至三百人。'"此乃谓占星与望气之术,与本诗所云星气殊异。《〈文选·长门赋〉注》:"亭亭,远貌。"古直曰:"'一纪',有二意。《国语·晋语》:'蓄力一纪。'韦昭《注》:'十二年,岁星一周为一纪。'《周语》:'若亡国不过十年,数之纪也。'韦昭《注》:'数起于一,终于十,十则更,故曰纪。'"天闵案:上句谓岁星之流转,则一纪当以十二年为是,似未宜援引十年为纪之说。《说文》:"廓,空也。"卢子谅诗:"悠悠方仪廓。"《淮南子·说林训》:"杨子见逵路而哭之,为其可以南,可以北。"庄逵吉曰:"《太平御览》引作'杨朱见歧路而哭之'。"张协《咏二疏诗》:"挥金乐当年。"闻人倓曰:"'挥金',用景阳句,正与饮酒相关。"陈祚明评云:"彼捉而掷之者何人耶?以华歆事解之误矣。"方曰:"言己几误托足与仕路之歧途,而幸得返。末二句以仕归饮酒,用疏广典,亲切恰当。公以三十五六出仕,四十一岁归田,至此五十二三矣。(天闵案:方氏仍用旧谱,故其说如此。详论于后。)此公自彭泽后一纪作,多有微言,宜领。(天闵案:方氏亦认此诗为自彭泽后作。)"

汤东磵曰:"彭泽之归,在义熙元年乙巳,此云'复一纪',则赋此《饮酒》,当是义熙十二三年间。"(天闵案:汤氏所说是也。然据《旧谱》推算,汤说转未精密,故何孟春《注》非之。汤氏固据《旧谱》者,故所说虽是,乃偶中,非真知耳。)

何孟春曰:"陶公以癸巳为州祭酒,是而立年也。庚子参镇军事,乙巳参建威军,为彭泽令而归,距癸巳年正当一纪。此诗正此时作。旧注非也。前诗'行行向不惑',亦是谓四十时耳。"(天闵案:据《旧谱》,则不能不以此诗拂衣归田,指解去州祭酒之职矣。详论于后。古直曰:

"《饮酒诗》第十六首'行行向不惑',第十九首云:'畴昔苦长饥,投耒去学仕'。'是时向立年,志意多所耻。遂尽介然分,拂衣归田里。冉冉星气流,亭亭复一纪。'按'行行向不惑',为先生作《饮酒诗》之年。)(天闿案:此说是也。)'是时向立年',为先生投耒时之年。(此说非是。)'亭亭复一纪',为先生归田后至作《饮酒诗》之年。(天闿案:此说是也。)然投耒果在何年乎?考《癸卯岁始春怀古田舍》诗,首章云'在昔闻南亩,当年竟未践',则尚未秉耒。第二首云'秉耒欢时务,解颜劝农人',则秉耒之事,实始癸卯。又考先生有《乙巳时三月为建威参军使都经钱谿诗》,则其投耒必在乙巳之前矣。(天闿案:所说均迂滞难通。)癸卯之后,乙巳之前,则甲辰也。先生乙巳归田,为三十岁,则甲辰为二十九岁矣。二十九岁正当'向立',三十归田之岁,至'向不惑',正为一纪。(天闿案:古氏援十为数纪之说,注已见前。)

吴汝纶曰:"'归田里'在义熙元年,云'向立年',是三十左右也。'复一纪',则四十矣。故前章云'行行向不惑'也。《年谱》以归田为四十一岁者,因颜《诔》'春秋六十三,元嘉四年卒',逆推至义熙元年为四十一耳。其实六十三乃传写字误。《诔》明云'年在中身',明五十非六十。东坡以《告俨等疏》为临终之作,《疏》云'吾年过五十',尤为确证。知元嘉四年年过五十,则寿当止五十一。义熙元年,年二十九,故云'向立'。若已三十一,不得云'向'矣。故知颜《诔》'六十三',三字亦误。当作'五十一'乃合。"

天闿案:余始编陶诗,于陶公年岁问题,初未加意,前此数篇,均沿旧说。假期借得古氏《陶谱》,谓公得年实五十,力辩旧说六十三及梁《谱》(梁启超著《陶年谱》)五十六之误。其说颇为精审,但亦多所拘牵,因检旧藏吴氏评选陶诗(吴汝纶著),乃谓公得年仅五十一。余翻覆推寻,弥信其说之确,惟其评语过简耳。

又案:公集述及年纪者,凡十数处,而《饮酒》二十诗,其第十六首"行行向不惑",及第十九首"是时向立年"二语,尤为重要资料。参校数四,所得如下。

第一,《饮酒》二十诗,决为公三十九岁所作,且决为归田后作品。《饮酒》第十六首云"行行向不惑","向不惑",决为三十九岁,语极肯定。诗非追忆之辞，则此三十九岁，为公作《饮酒》诗之年，绝无疑义也。吴《谱》(吴仁杰著)、陶《谱》(陶澍著)、古《谱》(古直著)，均系《饮酒》诗于本岁。王《谱》(王质著)拘于"一纪"之语，以"向不惑"为四十。(王氏系诗于四十岁下。)因第十九首云："是时向立年，志意多所耻，遂尽介然分，拂衣归田里。冉冉星气流，亭亭复一纪。""向立年"为二十九，"一纪"则四十矣。(吴汝纶亦同此说。)其实二十九至三十九，首尾虽仅十一年，谓为"一纪"，乃举其盈数。此种成例，古人诗文极多，今且无须他证。即如《桃花源》诗，"奇踪隐五百"句，据李公焕《注》："自秦始皇三十三年，至晋孝武宁康三年，通五百八十八年，今云五百，举其盈数也。"(案：李《注》又云："退之《桃源图》云：'自说经今六百年。'亦举盈数也。")则"一纪"云者，政同此例。推计二十九至三十九，相去时期，未妨举其盈数，与"向立"、"向不惑"直接述年纪者，肯定之语，甚有别也。(案：古人述年纪，亦多举成数者。《陶集》亦有之。如《辛丑赴假》之作曰："闲居三十载。"吴氏、古氏均谓"三"为"二"之误字。然按之陶《谱》、古《谱》推计，则此三十载或二十载，而辛丑年决非三十岁或二十岁，故知此为举成数也。余细案《陶集》述及年纪凡十数处，举实数较成数为少。诸《谱》未见及此。)惟古氏认公归田为三十岁，乃援十数为纪之说。谓三十至三十九首尾十年，正为一纪。然上句明云"星气流"，谓岁星之流转也。下句云"复一纪"者，谓岁星之一周也。十年为纪，不为无据。若以当岁星一周之纪，古尚无此成例也。又梁《谱》(梁启超《谱》)云："《饮酒》二十首，不知何年作。"又曰："其诗非作于一时。"又曰："篇中有'行行向不惑'语，又叙弃官后事。言'亭亭复一纪'，然则是四十前后作也。"梁氏谓"向不惑"为四十后，真堪发噱，亦自知其不可通也，乃曰"四十前后"，此种模棱不定，自诩采取谨严态度，吾不知其何说也。至其"非作于一时"之说，古氏据《序》辨之，曰："'比夜已长'，明是秋之夜也。(汤本"比"一作"秋")曰'既醉之后，辄题数句自娱'，明是秋夜醉后作。以其皆醉后所作，故题曰《饮酒》云尔。据《序》，此诗虽非成于一夕，而实作于一时。"此论甚精，足证梁说之谬。

复次，然则何以决其为归田后作品耶？先生己亥为镇军参军(梁

《谱》谓戊子亦可通），庚子假还，辛丑七月，奉使江陵。（方东树谓先生
似曾仕于江陵，然决其非桓玄，但颜《诔》、《晋书》、《宋书》、《南史》本传、昭
明太子《陶渊明传》，均无仕于江陵之说，故从陶澍说，以辛丑七月赴假还江陵
为奉使江陵也。）冬月丧母，壬寅、癸卯，两载居忧，甲辰复起为建威
参军。乙巳二月，奉使汝都。八月补彭泽令，冬十一月免归，自此不
复出仕。（案：州祭酒当在己亥之前。）计己亥至乙巳，首尾凡七年。先生
仕宦之迹，可考者大略如此。先生天性恬淡，不萦情于仕宦，然此七
年中作品，系有甲子可考者，如云"时来苟冥会，宛辔憩通衢"，曰
"聊且凭化迁，终返班生庐"，曰"商歌非吾事，依依在耦耕"，曰"平
津苟不由，栖迟讵为拙"，曰"伊余何为者，勉励从兹役"，曰"一形
似有制，素襟不可易"，凡此等皆表示不乐仕宦，终须归隐，然未遽
立即解职。故服除后，仍为建威参军，旋为彭泽令。方氏谓公有孔子
仕止久速、无可无不可之义，此其徵也。至《饮酒》诗，一则曰"且共
欢此饮，吾驾不可回"，再则曰"摆落悠悠谈，请从余所之"，三则曰
"若不委穷达，素抱深可惜"，四则曰"世路廓悠悠，杨朱所以止"，
此皆毅然决然，斩钉截铁，不复出任之语。若如《旧谱》，公乙巳归
田，年四十一，《饮酒》诗二十九岁，适当癸卯居忧，夫"不可回"，
则径不回矣；"从所之"，则请从所之矣。"委"则委矣，"止"则止
耳。胡为甲辰复参建威军，乙巳又宰彭泽耶？言行乖远，不合陶公品
性。此其一也。

　　《饮酒》第十九首云："畴昔苦长饥，投耒去学仕。"此公自述为贫
而仕。所谓"学仕"者，包括镇军、建威参军，自己亥至乙巳，不专
指彭泽令也。"将养不得节，冻馁固缠己"，仕矣，"将养"不得其道，
终难免于饥寒。此公所以不乐仕也。"是时向立年，志意多所耻。"
"向立年"，二十九。意志多所耻者，即戒子《疏》所谓"性刚才拙，与
物多忤，自量为己，必贻俗患"。"遂尽介然分，拂衣（一作"终死"）归
田里"。即本传所载"会郡遣督邮至，吏白：'应束带见之。'潜曰：
'吾不能为五斗米，折腰向乡里小儿。'即日解绶去职"之本事也。《旧
谱》谓指解职州祭酒事，按本传载："亲老家贫，起为州祭酒，不堪
吏职，少日自解归。""不堪吏职"者，只是吏事之困人也，与本诗所

194

谓"多所耻"，所谓"拂衣"或"终死"，情事不合。"冉冉星气流，亭
亭复一纪"，盖谓归田后，岁星骎骎又一周矣。"世路廓悠悠，杨朱
所以止"，说明一纪决然不出之故。"虽无挥金事，浊酒聊可恃"，方
氏谓"收句以仕归饮酒，用疏广典亲切"。又曰"此公自彭泽一纪作"。
余细玩此诗，实为追叙当日彭泽免归之事，方氏已先我言之。此其
二也。

沈约《宋书》称潜"自以曾祖晋世宰辅，耻复屈身后代。自高祖王
业渐隆，不复肯仕"。注家乃于渊明彭泽未归以前诸什，亦往往指为
抗节，不合情事，滋人口实。此方氏所以反对抗节之说也。（余初亦信
方说。）《饮酒》诗，确有易代之感，抗节之情，跃然纸上。《旧谱》拘
于"元嘉四年卒，年六十有三"之语，则编此诗于义熙以前。试问义
熙以前，为谁抗节？注家虽能指证抗节之意，然不能推勘《旧谱》之
非，盖两失之。公以义熙元年归，年二十九，至是一纪，年且四十。
盖义熙十一二年之间，卯金王业渐隆，典午帝祚将覆，斯其时矣。
《饮酒》第一章云："衰荣无定在，彼此更共之。"何虞天命靡常之感。
第二章云："夷叔在西山。"又曰："不赖固穷节，百世谁当传？""固
穷"所以"抗节"，亦惟"抗节"乃能"固穷"。第四章曰："托身已得
所，千载不相违。"第六章曰："咄咄俗中愚，且常从黄绮。"此皆"抗
节"之表现。第九章曰："且共欢此饮，吾驾不可回。"第十二章曰：
"摆落悠悠谈，请从余所之。"此皆为不复肯仕之实证。又吴氏于第九
章《注》云："此诗殆作于征著作郎称疾不就时。"第十七章《注》云：
"此讽宋初勋臣。"古氏并同此说。此皆深合情事，非复拘牵附会之谈
也。至旧注所说，已多采入前注，兹不复录。虽间有得失，惟于沈约
所书"自高祖王业渐隆，不复肯仕"，表彰渊明抗节之苦心，皆谨守
而勿失。此其三也。

根据以上三证，则《饮酒》诗为归田后作品，可释然矣。

第二，陶公归田之年，决为二十九岁，其年义熙元年乙巳。推至
永嘉三年丁卯，则公得年止五十一。案：古《谱》谓公得年五十二，
其致误之点有三。古氏拘执《饮酒》诗第十九首"投耒去学仕"一语，
因指"是时向立年"为公投耒之年，检出《癸卯始春怀古田舍》诗首章

195

"在昔闻南亩，当年竟未践"，二章"秉耒欢时务，解颜劝农人"四句，谓公癸卯之前，尚未秉耒。秉耒之事，实始癸卯。又考公有《乙巳岁三月为建威参军使都经钱谿》诗，则其投耒必在乙巳之前、癸卯之后。乙卯之前，则甲辰也，先生乙巳归田为三十岁，则甲辰为二十九岁矣。二十九岁正当"向立"，此说似是而实非也。公癸卯实始躬耕，当是事实，不为无据。然投耒学仕，本为古人出仕之常语，如谢朓云："故得舍耒场圃，奉笔兔园。"薛溶云："自释耒登朝，于兹二十三年矣。"政不必躬耕，而后得云"投耒"也。细玩此诗"投耒学仕"语，实总叙己亥至乙巳之出仕，并非专指甲辰、乙巳两年之仕。梁氏谓此诗总叙少年出仕及弃官事，其说得之。"是时向立年，志意多所耻。遂尽介然分，拂衣归田里。"四句实系贯注，故知"向立年"即为归田之年。"多所耻"，归田之原因。"介然分"，归田之决心也。古氏乃以"向立"专指"投耒"，则真刻舟求剑矣。此其误一。

古《谱》云："《祭从弟敬远文》：'相及龆龀，并罹偏咎。'"先生与敬远年龄之差数，即于"相及龆龀"一句定之。《说文》："男八岁而龀。""及龀"，则尚未龀，止七岁耳。龆（天闵案："龆"即"髫"字），童子发也。证以《祭程氏妹文》（"慈妣早世时尚孺婴，我年二六，汝才九龄。"），则先生罹偏咎时，年止十二，十二正龆年也。详此，先生与敬远年龄之差，仅为五岁。敬远卒于辛亥（《祭敬远文》云"岁在丁亥"），年甫过立（祭文云"年甫过立，奄与世辞"）。"甫"，始也，始过而立，则为三十一岁。辛亥之年，敬远三十一岁，先生长敬远五岁，则为三十六岁矣。由辛亥上溯生年为太元丙子，下推卒年丁卯得五十二岁，与《与子俨等疏》"吾年过五十"、颜《诔》"年在中身"相应。案：古氏此证，极为精审，足破旧说年六十三之误。然古氏之误，仍在"相及龆龀"一句。《说文》："及，逮也。"《广韵》："及，至也。""及龀"，正谓八岁。则先生十二岁，敬远已八岁矣。是先生与敬远相差，仅乃四岁。古氏乃谓"及龀，则尚未龀，止七岁耳"，是以"已及"为"未及"，据以推算，多出一岁。故先生实长敬远四岁则易为五岁，敬远三十一，先生正为三十五，则易为三十六，结果则先生得年五十一，不得不易为五十二矣。此其误二。

　　然古氏尚有重要致误之原因在。梁《谱》云："《游斜川》一诗，《序》中明记辛酉（案：一作"辛丑"）正月五日。"又云："'各疏年纪，以记其时日'，而其诗发端一句为'开岁倏五十（案：一作"日"）'。则辛酉岁先生行年五十，当极可凭信。"又云："俗子强作解事，见《序》有'正月五日'语，因遂臆改'五十'为'五日'，殊不知'开岁倏五日，吾生行归休'，此二语如何能相连成意，慨叹于岁月掷人者，岂以日计耶？况《序》中明言'各疏年纪'，若作'开岁五日'，所纪年纪何在耶？"余按"开岁倏五日"，正与《序》合。前人已辨之极详。梁氏乃谓慨叹岁月不得以日计，然则公诗所谓"古人惜寸阴，念此使人惧"者，又何说耶？（天闵案：《游斜川》诗作于辛酉非辛丑，梁说是时年四十五，非五十耳。）至梁氏所谓"《序》中明言'各疏年纪'云云"，尤为臆说。考王右军《兰亭集序》云："故列叙时人，录其所述。"盖古人宴会，往往有是。《序》中所言"各疏年纪、乡里，正足与王《序》相印证，非谓于诗中各疏年纪、乡里也。若如梁说，则公诗只疏年纪而又不疏乡里，何耶？古氏笃守梁说"开岁倏五十"一语，足证《游斜川》诗为公五十岁所作，然梁氏谓公得年五十六，而古氏谓公得年仅五十二，则梁氏辛酉岁即为公五十岁，当然与古氏不合。古氏乃擅改辛丑为乙丑，乙丑为五十，则丁卯为五十二，自无不合。余考辛酉一作辛丑，或疑作辛亥，是酉、丑、亥三字虽异，而"辛"字从无异议。古氏别无强有力之证，何能臆改"辛"为"乙"，以就合所谓五十二岁之说耶？此其误三。

　　余以"行行向不惑"、"是时向立年"二句为经，以《饮酒》诗全部为纬，推定公义熙乙巳归田，年二十九。至元嘉丁卯年，得年五十一。于以证吴说之精，兼以补所未备。据此为推，其他问题，均可迎刃而解。然非有专著，未足阐发，则请俟诸异日耳。

　　羲农去我久，举世少复真。汲汲鲁中叟，弥缝始其淳。凤鸟虽不至，礼乐暂得新。洙泗辍微响，漂流逮狂秦。诗书复何罪，一朝成灰尘。区区诸老翁，为事诚殷勤。如何绝世下，六籍无一亲！终日驰车走，不见所问津。若复不快饮，空负头上巾。但恨多谬误，君当恕醉人。(曾曰:"识度。")

《庄子·缮性篇》:"燧人伏羲,始为天下,是故顺而不一。神农黄帝,始为天下,是故安而不顺。唐虞始为天下,浇淳散朴,然后去性从心,无以反其性情而复其初。"《秋水篇》:"是谓反其真。"郭《注》:"真在性分之内。"《广韵》:"复,返也。"《史记·孔子世家》:"孔子生鲁昌平乡陬邑。"《左传》:"弥缝其阙。"杜《注》:"弥缝,补合也。"《论语》:"子曰:'凤鸟不至,河不出图,吾已衰矣。'"《孔子世家》:"孔子之时,周室微而礼乐废,追迹三代之礼,语鲁太师乐,其可知也。自卫返鲁,然后乐正雅、颂,各得其所,礼乐自此可得而述。"《礼记·檀弓》:"曾子谓子夏曰:'吾与汝事夫子于洙泗之间。'"郑《注》:"洙、泗,鲁水名。"《汉书·艺文志》:"昔孔子没而微言绝,七十子丧而而大义乖。"《史记》:始皇三十四年,"李斯请史官非秦记皆烧之,非博士官所职,天下敢有藏诗、书、百家语者,悉诣守尉杂烧之。所不去者,医药、卜筮、种树之书。制曰:'可。'"汤东涧曰:"'诸老翁',似讲汉初伏生诸人,退之所谓'群儒区区修补'者,刘歆《移太常书》亦可见。"《史记·儒林传》:"言《诗》,于鲁则申培公,于齐则辕固生,于燕则韩太傅。言《尚书》,自济南伏生;言《礼》,自鲁高堂生;言《易》,自菑川田生;言《春秋》,于齐、鲁自胡毋生,于赵自董仲舒。"古直曰:"文、景之际,申公、辕固、伏生等皆年八九十矣,故曰'诸老翁'也。"《广雅·释词》:"区区,小也。"古直曰:"干宝《晋纪总论》曰:'学者以老、庄为师而点六经。'"沈约《宋书·谢灵运传论》:'在晋中兴,玄风独扇,为学穷于柱下,博物止乎七篇。'自建武至于义熙,历载将百,莫不寄言上德,托意玄珠,此皆'六籍无一亲'之微也。然与靖节同时如雷次宗、周续之,皆明三《礼》,亦不可一概而相量已。"闻人倓曰:"'绝世下',谓今日也。"汤东涧曰:"'不见所问津',盖自托于沮、溺,而叹世无孔子徒也。"天闵案:"问津"虽出《论语》沮、溺耦耕事,但此只取其字,汤说恐非。何孟春《注》:"'快',称意也。史言先生取头上葛巾漉酒，漉毕还复著之。"李公焕《注》："东坡曰：'但恐多谬误，君当恕醉人'，此未醉时说也，若已醉，何暇忧误哉。然世人言醉时是醒时语，此最名言。"

李光地曰："元亮诗，有杜、韩不到处，其语气似未说明，意蕴已包含在内。如'羲农去我久'一首，识见超出寻常。自仲尼没而微言绝，七十子亡而大义乖，老、庄之学，果兆焚坑之祸，不知诗、书所以明民，非愚民也。何罪而至此？汉之伏生，殷勤辛苦，存此六籍，如何至今又不以此为事，终日驰骋于名利之场，不见有问津于此者乎？下遂接饮酒上说。其接酒说者，彼何等时，元亮尚敢讲学立教自标榜耶？'但恨'二句，又谦谓吾之行事谬误于诗、书、礼、乐者，麴蘖之托，而昏冥之逃，非得已也。谢灵运、鲍明远之徒，稍见才华，无一免者，可以观矣。"

沈德潜曰："'为事诚殷勤'五字，道尽汉儒训诂。末段忽然接入饮酒，此正是古人神化处。"

方曰："此首收束二十篇，，而末二句又收足题面，章法完整。'少真'谓皆从于苟妄也，举世习非，不得一真。弥缝之道，在乎六经，无如世竟无一问津者，此甚可痛恨。而己之所怀，则愿学孔子，亦欲弥缝斯世。而有志不获骋，惟有饮酒遣此悲愤也。以用意论，极其恍惚；以文法论，极其恣肆，奇妙不测。"

方曰："《饮酒》二十首，据《序》亦是杂诗。直书胸臆，直书即事，借饮酒为题耳，非咏饮酒也。阮公《咏怀》，杜公《秦川杂诗》、退之《秋怀》，皆同此例，即所谓遣兴也。人有兴，物生感，即言以遣之，是必有名理、名言、奇情、奇怀、奇句。而后同于著书，不拘一事，不拘一物、一时、一地、一人，悲愤、辛苦，杂然而陈，而各有性情，各有本色、各有天怀、学识、才力。要必各自有千古而后为至者也。"又曰："此二十诗，篇篇具奇旨旷趣、名理名言，非常恣肆，皆道谀也。"

拟古九首

天闵案：王选八首，兹悉钞入。

刘履曰："凡靖节退休之后，类多悼国伤时托讽之词，然不欲显斥，故以《拟古》杂诗名其篇云。"

陈沆曰："古诗凡不止一章者，当合前后数章观之，乃可定作者之旨。陶诗本怀，多露什末。如读《山海经》后五首、《饮酒》诗末首是也。本此以读全诗，乃能义归一贯。"

吴汝纶曰："《饮酒》当作于义熙年，此篇则禅代后作。数首皆是故国禾黍之痛，盖公之素抱，欲起义兵而不能也。"

荣荣窗下兰，密密堂前柳。初与君别时，不谓行当久。出门万里客，中道逢嘉友。未言心先(一作"相")醉，不在接杯酒。兰枯柳亦衰，遂令此言负。多谢诸少年，相知不忠厚。意气倾人命，离隔复何有。

《尔雅》："草，谓之荣。"《庄子·应帝王篇》："郑有神巫曰季咸，列子见之而心醉。"《汉书·司马迁传》："未尝衔杯酒、接殷勤之余欢。"古直曰："'此言'者，初别时之言也。《楚辞》'昔君与我成言兮，曰黄昏以为期，羌中道而回畔兮，反既有此他志。'诗意盖本此。"《说文》："谢，辞去也。""多谢"者，责其负言而绝之也。《史记·韩安国传》："安国为人多大略，智足以当世取舍，而出于忠厚焉。"《注》："出者，去也。言安国为人无忠厚之行。"卢谌《赠刘琨诗序》："意气之间，靡躯不悔。"《诗》："曾是莫听。"天闵案："靡躯不悔"，即所谓"倾人命也"。

何孟春曰："此诗解者：兰、柳，易衰之物，而荣茂者以喻晋室虽弱，尚可望其有为。不图一别，既久且远，中道迷留，至于今日枯衰，而遂不可为也。'诸少年'，即向之所谓'嘉友'者。当时相逢，未言心醉，其意气似可以倾人命。今日离隔，竟何所成就乎？此靖节为当时无可与同心忧国者发也。"

陶澍曰："诗托'兰、柳'起兴，'君'即指'兰、柳'。初别之时，本不谓久，因嘉友流连，致负前言。'多谢诸少年'，乃'兰、柳'责望之辞。言其所谓'嘉友'者，皆非老成忠厚，徒以意气相倾，迷溺之深，命且不保，何有于离隔乎？直斥之曰'相知不忠厚'，其亦可以翻然变计而知矣。诗意似借'兰、柳'作《北山移文》，欲其谢外诱而坚肥遁以招隐也。"

吴汝纶曰："'兰、柳'，柔弱之质，以比晋主及忠于晋室之人。'诸少年'则附宋者。初与兰、柳别，谓出仕外郡。'嘉友'，指宋公。'多谢'二句，正意。末二句，代'诸少年'作答词也。言宋公相厚视，去晋如解屦耳。"（天闳案：吴氏所说甚精当。）

辞家夙严驾，当往至（一作"志"）无终。问君今何行？非商复非戎。闻有田子春，节义为士雄。斯人久已死，乡里习其风。生有高世名，既没传无穷。不学狂驰子，直在百年中。

李审言曰："曹植《杂诗》：'仆夫早严驾。'此诗盖拟其体。"《〈左传〉注》："无终山，戎国名。"《周礼》"九赋"："六曰商贾。"《注》："行曰商，坐曰贾。"《说文》："戎，兵也。"《魏志》："田畴字子泰，右北平无终人。董卓迁帝长安，刘虞欲奉使展节，遂署为从事。畴循间径至长安致命，诏拜骑都尉，固辞不受。得报驰还，虞已为公孙瓒所害，畴谒祭虞墓，陈发章表，哭泣而去。瓒怒执之，或说瓒曰：'田畴，义士，囚之，恐失众心。'乃纵遣畴，畴得北归，遂入徐无山中。"古直曰："《后汉书·刘虞传》注引《魏志》曰：'田畴字子春。'是章怀所见《魏志》，尚与靖节同也。《魏志》：'畴北归，百姓归者五百余家，畴为约束与举学校，北边翕然。'"古直曰："'直在百年中'，史迁所谓'生时则荣，没则已焉'也。"天闳案："直"，犹"但"也。

黄文焕曰："此诗当属刘裕初废晋帝为零陵王时作。时裕以兵守之，行在消息，未知生死，故元亮寄慨于子春也。"

顾炎武曰："《西溪丛话》云：'此诗上文云辞家夙严驾，当往至无终，下文云生有高世名，既没传无穷，其为田畴可知也。若田生（田生，见《汉书·刘泽传》。晋灼曰："字子春。"）游说取金之人，何有高世之名，而为靖节所慕乎？"

陈沆曰："此《咏荆轲》之旨也。"

仲春遘时雨，始雷发东隅。众蛰各潜骇，草木纵横舒。翩翩新来燕，双双入我庐。先巢故尚在，相将还旧居。自从分别来，门庭日荒芜。我心固匪石，君情定何如？

《礼记·月令》："仲春之月，始雨水，雷乃发生，蛰虫咸动，启户始出。"《尔雅》："蛰，静也。"《疏》："藏伏静处也。"《毛诗》："我心匪石，不可转也。"

陈沆曰："华堂如故，门户已非。旧巢尚存，主人安在？燕独何心，忍依新而忘昔耶？"
吴汝纶曰："此言晋臣归宋，仍居故官。"

迢迢百尺楼，分明望四荒。暮作归云宅，朝为飞鸟堂。山河满目中，平原独（一作"转"）茫茫。古时功名士，慷慨争此场。一旦百岁后，相与还北邙。松柏为人伐，高坟互低昂。颓基无遗主，游魂在何方？荣华诚足贵，亦复可怜伤！（曾曰："识度。"）

《魏志》："君求田问舍，言无可采，如小人欲卧百尺楼上，卧君于地，何但上下床之间耶？"《楚辞》："将往观乎四荒。"《尔雅·释地》："觚竹北户，西王母日下，谓之四荒。"闻人倓曰："'归云'、'飞鸟'，皆不定之物。"古直曰："'朝''、暮'，言兴衰之速也。"《韵会》："茫茫，广大貌。"阮籍《咏怀诗》："渌水扬洪波，旷野莽茫茫。"《诗·唐风》："百岁之后，归于其居。"《笺》曰："居，坟墓也。"

张载《七哀诗》："北邙何垒垒。"何孟春曰："《洛阳志》：'北邙山，汉、魏君臣坟多在此。'"《古诗》："古墓犁为田，松柏摧为薪。"桓谭《新论》："高台既已倾，曲池又已平。坟墓生荆棘，狐兔窟其中。"张载《七哀诗》："园寝化为墟，周墉无遗堵。"《易·系辞》曰："精气为物，游魂为变。"

陶澍曰："慷慨而争，同归于尽，后之视今，将亦犹今之视昔耳。哀司马，即是哀刘裕。意在言外，当善会之。"

陈沆曰："朝宅暮堂，宇宙犹传舍也。山河功名，战争慷慨，谓平定燕、秦之人也。贾子曰：'夸者死权，众庶冯生。魏武留连于铜雀，孟尝横涕于雍门；许由蔽屣夫万乘，唐尧黄屋如浮云。'"

吴汝纶曰："'百尺楼'，谓天下也。言宋得晋天下，亦不能久享。"

东方有一士，被服常不完。三旬九遇食，十年著一冠。辛苦无此比，常有好容颜。我欲观其人，晨去越河关。青松夹路生，白云宿檐端。知我故来意，取琴为我弹。上弦惊别鹤，下弦操孤鸾。愿留就君住，从今至岁寒。（曾曰："识度。"）

《国语》："东方之士孰愈。"《新序》："东方有士，曰爰旌目。"《说苑》："子思居于卫，缊袍无里，三旬而九食。"《后汉书》："刘履以俭素为操，冠散不改，辄就补其穿。"《史记》："子胥谏曰：'勾践为人能辛苦。'"《释名》："簷，檐也，接屋檐前后也。"郭璞《游仙诗》："云生栋梁间。"崔豹《古今注》："《别鹤操》，琴曲名，商陵牧子所作也。娶妻五年而无子，父兄将为改娶，妻闻之，中夜倚户而悲啸。牧子闻之，怆然而悲，乃援琴而歌，后人因为乐章焉。"《西京杂记》："庆安世善鼓瑟，能为变风《离鸾》之曲。"《论语》："岁寒然后知松柏之后凋也。"何孟春曰："上弦、下弦，犹言初曲、终曲。汪洪度曰："此与'从田子春游'意略同。只《别鹤》、《孤鸾》，聊寓本怀，乃借古贞妇以喻己志之不移也。"

陈沆曰："此渊明自咏也。'辛苦'、'好容颜'，异乎世人之形瘁神劳也。欲观其人，'从今至岁寒'，其余不足观之也，若刘遗民辈殆其俦亚。"

苍苍谷中树，冬夏常如兹。年年见霜雪，谁谓不知时？厌闻世上语，结友到临淄。稷下多谈士，指彼决吾疑。装束既有日，已与家人辞。行行停出门，还坐更自思。不怨道里长，但畏人我欺。万一不合意，永为世笑嗤。伊怀难具道，为君作此诗。

《庄子·德充符篇》："受命于地，惟松柏独也在。"又《让王篇》："霜雪既降，吾是以知松柏之茂也。"《史记·孟荀列传》："自邹衍与齐之稷下先生，如淳于髡、慎到、环渊接子、田骈、邹奭之徒，各著书言治乱以干世主，岂可胜道哉！"《〈文选〉注》引刘歆《七略》云："齐有稷城门也，齐谈说之士，期会于稷下者甚众。"《楚辞·卜居》："余有所疑，愿因先生决之。"《史记·邹阳传》："意合则胡越为兄弟，不合则骨肉为仇敌。"

汤东磵曰："前四句兴而比，以言吾有定见，而不为谈者所炫。似谓白莲社中人也。"

蒋薰曰："稷下之士，乃趋炎热不耐霜雪者也。此诗想为'终南'、'北山'一辈人作。"

陈沆曰："渊明岂有两可之见，徒谓非笑之故，欲行复止哉。出处未可深言，托词姑以谢世，故'伊怀难具道，为君作此诗'。"

曾国藩曰："稷下决疑，亦詹尹问卜之类。渊明不仕之志久定，姑托为访卜稷之辞耳。"

吴汝纶曰："此欲起义讨贼，而恐其无成也，所以终上章访田畴之旨。"

日暮天无云，春风扇微和。佳人美清夜，达曙酣且歌。歌竟长叹息，持此感人多。皎皎云间月，灼灼叶中华。岂无一时好，不久当如何！（曾曰："识度。"）

　　嵇康《杂诗》："微风清扇，云间四除。"《尚书》："酣歌于室。"卓文君《白头吟》："皎若云间月。"《诗》："桃之夭夭，灼灼其华。"《毛传》："灼灼，华之盛也。"

　　刘履曰："此诗殆作于元熙之初乎。'日暮'，以比晋祚之垂没。'天无云'而'风微和'，以喻恭帝暂过开明温煦之象。'清夜'，则已非旦昼之景。而'达曙'则又知其为乐无几矣。是时宋公肆行弑立，以应昌明之后，尚有二帝之谶，恭帝虽得一时南面之乐，不无感叹于怀，譬犹云中之月，不无掩蔽。'叶中之华'不久零落，当如何哉！其明年六月果见废为零陵王，又明年被弑。此靖节预为悯悼之意，不其深哉！"
　　曾国藩曰："前六句公自咏，后四句叹趋时附势之人。"

　　少时壮且厉，抚剑独行游。谁言行游近？张掖至幽州。饥食首阳薇，渴饮易水流。不见相知人，惟见古时丘。路边两高坟，伯牙与庄周。此士难再得，吾行欲何求。

　　《汉书·武帝纪》："元鼎六年，分代武威、酒泉地，置张掖、敦煌郡，徙民以实之。"《周礼·夏官职方氏》："东北曰幽州。""首阳薇"，已见前注。《史记》："荆轲刺秦王，至易水之上，而歌为变徵之声。"
　　汤东磵曰："'易水'，亦寓愤世之意。"《淮南·修务训》："是故终子期死，而伯牙绝弦破琴，知世莫赏也。惠施死而庄生寝说言，见世莫可为语者也。"高诱《注》："伯牙，楚人。庄子名周，宋蒙县人。"《后汉书·尹敏传》："《与班彪亲书》：'自以为伯牙、庄周、惠施之相得也。'"

何孟春曰："此晋亡以后愤世之辞。'首阳'、'易水'，以寓夷齐耻食周粟、荆轲为燕报仇之意。"

陈沆曰："末二章乃直抒本怀，'首阳'、'易水'，'伯牙'、'庄周'，公之位置在此二者之间耶？"

汤东磵曰："伯牙之琴，庄子之言，惟钟、惠能听，今有能听之人，而无可听之言，此渊明所以罢远游也。"

吴汝纶曰："'首阳'，不食周粟也。'易水'，荆轲劫秦也。'伯牙'，知音也。'庄周'，曳尾泥中也。"

种桑长江边，三年望当采。枝条始欲茂，忽值山河改。柯叶自摧折，根株浮沧海。春蚕既无食，寒衣欲谁待？本不植高原，今日复何悔！（曾曰："识度。"）

汤东磵曰："业成志树而时代迁改，不复可骋，然生斯时矣，奚所归悔耶？"

何孟春曰："此诗全用鬼谷先生书意。《逸民传》：'鬼谷遗苏秦、张仪书曰：二君岂不见河边之树乎？仆御折其枝，风浪荡其根，此木岂与天地有仇怨，所居然也。子见崇岱之松柏乎？上枝干于青云，下枝通于三泉，千秋万岁，不逢斧斤之患，岂与天地有骨肉，所居然也。'"

黄文焕曰："刘裕以戊午年十二月，弑晋主于东堂，立琅邪王德文，是为恭帝，己不为恭帝元熙元年，庚申二年而裕逼禅。长江边岂种桑之地，为裕所立，而无以防裕，势终受制，遂坐听改革，无可追悔也。事至于不堪悔，而其痛愈深矣。"

陈沆曰："此慨晋室之所以亡也。典午创业，本乏苞桑之固；五马南浮，复无磐石之安。何曾兴叹于前，干宝抗论于后。'本不植高原，今日复何悔！'为此诗者，其知道乎？命意全在末二章，所谓图穷而匕首见。"

顾皓曰："'本不植高原，今日复何悔！'言外有理势相因，孟子'祸福无不自己求之者'意。周过其历，植其基于至善之地也。探本穷源，所包者广，其旨微矣。"

读《山海经》

天闵案：原诗十三首，王仅选第一首。

孟夏草木长，绕屋树扶疏。众鸟欣有托，吾亦爱吾庐。既耕亦已种，时还读我书。穷巷隔深辙，颇回故人车。欢言（一作"然"）酌春酒，摘我园中蔬。微雨从东来，好风与之俱。泛览周王传，流观山海图。俯仰终宇宙，不乐复何如？（曾曰："识度。"）

《楚辞》："滔滔孟夏兮，草木莽莽。"《上林赋》："垂条扶疏。"师古曰："分布也。"《楚辞》："众鸟皆有所登栖兮。"《汉书》："张负随陈平至其家，乃负郭穷巷，以席为门，门外多长者车辙。"《韩诗外传》："楚狂接舆妻曰：'门外车辙何其深。'"闻人倓曰："'欢言'之'言'，乃语辞也。李《注》失之。"《毛诗》："为此春酒。"古直曰："春余夏始，春酒未罄，故云尔。"闻人倓曰："《周王传》，即《穆天子传》。出汲冢。（晋太康二年汲县民发古冢所获书。）晋荀勖校定为六卷，郭璞《注》。《山海经》初见《汉志》，刘歆校定为一十八篇，云是伯益所撰，至晋，郭璞为之传，凡二十三篇。每卷有图赞。《经》所志多海内外绝域山川人物之异。"《庄子》："老聃曰：'其疾也俯仰之间，再抚四海之外。'"又："善卷曰：'余立于宇宙之间。'"《毛诗》："云何不乐？"

刘履曰："此诗十三首，皆记二书所载事物之异。而此发端，特以写幽居自得之趣耳。观其'众鸟有托'，'吾爱吾庐'等语，隐然有万物各得其所之妙，则其俯仰宇宙为乐可知矣。"

叶梦得曰："诗本触物寓兴，吟咏性情，但能抒写胸中所欲言，无所不佳，而世多役于组织雕镂，故语言虽工，而淡然无味，与人意事不相关，当观元亮《告子俨等疏》云'少学琴书，偶爱闲静，开卷有得，便欣然忘食。见树木交荫，时鸟变声，亦复欢然有喜。尝言：
五、六月中，北窗下卧，遇凉风暂至，自谓羲皇上人'。此皆平生真
意。及读其书，所谓'孟夏草木长'，至'好风与之俱'，直是倾倒所
有，借书于手，初不自知为语言、文字也。'"

何焯曰："《山海经》数章，盖托意寓言，屈原《天问》、《远游》
之类也。"

陈倩父曰："发端六句，是首章起法，选语安雅。'穷巷'二句，
意悲。屈子曰：'国无人莫我知兮。'尚友古人以此。'微雨'十字，此
境萧萧，以自然为佳，高于唐而不及汉。结语浩大，胸罗千古，调亦
似《十九首》。"

沈德潜曰："观物观我，纯乎元气。"

拟挽歌辞

陶澍曰："诸本作《拟挽歌辞》，《文选》作《挽歌词》，无'拟
作'。"天闵案：原诗三首，王氏选两首。

有生必有死，早终非命促。昨暮同为人，今旦在鬼录。魂气散何
之，枯形寄空木。娇儿索父啼，良友抚我哭。得失不复知，是非安能
觉。千秋万岁后，谁知荣与辱。但恨在世时，饮酒不得足。

古直曰："靖节卒时，仅五十二，故曰早终。"（天闵案：古说是也，
但公得年实五十一。）魏文帝《与吴质书》曰："顷选其遗文，都为一集。
观其姓名，已为鬼录。"《礼记》："骨肉复归于土命也，若魂气则无不
之也。"《辍耕录》："关中以儿女为阿娇。"《战国策》："寡人万岁千秋
之后，谁与乐此？"

方曰："起言死一耳，但早终非有促短之殊。旷旨妙义，空绝古
今。'魂气'八句叙足，结句收转，非常酣恣。"

荒草何茫茫，白杨亦萧萧。严霜九月中，送我出远郊。四面无人居，高坟正嶕峣。马为仰天鸣，风为自萧条。幽石一已闭，千年不复朝。千年不复朝，贤达无奈何。向来相送人，各自还其家。亲戚或余悲，他人亦已歌。死去何所道，托体同山阿。

《古诗》："四顾何茫茫，东风摇百草。"又曰："白杨何萧萧，松柏夹广路。"杜子春《〈周礼〉注》："距国百里为远郊。"《字林》："嶕峣，高貌。"蔡琰诗："马为立踟蹰。"阮籍《咏怀诗》："白日陨隅谷，一夕不再朝。"《庄子·达生篇》："达命之情者，不务知之所无奈何。"

方曰："起八句且叙且写，殊有画意。'幽室'八句入议论，真情真理，另收缓结。此诗笔势横恣，游行自在，与《三百篇》同。又全具兴观群怨之恉，杜公且逊之。"

祁宽曰："昔人自作祭文、挽诗者多矣，或寓意骋辞，成于暇日。宽考次靖节诗文，乃绝笔于《祭》、《挽》二篇，盖出于属纩之际者。辞情俱达，尤为精丽。其于昼夜之道，了然如此，古之圣贤，惟孔子、曾子能之。见于曳杖之歌、易箦之言。嗟哉，斯人没七百年，未闻有称赞及此者。因表而出之，附于卷末。"

赵泉山曰："'严霜九月中，送我出远郊'，与《自祭文》'律中无射之月'相符，知《挽辞》乃将逝之夕作，是以梁昭明采此入选。上题曰《陶渊明挽歌》，而编次本集不悟，乃题云《拟挽歌辞》。曾端伯曰：'秦少游将亡，效渊明自作哀挽。'王平甫亦云：'九月清霜送陶令。'此则挽辞决非拟作，从可知矣。"又曰："晋桓伊善挽歌。庾晞亦喜为挽歌，每自摇大铃为唱，使左右齐和。袁山松遇出游，则好令左右作挽歌。类皆一时名流达士。晋尚如此，则非今之人例以为悼亡之语，而恶言之也。"

王世贞曰："陶征士自祭、预挽，超脱人累，默契禅宗，得蕴空解，证无生忍关者。云'但恨在世时，饮酒不得足'，非牵障语，第乘谑去耳。"

钟嵘《诗品》曰："宋征士陶潜诗，其源出于应璩。"又："协左思风力,文体省净,殆无长语。笃意真古,辞兴婉惬。每观其文,想其人德世,叹其质直。至如'欢言酌春酒','日暮天无云',风华清靡,岂直为田家语耶?古今隐逸诗人之宗也。"(黄山谷曰:"钟嵘评渊明诗为'古今隐逸诗人之宗',余谓:'陋哉!斯言岂足以尽之。'")

萧统曰:"渊明文章不群,词彩精拔,跌宕昭彰,独超众类,抑扬爽朗,莫之与京。横素波而傍流,干青云而直上。语时事则指而可想,论怀抱则旷而且真。加以贞志不休,安道苦节,不以躬耕为耻,不以无财为病,自非大贤笃志与道汙隆,孰能如是乎?"(黄山谷曰:"斯言尽之。")

苏东坡曰:"渊明作诗不多,然其诗质而实绮,癯而实腴,自曹、刘、鲍、谢、李、杜诸人,皆莫及也。"

黄山谷《跋渊明诗卷》曰:"血气方刚时,读此诗如嚼枯木,及绵历世事,知决定无所用智。"又云:"谢康乐、庾义城之诗,炉锤之功,不遗余力,然未能窥彭泽数仞之墙者。二子有意于俗人赞毁其工拙,渊明直寄焉耳。持是以论渊明,亦可以知其关键也。"

又曰:"宁律不谐,而不使句弱,用字不工,不使语俗,此庾开府之所长也,然有意于为诗也。至于渊明,则所谓不烦绳削而自合者。虽然,巧于斧斤者,多疑其拙;窘于简括者,辄病其放。孔子曰:'宁武子,其智可及也,其愚不可及也。'渊明之拙与放,岂可为不知者道哉!"

严沧浪《诗话》曰:"汉、魏古诗,气象混沌,难以句摘。晋以还,方有佳句,如渊明'采菊东篱下,悠然见南山',谢灵运'池塘生春草'之类。谢所以不及陶者,康乐之诗精工,渊明之诗质而自然耳。"

王世贞《艺苑卮言》曰:"渊明托旨冲澹,其造语有极工者,乃大入思来,琢之使无痕迹耳。后人苦一刻深沉,取其形似,谓为自然,谬以千里。"

沈德潜曰:"渊明以名臣之后,际易代之时,欲言难言,时时寄托,不独《咏荆轲》一章也。六朝第一流人物,其诗有不独步千古者耶?钟嵘谓其出于应璩,成何议论?清远闲放,是其本色,而其中自

210

有一段渊深朴茂不可几及处。唐人王、储、韦、柳诸公学焉，而得其性之所近。"

陈沆曰："读陶诗者有二蔽：一则惟知《归园》、《移居》，及《田间》十数首，景物堪玩，意趣易明。至若《饮酒》、《贫士》，便已罕寻。《拟古》、《杂诗》，意更难测。徒以陶公为田舍之翁，闲适之祖。此一蔽也。二则闻渊明耻事二姓，高尚羲皇，遂乃逐景寻响，望文生义，稍涉长林之想，便谓采薇之唫，岂知考其甲子，多在强仕之年，宁有未到义熙，预兴易代之感，至于《述酒》、《述史》、《读山海经》，本寄愤悲，翻谓恒语。此二蔽也。宋王质明、潘璁均有渊明年谱，当并览之。俾知早岁肥遁，匪关激成，老阅沧桑，别有怀抱。庶知论世之胸，而无害志之鉴矣。"

方曰："读陶公诗，须知其直书即目，直书胸臆，逼真而皆道腴，乃得之。读阮公、陶公、杜、韩诗，须求其义理与文辞合焉者也。谢、鲍，但取其创言造句及律法之严。小谢、小庾，不过句法清新，文法无甚精妙矣。读陶公诗，专取其真事、真景、真情、真理，不烦绳削而自合。谢、鲍则专事绳削，而其佳处，则在以绳削而造于真。不得于鲍、谢，先学陶公，未有不流于浅率滑易者。如阮公、陶公曷尝有意于为诗，内性既充，率其胸臆而发为德音耳。钟嵘乃谓陶公出于应璩，又处之中品，何其陋哉！宜乎叶石林之辟之也。"

卷　三

谢灵运

灵运，陈郡阳夏人(案：今河南太康县开封道)。以祖、父并葬始宁县(案：今浙江上虞县西南五十里，属会稽道)，遂移籍会稽。晋时袭封康乐公，累迁黄门侍郎。时宋公位相国，以为从事中郎，迁世子左卫率。及宋受禅，降爵为侯，起为散骑常侍，转太子左卫率。武帝崩，出为永嘉太守(今浙江永嘉县，属瓯海道)，在郡辞归始宁。文帝登阼，征为秘书监，迁侍中，未几复称疾归。好寻山陟险，会稽太守孟𫖮表其有异志，帝惜其才，授临川内史(今江西临川县，属豫章道)。复为有司所纠，徙广州。寻以事，诏就广州弃市，年四十九。

述祖德诗二首

序曰：太元中，王父(谢玄也)龛定淮南，负荷世业，尊主隆人。逮贤相徂谢，君子道消，拂衣蕃岳，考卜东山。事同乐生之时，志期范蠡之举。

闻人倓曰："按：《陈郡谢录》：'玄字幼度，领徐州牧，苻坚倾国大出，玄为前锋，射伤苻坚，临阵杀苻融，封康乐公。'"

达人贵自我，高情属天云。兼抱济物性，而不缨垢氛。段生蕃魏国，展季救鲁人。弦高犒晋师，仲连却秦军。临组乍不缧，对珪宁肯分？惠物辞所赏，励志故绝人。岿岿历千载，遥遥播清尘。清尘竟谁嗣，明哲垂(《文选》作"时")经纶。委讲辍道论，改服康世屯。屯难既云康，尊主隆斯民。(曾曰："工律。")

215

　　《吕氏春秋》:"杨朱贵己。"高诱曰:"轻天下而重己也。"《七启》:"独驰思乎天云之际。"嵇康《书》:"子文三登令尹,是君子思济物之意也。"善《注》:"'天云',言高也。'缨',绕也。'垢',滓也。'氛',气也。谓世事皆恶,不相缨绕,不杂尘雾。"天闵案:"达人"句,盖兼取《庄子·骈拇》"自得其德,自适其适"之旨。旧注仅引杨朱贵己之说,未足尽之。《幽通赋》:"木偃息以蕃魏。"《注》见左思诗。善曰:"《魏都赋》曰:'千乘为之轼庐,诸侯为之止戈,则干木之德自解纷也。'"《左传·僖公二十六年》:"齐孝公伐我北鄙,公使展喜犒师,使受命于展禽。齐侯未入竟,展喜从之曰:'昔周公、太公,股肱周室,夹辅成王,王劳之而赐之盟曰:世世子孙无相害也。及君即位,而弃命废职,其若先君何?'齐侯乃还。"《列女传》:"柳下惠死,妻诔之曰:'蒙耻救人,德弥大兮。'"《吕氏春秋》:"秦将兴师伐郑,贾人弦高遇之,曰:'此必袭郑。'乃矫郑伯之命以劳之,曰:'寡君使臣犒劳以璧,膳以十二年。'秦三师对曰:'寡君使丙也、术也、视也,于边候暗之道也,迷惑陷入大国之地,再拜受之。'"高诱曰:"暗,国名也,音晋,今为晋字之误也。"《广雅》:"犒,劳也。"《〈汉书〉音义》:"服虔曰:'以师枯槁,故馈之食,犹劳苦谓之劳也。'"顾亭林《日知录》曰:"弦高所犒者秦师,而谢诗改为晋字,以避下秦字,则舛而陋矣。"朱兰坡曰:"李《注》欲曲全之,不引《左传》,而引《吕览》,因其诡言暗道,可称暗师,故以晋为误,然今字书固别无暗字也。"梁芷林曰:"今《吕氏春秋·悔过篇》,'暗'字作'晋'。"黄节曰:"顾氏之说非也。《春秋左传·僖三十三年》:'秦师及滑,郑商人弦高将市于周,遇之,以乘韦先牛十二犒师,秦师灭滑而还。秦未灭滑时,滑常附庸于晋,秦灭之而不能有其地,故滑仍属晋。成十七年郑子驷侵晋。'虚、滑,杜预《注》:'晋二邑。滑,故滑国,为秦所灭,时属晋。'则知前此滑,固附庸于晋也。康乐以当时之滑附庸于晋,秦师入滑,即是晋所属之地,故曰晋师,谓在晋地之师也。康乐此句用'晋'字,确有避下句'秦'字之意,但不用其他国名,而用'晋'字。案之春秋都邑大势,实极有理。顾氏以舜陋加之，未当也。《吕氏春秋》所谓'候晴之道'，高诱《注》'晴为国名'，亦未悟滑为晋属。李《注》舍《左传》不引，而引《吕氏春秋》，则亦然。此顾氏、朱氏所以疑也。'仲连却秦'，《注》见左思诗。"天闵案："临组"二句，全用太冲句，只"不肯缲"易为"乍不缫"尔。注见左诗。闻人倓曰："'邻组'二句，总承四贤，李善《注》专就仲连言之，似偏。"胡枕泉曰："'临组乍不缫'，善'乍'字无注。案：'乍'，止也。谓止而不缫也。《说文》：'乍，作亾，止也，从亡从一。'今俱作暂解，此犹存古义。善注'惠物'二句：恩惠及物而不受赏赐，由勉其志不与众同，故能绝人也。"《尚书》孔《传》曰："励，勉也。"五臣《注》："'岩岩'、'遥遥'，皆远也。"《楚辞》："闻赤松之清尘。"善《注》："'明哲'，谓祖玄也。"《周易》："君子以经纶。"《汉书》："太史公习道论于黄子。"《左传》："齐侯谓韩厥曰：'服改矣。'"杜预《注》："朝戎异服。"《周易》："屯，难也。"五臣《注》："言玄委弃讲艺，与王羲之隐于会稽之山，以缀道论。后出为将军，破符坚，故曰'安世难'。"黄节曰："《荀子·成相篇》：'春申道辍基毕输。'杨倞《注》：'辍，止也，与辍同。'《晋书·谢玄传》上书有'从臣亡叔安，退身东山，以道养寿'之语，'委讲缀道论'，常指与安东山讲道之时，既而委缀出山，以康世难也。五臣《注》，李周翰谓'玄委弃讲艺，与王羲之隐于会稽之山，以缀道论'，非。"《庄子》："语大功，立大名，此朝廷之士尊主强国之人也。"《魏志》："诏曰：'翻然改节以隆斯民。'"闻人倓曰："《述德》意重在有功不伐，故起处以'达人'言之。"

　　刘履曰："灵运欲称述祖德，先言古者贤达之人贵自我，而不系于物，故其高情属天。虽有济物之功，不受爵赏，所以迥异于人，历千载而莫及。惟我祖车骑，既明且哲，素抱经纶之才，一闻征诏，即委缀讲论之务，更著戎服，以匡世难，尊主而隆民，为能继嗣昔人之清尘也。"

　　吴伯其曰："《祖德》是表玄德，非颂玄功也。玄功详在晋史，无容赘。灵运恐后人因功而忘其德，故作此诗。"

方曰："起四句，包括二篇全旨，轻置济物，重在达人。命意既高，亦文法虚实、轻重，宾主易位法。'段生'四句，历引古人以证之。'临组'四句，申明叹美以顿束之。'岂岂'四句，递入本题。'遥遥'句，承上启下。'委讲'四句，申叙正言之。收二句，虚赞。概起得力，迈往一气，两层双绾，而宾主历落，以下乃如水之浮物，随势曲注，极其自然而止。康乐用字之典，及叙述重大情事，简直老练，令人可达，他人蔓冗浅陋，而意绪反不能明。"

中原昔丧乱，丧乱岂解已。崩腾永嘉末，逼迫太元始。河外无反正，江介有蘎坦。万邦咸震慑，横流赖君子。拯溺由道情，龛暴资神理。秦赵欣来苏，燕魏迟文轨。贤相谢世运，远图因事止。高揖七州外，拂衣五湖里。随山疏浚潭，傍岩艺枌梓。遗情舍尘物，贞观丘壑美。（曾曰："工律。"）

《晋中兴书》曰："中原乱，中宗初镇江东。"善《注》："中原谓洛阳也。晋怀愍帝时，有石勒、刘聪等贼破洛阳，怀帝没于平阳。"王隐《晋书》："怀帝即位，年号永嘉。孝武即位，年号太元。"五臣《注》："'崩腾'，破坏貌。'逼迫'，晋为胡虏所窘。"善《注》："'河外'，西晋也。'江介'，东晋也。"《公羊传》："拨乱反正，莫近于春秋。"《左传》："介于大国。"《注》："介，间也。"天闵案：屈赋《哀郢》："悲江介之遗风。"此借以指东晋。《毛诗》："今也日蘎国百里。"《尔雅》："坦，覆败也。"善《注》："'慑'，惧也。"本集《田居赋》自注："余祖车骑，建大功淮、肥左右，得免横流之祸。"《孟子》："洪水横流，泛滥于天下。"善《注》："'拯'，济也。'溺'，没也。《孟子》：'天下溺则援之以道。'《庄子》：'道有情有信。'《尚书》孔《传》："龛，胜也。"曹植《武帝诔》："人事既关，聪镜神理。"《尚书》："徯予后，后来其苏。"《注》："苏，息也。"张铣曰："'迟'，待也。"《礼记》："书同文，车同轨。"刘履曰："'秦赵'，符坚所据之地。'燕魏'，慕容所据之地。"善《注》："'贤相'，即太傅也。"《〈山居赋〉注》："太傅既薨，远图已辍。"《左传》："荣成伯曰：'远图者，忠也。'"曹大家上疏谓兄曰:"上损国家累世勤劳远图之功。"何焯曰:"献武移镇东阳,于道疾笃,上疏曰:'去冬奉司徒道子告,括囊远图。'"《山居赋》:"便求驾东归,以避君侧之乱。"善《注》:"舜分天下为十二州,时晋有七,故云'七州'。"张勃《吴录》曰:"五湖者,太湖之别名,周行五百余里。"《周礼》:"扬州其浸五湖。"《〈山居赋〉注》:"选神丽之所,申高楼之意。"善《注》:"'疏',间也。'浚',深也。楚人谓深水为潭。'艺',树也。"《尔雅》:"榆,白枌也。"又:"杞,梓。"郭《注》:"即'楸'。"善《注》:"'贞',正也。'观',视也。言正见丘壑之美。"

刘履曰:"此篇言自刘聪、石勒作衅于永嘉之末,至苻坚侵迫于太元之始,中原丧乱无时解息,且河外既没于秦,而江淮之地又日摧陷,于时中外,莫不震惧。所赖吾祖大破秦兵于淝上,得免横流之祸。其后司、豫、兖、青诸州,渐次削平,拯溺奠暴,使近者悦、远者慕,其功大矣。夫何太傅在朝,稍被谗间,又与会稽王道子有隙,遂出镇广陵,寻以疾薨。时既若此,则虽有宏远之图,已可因事而止。于是拂衣蕃镇,归隐东山,遗弃世荣,日以游观为乐。可谓功成身退,志同范蠡者矣。"

方虚谷曰:"太元九年,谢太保安奏请乘苻氏倾败,开拓中原,以徐、兖二州刺史谢玄为前锋都督,帅豫州刺史桓石虔等伐秦,玄至下邳,秦徐州刺史赵迁弃彭城走,玄进据彭城。九月,内史刘牢之进据鄄城,河南城堡,皆来归附。太保安自求北征,加都督扬、江等十五州诸军事,玄遣晋陵太守滕恬之渡江据黎阳,朝廷以兖、青、司、豫既平,加玄都督徐、兖、青、司、冀、幽、并七州诸军事。十二月,刘牢之据碻磝滑台,苻丕请救,玄遣牢之以兵二万救邺,馈米二千斛。十年四月,牢之为慕容垂所败,自邺征还。会稽王道子好专权,与太保安有隙,安出镇广陵避之。筑东城,八月,以疾还建康卒。道子以司徒琅邪王领扬州刺史,都督中外诸军事,尚书令谢石为卫军将军。十一年三月,黎阳翟辽太山张愿叛去,还淮阴。十二年正月,以朱序为青、兖二州刺史,代玄镇彭城。序求镇淮阴,以玄为会稽内史。十三年正月，康乐献武公谢玄卒。十二月，南康襄公谢石卒。灵运第二诗，盖专赋此事本末。'贤相谢世运'，谓安之殁也。'远图因事止'，谓琅邪王道子与安不协也。然亦孝武以昏主嗜酒色，无远略，委事道子，此所以当中原溃乱可乘之机，以谢安为相，玄石、牢之为将，而无所成也。灵运诗但称乃祖高节，恐非乃祖本心也。《〈文选〉注》："'高揖七州外'，谓舜分天下十二州，时晋有七，故云七州，予独谓不然。指谢玄所解徐、兖、司、青、冀、幽、并七州都督耳。若谓晋有七州，而'高揖'于其外，则不复居晋之土耶，非也。"

　　吴伯其曰："刘辰翁云：前章'明哲'，后章'君子'，皆指玄。'贤相'方指安，仍是以玄为主。"王元美曰："安石殁后，晋事不可为矣，玄所以拂衣而去，是为得之。盖谢氏之功，莫大于破苻坚，然破坚者安也，玄因安成事者也。此际最难立言，言之则没其功，不言则没其实。此诗之妙，自前章及后章之半，并及安。至末乃出贤相云云，其意以淝水之战，当坚者玄也。玄实有破坚之才，使得行其志者安也。安既殁，事方不可为耳。此所谓不没其功，亦不没其实也。"

　　方曰："前者虚含，此始实叙。起六句叙时事，壮阔该简。'万邦'六句，承递入题。次第精实，全笃正位。'贤相'以下，收转达人高情，以结述德之旨。"

　　天闵案：植之谓"轻置济物，重在达人"，是也。然所以"重在达人"者，政深惜乃祖远图志事未竟，所谓善于脱卸也。"丧乱岂解已"句，直贯注"远图因事止"句，用意何等沉郁！虚谷乃谓"但称高蹈之节，恐非乃祖本心"，非是。

九日从宋公戏马台集送孔令

　　《齐书》："宋武帝为宋公，在彭城。九日，出项羽戏马台，至今相承以为旧准。"《宋书》："孔靖，字季恭，宋台初建，以为尚书令，让不受，辞事东归。高祖饯之戏马台，百僚咸赋诗，以述其美。"

季秋边朔苦，旅雁违霜雪。凄凄阳卉腓，皎皎寒潭絜。良辰感圣心，云旗兴暮节。鸣葭戾朱宫，兰厄献时哲。饯宴光有孚，和乐隆所缺。在宥天下理，吹万群方悦。归客遂海隅，脱冠谢朝列。弭棹薄枉渚，指景待乐阕。河流有急澜，浮骖无缓辙。岂伊川途念，宿心愧将别。彼美丘园道，喟焉伤薄劣。

《列子》："禽兽之智，违寒就温。"《尚书》孔《传》："违，避也。"《韩诗》："秋日凄凄，百卉俱腓。"薛君曰："腓，变也，俱变而黄也。'腓'，音肥。毛苌曰：'痱，病也。今本作'腓'字，非。'"《楚辞》："吉日兮良辰。"《东征赋》："撰良辰而将行。"《尔雅》："感，动也。"《楚辞》："载云旗兮逶迤。"黄节曰："张衡《〈西京赋〉发引》：'和校鸣葭。'薛综《注》：'葭更校急之乃鸣。'杜挚《葭赋》：'李伯阳入西秦所造。'傅玄《笳赋序》曰：'吹叶作声。'刘履《选诗补注》曰：'《〈晋先蚕仪〉注》曰：凡车驾所止吹小笳，发吹大笳。笳，即笳也。葭、笳，互见。'知葭、笳，古今字也。案：'葭'，一作'笳'。魏文帝《书》：'从者鸣笳以启路。'"天闵案："戾"，止也，至也。《西都赋》："彤彤朱宫。"《汉书》："百末旨酒布兰生。"晋灼曰："芬芳布列，若兰之生。"应劭曰："厄，乡饮酒，礼器也，受四升。"郑玄《〈毛诗〉笺》："主人酌宾为献。"五臣《注》："'时哲'，谓孔令。"薛君《韩诗章句》曰："送行饮酒曰饯。"《周易》："有孚饮酒，无咎。"方东树曰："有孚于饮酒，言时将可以有为，而自信自养以俟命。此朱子义也，而康乐似亦此意。"《〈毛诗〉序》："《鹿鸣》废，则和乐缺矣。"《庄子》："闻在宥天下，不闻在治天下也。"司马彪曰："在，察也。宥，宽也。"郭象曰："宥，使自在则治也。"方以智曰："'在'，如持载围中之范；'宥'，如覆帱范中之围。"《庄子》："南郭綦曰：'夫吹万不同，而使其自已也。'"司马彪曰："言天气吹煦，生养万物，形气不同。已，止也，使各得其性而止。"天闵案：郭庆藩《〈庄子〉集释》曰："风唯一体，窍则万殊。虽复大小不同，而各称所受。咸率自知，岂赖他哉？"此解"吹万"，较彪说为确。五臣《注》："'海隅'，谓会稽山阴也。"《广雅》："遂，往也。"《尚书》："至于海隅苍生。"善《注》："凡仕则冕弁，谢职故曰脱冠。"《〈闲居赋〉序》："猥厕朝列。"《左传》杜《传》："弭，息也。"《楚辞》："朝发枉渚。"王《注》："枉，曲也。"善《注》："'指景'，指日也。"曹植《应诏诗》："指日遄征。"《礼记》："有司告以乐阕。"郑《注》："阕，终也。"善《注》："'河流'二句，言彼去河有急澜而不止，已旋驾无缓辙而不留，言相背之疾也。"《尚书》孔《传》："浮，行也。"天闳案："浮骖"句，仍谓孔去之疾，善《注》似误。《周礼》："两山之间，必有川焉。大川之间，必有途焉。"嵇康诗："内负宿心。"善《注》："'岂伊'二句，孔以养素为荣，而己以恋位为辱，故亡愧也。"《毛诗》："彼美孟姜。"《周易》："贲六五：贲于丘园，束帛戋戋。"王肃曰："失位无应，隐处丘园。"《闲居赋》："信用薄而才劣。"

方虚谷曰："当时赋诗，推谢瞻、宣远诗为冠，所谓'巢幕无留燕，遵渚有来鸿'者也。宣远诗有云：'圣心眷嘉节。'灵运诗亦云'良辰感圣心'。宋台既建，坐受九锡，则裕为君而晋安帝已非君矣，故而谢皆以圣称宋公。孔靖，《南史》有传。会稽山阴人。据《传》，靖昼卧，有神人谓曰：'起！天子在门。'出见乃刘裕，靖因结交，以身为托。盖裕之私人也。若他人岂敢于宋台初建而辞尚书令乎？此不足为高。"

方曰："起四句从'九日'起，写景锤炼。'良辰'四句，叙宋公集送。'饯宴'四句，将宋公之饯说足。'在宥'二句，沉炼精深，义理周足，所以听其归也。'归客'六句叙孔，'岂伊'以下始入己之送。当日共推宣远作，然叙'九日'太多，章法偏压。后半叙本事，词意未满，大不及康乐。'弭棹'二句，次第不苟。'河流'二句，水程陆程，此皆人所易忽，而独从容细意，后惟杜、韩，同此律细也。康乐之诗，按部就班，不漏不蔓，如精金在镕，无一点矿气烟气，此篇可见。力厚、气充、词足、宽健，各得其性。"

邻里相送至方山

《宋书》:"少帝出灵运为永嘉郡守。"刘履曰:"案庐陵王义真警悟好文,与灵运及颜延年情好款密。灵运性褊傲,自谓才能宜参权要,常怀愤悒。司空徐羡之等,恶其与义真游,因少帝即位出为永嘉太守。"《丹阳郡图经》:"方山在江宁县东五十里,下有湖水。旧扬州有四津,方山为东,石头为西。"

祗役出皇邑,相期憩瓯越。解缆及流潮,怀旧不能发。析析就衰林,皎皎明秋月。含情易为盈,遇物难可歇。积疴谢生虑,寡欲罕所阙。资此永幽栖,岂伊年岁别。各勉日新志,音尘慰寂蔑。

《尔雅》:"秩,敬也。"善《注》:"'役',所莅之职也。王充《论衡》曰:'充罢州役。'"曹植诗:"清晨发皇邑。"《〈毛诗〉传》:"憩,息也。"《史记》:"东越王摇都东瓯,号东瓯王。"徐广曰:"今之永宁也。"刘履曰:"'瓯',东瓯越地,即永嘉也。"《玉篇》:"缆,维舟索。"《西都赋》:"摅怀旧之蓄念。"五臣《注》:"'析析',风吹木声也。"黄节曰:"《老子》:'神无以灵恐将歇,谷无以盈恐将竭。'"闻人倓曰:"'含情'二句,言己之心本易足,而所遇之物偏动我以流连也。"天闵案:言离别之情既满积胸臆,对此衰林秋月,益足使我感念徘徊而不能自已也。《说文》:"歇,息也。"闻《注》不明。《说文》:"疴,病也。"《老子》:"少私寡欲。"闻人倓曰:"'积疴'二句,言因积疴而屏绝其所以为身谋者,幸素本寡欲,而亦不自知其有所阙也。"郭璞《〈山海经〉注》:"山居为栖。"《山居赋》:"爰暨山栖,弥历年纪。"《周易》曰:"日月新其德。"闻人倓曰:"'资此',指永嘉也。言资为幽栖地。"陆机《思归赋》:"绝音尘于江介。"荀组《七哀诗》:"辙兮辙兮,何其寂灭。""蔑",一作"灭"。

刘履曰:"言奉职远行,怀旧而不忍发,既含此情,又遇时物之变，则其感念于中，岂得已耶？然我为多病而谢去生虑，由寡欲而少所缺失者，亦已久矣。方将藉此，永为幽栖之计，岂惟与年岁相别而已哉！但常各勉日新其德，庶使得闻音尘，而有以慰吾寂蔑之怀也。"

方虚谷曰："怀旧不能发，谓义真、延之、慧琳也。灵运之为人，非静退者，有不乐为郡之意。'自此永幽栖'，亦一时愤激语耳。"

梁茝林曰："山谦之《丹阳记》：'山形方如印，故曰方山，亦名天印山。秦始皇凿陵，此方是其断者。'"

天闵案：起四句叙，"析析"四句，情景交融，承"怀旧"句来。"积疴"四句，自述意志。末二句，勉励作结。

过始宁墅

《宋书》："灵运父、祖并葬始宁县，并有故宅及墅，遂修营旧业，极幽居之美。"《水经注》曰："始宁县西，本上虞之南乡也。"

束发怀耿介，逐物遂推迁。违志似如昨，二纪及兹年。缁磷谢清旷，疲薾惭贞坚。拙疾相倚薄，还得静者便。剖竹守沧海，枉帆过旧山。山行穷登顿，水涉尽洄沿。岩峭岭稠叠，洲萦渚连绵。白云抱幽石，绿筱媚清涟。葺宇临回江，筑观基曾巅。挥手告乡曲，二载期归旋。且为树枌槚，无令孤愿言。（曾曰："工律。"）

《韩诗外传》："夫人为父者，必全其身体，及其束发，属授明师，以成其才。"《楚辞》："独耿介而不随兮，愿慕先圣之遗教。"《庄子》："惜乎惠施之才，逐万物而不反。"《尚书》："惟民生厚，因物有迁。"《广雅》："远，背也。"扬雄《解难》："历览者兹年矣。"《论语》："子曰：'不曰坚乎？磨而不磷。不曰白乎？涅而不缁。'"按："磷"，薄也。"缁"，黑也。《苍颉篇》："旷，疏旷也。"《庄子》："苶然疲役而不知其所归。"司马彪曰："苶，疲极貌也。奴结切。"善

《注》："'拙'，谓拙宦也。"韩康伯《〈周易〉注》："薄，谓相附也。"
《闲居赋》："巧诚有之，拙亦宜然。"天闵案："拙"即渊明"性刚才
拙"之"拙"。善《注》"拙宦"，非。《论语》："知者动，仁者静。"黄
节曰："《老子》：'归根曰静。'此诗'静者'，疑用《老》意。"天闵案：
"拙疾"二句，即东坡"因病得闲，殊不恶"之意。《汉书》："初与郡
守为竹使符。"《说文》："符，信。汉制，以竹分而相合。"五臣《注》：
"永嘉临海，故云'守沧海'。'柾帆'，谓柾曲船帆来过旧居。"五臣
《注》："'登顿'，谓上下也。"《尔雅》："逆流而上曰溯回。"《〈尚书〉
传》："顺流而下曰沿。"五臣《注》："'峭'，峻也。'稠叠'，连绵不
绝貌。'筱'，竹箭也。'涟'，风吹水成文也。"《毛诗》："河水清且
涟漪。"《玉篇》："葺，修补也。"《洞箫赋》："回江流川而溉其山。"
《山居赋》："临浚流，列僧房。"《春秋运斗枢》："山者，地基也。"
《山居赋》："傍危峰，立禅室。"刘琨诗："挥手长相谢。"《说文》：
"挥，奋也。"《燕丹子》："士无乡曲之誉。"《左传》："初，季孙为己
树六槚于蒲圃东门之外。"《注》："槚，欲自为椁也。"《尔雅》："榆，
白枌。"《说文》："槚，楸也。"黄节曰："《诗·邶风》：'愿言思子。'
王引之曰："'言'，语词也。"

刘履曰："按《会稽志》'东山西一里始宁园，乃灵运别墅，一曰
西庄，盖其祖、父故宅在焉。《宋史》所谓傍山带江，尽幽居之美者
也'。此诗因之永嘉，得过此而作。言自少时即怀耿介，不谓因物有
迁，违志颇久。盖非清旷贞坚之质，而执操不固，可为惭谢也。所谓
拙与疾相并，以此出守海隅，因得遂吾幽寻故人之便。于是登陟深
峻，穷览景物，修营旧业，增筑新基。而后赴郡，且与乡里相别，告
之归期，使树枌槚于兹，当不负此愿言也。"

方曰："起八句述仕迹，'剖竹'六句述过墅，'白云'四句正写
墅，'挥手'以下约誓还山。此与陶《归田园》较，则陶为元气挥斥，
此微有斧凿痕。而真挚沉厚，耐人吟讽。"

富春渚

闻人倓曰："富春渚，即浙江上流。"天闵案：浙江在富阳县境，曰富春江。

宵济渔浦潭，旦及富春郭。定山缅云雾，赤亭无掩薄。溯流触惊急，临圻阻参错。亮乏伯昏分，险过吕梁壑。洊至宜便习，兼山贵止托。平生协幽期，沦踬困微弱。久露干禄请，始果远游诺。宿心渐申写，万事俱零落。怀抱既昭旷，外物徒龙蠖。

善《注》："《吴郡记》曰：'富春东三十里，有渔浦。'《吴郡缘海四县记》曰：'钱塘西南五十里，有定山。去富春又七十里，横出江中，涛迅迈以避山滩。辰发钱塘，巳达富春。赤亭，定山东十余里。'"五臣《注》："'缅云雾'，言远若云雾间也。'无掩薄'，谓此中水急而不可停止。"王逸《〈楚辞〉注》："'泊'，止也。'薄'，与'泊'同。"朱兰坡曰："'定山缅云雾，赤亭无掩薄'，善《注》引《吴郡记》'钱塘西南五十里有定山，横出江中'。'赤亭，定山东十余里。'案：《方舆纪要》：'定山一名狮子山，钱塘县东南四十里。'洪(亮吉)《图志》同。《水经注》'县东定、巳诸山，西临浙江'，是已。此《注》'西南'，疑误。《纪要》引《南征记》'赤山埠，西走富阳，南出江滩，有六和塔'，殆即赤亭也。又浙江于萧山县西曰定山江，盖以山得名。相距二十余里，有渔浦，对岸为钱塘之六和塔。诗上联所云'宵济渔浦潭'者也。'溯流'，见上。"《埤苍》："碕，曲岸头也。'碕'与'圻'同。"善《注》："'参错'，谓碕岸之险。参差、交错也。"《列子》："列御寇为伯昏无人射，引之满贯，措杯水其肘上，伯昏无人曰：'是射之射，非不射之射也。当与汝登高山、履危石、临百仞之泉，若能射乎?'于是无人遂登高山、履危石、临百仞之泉，背逡巡，足二分垂在外，揖御寇而进，御寇伏地，汗流至踵。伯昏无人曰：'夫至人者，上窥青天，下潜黄泉，挥斥八极，神气不变。今汝怵然有恂目之志，尔于中也殆矣夫。'"善《注》："'分'，犹节也。"《列子》："孔子观于吕梁，悬水三千仞，流沫三千里，鼋鼍鱼鳖之所不能游也。"《周易》："兼山艮。"又："艮其止，止其所也。"五臣《注》："'平生'二句，言往时已有幽隐之约，但以沉顿困于微弱，常不能就。"方东树曰："'沦踬困微弱'，言已不能介然执持坚以自强，如屈子'理弱媒拙'之'弱'。"五臣《注》："'颠顶'，不明。"《论语》："子张学干禄。"善《注》："'果'，犹遂也。"《毛诗》郑《笺》："诺，应辞也。"《韵会》："以言许人曰诺。"闻人倓曰："此则向所自许者素志远游，而今果遂其志也。"五臣《注》："'宿心'二句，言宿昔之心，渐得舒散，而人俗之事俱从弃舍也。"《庄子》："致命尽情，天地乐而万事消亡。"又"苑风谓谆芒曰：'愿闻神人。'谆芒曰：'上神来光，与形灭亡，此谓昭旷。'"《说文》："旷，明也。"《周易》："尺蠖之屈，以求信也。龙蛇之蛰，以存身也。"

刘履曰："灵运自始宁墅赴永嘉，由浙江溯流而上，每遇山水佳丽，辄留咏纪之。此篇言夜渡渔浦，旦及富春，而其间乏名山，或为云雾隔远，或以舟行疾速，皆不及盘桓登览。又况湍岸惊绝，莫可临陟。而我信无伯昏之量，故视此险以为过于吕梁也。然不涉险难，则无以知习坎之义；不睹兼山，则无以识艮止之时。顾我平生虽协幽隐之期，而乃困顿微弱，不自勇决，屡更坎险。今幸因此出守，始遂远游而知所止托，使宿心渐得舒写。尘累既去，则怀抱自然昭旷，而屈伸显晦无足道矣。"

方虚谷曰："'久露干禄请，始果远游诺'，即久有补郡之请，今得永嘉而遂远游之愿也。'宿心渐申写'，即所谓幽期之矣。'万事俱零落'，怨辞也。"

吴伯其曰："人知灵运用易语造诗词，不知灵运用易语立诗格。此诗借未济富春已前，喻冒险而行，须重坎之义。曰'洊至宜便习'，既济富春以后，喻于止知止，又须重艮之义。曰'兼山贵止托'，此最善于《易》者。"（天闵案：此未免求之过深也。）

方曰："起二句交代点题，'定山'六句叙行旅经过所见景物。次第衔承，语句奇警，文理精密。'伯昏'句承'坼岸'，'吕梁'句承'惊流'，'泲至'二句就山水引入情绪，自然脱卸。'平生'以下，述己情抱，讳言为孟顗所检而自以久欲干禄。其词虽强自排解，实则正其伊郁不堪处也，千年无人代为寻究矣。"

七里濑

《甘州记》："桐庐县有七里濑，濑下数里至严陵濑。"

羁心(五臣作"情")积秋晨，晨积展游眺。孤客伤逝湍，徒旅苦奔峭。石浅水潺湲，日落山照耀。荒林纷沃若，哀禽相叫啸。遭物悼迁斥，存期得要妙。既秉上皇心，岂屑末代诮。目睹严子濑，想属任公钓。谁谓古今殊，异代可同调。

《尔雅》："展，适也。"郭璞曰："得自伸展皆适意。"曹植《九咏》："何孤客之可悲。"《淮南子》："岸峭者必陁。"许慎曰："陁，落也。"善《注》："'奔'亦落也。《入彭蠡湖口诗》：'坼岸屡崩奔'，与此同也。"《楚辞》："观流水兮潺湲。"《杂字》曰："潺湲，水流貌。"《毛诗》："羔裘如膏，日出有曜。"《传》："日出照曜，然见其如膏也。"《毛诗》："桑之未落，其叶沃若。"黄节曰："《诗·隰桑》，《毛传》：'沃，柔也。'"《氓》，《毛传》："沃若，犹沃沃然。"《海赋》："更相叫啸，诡色殊音。"《广雅》："斥，推也。"《老子》："湛兮似或存。"王弼曰："和光而不汙其体，同庆而不渝其真，不亦湛兮，似或存兮。"《庄子》："此之谓要妙。"六臣《注》："言遇时物则伤贬斥而存我幽隐之期，则为得要妙也。"《庄子》："治成德备，监照下土，天下戴之，此谓上皇。"《〈楚辞〉注》："屑，顾也。"刘向《雅琴赋》："末世销才兮智孔寡。"《后汉书》："严光，字子陵，光武除为谏议大夫，不屈。"《一统志》："七里濑在桐庐县西，一名严陵濑。即汉严光垂钓处。"《庄子》："任公子为大钩、巨缁，五十犗以为饵，蹲会稽，投竿东海，旦旦而钓，期年不得鱼。已而大鱼食之，巨钩陷没而下，惊扬而鬐，白波若山，任公子得若鱼，离而腊之。自淛河以东，苍梧以北，莫不厌若鱼者。"郭象《〈庄子〉注》："人性有变，古今不同。"乐稽耀嘉曰："圣人虽生异世，其心意同如一也。"善《注》："'调'犹运也，谓音声之和也。"

方虚谷曰："'钓'，志其大，而不志其小，故所得者大。予谓此寓言，非所以拟严子。'迁斥'，者推移之义，非谓迁谪也。"

吴伯其曰："'期'，时也。时无一息不逝，心无一时不存，要妙既得，此心不为物迁，则居然上皇之心矣。既秉上皇之心，则末世又何足挂我齿颊耶？"

陈祚明曰："'荒林''荒'字，'哀禽''哀'字，觉触目无非悲楚。'沃若'有色，'叫啸'有声，加'纷'字则稠叠千林也。加'相'字则啁唽万族也。尝读《上林赋》，见其中林木鸟兽，森森眊眊，纷翩飞舞，叹为化工，此二句为能得之。"

吴旦生曰："'奔峭'，古'奔'与'崩'通用，故'奔峭'《注》谓：'奔，落也。'按鲍照诗'客行惜日月，崩波不可留'。'崩波'，即'奔波'也。"

方曰："起二句涩留迟炼，承前诸篇来。以下叙题，情景俱会。'遭物'句束上，'存期'句起下，横锁作章法。后半心目中借一严陵，与己比照，兴象情文涌现，栩栩然蝶也，而己化为周矣，是为神到之作。"

黄节曰："陆机诗：'游客芳春林，芳春伤客心。'起两句放之。"

登池上楼

善《注》："永嘉郡池上楼。"

潜虬媚幽姿，飞鸿响远音。薄霄愧云浮，栖川怍渊沉。近德智所拙，退耕力不任。徇禄反穷海，卧疴对空林。衾枕昧节候，褰开暂窥临。倾耳聆波澜，举目眺岖嵚。初景革绪风，新阳改故阴。池塘生春草，园柳变鸣禽。祁祁伤豳歌，萋萋感楚吟。索居易永久，离群难处心。持操岂独古，无闷徵在今。

《说文》："虬，龙有角者。"《淮南子》："蛟龙水居。"又曰："鸟飞于云。"《穀梁传》："孔子曰：'听远音者，闻其疾而不闻其舒。'"《楚辞》王《注》："洎，止也。""薄"与"洎"同，古字通。《论语》马融《注》："怍，惭也。"善《注》："虬以深潜而保真，鸿以高飞而远害，今已婴俗网，故有愧虬、鸿也。"《周易》："子曰：'君子进德修业，欲及时也。'"《尸子》："为令尹而不喜，退耕而不忧，此孙叔敖之德也。"《孟子》赵岐《注》："徇，从也。"善《注》："'穷海'谓永嘉。"《礼记》："倾耳而听之。"《广雅》："聆，听也。"李陵《书》："举目言笑。"《洞箫赋》："岖嵚岿崎。"《楚辞》："款秋冬之绪风。"王《注》："绪，余也。"五臣《注》："'初景'，初春也。'改'，革也。"《神农本草》："春夏为阳，秋冬为阴。"黄节曰："《周礼》郑《注》："变犹易也。"《毛诗·豳风》："春日迟迟，采蘩祁祁。"《毛传》："祁祁，众多也。"《楚辞》："王孙游兮不归，春草生兮萋萋。"《玉篇》："萋萋，盛貌。"《礼记》："子夏曰：'吾离群索居，亦已久矣。'"《毛诗》："我行永久。"《穀梁传》："郑伯之处心积虑。"《庄子》："罔两问景曰：'曩子坐，今子起，何其无持操与？'"天闵案："持操"，今本作"特操"。陆德明曰："'特'本或作'持'。"黄节曰："《〈后汉书·曹褒传〉注》：'操，犹曲也。'刘向《别录》曰：'君子因雅琴以致思，其道闷寒悲愁而作者，名其曲曰操。言遇灾寒不失其操也。''持操'，指上《豳歌》楚吟也。"《周易》："遁世无闷。"

刘履曰："'飞鸿'，李善、吕延济皆以为高飞远害，独曾原取'鸿渐奋飞'之义，谓与'进德'一句相应。当从其说。灵运自七月赴都，至明年春，已逾半载，因病起登楼而作。此诗言虬以深潜而自媚，鸿能奋飞而扬音，二者出处虽殊，亦各得其所矣。今我进希薄霄，则拙于施德，无能为用，故有愧于飞鸿。退效栖川，则不任力耕，无以自养，故有惭于潜虬也。夫进退既已若此，未免徇禄海邦，至于卧病昏昧，不觉节候之易，今乃暂得临眺，因睹春物更新，则别离索居既久，而感伤怀人之情，自不能已。盖是时庐陵王废，故念及之。"

吴伯其曰："余览《吟牕杂录》云：'康乐坐诗得罪，池塘二句托阿连梦中授此语。客有请于舒王曰：不知此诗何以得名于后世，何以得罪于当时。王曰：权德舆已尝评之，公苦未寻绎耳。客退而求德舆集弗得，复以为问。王诵其略曰：池塘者，泉川潴灌之地，今曰生春草，是王泽竭也。《豳风》所纪一虫鸣一候变，今曰变鸣禽者，候将变也。'由舒王此言观之，则于'鸣禽'句之下，即接以'祁祁'句，是叹周公之不作也。'萋萋'句，以庄舄自喻，外排远郡，无异羁囚也。"

陈祚明曰："《谢氏家录》曰：'康乐每对惠连，辄得佳语。后在永嘉西堂，竟日思诗不就，寤寐间忽见惠连，即成池塘生春草。常曰此有神助，非吾语也。'"《石林诗话》云："'池塘生春草，园柳变鸣禽'，世多不解此诗为工，盖欲以奇求之耳。此语之工，在无所用意，猝然与景相遇，备以成章，不假绳削。诗家妙处，常须以此为根本。而思苦言难者，往往不悟。钟嵘论之最详。其略曰：'思君如流水，既是即目。高台多悲风，亦谁所见？清晨登陇首，羌无故实。明月照积雪，讵出经史？古今胜语，多非假补，皆由直寻。颜延之、谢庄尤为繁密，于时化之，故大明（宋孝武帝年号）、泰始（宋明帝年号）中，文章殆同书钞。近任昉、王元庆等，辞不贵奇，竞须新事，寖以成俗，遂乃句无虚语，语无虚字，牵联补衲，蠹文已甚。自然英旨，罕遇其人。'余每爱此言，简切明白。自唐以后，既变律体，不无拘窘，然苟大手笔，亦自不妨削镥于神志之间，斵轮于甘苦之外也。"

梁茝林曰："《太平环宇记》九十九："谢公池，在温州西北三里积谷山东。'池塘生春草'，梦惠连，即此处。"

方曰："起二横空突写，兼比兴。三四句，借引入己。五六句，申愧怍作意，为第一段。'徇禄'四句，交代正位。'倾耳'二句，承'窥临'，顿足起下，为第二段。'初景'四句眺景，为第三段。'祁祁'四句思归，为第四段。'持操'二句，总收愧怍、思归。'持操'，即持无闷之操也。'徵今'，即徵古持之操也。康乐诗章法脉缕衔递，整比完密，此正格中锋。同时名家，不能到此。谢诗多取陶意，如此起二语即'望云惭高鸟，临水愧游鱼'之旨。康乐，陈郡人，移籍会稽，故自称越客。又曰'反穷海'。'反'，归也。'祁祁'二语，皆取'归'字为义。少帝出康乐，非美除，故感而思归。'褰开'以下，病初起，风景如画。'池塘'句，康乐自谓有神助，非人力。"

游南亭

善《注》："永嘉郡南亭。"梁茝林曰："《太平寰宇记》九十九：'南亭去温州一里。'"

时竟夕澄霁，云归日西驰。密林含余清，远峰隐半规。久痗昏垫苦，旅馆眺郊歧。泽兰渐被径，芙蓉始发池。未厌青春好，已睹朱明移。戚戚感物叹，星星白发垂。药饵情所止，衰疾忽在斯。逝将候秋水，息景掩旧崖。我志谁与亮？赏心惟良知。

《淮南子》："季夏之月，大雨时行。"高诱《注》："是月有时雨也。"《说文》："霁，雨止也。"黄节曰："'时竟'，谓四时中一时之终也，犹《史记·高祖纪》所谓'岁竟'也。"曹植诗："朝云不归山，零雨成川泽。"善《注》："雨则云出，晴则云归也。"《吕氏春秋》："冬不用箑，清有余也。"张载《岁夕诗》："白日随天迥，皦皦圆如规。"黄节曰："'半规'，谓日西将落如半规也。"《〈毛诗〉传》："痗，病也。"《尚书》："洪水滔天，下民昏垫。"孔《传》："言天下民昏瞀垫溺，皆因水灾也。"《左传》杜《注》："旅，客舍也。"五臣《注》："郭外曰郊。'歧'，道也。"《楚辞》："皋兰被径兮斯路渐。"《广雅》："渐，稍也。"《楚辞》："芙蓉始发杂芰荷。"王《注》："芙蓉，莲花也。"《楚辞》："青春受谢，白日昭只。"《尔雅》："夏为朱明。"黄节曰："'时竟'，即季春之月，故曰'朱明移'也。"《楚辞》："居戚戚而不解。"左思《白发赋》："星星白发，生于鬓垂。"《苍颉篇》："饵，含也。"善

《注》："饵药既止，故有衰病。"闻人倓曰："言方寄情于药饵，而衰疾忽已在斯也。"姚姬传曰："'药饵'当作'乐饵'，用《老子》，指官禄世味言。作'药'，误。"黄节曰："'乐'与'饵'，过客止。言声与食能止人之往也。当依姚氏说作'乐饵'。盖谓止于声歌、饮食，忽已衰老矣。"方东树曰："'药饵'定作'乐饵'，言世味虽情所溺，而无如衰疾已及，故将俟秋而归。"《庄子》："秋水时至，百川灌河。"又："罔两问影曰：'向也坐而今也起，向也行而今也止，何也?'影曰：'火与日，吾屯也；阴与夜，吾代也。从吾所以有代耶？而况乎以有待者乎？彼来则我与之来，彼往则我与之往。'"彪曰："屯，聚也。火日明而影见，故曰吾聚也。阴暗则影不见，故曰吾代也。夜代谓使休息也。'景'同'影'。"黄节曰："'息景旧崖'，欲将去永嘉耳。"五臣《注》："'良美'，知友也。"

方虚谷曰："按灵运诗，永初三年七月十六日之郡，在郡凡一年。《邻里相送方山诗》曰：'皎皎明秋月。'此赴郡之始，在少帝即位未改元之前也。《西射堂诗》曰：'晓霜枫叶丹。'则在郡见冬矣。《池上楼诗》曰：'池塘生春草。'则在郡见春矣。此乃夏雨喜霁之作，思欲见秋而归也。其归当在景平元年秋，景平二年五月少帝废，八月，文帝即位，改为元嘉元年。所谓'赏心惟良知'，必指从弟惠连，及何敬瑜、羊璇之流耳。三年始征为秘书监。"

方曰："自病起登池上楼，遂游南亭，继者以赤石、帆海，又继之以登江中孤屿，皆一时渐历之迹，故此数诗必合诵之，乃见其一时情事，及语言之次第。'时竟'，据前后诗意，乃是春竟也。起四句，雨霁。'久痗'六句，入题。'戚戚'二句，顿挫起下。'逝将'六句，思归作结。'乐饵'四句，用笔驰骋，关合往复，文情最妙。"

游赤石进帆海

灵运《游名山志》云："永宁、安固二县中路，东南便是赤石，又枕海。"黄节曰："案《舆地广记》，永宁即今温州之永嘉县，'安固'

作'安国'，即瑞安县也。宋郑缉之《元嘉郡记》："帆游山地昔为海，多过舟，故山以帆名。"孙仲容曰："帆游山在今瑞安县北四十五里。"据此，则今之帆游山，即昔之帆海也。"

首夏犹清和，芳草亦未歇。水宿淹晨暮，阴霞屡兴没。周览倦瀛壖，况乃陵穷发。川后时安流，天吴静不发。扬帆采石华，挂席拾海月。溟涨无端倪，虚舟有超越。仲连轻齐祖，子牟眷魏阙。矜名道不足，适己物可忽。请附任公言，终然谢天伐。（曾曰："工律。"）

《尔雅》："首，始也。"《归田赋》："仲春令月，时和气清。"《楚辞》："芳以歇而不比。"《左传》杜《注》："歇，绝也。"《河图》："昆仑山有五色水，赤水之气，上蒸为霞，阴而赫然。"《登徒子好色赋》："周览九土。"《史记》："邹衍曰：'如区中者乃为一州，如此者九，乃有大瀛海环其外。'"《汉书》曰："盖河壖弃地。"韦昭曰："谓缘河边地。"《礼记》郑《注》："陵，躐也。"《庄子》："穷发之北，有冥海者，天池也。"顾启期《娄地记》曰："浪山，海中南极之观岭，穷发之人举帆扬、越以为标的。"《洛神赋》："川后静波。"《楚辞》："使江水兮安流。"《山海经》："朝阳之谷，有神曰天吴，是为水伯。其为兽也，人面，八首，八足，八尾，皆黄青。"《江赋》："玉珧海月，土肉石华。"《临海志》："石华附石，肉可啖。"又："海月大如镜，白色。"善《注》："'扬帆'，'挂席'，其义一也。"《海赋》："维长绡，挂帆席。"《庄子》："北溟有鱼，其名曰鲲，海运则图于南溟。"李弘范曰："广大窈冥，故以溟为名。"谢承《后汉书》："陈茂常渡涨海。"《庄子》："孔子曰：'反复终始，不知端倪。'"《音义》曰："倪，音崖。"闻人倓曰："'端倪'，犹涯际也。"《庄子》："有虚舟来触舟，虽褊狭之人不怒。"黄节曰：《易》："'利涉大川。'乘木舟虚，言以忠信而济难，若乘虚舟以涉用也。善《注》引《庄子》，恐非。《尚书》孔《传》：'越，远也。''仲连轻组'，见前。"《庄子》："中山公子牟谓詹子曰：'身在江海之上，心居魏阙之下，奈何？'"高诱曰："子牟，魏公子。一说魏，象魏也。言身在江海之上，心乃在王室也。"善《注》："言仲连弃齐组而之海上，明海上可悦，恐有轻朝廷之讥，故云'子牟眷魏阙'。"《韩非子》："白圭曰：'宋君，少主也，而务矜名。'"《庄子》郭《注》："德之所以流荡，矜名故也。"《史记》："《庄子》，其言汪洋自恣以适己。"《庄子》："孔子围于陈，太公任往吊之曰：'直木先伐，甘泉先竭，子其意者饰智以惊愚，修身以明污，昭昭若揭日月而行，故不免也。孔子曰善。'乃逃大泽之中，入兽不乱群，入鸟不乱行，鸟兽不恶，而况人乎？"《楚辞》王《注》："谢，去也。"

刘履曰："史言灵运出守，既不得志，遂肆意游遨山水，遍历诸县，动逾旬朔，所至辄为诗咏，此游海一篇亦其证也。其言鲁连、魏牟之在海上者，一则恋阙矜名，而于到为不足。一则任其自适，而于物无所系。二者之趋，已判然可识，更请益以太公任之言，则终谢去夭伐而全吾生矣。其后灵运在临川为有司所纠，遂使收之，乃兴兵逃逸，作诗曰：'韩亡子房奋，秦帝鲁连耻。'竟以此自致夭伐，徒为空言，而不能践，惜哉！"

方虚谷曰："'首夏犹清和'，至今以为名言。'扬帆'、'挂席'，古诗尚未大巧，故不嫌异辞而同义。犹前诗用'愧'对'怍'也。'仲连轻齐组，子牟眷魏阙'，《〈文选〉注》云：'仲连轻秦组而之海上，明海上可悦，恐有轻朝廷之讥，故云子牟眷魏阙。'予谓灵运意不然。其意乃是双举，仲连、子牟，一是而一非之。'矜名'者'道不足'，名固不可矜也。'适己'者'物可忽'，'忽'字未安，以富贵为外物而'忽'之可也。"

吴伯其曰："'川后'四句有味。上二句，喻心之安静；下二句，喻心之有得。"

朱兰坡曰："'扬帆采石华，挂席拾海月'，《注》引《临海志》曰：'石华附石，肉可啖。海月大如镜，白色。'案：汪氏质疑云：'据《注》，则石华乃苔类，海月乃蚌类。方密之《通雅》曰：'使风帆而拾蚌，是何况耶？'此言诚为解颐。窃疑'石华'犹云'岚翠'，而上言'水宿'，则夜中咏月益可知。'采'、'拾'字不妨活用。余谓《江赋》'玉珧'、'海月'，'土肉'、'石华'《注》已引《临海志》，此处亦以二者为对似，本意竟作物类，而语近拙。论诗境，则汪说得之。"

梁茝林曰："汉马第伯《封禅仪记》云：'二月二十一日，时天清和无云。'张平子《归田赋》：'仲春令月，时和气清。'语当本此。此诗谓四月犹余二月景象，故下云'芳草犹未歇'也。《古文苑》载刘中书《别王丞僧孺诗》云：'首夏实清和，余春满郊甸。'意亦同此。唐人'四月清和'语，自是误解。"

方曰："起二句从前《游南亭篇》'朱明'句来，叙时令而万古不磨，则琢句兴象之妙也。'水宿'四句递入，'川后'六句，正赋帆海。句法杰特华妙。'仲连'以下六句入情归结，'矜名'二句开合。杜公'知归俗可忽'同此。"

登江中孤屿

善《注》："永嘉江也。"《寰宇记》："孤屿在温州南四里永嘉江中。屿有二峰，谢灵运所登，后人建亭其上。"方虚谷曰："此永嘉郡江心寺无疑。予三十年前甲寅乙卯，寓郡斋，往游，不见此诗。至今永嘉称为中川者，因此诗也。"

江南倦历览，江北旷周旋。怀新道转迥，寻异景不延。乱流趋正绝，孤屿媚中川。云日相辉映，空水共澄鲜。表灵物莫赏，蕴真谁为传？想象昆山姿，绵邈区中缘。始信安期术，得尽养生年。（曾曰："工律。"）

《长门赋》："贯历览其中操。"《左传》："奉以周旋，不敢失坠。"闻人倓曰："二句言未登孤屿前。"《尔雅》："迥，远也。延，长也。"沈德潜曰："'怀新道转迥'，谓贪寻新境，忘其道之远也。'寻异景不延'，谓往前探奇，当前妙景不能少迁延也。深于寻幽者知之。"《尔雅》："水正绝流曰乱。"刘渊林《〈吴都赋〉注》："屿，海中洲，上有山石。"《礼记》郑《注》："表，明也。"善《注》："谓显明之也。"《论语》马融《注》："蕴，藏也。"《说文》："真，仙人变形而登天也。"《楚

236

辞》："思旧故而想象。"《列仙传》："西王母，神人，名王母，在昆仑山。"《大人赋》："迫区中之隘狭。"闻人倓曰："'昆山姿'，昆仑山仙灵也。'区中缘'，世中尘缘也。"天闵案："缅邈"，远貌。《列仙传》："安期生，琅琊阜乡人，自言千岁。"《庄子·养生主》："可以尽年。"郭璞曰："养生非全过分，盖全理尽年而已。"

　　吴伯其曰："非先游江南，方游江北，正先游江北，方游江南。江南既倦，乃回想昔游江北。江北山水与我周旋久矣，今久不游，若朋友之间旷然。于是又欲返棹江北，乃未及江北，适于江中乱流正绝之处，得此孤屿。因知此首二句，多少曲折，乃用'南北'二字，夹出一'中'字也。"

　　方曰："起四句承前《帆海》等篇来，次第有味。'乱流'二句点题。'云日'二句写景，'表灵'二句正位，末四句拓开。因孤屿之莫赏莫传，而念昆仑之更远，欲托以逃世与安期游矣。不读屈子《远游》，不知此意所谓。康乐富于学术，而于《庄子》郭《注》及屈子尤熟。取用多出此。至调度运用，安章琢句，必弹精苦思，自具炉锤，非若他人掇拾饾饤，苟以充给客气假象为陈言也。其顾题交代，则如发之就栉，毫末不差。其成句老重，屹如山岳之奠，不可动摇。取象则如化工，明远逊其度，惠连谢其华，玄晖让其坚，延之比之若碔砆耳。"

登永嘉绿嶂山诗

闻人倓曰："一作《登楠溪》。永宁在永嘉城北。"天闵案："永嘉"，一作"永宁"。统观康乐居永嘉所作诗，无题"永嘉"者，作"永宁"为是。《史记》："东越王都东瓯。"徐广曰："今永宁也。"

　　裹粮杖轻策，怀迟上幽室。行源径转远，距陆情未毕。澹潋结寒姿，团栾润霜质。涧委水屡迷，林迥岩愈密。眷西谓秋月，顾东疑落日。践（一作"残"）夕奄昏曙，蔽翳皆周悉。蛊上贵不事，履二美贞吉。幽人常坦步，高尚邈难匹。颐阿竟何端？寂寂寄抱一。恬如既已交，缮性自此出。

《左传》："裹粮坐甲。"黄节曰："'策'，杖也。"天闵案：初疑"怀迟"犹"倭迟"，"怀"、"倭"音近。《毛诗》："周道倭迟。"《传》："倭迟，历远之貌。"继念"怀迟"二字，实与"裹粮"为仗对，觉以"怀迟"即"倭迟"为未安。《汉书·赵壹传》："实望昭其悬迟。"《注》："悬心迟仰之。"盖"怀迟"即心怀迟仰也。"怀仰"为谁？即"幽室"之"幽人"也。下云"颐阿竟何端"句，即怀仰而未得见之辞。闻人倓曰："'幽室'乃山中清幽之室"。（天闵案：当云"幽人之室"。）《说文》："源，水泉本也。"《〈尚书〉传》："距，至也。"《尔雅》："高平曰陆。"《西征赋》："青蕃蔚乎翠激。"《注》："激，波际也。"黄节曰："'栾'，华叶似木槿而薄细，花黄似槐而稍长大。或曰'团栾'即'檀栾'，竹貌也。"枚乘《兔园赋》："筼竹檀栾，夹水碧鲜。"闻人倓曰："'寒姿'谓水、'霜质'谓竹也。"徐铉曰："'委'，曲也。"闻人倓曰："非一涧，故屡迷。"《增韵》："迥，辽远也。"《说文》："眷，顾也。践，履也。"《玉篇》："践，行也。"黄节曰："'奄'，久留也。'蔽翳'，掩障也。言深入山中，不知旦暮，行行至夕，昏曙忽移。山林掩障，历览俱尽也。"陈祚明曰："昏曙忽移，蔽翳历览，屡费寻涉之劳，乃穷山水之趣也。"方东树曰："'奄'，忽也，尽也。"《周易》："蛊上九：不事王侯，高尚其事。"又"履二：履道坦坦，幽人贞吉。"天闵案："幽人""坦步"承"履二"，"高尚"难匹承"蛊上"。康乐诗谨密如此。《〈史记·陈涉世家〉注》："《索引》曰：'颐者，助声之辞。'"《老子》："唯之与阿，相去几何？"闻人倓曰："'唯'、'阿'，皆应辞也。'竟何端'，言声咳不相闻也。"《老子》："载营魄抱一。"王弼《注》："一人之真也。"《庄子》："古之治道者，以恬养知，生而无以知为也，谓之以知养恬，知与恬交相养而和理出其性。"又曰："缮性于俗学，以求复其初，滑欲于俗思，以求致其明，谓之蒙蔽之民。"方东树曰："'恬如'当作'恬知'。"天闵案：方说是也，当据改。

方曰："起四句叙，'澹潋'二句写，'涧委'二句又叙，'眷西'四句于叙中写，奇警异常，词理俱胜。'蛊上'六句，题后绕补，言己所以能尽此游，由叶于幽人之步。虽音词不接，而奇抱则一，一者同也。注家'抱一'连文解，误也。'恬知'结上'幽人'作收。"

陈祚明曰："康乐出游，搜剔深远。此诗能写之。"

斋中读书

善《注》："永嘉郡斋也。"

昔余游京华，未尝废丘壑。矧乃归山川，心迹双寂寞。虚馆绝诤讼，空庭来鸟雀。卧疾丰暇豫，翰墨时间作。怀抱观古今，寝食展戏谑。既笑沮溺苦，又哂子云阁。执戟亦以疲，耕稼岂云乐？万事难并欢，达生幸可托。（曾曰："丁律。"）

郭璞诗："京华游仙窟。"《汉书·班嗣〈书〉》："夫严子者，渔钓于一壑，万物不干其志；栖迟于一丘，天下不易其乐。"《尔雅》："矧，况也。"《楚辞》："野寂寞兮无人。"张衡《〈四愁诗〉序》："诤讼息。"鹖子曰："禹治天下，朝廷之间，可以罗雀也。"《国语》："优施曰：'教我暇豫之事，君幸之。'"韦昭曰："暇，闲也。豫，乐也。"《汉书·汲黯传》："学黄老言，治官民，好清静。多病，卧阁不出。岁余，东海大治。"《归田赋》："挥翰墨以奋藻。"《〈两都赋〉序》："时时间作。"《文赋》："观古今，于须臾。"《毛诗》："善戏谑兮，不为虐兮。"《尔雅》："展，适也。"《论语》："长沮、桀溺耦而耕。"《汉书》："王莽既以符命自立，即位之后，欲绝其源，以神前事。而甄丰子寻、刘歆子棻，复献之，莽诛丰父子，投棻四裔，辞所连及，便收不请。时扬雄校书天禄阁上，理狱使者来，欲收雄，雄恐不能自免，乃从阁上自投几死。京师为之语曰：'惟寂惟寞，自投于阁。'"《夏侯湛诔》曰："执戟疲扬。"曹植《与杨修书》曰："扬子云，先朝执戟之臣耳。"《庄子》："达生之情者，不务生之所无以为。"又："达生之情者傀。"司马彪曰："傀，大也。情在无，故曰大。'傀'音'瑰'。"又："事奚足弃，而生奚足遗，弃事则形不劳，遗生则精不亏。"

方虚谷曰："'虚馆绝诤讼，空庭来鸟雀'，恐是去郡后事。"

吴伯其曰："书非寂寞人不能读，非'心迹双寂寞'亦不能读。'昔余'二句，'心'虽寂寞，'迹'尚未寂寞也。至于既归山川，'虚馆绝诤讼'，则'心'寂寞，'空庭来鸟雀'，则'迹'寂寞。如此，方好读书。'既笑'、'又哂'，正是'戏谑'，正是'怀抱'，'亦疲'岂乐？君子不由，乃所愿则'达生'耳。"

方曰："起四句入题，峥嵘飞动。'虚馆'六句交代正面，'沮溺'四句题后绕补，衔承谨密。收句结束全篇。所谓'达生'，取知足知止义。杜公'取适事莫并'，又'古来达士志，幽贞愧双全'，同此。"

田南树园激流植援

刘履曰："'田南'，按《水经注》，灵运祖车骑有田居在太康湖，疑即此处，所谓始宁墅也。灵运始归居石壁，既又卜室田南，后因役工而作此诗。胡枕泉曰：善'援'字无《注》。张铣曰：'引流水种木，为援如墙院也。'援'，卫也。"姜氏皋曰："《晋书·桑虞传》：'园援多荆棘。'《梁书·何允传》：'即林成援。''援'皆作'援'，不作'垣'。"按：《释名》："垣，援也。人所依阻以为援卫也。"刘以"援"释"垣"，铣《注》以"院"解"援"，"垣"、"院"义同。李义山诗"援少风力多"，本此。《注》引"激流植援"，是也。《御览》四百七十二引《幽明录》"散钱飞至触篱援"，皆从手，至《集韵类篇》误从木旁，作"楥"，云篱也。

樵隐俱在山，由来事不同。不同非一事，养疴亦园中。中园屏氛杂，清旷招远风。卜室倚北阜，启扉面南江。激涧代汲井，插槿代列墉。群木既罗户，众山亦当（善作"对"）窗。靡迤趋下田（五臣作"岫"），迢递瞰高峰。寡欲不期劳，即事罕人功。唯开蒋生径，永怀求羊踪。

赏心不可忘，妙善冀能同。

臧荣绪《晋书》："何琦曰：'胡孔明有言：隐者在山，樵者亦在山，在山则同，所以在山则异。'岂不信乎?"曾国藩曰："樵者在山，隐者亦在山；老圃在园，吾之养疴亦在园，所以在园者亦不同，故曰'不同非一事'。"高彪《与马融书》曰："公今养疴傲士。"《后汉书》："仲长统曰：'欲卜居清旷以乐其志。'"《广雅》："旷，远也。"《西都赋》："临峻路而启扉。"《释名》："墉，容也。所以隐蔽形容也。"闻人倓曰："鹿水上高处用之，所谓'激流'也。插槿木为藩篱，所谓'植木'也。"《西京赋》："澶漫靡迤。"五臣《注》："'靡迤'，细走貌。'迢递'，高远貌。"《老子》："少私寡欲。"善《注》："'即事'，即此营室之事也。"闻人倓曰："'即事'，谓'激流植援'之事。'罕人功'，言因其自然之势也。"《三辅决录》："蒋栩，字元卿，隐于杜陵。舍中三径，惟羊仲、求仲从之游，二仲皆挫廉逃名。"《庄子》："颜成子游，东郭子綦曰：'自吾闻子之言也，八年而不知死生，九年大妙。'"郭象曰："'妙'、'善'同，故无往而不冥也。"

刘履曰："诗言中园清旷，有江山林泉之胜。树艺趋田，日以为乐，然吾所以寡欲，正不期役于劳役。即此园田之事，亦少工用，惟效昔人问径以来朋好焉耳。盖赏心之人，自不可忘，故欲与之同此妙善也。史言灵运既移籍会稽，与隐士王弘之、孔淳之等，放意为娱。"又云："与族弟惠连、东海何长瑜、颍川荀雍、泰山羊璇之，共为山泽之游，此其赏心之不可忘之欤。"

方曰："起借事引入，而用不同字折入。脉缕细密。'养疴亦园中'，此非隐，故曰'亦'。'中园'十句还题，'卜室'二句树园也。'激涧'，'激流'也。'插槿'，'植援'也。'群木'四句总写，'寡欲'二句入议起下，总结'树'字、'激'字、'植'字，'唯开'以下，情寄归宿作收。'赏心'收'卜室'，'妙善'收'蒋径'。'能同'者，同于'蒋'也。"

石壁精舍还湖中作

善《注》："'精舍'，今读书斋是也。"灵运《游名山志》曰："巫湖三面悉高山枕水，渚山涧溪凡有五处。南第一谷，今在所谓石壁精舍。"刘履曰："按孙枝《东山图考》：'石壁精舍，即所谓读书处，盖太傅故宅，今为国庆院，湖谓太康湖也。'灵运既卜居田南，时复泛舟湖上，往游旧居，此诗因暮还而作。"黄节曰："'石壁精舍'，李善《注》以为即读书斋，刘坦之谓即太傅之故宅，然善《注》引灵运《游志》，云'南第一谷，今在所谓石壁精舍'云云，是石壁精舍盖新立者，故曰'今在所谓'也。"天闵案：康乐"石壁精舍"诗二首，一曰《石壁立招提精舍》，一曰《石壁精舍还湖中作》。既曰"石壁立招提精舍"，则其为新立可知。又康乐《与范特进书》云："即时经始招提，在所住山南，南檐临涧，北户背岩。以此息心，当无所忝耶。"此足为新立石壁精舍之证。

昏旦变气候，山水含清晖。清晖能娱人，游子憺（五臣作"澹"）忘归。出谷日尚早，入舟阳已微。林壑敛暝色，云霞收夕霏。芰荷迭映蔚，蒲稗相因依。披拂趋南径，愉悦偃东扉。虑澹物自轻，意惬理无违。寄言摄生客，试用此道推。（曾曰："工律。"）

《楚辞》："羌声色兮娱人，观者憺兮忘归。"王逸《注》："娱，乐也。憺，安也。"黄节曰："'憺'与'澹'同。《说文》：'澹，安也。'"《左传》："赵宣子将朝尚早，正历曰：'日，太阳也。'"《楚辞》："阳杲杲其朱光。"《毛诗》郑《笺》："微，不明也。"善《注》："'霏'，云飞貌。"五臣《注》："'霏'，日气也。"《楚辞》王《注》："芰，菱也。秦人曰薢茩。荷，芙蕖也。"洪兴祖曰："'芰'，奇寄切，生水中，叶浮水上，黄花白色。"五臣《注》："'映蔚'，其色郁茂隐映也。"《左传》杜《注》："稗，草之似谷者。"阮籍诗："寒鸟相因依。"《庄子》："风起北方，一西一东，孰居无事而披拂是。"《国语》贾《注》："偃，息也。"《尔雅》："悦，愉，乐也。"《淮南子》："澹然无虑。"许慎曰："澹，犹足也。"《荀子》："内省则外物轻矣。"《广雅》："惬，可也。"《乐记》郑《注》："理，犹性也。"《楚辞》："愿寄言于三岛。"《老子》："善摄生者无死地。"《〈吴都赋〉注》："摄，持也。"《左传》："刘子曰：'民受天地之中以生，所谓命也。'"《说文》："推，排也。"为推排以求也。

方虚谷曰："灵运所以可观者，不在于言景，而在于言情。'虑澹物自轻，意惬理无违'，如此用工，同时诸人皆不能逮也。至其所言之景，如'山水含清晖'，'林壑敛暝色'，及他篇'天高秋月明'，'春晚绿野秀'，于细密之中时出自然，不皆出于组织。颜延年、鲍明远、沈休文，虽各有所长，不到此地。"

胡枕泉曰："'蒲稗相因依'，善《注》曰：'杜预《〈左氏传〉注》曰：稗，草之似谷者。'按：'蒲'、'稗'连言，盖蒲之属。'稗'之言卑也。《广雅》："稗，小也。'稗小而似蒲，与蒲为类，故云'相因依'。蒲之小为稗，犹米之小稗，其义一也。何氏焯以为水稗，近之。"

方曰："此诗精神全着意一'还'字，可窥古人顾题不肯疏忽处，然惟大谢独严。起四句述未还以前，'出谷'二句叙，'林壑'二句写景，'芰荷'二句写湖中，'披拂'二句咏归既及归情事，末四句寄情外物作收，似陶。'此道推'，谓推排以求。此诗兴象全得画意，后惟杜公有之。"

登石门最高顶

善《注》："灵运《游名山志》：'石门涧六处。石门溯水上入两山口，两边石壁，右边石岩，下临涧水。"天闵案：王渔阳谓此石门为永嘉之石门，非是。

晨策寻绝壁，夕息在山栖。疏峰抗高馆，对岭临回溪。长林罗户

243

穴(一作"庭"),积石拥阶基。连岩觉路塞,密竹使径迷。来人忘新术,去子惑故蹊。活活夕流驶,嗷嗷夜猿啼。沉冥岂别理,守道自不携。心契九秋干,目玩三春荑。居常以待终,出顺故安排。惜无同怀客,共登青云梯。

《江赋》:"绝岸万丈,壁立赪驳。"《游仙诗》:"山林隐遁栖。"《广雅》:"疏,治也。"《西京赋》:"疏龙首以抗殿。"《广雅》:"抗,举也。"五臣《注》:"'回溪',溪曲回也。"《景福殿赋》:"欲反忘术。"《说文》:"术,邑中道也。"魏武帝《苦寒行》:"迷惑失故路。"《释名》:"步所用道曰蹊。"《毛诗》:"北流活活。"《传》:"活活,流也。"五臣《注》:"'驶',疾也。"《楚辞》:"声嗷嗷以寂寥。"《广雅》:"嗷,鸣也。"《汉书》:"蜀严湛冥,久幽而不改其操。"梦康《注》:"蜀都严君平,沉深玄默无欲,言幽深难测也。"《尸子》:"守道固穷,则轻王公。"《国语》贾《注》:"携,离也。"五臣《注》:"'九秋干',松柏之类。'三春荑',花草之类。言心契坚贞。自游于道,而玩色亦同于俗也。'居常待终',见前《注》。"《庄子》:"老聃死,秦佚吊之曰:'适来夫子时也,适去夫子顺也,安时而处顺,哀乐不能入也。'"又:"造适不及笑,献笑不及排,安排而去化,乃入于寥天一。"郭象曰:"安于推移而于化俱去,故乃入于寂寥而与天惟一也。"陆机诗:"感念同怀子。"刘良曰:"'同怀',谓友人也。"《列子》张湛《注》:"云梯可以陵虚。"五臣《注》:"仙者因云而升,故曰云梯。"

刘履曰:"灵运于南北两居,往来栖息,此诗因还北居既久,复寻石门而作。且世人各遂所趋,而我独沉冥若此者,是岂别有一理哉?但当守道不变,则穷达显晦,浑然一致,自无离间矣。夫卉木秋落而春荣,亦皆顺时变化,莫非一气之流行,故常目玩而心契焉。今我亦惟居常待终,处顺安排,如斯而已耳。惜无同怀之客,共此登陟之乐也。"

方虚谷曰:"'惜无同怀客,共登青云梯',灵运每有赏心之叹,即义真所谓'未能忘言于悟赏'。然则赏一也,有独赏,有共赏,灵运思夫共赏而不可得，则以独赏为憾，亦篇篇致言于斯。"

方曰："首一句题面，'疏峰'十句总写山房之景，极工。'沉冥'以下八句，情寄归宿。'抗馆'是主，'对岭'、'临溪'、'罗林'、'拥石'，皆为'馆'字言之。'塞路'、'迷径'、'忘术'、'惑蹊'，皆为'登'字言之。'来人'二句，即上'迷'字。此等皆由用典不率易，此最一大法。"

石门新营所住四面高山回溪石濑修竹茂林

刘履曰："石门在今嵊县界崿山之阳，崿山亦曰南山。案：《山居赋》'有南北两居'，自《注》云'南山是开创卜居之处'。盖灵运幽隐之志，犹以田南石壁为未深，故又卜此新营也。"

黄节曰："梁茝林曰：'林先生谓石门有二。李太白诗：康乐上官去，永嘉游石门。即此。青田亦有石门，道家称为玄鹤洞天。《旧志》云：旧在丛秽中。灵运始寻出北洞。其中飞瀑最胜。此诗未叙飞瀑，故知为永嘉也。'案：刘坦之曰：'石门在今嵊县界。'茝林以坦之为误。然考石门见于浙中者，青田之石门，在县西七十里；永嘉之石门，在雁荡山之西外谷，梁氏所举是也；复有嘉兴之石门，即春秋时吴拒越垒石为门之处。唐有石门驿，清改石门县者是也。皆非康乐所住之石门。《一统志》：'谢灵运山居，在嵊县北五十里石门山，四面高山、回溪、石濑。'与坦之所言适合。坦之，上虞人，去嵊最近，其说自当可信。若据太白诗定康乐所游石门属永嘉，不闻太白有'明妃西嫁上玉关'之误乎？"又曰："王阮亭以《登石门最高顶》一首为永嘉石门，而以此篇为匡庐之石门，则不知何据。康乐虽曾游临川，道之所经，若大林峰等，然考《一统志》，当时寻阳流寓，并无康乐其人。设果有所营之新居，志乘何为失载？以此知阮亭之说亦误也。"

天闵案：刘、黄之说是也。康乐集中石门诗凡三首，一即此《石门新营所住》，二《登石门最高顶》，三《石门岩上宿》。三诗皆言栖息久止事，皆嵊县之石门，即《〈山居赋〉注》所谓"南山是开创卜居之处"也。此诗题《四面高山、回溪、石濑、茂林、修竹》云云，尤与

《山居赋》"南山"一段下《自注》相合。按：此《注》有"从径入谷，凡有三口"。"万壁西南，石门世　南　池东南"，实别载其事。此文虽残缺，然有"石门"字样，可证《一统志》与刘坦之所谓石门在嵊县界为不误也。王渔阳以《登石门最高顶》为永嘉石门，而以《石门新营所住》为庐山之石门，方植之讥之，谓灵运在临川日月虽无考，然时实不久，未必有营居事。此其讥之是也。然又云皆永嘉之石门，考灵运在永嘉仅一年，切于求去，又何能有营居事也。余考灵运居临川，仅及两载，虽云游放不异永嘉，亦复追寻栖息，汲汲顾影，安得更营新居于庐山，作久止之计耶？点缀山林者，往往捕风捉影，附会古人事迹，深为考古之累，盖不止此石门一事也。

　　跻险筑幽居，披云卧石门。苔滑谁能步？葛弱岂可扪？嫋嫋秋风过，萋萋春草繁。美人游不还，佳期何由敦？芳尘凝瑶席，清醑满金尊。洞庭空波澜，桂枝徒攀翻。结念属霄汉，孤景莫与谖。俯濯石下潭，仰看条上猿。早闻夕飚急，晚见朝日暾。崖倾光难留，林深响易奔。感往虑有复，理来情无存。庶持乘日车（《选》作"日用"），得以慰营魂。匪为众人说，冀与智者论。

　　《方言》："跻，登也。"《论衡》曰："幽居静处，恬淡自守。"陆机《连珠》："披云看霄。"《游天台山赋》："践莓苔之滑石，援葛蔂之飞茎。"毛苌《诗传》："扪，持也。"《楚辞》："嫋嫋兮秋风。"王《注》："嫋嫋，风摇木貌也。"《楚辞》："王孙游兮不归，春草生兮萋萋。"五臣《注》："'萋萋'，草盛貌。"《楚辞》："望美人兮未来。"又："与佳期兮夕张。"《方言》："敦，信也。"庾阐《扬都赋》："结芳尘于绮疏。"《楚辞》："瑶席兮玉填。"《毛诗》："饮此醑矣。"《埤苍》："醑，美貌也。"曹植《乐府诗》："金樽玉杯，不能使薄酒更厚。"《楚辞》："洞庭波兮木叶下。"又："攀桂枝兮聊淹留。"蔡琰诗："茕茕对孤影，怛咤糜肝肺。"《〈毛诗〉传》："谖，忘也。"善《注》："言所思念，邈若霄汉。孤影独处，莫与忘忧。"《楚辞》："暾将出于东方。"王《注》："日始出，其形暾暾而盛大也。"善曰："'感往'二句，言悲感以往，而天寿纷错，故虑有回复。妙理若来，而物我俱要，故情无所存。'往'谓适彼可悲之境也。"《庄子》："牧马童子谓黄帝曰：'有长者教予曰：若乘日之车，而游襄城之野。'"郭象曰："日出而游，日入而息也。'车'或为'居'。"方东树曰："'日车'，言日长如此，优游无为。用郭《注》。"黄节曰："胡克家《考异》云：'乘日二字连文，乘日用者，乘日之用。灵运所拟王粲诗云：岂顾乘日养。句例正同。'按：灵运《发归濑三瀑布望两溪诗》尚有'我行乘日垂'句，俱与此诗'乘日车'词意大别，盖上文有'难留'、'易奔'、'感往'等句，而接以'庶持乘日车'，意谓得此新营留连光景，庶持乘日之车，而使之稍缓也。'持车'二字相衔应。《史记·范雎传》：'须贾侍门下，持车良久。'何义门又云：'以日为车而游六合之外，则屈子之《远游》也。'亦未是。"《楚辞》："载营魄而升霞。'钟会《〈老子〉注》曰："经护为营也。"刘履曰："'慰'，安也。人之阳灵为魂。《楚辞》云：'魂营营而至曙。'盖亦不安之意。司马迁《书》：'可与知者道，难与俗人言也。'"陈祚明曰："《子虚》、《上林》，极写山川，其上其下，以至东西南北，大奇致也。此俯仰上下，以二句当古赋通体。"杨升庵曰："'早闻'二句，殊有变互。凡风起必以夕，此云'早闻夕飚'，即子美之'乔木'易高木也。'晚见朝日'，倒影返照也。"

方曰："起六句言己今居，'美人'六句言无同赏，'结念'二句顿断，'俯濯'六句续'接起'六句，写景。'感往'六句续接'孤景莫与谖'下，极断续离合之妙。'感往'二句，与'荣悴叠去来，穷通成休戚'，'遭物悼迁斥，存期得要妙'，'矜名道不足，适己物可忽'，'虑澹物自轻，意惬理无违'，'含情易为盈，遇无难可歇'，'得性非外求，自已为谁纂'，皆一类见道语。庄子、屈子、贾生多有之，杜公、韩公亦多有此。皆根底性识中所发，非袭而取之，可冒有也。"

于南山往北山经湖中瞻眺

李善《注》："灵运《山居赋》云：'若乃南北两居，水通陆阻。'"

又曰："未归其路，乃界北山。"《注》曰："'两居'，谓南北两处。南山是开创卜居之处也。"又曰："大小巫湖，中隔一山，然往北山经巫湖中过。"刘履曰："'南山'，崿山也。'北山'，石壁精舍所在，亦曰阮山，即今人所称东山者是也。'湖'，巫湖也。"

朝丹发阳崖，景落憩阴峰。舍舟眺回渚，停策倚茂松。侧径既窈窕，环洲亦玲珑。俯视乔木杪，仰聆大壑淙。石横水分流，林密蹊绝踪。解作竟何感，升长皆丰容。初篁苞绿箨，新蒲含紫茸。海鸥戏春岸，天鸡弄和风。抚化心无厌，览物眷弥重。不惜去人远，但恨莫与同。孤游非情叹，赏废理谁通。

《〈尚书〉大传》："相与观于南山之阳。"曹摅《赠石荆州诗》："坎坷石行难，窈窕山道深。"《江赋》："幽岫窈窕。"《甘泉赋》："和氏玲珑。"晋灼曰："明貌。"《毛诗》："南有乔木。"《传》："乔上竦也。"《楚辞》："听大壑之波声。"薛综《〈西京赋〉注》："壑，坑谷也。"《毛诗》："凫鹥在渶。"《传》："'渶'，水会也。'瀿'与'渶'同。"《周易》："天地解，雷雨作，雷雨作而百果草木皆甲坼。"《尔雅》："感，动也。"《周易》："地中生木升。"善《注》："'丰容'，悦茂貌。"郭璞曰："丰，容也，音蜂。"服虔《〈汉书〉注》："篁，丛竹也。箨，竹皮也。"《苍颉篇》："茸，草貌。"善《注》："此茸谓蒲华也。"《江赋》："擢紫茸茸。"《南越志》："江鸥，一名海鸥，涨海中随潮上下。"《尔雅》："鶤，天鸡，赤羽。"五臣《注》："'天鸡'，鸟名。"《毛诗》："习习谷风。"《传》："习习，和舒貌。"郭象《〈庄子〉注》："圣人游于变化之途，万物万化，亦与之万化。"《叹逝赋》："览前物而怀之。"善《注》："'眷'，犹恋也。'不惜'二句，言独在山中，无人共游，'人'谓古人也。'孤游'二句，言己孤游，非情所叹，而赏心若废，兹理谁通乎？"

朱兰坡曰："'新蒲含紫茸'，《〈文选〉注》云：'茸谓蒲华也。'案：谢朓《咏蒲诗》：'暮蕊杂椒途。'与此诗语同。《广雅》：'蒲穗谓之蕈。'王氏《疏证》谓《广韵》'蕈，蒲秀也，秀亦穗也'。《尔雅》：

'莞，符离其上蘦也。'郭《注》：'今西方呼蒲为莞蒲，蘦谓其头台首也，台首即其作穗虑矣。'《玉篇》云：'蘦，今谓蒲头有台，台上有重台，中出黄即蒲黄也。'苏颂《图经》云：'蒲，春初生嫩叶，未出水时，红白色茸茸然，至夏抽梗于丛叶中。花抱梗端，谓之蒲釐花，黄即花中蕊屑也。蒲穗形圆，故谓之蕈。蕈之为言，团团然丛聚也。'《说文》：'蕈，蒲丛也。蒲草丛生于水，则谓之蕈；蒲穗丛生茎末，亦谓之蕈。'训虽异，义实相近。余谓蕈即今之'莼'菜字。《说文》有'蕈'无'莼'。《集韵》二十六《桓》，'蕈'字云：'草丛生，徒官切。'十八《谆》，'蕈'字引《说文》：'蒲丛也，一曰蒲中秀，殊伦切。'又'莼'字云：'水葵，通作蕈。'盖一字兼数义矣。"

梁章钜曰："'天鸡弄和风'，《尔雅》释'鸟'注：'鶾，天鸡，赤羽。'《逸周书》：'文鶾若采鸡，成王时，蜀人献之。'案《说文》'鶾，雉肥。鶾，音者也。鲁郊以丹鸡。'祝曰：'以斯鶾音，赤羽，去鲁侯之咎。丹鸡，即天鸡，鲁郊用之，则非希有之物矣。'杨文公《谈苑》载：淮南李似，知举进士，试《天鸡弄和风》诗，有进士白云：'《尔雅》：天鸡有二，未知孰是？'盖释鸟有鶾天鸡，释虫又有鶾天鸡。江东学人，深于学问，有如此者。"按：谢诗与"海鸥"类举，自是鸟类。李《注》所引本明，不须疑也。

刘履曰："此篇特写其游玩山水自得之趣。谓终日之间，涉历瞻眺，景各不同，且因春阳感发，万物生育，动植各得其宜，而我静观天地造化之妙，中心已无厌斁。况乃历览生物如此，又知一物之中，各具造化之理，则眷赏之情，自不一而足也。然能深知此中之乐者，其惟古人乎？今我不惜其逝去已远，但恨今人莫可与同，是以独游兴叹，非私情也。正恐玩赏之事，则此理浸微，谁复能达其妙者，是则可惜也矣。"

方回曰："'不惜去人远'，谓古人也。'不惜'者，深惜之也。以独游山中，今人无可与同者也。'孤游非情叹，赏废理谁通'，谓己之独游于此，不以真情形之咏叹，则赏心之事之人既废，此理谁与通乎？意极哀婉，柳子厚永州诸记多近此。"

方东树曰："起六句叙游历，于题中'南'字、'北'字、'往'字、'经'字、'湖'字、'山'字、'眺'字，一一交代分明。'俯视'十句，实发'瞻眺'，步步衔承。'石横'承'大壑'，'林密'承'乔木'。'解作'六句，又因眺而广及泛指之。'解作'句结上，'升长'句生下，而兴象华妙，冠绝古今。上嗣楚骚，绝殊浮艳。'解作'，雨后也，题中未及，何义门拈出。'海鸥'二句，一湖，一山，一见，一闻，细贴。'抚化'二句顿住，总束上文为章法。盖'解作'、'升长'、'苞'、'含'、'戏'、'弄'，皆'化'也，而'篁'、'蒲'、'鸥'、'鸡'，皆'物'也，将题写得十分充满。故后止用反折虚情作收，意弥足也。'不惜'四句反掉劲折，分四层递出。'去人'，古人也。'孤游'二句再申一层，又从'莫与同'转出。此诗精魄之厚，脉缕之密，精深华妙，元气充溢，如精金美玉，光气烂然。柳记、谢诗，造化机缄在手，独有千古，虽杜、韩无以尚之。"

晚出西射堂

李善曰："永嘉郡射堂。"

步出西城（《集》作"掖"）门，遥望城西岑。连障叠巘崿，青翠杳深沉。晓霜枫叶丹，夕曛岚气阴。节往感不浅，感来念已深。羁雌恋旧侣，迷鸟怀故林。含情尚劳爱，如何离赏心。抚镜华缁鬓，揽带缓促衿。安排空徒言，幽独赖鸣琴。

刘桢诗："步出北寺门，遥望西苑园。"《尔雅》："山小而高曰岑。"又："山正，郭。"善曰："'巘崿'，崖之别名。"《尔雅》："重巘，陈。"《〈楚辞〉注》："杳，深冥也。"《楚辞》："与曛黄而为期。"《注》："黄昏时也。"夏侯湛《山路吟》："道逶迤兮岚气清。"《埤苍》曰："岚，山风也。绿含切。"《七发》："暮则羁雌迷鸟宿焉。"《〈毛诗〉传》曰："怀，思也。"善《注》："言鸟含情，尚知劳爱，况乎人而离于赏心也。"孙绰子："抚明镜则好丑之貌可见。"陆机诗："柔颜收红藻，玄鬓吐素华。"《古诗》:"衣带日已缓。"《庄子》:"仲尼谓颜回曰:'安排而去化,乃入于寥天一。'"郭象曰:"安于推移而与化俱去,故乃入于寂寥,而与天惟一也。"《楚辞》:"幽独处乎山中。"《琴赋》:"处穷孤而不闷者,莫近于音声。"善《注》:"言安排之事,空有斯言,幽独不闷,惟赖鸣琴而已。"

刘履曰:"灵运被谮出守,常不得意,因步出射堂而作此诗。言眺望城西,见物候之变而知节往,则忧思已不浅矣。况感鸟之含情者,尚劳爱恋,则我如何离去赏心之人,能不深念乎哉?且于抚镜揽带之顷,又知其渐至老瘦如此,虽欲遗情委化而不可得,然必处而使之无闷,惟赖鸣琴以自遣耳。"

方回曰:"《〈文选〉注》:"永嘉郡射堂,予谓自西射堂出西门也。'晓霜枫叶丹',与'池塘生春草'皆名句,以其自然也。'节往蹙不浅,感来念已深',灵运多有此句法。"

梁章钜曰:"《太平寰宇记》九十九:'西射堂在温州西南二里,基址犹存。'今西山寺是。"

方东树曰:"时有晦滞,不能健快,但沉厚不佻不可及。首句点题,二句'望'字贯下,'节往'二句离合作章法。'羁雌'四句,与'嶂'、'翠'、'枫'、'岚'为望中一类物,却另拈出,托以自兴,实者皆空。末二句故为一折,不肯使一直笔。"

从斤竹涧越岭溪行

灵运《游名山志》:"神子溪南山,与七里山分流,去斤竹涧数里。"《一统志》:"斤竹涧,在温州府乐清县东七十五里。"刘履曰:"今会稽县东南有斤竹岭,去浦阳江十里许,即其地也。"

猿鸣诚知曙,谷幽光未显。岩下云方合,花上露犹泫。逶迤傍隈隩,迢递陟陉岘。过涧既厉急,登栈亦陵缅。川渚屡径复,乘流玩回转。苹萍泛沉深,菰蒲冒清浅。企石挹飞泉,攀林摘叶卷。想见山阿人，薜萝若在眼。握兰勤徒结，折麻心莫展。情用赏为美，事昧竟谁辨。观此遗物虑，一悟得所遣。

《元康地记》："猿与猕猴不共山宿，临旦相呼。"《说文》："曙，旦明也。"五臣《注》："'光'，日光也。'泫'，露垂貌。"《说文》："隈，山曲也。"《尔雅》："陬，隈也。"又："山绝曰陉。"郭《注》："连山中断曰陉。"《声类》："岭，山岭小、高也。"《〈毛诗〉传》："以衣涉水为厉。"天闵案："急"，谓水急流也。《通俗文》："板阁曰栈。"《汉书》："张良说汉王烧绝栈道。"《广雅》："陵，乘也。"《〈国语〉注》："缅，犹邈也。"《楚辞》："川谷径复流潺湲。"《鹏鸟赋》："乘流则逝。"《〈毛诗〉传》："蘋，大萍也。冒，覆也。"《说文》："企，举踵也。"《〈毛诗〉传》："挹，斟也，犹今言'酌'也。"《楚辞》："吸飞泉之微液。"五臣《注》："'叶卷'，谓初生未展。"《楚辞》："若有人兮山之阿，被薜荔兮带女萝。"又："被石兰兮带杜蘅，折芳馨兮遗所思。"王逸曰："石兰，香草也。"枣据《逸民赋》："沐甘露兮余滋，握春兰兮遗芳。"《楚辞》："折疏麻兮瑶华，将以遗兮离居。"王逸曰："疏麻，神麻也。司马彪《〈庄子〉注》曰："展，申也。《汉官仪》：'尚书郎怀香握兰。'"善《注》："灵运《南楼望所迟客诗》曰：'瑶华未堪折，兰苕已屡摘。路阻莫赠问，云何慰离折。'握兰摘苕，盖以相赠问也。"又："言事无高玩而情之所赏，即以为美。此理幽昧，谁能分别乎？"《淮南子》："吾独慷慨遗物而与道同出，是故有以自得也。"郭象《〈庄子〉注》："将大不类，莫若无心，既遗是非，又遗其所遗，遗之以至于无遗，然后无所不遗，而是非去也。"

刘履曰："今会稽县东南有所竹岭，去浦阳江十里许，即其地也。'女萝'，指山鬼。是时庐陵已死，故托言之。'事昧'，谓庐陵王为徐羡之等谮废，寻复见杀，及己亦因此而出也。此篇因登览山水有怀而作，其言山谷幽深，晓景清丽，于是乘此出游，延历渐远，不惮陵涉回复之势。而玩物适情，悠然自得，然而所思永隔，神期若存，偶因瞻眺山阿，而其人仿佛在目，虽欲折芳赠遗以通殷勤，而此心莫展，徒成郁结耳。夫情以赏适为美，况往事暗昧，竟无为之辨明者，何乃自贻忧念而不为乐哉！且当观此佳胜，遗去物虑，释然一悟，斯得排遣之道矣。"

方曰："起四句写早景，兴象涌现。'逶迤'四句，点题。'川渚'四句，分写'溪行'。'企石'四句，分写'越岭'。'握兰'二句，顿结上文。'情用'四句，又转入己。凡赏即为美，亦羊枣之独嗜，不必人人之炙。己之固僻在此，人或以我为蔽，而实昧于独赏为美之理而不能辨。若悟此理，则独往自适其性，而凡余物众理，纵为人所共趋，而皆可退而无容虑矣。此诗精深华妙，几于压卷。李空同粗浅皮傅，徒窜句籍辞，而自谓学谢，其何足以知之。谢所以不及杜，一无情事足感人，而其工模范山水与柳山水记同，亦似《水经注》。"

过白岸亭诗

灵运《归途赋》云："发青田之枉渚，逗白岸之空亭。"黄节曰："《寰宇记》：'亭在楠溪西南，去永嘉八十七里，岸沙白为名。'"

拂衣遵沙垣，缓步入蓬屋。近涧涓密石，远山映疏木。空翠难强名，渔钓易为曲。援萝聆青崖，春心自相属。交交止栩黄，呦呦食苹鹿。伤彼人百哀，嘉尔承筐乐。荣悴迭去来，穷通成休戚。未若长疏散，万事恒抱朴。

杨悍书："拂衣而起。"《说文》："遵，循也。"《释名》："垣，援也，人所依阻以为援卫也。"《说文》："涓，小流也。"《老子》："吾不知其名，字之曰道，强名之曰大。"闻人倓曰："凡物可以名则浅矣。'难强名'，犹言无能名也。'空翠'句承'远山'，'渔钓'句承'近涧'。"黄节曰："'空翠难强名'，虽写远山疏木，含有玄理。"又："《老子》曰：'曲则全。'王弼《注》：'不自见则全也。''渔钓'者，利于'不自见'，故用'曲'。均取老氏义。"闻人倓曰："'所聆'，盖即下所云'黄鸟'、'鸣鹿'也。"《楚辞》："极目千里兮伤春心。"《说文》："属，连也。"

黄节曰："《诗·秦风》：'交交黄鸟。'《毛传》：'交交，小貌。'又《小雅》：'黄鸟黄鸟，毋集于栩。'陆玑《疏》：'栩，今作栎也。'又：'呦呦鹿鸣，食野之苹。'《毛传》：'呦呦然鸣。苹，蓱也。'案《诗·秦风》三章'如可赎兮，人百其身'，据此句观之，则'止栩'当作'止棘'。盖'集栩'乃《小雅》之《黄鸟》，与《秦风·黄鸟》殊义。'人百哀'，乃《秦风·黄鸟》也。《诗》言'止棘'，言'集栩'，不言'止栩'"，故此篇'栩'字必误。《鹿鸣》之一章，'吹笙鼓簧，承筐是将。'郑《笺》：'承，犹奉也。'《毛传》：'筐，所以行币帛者也。'因《黄鸟》而感诗义，故有'荣悴'之嗟；因《鹿鸣》而感诗义，故有'穷通'之叹。盖《黄鸟》哀三良之死，《鹿鸣》燕群臣嘉宾之诗也。'止栩'二字，止用一'黄'字，陈胤倩以为未安，欲易作'鸟'，殊未深考《三百篇》之用字耳。《郑风》：'叔于田，乘乘黄。'则黄马也，而只曰'黄'。《小雅》：'四黄既驾。'则黄鸟也，而又只曰'黄'。张衡《东京赋》云：'睢鸠丽黄。'则以'黄鸟'作'丽黄'矣。'丽黄'即黄鹂留也。康乐用'黄'字，不用'鸟'字，其义本此。"

方东树曰："'人百哀'，明用秦诗，注家因'止栩'二字，引《小雅·祈父》什诗《序》云'刺宣王不亲亲'，失之矣。"《秋兴赋》："虽末世之荣悴兮，伊人情之美恶。"《韵会》："不自检束为散。"《老子》："见素抱朴，少私寡欲。"

方曰："起二句点'过'字，'近涧'四句赋景，句法华妙。'援萝'六句次第引出奇情奇景，'荣悴'二句就上收转，收句勒转。用笔如屈铁转丸。'去来'者天运定命，'休戚'者人情所感，两句递说，承上'黄鸟'、'鹿鸣'，用《抱朴子》，是撮取'少思寡欲'之义。"

夜宿石门诗

《拾遗》作《石门岩上宿》。

　　朝搴苑中兰，畏彼霜下歇。暝还云际宿，弄此石上月。鸟鸣识夜栖，木落知风发。异音同至听，殊响俱清越。妙物莫为赏，芳醑谁与伐？美人竟不来，阳阿徒晞发。

　　《离骚》："朝搴阰之木兰兮。"王逸《注》："搴，取也。"《周礼·地官》："囿人。"《疏》："古谓之囿，汉谓之苑。"《说文》："歇，息也。"《楚辞》："君谁须兮云之际。"《尔雅》："弄，玩也。"《礼记》："叩之以声，清越以长。"闻人倓曰："'鸟鸣'二句，言鸟声、叶声、风声同至于耳，故曰'异音'、'殊响'也。"《说文》："物，万物也。"嵇康《养生论》："资妙物以养身。"《玉篇》："醑，美酒也。"《小尔雅》："伐，美也。"闻人倓曰："言谁与我共领其美也。"黄节曰："诗言'妙物'，即指上文'兰'也、'云'也、'月'也、'鸟'也、'木'也、'风'也。"《楚辞》："晞汝发兮阳之阿。"王逸《注》："晞，干也。"《诗》："匪阳不晞。阿，曲隅，日所行也。"

　　陈祚明曰："东坡所谓'何地无月，何处无竹柏，特无如吾两人者耳'。东坡幸有两人，康乐终身一我，悲哉悲哉！晞发阳阿，傲睨一世。"

　　方曰："起，点题，于'宿'前补一笔，而措语如绿水芙蕖，谓于至澄明静中现出华妙也。'鸟鸣'四句，平写'宿'景，'异音'、'殊响'，即承'鸟'、'风'。'妙物莫为赏'五字作两层两段，'妙物'二字总结上文'兰'、'月'、'鸟'、'风'四项，'莫为赏'三字摄取下'美人不来'，收句取屈子语倒装用之，倍觉沉郁顿挫。"

南楼中望所迟客

灵运《游名山志》："始宁又北转一汀，七里，直指舍下园南门楼，自南门楼百步许，对横山。"五臣《注》："'迟'，待也。"

杳杳日西颓，漫漫长路迫。登楼为谁思，临江迟来客。与我别所期，期在三五夕。圆景早已满，佳人犹（一作"殊"）未适。即事怨睽携，感物方悽戚。孟夏非长夜，晦明如岁隔。瑶华未堪折，兰苕已屡摘。路阻莫赠问，云何慰离析。搔首访行人，引领冀良觌。

《楚辞》："日杳杳以西颓，路长远而窘迫。"王逸《注》："言道路长远，不得复还，忧心窘迫，无所舒志也。"《楚辞》："吹参差兮谁思。"善《注》："'迟'，犹思也。"陆机诗："问子别所期，耀灵绿扶木。"《礼记》："月者三五而盈也。"善《注》："'三五'谓十五也。"曹植诗："圆景光未满。"魏文帝诗："朝与佳人期，日夕殊不来。"《左氏》杜《注》："适，归也。"善《注》："'即事'，即此离别之意也。"天闵案："即事"，谓南楼中望所迟客也。客未来，故曰"怨睽携"。《周易》："睽，乖也。"《〈国语〉注》："携，离也。"《古诗》："感物怀所思。"《〈论语〉注》："方，常也。"《楚辞》："望孟夏之短夜，何晦明兮若岁。"又："折疏麻兮瑶华，将以遗乎离居。"又："被石兰兮带杜蘅，折芳馨兮遗所思。"又："媒绝路阻兮，言不可结而贻。"《毛传》："问，遗也。慰，安也。"杜甫诗："既而慨尔，感此离析。"《毛诗》："爱而不见，搔首踟蹰。"《左传》："引领而望。"《尔雅》："觌，见也。"

方回曰："'迟'，去声，训'恃'。而《文选》注音训为'思'，非是。"

黄节曰："李周翰曰：'瑶华'，花也，其色白，故比于瑶。此花香，服食可致长寿，故以为美，将以赠远。'未堪折'，谓孟夏时未花也。'兰苕'，亦香草，比君子，故'屡摘'，以相思欲赠远。

'苫'，英也。案：《南越志》：'疏麻大二围，高数丈，四时结实，无衰落。'当取长存之意。"

庐陵王墓下作

善《注》："宋武帝子义真，封庐陵王，未之藩，而高祖崩。庐陵聪敏好文，常与灵运周旋。属少帝失德，朝廷谋废立之事，次在庐陵，言庐陵轻诋，不任主社稷。因其与少帝不协，徐羡之等奏废庐陵为庶人，徙新安郡。羡之使使杀庐陵。后有谮灵运欲立庐陵王，遂迁出之。后知其无罪，追还，（天闵案：永初三年，康乐为徐羡之等构陷，出为永嘉太守，至文帝元嘉三年，徐羡之等被诛，始征为秘书监。善《注》乃云："后有谮灵运欲立庐陵王，遂迁出之，后知其无罪，追还。"于事实不合。）至曲阿，过丹阳。文帝问曰：'自南行来，何所制作？'对曰：'过庐陵王墓下作一篇。'"

天闵案：庐陵王被杀于新安，永嘉元年诏迎其灵枢，至葬于丹徒。史无明文，仅见于康乐诗也。丹徒，刘裕龙兴之地，祖墓在此。

晓月发云阳，落日次朱方。含悽泛广川，洒泪眺连冈。眷言怀君子，沉痛切中肠。道消结愤懑，运开申悲凉。神期恒若存，德音初不忘。徂谢易永久，松柏森已行。延州协心许，楚老惜兰芳。解剑竟何及？抚坟徒自伤。平生疑若人，通蔽互相妨。理感深（一作"心"）情恸，定非识所将。脆促良可哀，夭枉特兼常。一往随化灭，安用空名扬。举声泣已沥（《文选》作"洒"），长叹不成章。（曾曰："情韵。"）

《越绝书》："曲阿为云阳县。"《左传》："吴伐楚以报朱方之役。"杜《注》："朱方，吴地。《吴地记》改朱方曰丹徒。"《史记》："春申君曰：'广川大水，山林蹊谷。'"《楚辞》："还顾高丘泣如洒。"青鸟子《相冢书》："天子葬高山，诸侯葬连冈。"《毛诗》："眷言顾之。"阮籍诗："容好结中肠。"《周易》："君子道消。"《白虎通》："天子崩，讣告诸侯何？缘臣子丧君，哀痛愤懑，无能不告语人者也。"《《春秋说》

题辞》:"天子崩,黎庶陨涕,海内悲凉。"宋均曰:"凉,愁也。"善
《注》:"'道消',少帝之日;'运开',少帝之初也。"《宋书》:"少
帝讳义符,武帝长子,即位,为邢安泰所杀。"《家语》:"今之言五帝
三王者,威灵若存。"《毛诗》:"德音不忘。"《尚书》:"帝乃徂落。"
《毛诗》:"我行永久。"曹植诗:"高坟郁兮巍巍,松柏森兮成行。"
《新序》:"延陵季子将西聘晋,带宝剑以过徐君,徐君不言而色欲
之。季子为有上国之事,未献也,然心许之矣。使于晋,顾反,则徐
君死,于是以剑带徐君墓树而去。"《汉书》:"龚胜者,楚人也,字君
实。胜卒,有一老父来吊,其哭甚哀,既而曰:'嗟乎!薰以香自
烧,膏以明自销,龚生竟夭天年!非吾徒也。'遂趋而出,莫知其
谁。"《徐州先贤传》:"楚老,彭城之隐人。"潘岳诔:"姨抚坟兮告
辞。"闻人倓曰:"'解剑'二句,分顶'延州'、'楚老'。"桓子《新
论》:"汉高建立鸿基,侔功汤武,及身病,得良医弗用,专委妇人,
归之天命,此通人而蔽者也。"善《注》:"'若人',谓'延州'及'楚
老'也。令德高远是'通'也,'解剑'、'抚坟'是'蔽'也。言已往日
疑彼二人,迫乎今辰,己亦复尔,斯则理感既深,情便悲恸,定非心
识之所能行也。"毛苌《〈诗〉传》:"将,行也。"天闵案:曾国藩曰:
"'将',犹'持'也。《汉书·张竦传》:'效子者难将。'"今己亦因情
至而过恸,虽有识亦不能自将也。"将"训"持",甚为精确。《庄
子》:"其生也柔脆,其死也枯槁。"赵岐《〈孟子〉章句》:"良,甚
也。"五臣《注》:"特兼言甚于常者,谓枉见杀戮也。"《庄子》:"已化
而生,又化而死。"《孝经》:"扬名于后也。"五臣《注》:"言今已化灭
无形,何用后崇爵位也。(天闵案:元嘉三年诛徐羡之等,诏追崇侍中大将
军,王如故。)"《孟子》:"君子之志于道也,不成章不达。"五臣《注》:
"举声嗟叹,泣已下沥。心志措乱,不成文章。言悲之深也。"

黄节曰:"'理感心情恸,定非识所将',盖释上二句:'平生疑
若人,通蔽互相妨。'意谓己于庐陵中肠沉痛,含悽洒泪,有类延陵、
楚老。然彼两人心许惜兰,是已通于生死交情之理,而解剑、抚坟,
则又为生死交情所蔽。盖平日于彼两人不能无疑,但自觉今日一感于

生死交情之理，便已心情俱恊，是则平日致疑于彼两人之识定非今日之所能行矣。'脆促'句，泛言常人死丧可哀，惟庐陵命夭，又复事枉，独兼乎常人之痛，益可哀也。'空名'，谓文帝即位追崇王为侍中也。吕向谓'若人'指王，非是。"

刘履曰："灵运自永初三年，以庐陵王之故被出，至元嘉三年，始征为秘书监。此诗因赴召，舟次庐陵墓下，痛悼而作。'云'，古县名，秦改为曲阿。"

陈祚明曰："常论康乐情深而多爱人也，惟其多爱，故山水亦爱，友朋亦爱。观墓下之作，哀惨异常，知忠义之感，亦非全伪。"

方曰："起八句叙题，'神期'四句正申悲凉，顿住。'延州'四句，借宾陪托以避平衍。'平生'四句，转入哀伤，忽掉转，驰骤飘忽，如神龙夭矫，忽起忽落，文情俱妙。'疑若人'，谓'延州'、'楚老'。'脆促'四句，遥接'松柏'句下。'举声'二句，遥接'洒泪'、'沉痛'、'悲凉'意。'连冈'句，用典不苟如此。浅学安知，叙述一大事，言简事明，本末无不该悉，而仍从容文法，范我驰驱。杜、韩心折，岂偶然哉！"

酬从弟惠连

黄节曰："《宋书》：'灵运与族弟惠连、东海何长瑜、颍川荀雍、太山羊璇之，以文章赏会，共为山泽之游，时人谓之'四友'。惠连有《西陵遇风献康乐诗》，此康乐酬惠连之作也。'"闻人倓曰："《文选》本作一首，李善分为五章。"

寝瘵谢人徒，灭迹入云峰。岩壑寓耳目，欢爱隔音容。永绝赏心望，长怀莫与同。末路值令弟，开颜披心胸。

《尔雅》："瘵，病也。"《太玄经》："老子行则灭迹，立则隐形。"黄节曰："'欢爱隔音容'，似指庐陵王义真。其时庐陵已薨，故云'隔音容'，故云'永绝赏心'。"天闵案："赏心"，指庐陵。"欢爱"，似指颜延之、范泰、慧琳诸公。黄君谓"欢爱"亦指庐陵，似非是。潘岳诗："岁寒无与同。"邹阳《上书》："至其晚节末路。"应亨《赠四王冠诗》："济济四令弟，妙年践二九。"《史记》："蔡泽曰：'披腹心。'"

心胸既云披，意得咸在斯。凌涧寻我室，散帙问所知。夕虑晓月流，朝忌曛日驰。晤对无厌歇，聚散成分离。

《庄子》："余逍遥于天地之间而心意自得。"《说文》："帙，书衣也。"刘良曰："'散帙'，谓开书帙也。"《楚辞》王逸《注》："曛，黄昏时也。"刘良曰："相问古今所知之事，朝夕不疲，畏日月之流驰也。'忌'，畏也。"《庄子》："祸福相生，聚散以成。"善《注》："言事无常，故聚而必散，成其分离也。"

梁章钜曰："'晤对无厌歇'，《〈说文〉系传》'晤'字《注》，引此诗作'晤对无厌倦'。按谢惠连《泛湖归出楼中玩月诗》'悟言不知罢'句，引《毛诗》郑《笺》之'晤'云：'悟与晤通。'此'晤对'句无注，互见也。是李本用'悟'字无疑，至五臣而改用'晤'字，'系传'所引即五臣也。"

分离别西川，回景归东山。别时悲已甚，别后情更延。倾想迟嘉音，果枉济江篇。辛勤风波事，款曲洲渚言。

黄节曰："惠连《献康乐诗》云：'昨发浦阳汭。'此云'西川'，即指浦阳江也。'东山'，灵运所居也。"《尔雅》："延，长也。"黄节曰："'迟'，犹'持'也。《济江篇》，则指惠连所献诗也。"善《注》："'果'，犹'遂'也。"《家语》："孔子曰：'不观巨海，何以知风波之患？'"秦嘉诗："思念叙款曲。"天闳案："款曲"，犹"委曲"也。

洲渚既掩时，风波子行迟。务协华京想，讵存空谷期。犹复惠来章，只足搅余思。傥若果归言，共陶暮春时。

《广雅》："务，远也。"善《注》："'华京'，犹京华也。"郭璞《游仙诗》："京华游仙窟。"《毛诗》："皎皎白驹，在彼空谷。"又："胡逝我梁，只搅我心。"善《注》："'陶'，喜也。"《楚辞》："陶嘉月兮总驾。搴玉英兮自修。"黄节曰："'言'，语词也。'归言'，犹言'归'也。《毛诗》'言旋言归。'吕延济《注》曰'惠连别时有归言'，非是。惠连献诗曰：'我行指孟春，春仲尚未发。'又曰：'泳舟陶嘉日。'此曰'共陶春暮时'，别未久也。"

胡枕泉曰："'务协华京想'注：善曰：'《广雅》曰：务，远也。'今《广雅》'远'上无'务'字。按'远'当为'遽'。《众经音义》六引《广雅》曰：'务，遽也。'今'遽'上亦脱'务'字。曹宪音有'无住'二字，《疏证》谓'即务字之音'，是也。《说文》：'剧，务也。''剧'与'遽'同。《广韵》：'务，遽也。'当本《广雅》。《说文》：'务，趣也。''趣'、'遽'义近。'趣'之言促也。翰《注》：'务，趣也。'与许合。惟解为诗之趣，则反乖古训矣。"

暮春虽未交，仲春善游邀。山桃发红萼，野蕨渐紫苞。嘤鸣已悦豫，幽居犹郁陶。梦寐伫归舟，释我吝与劳。

善《注》："'未交'，谓暮春气节与仲春未交也。"《尔雅》："榹，山桃也。"《毛诗》："言采其蕨。"《义疏》："蕨，山菜也，初生紫色。"《尚书》："草木渐苞。"孔安国曰："'渐'，进长。'苞'，丛生也。"《毛诗》："伐木丁丁，鸟鸣嘤嘤。"《论衡》："幽居而静处，恬淡自守。"《尚书》："郁陶乎余心。"孔安国曰："郁陶，哀思也。"《后汉书》："陈蕃、周举尝相谓曰：'数日之间，不见黄生，则鄙吝之萌，复存乎心。'"《毛诗》："岂不尔思，劳心切切。"

陈祚明曰："每篇绾合俱自然，其源出于陈思《赠白马王》一篇。章法承接一丝不纷。至其情思缠绵，匠心直述，都无一字出于伪设。真语自佳，因知古人定无修辞一法。"

方曰："此与惠连诗，即效惠连体，古人皆然。一往清绮，真味至情，紧健亲切，密涩迟留，一字不率，一步不滑，顿挫芊绵，衔承一片。醒耳餍心，惠连所长也。一章言初得见，二章言相聚，三章言别及寄诗，四章正酬来诗中语，五章望归。细校之，毕竟胜惠连，以魄力厚密也。"

登临海峤初发疆中作与从弟惠连可见羊何共和之

善《注》："灵运《游名山志》：'桂林顶远，则嵊尖、疆中。'"刘履曰："临海，晋宋时郡名，即今台州也。山锐而高曰峤。疆中，地名。今嶂山下有曰疆口者，疑即此所也。史言灵运由侍中自解东归，尝着木屐，登山陟岭，自始宁南山伐木开径直至临海。此诗盖初登南山时作，以寄惠连，而于首章追述其将有远行临别顾念之情也。"

杪秋寻远山，山远行不近。与子别山阿，含酸赴修畛（《文选》作"畛"）。中流袂就判，欲去情不忍。顾望脰未悁，汀曲舟已隐。

《楚辞》："觏杪秋之遥夜。"善《注》："'畛'当为'畛'。"《说文》："畛，井田间陌。"《〈毛诗〉传》曰："彷徨不忍去。"何休《〈公羊传〉注》曰："脰，颈也。陆彦声诗：'相思心既劳，相望脰亦悁。'"《说文》："悁，疲也，痟与'悁'通。"《文字集略》曰："汀，水际平也。"

朱兰坡曰："'顾望脰未悁'《注》云：'悁，疲也。痟，与悁通。'案今《说文》疒部无痟字，其心部'悁'字，云'忿'也。'忿'非'疲'义。《注》云'通'者，盖同音假借字耳。《玉篇》、《广韵》皆云'痟，骨节疼也'，训正与'疲'近。殆今本《说文》有佚脱也。"

隐汀绝望舟，骛棹逐惊流。欲抑一生欢，并奔千里游。日落当栖薄，系缆临江楼。岂惟夕情敛，忆尔共淹留。

《海赋》："惊浪雷奔。"善《注》："'欲抑'二句，言远别已为抑欢，千里愈加离思。"《列子》："公孙朝曰：'欲尽一生之欢，穷当年之乐。'"《古诗》曰："离家千里客，戚戚多思复。"善《注》："'缆'，维舟索也。"灵运《游名山志》："从临江楼步路南上二里许，左望湖中，右傍长江。"《楚辞》："攀桂枝兮聊淹留。"

刘履曰："骛驰、抑遏并兼也，承上章言。欲抑平生相与之欢，而独为远游。然于将夕栖薄之处，不惟情虑复聚，且以向尝共尔淹留于此，而今不能不思念之也。"

淹留昔时欢，复增今日叹。兹情已分虑，况乃协悲端。秋泉鸣北涧，哀猿响南峦。戚戚新别心，悽悽久念攒。

潘岳《哀永逝》曰："忆旧欢兮增新悲。"善《注》："'悲端'，谓秋也。"《楚辞》："悲哉！秋之为气也。"《尔雅》："峦，山峰。"郭《注》："山形长狭者，荆州谓之峦。"《苍颉篇》曰："攒，聚也。"

刘履曰："'久'，犹'旧'也。言因思昔时淹留之叹，而复增今日离别之难，则此情已分虑矣。况值杪秋，泉鸣猿响，而又协其悲端，是则新别旧念，一时悽戚攒聚于心而不已也。"
吴湛曰："借淹留以忆昔时之欢，却因淹留复增今日之叹。"

攒念攻别心，且发清溪阴。暝投剡中宿，明登天姥岑。高高入云霓，还期那可寻。倘遇浮丘公，长绝子徽音。

《楚辞》："夕投宿于石城。"《汉书》："会稽有剡县。"《吴录》："《地理志》曰：'会稽有天姥岑。'"善《注》："'剡'，植琰切。"《孟子》："太山之高，参天入云。"羊祜《请伐吴表》曰："高山寻云霓。"潘岳诗："感此还期淹。"《列仙传》："王子乔好吹笙，道人浮丘公接以上嵩山。"《毛诗》："太姒嗣徽音。"郑《笺》："徽，美也。"
刘履曰："'剡'，古县名，属会稽郡，即今嵊县也。'天姥'，剡中山名，在今新昌县。'寻'，复践也。'徽音'，谓'德音'也。此言将由剡中以至临海，而诸山高绝，还期莫寻。倘遇神仙接引而去，则将永绝子之徽音矣。"

吴琪曰："'旦发'云云，俱是系缆临江时预计前路。言今夜宿此，明旦早发清溪，明夕便宿剡中。宿剡中之明日，便登天姥峰矣。'天姥岑'，即'临海峤'。"

方曰："此亦效惠连体。绵邈真至，情味无穷。上嗣公幹，下掩惠连。阮亭分四章是，《集》于《选》作一章，非。"

道路忆山中

天闵案：刘坦之谓此因往临川，于道路忆始宁山中而作，是也。考《宋书》，灵运为孟颛所纠，诣阙上表自辨，文帝不欲使东归，以为临川内史。观此诗，知灵运此行，殊怅恨也。

采菱调易急，江南歌不缓。楚人心昔绝，越客肠今断。断绝虽殊念，俱为归虑款。存乡尔思积，忆山我愤懑。追寻栖息时，偃卧任纵诞。得性非外求，自已为谁纂？不怨秋夕长，常（一作"恒"）苦夏日短。濯流激浮湍，息阴倚密竿。怀故叵新欢，含悲忘春暖。悽悽明月吹，恻恻广陵散。殷勤诉危柱，慷慨命促管。

《楚辞》："涉江采菱发阳阿。"王逸曰："楚人歌曲也。"《古乐府·江南辞》："江南可采莲。"善《注》："'楚人'，屈原也。'越客'，自谓也。"《宋书》："灵运，陈郡人，父、祖并葬始宁县，并有故老，遂籍会稽。"《广雅》："款，叩也。"五臣《注》："愤懑，怨叹也。"王逸《〈楚辞〉注》："言己情愤懑也。"崔实诗："栖息高丘。"《后汉书》："光武共严光偃卧，纵恣而傲诞。"《庄子》："南郭子綦曰：'夫吹万不同而使其自已也，成其自取，怒者其谁也。'"司马彪曰："已，止也。使各得其性而止也。"《尔雅》："纂，继也。"善曰："言得性之理，非在外求，取足自止，为谁之所继哉！言不为人之所继也。"五

264

臣《注》："言不知纂继谁人也。"《字林》："竿，竹挺也。叶古旦切。"《字书》："叵，不可也。"《庄子》："煖然似春。"善《注》："言春暖当喜，为含悲而忘之。"五臣《注》："'悽'、'恻'，皆哀声也。"闻人倓曰："《明月吹》，笛曲。《广陵散》，琴曲。"孙氏《筌篌赋》："陵危柱以颉颃。"善《注》："'危柱'，谓琴促。'管'，谓笛。"阮籍《乐论》："琵琶、筝、笛，闲促而声高也。"

　　刘履曰："'存'，存念也。'尔'，指楚人。《古乐府·横吹曲》有《关山月》，故谓之《明月吹》。《广陵散》，琴曲名。此因往临川，于道路忆始宁山中而作。托言闻楚人歌调而起，怀乡悲愤者，盖以今昔虽殊，而情不异也。且又追想旧日之纵诞，乃得于禀性所好，而非纂继他人而然。所以于秋之夕、夏之昼，惟恐其不永。而濯湍流，息茂阴，自不一而足。今乃何为舍此而系于官守，徒怀旧游而莫为新欢，含悲思而忘春阳之芳景哉？所赖《明月》、《广陵》二曲，音节悽恻，可以写吾湮郁之怀，故既托于急弦以自诉，而又使人促管相闻以激其哀声也。"
　　胡枕泉曰："'忆山我愤懑'注：'善曰：王逸《〈楚辞〉注》曰：言己情愤懑也。'按：'懑'当作'满'。刘越石《答卢谌诗》：'亭虚愤满'，是其义。'满'与上'积'对，故知为'满'。此恐涉《注》而误。"
吴汝纶曰："李善训'纂'为'继'，窃谓'纂'当为'篡'，如'弋人何篡'之'篡'。《尔雅》：'篡，取也。'即用《庄子》'咸其自取'之旨，改'取'为'篡'，以就韵耳。"
　　方曰："起盖托于怨者必言，劳者必歌，故以古歌曲起。即结句'殷勤'、'慷慨'也，再次以钟仪陪入。（天闵案：闻人倓《古诗笺》引李善《注》曰："楚人谓钟仪。"而《文选》善《注》："楚人谓屈原。"不知闻氏果据何本。方氏则据闻《笺》，故曰"以钟仪陪入"。）'越客'入己。'追寻'八句，实写'忆'字。'怀故'，接入今日情事。'怀故'，指山中也，束上。'含悲'句，起下。'悽悽'四句，应起处，言今日亦寄此歌曲也。'诉危柱'，言琴，承《广陵散》。'命急管'，言笛，承《明月吹》。'自已'之'已'，羊里切，止也。取足自止。善注谢诗，'此'字之解，胜憨山注《庄》。"

入彭蠡湖口

方回曰："'彭蠡湖口'，今江州湖口也。"天闵案："彭蠡"，即江西鄱阳湖也。五臣《注》："'彭蠡'，太湖名。灵运向临川从此过也。"非是。案：康乐到临川，盖溯长江而上，安能经过太湖？本集《孝感赋》："举高樯于杨潭，眇投迹于炎州；贯庐江之长路，出彭蠡而南浮。"庐江郡，今安徽境。康乐溯江而上，此其显证。

客游倦水宿，风潮难具论。洲岛骤回合，圻岸屡崩奔。乘月听哀狖，浥露馥芳荪。春晚绿野秀，岩高白云屯。千念集日夜，万感盈朝昏。攀崖照石镜，牵叶入松门。三江事多往，九派理空存。灵物吝珍怪，异人秘精魂。金膏灭明光，水碧缀（六臣作"辍"）流温。徒作千里曲，弦绝念弥敦。

孔安国《〈尚书〉传》："海曲谓之岛。"《玉篇》："狖，黑猿也。"《说文》："浥，湿也。"《玉篇》："荪，香草。"善《注》："言乘月而游，以听哀狖之声；蒙露而行，为玩芳荪之馥。"张僧鉴《浔阳记》："石镜山东有一圆石，悬崖明净，照人见形。"顾野王《舆地志》："自入湖三百三十里，穷于松门，东西四十里，青松遍于两岸。"《尚书》："三江既入。"又曰："九江孔殷。"《江赋》："流派乎浔阳。"《尚书》孔《传》："吝，惜也。"《高唐赋》："珍怪奇伟。"《〈毛诗〉传》曰："秘，闭也。"《江赋》："纳隐沦之列真，挺异人乎精魂。"《穆天子传》："河伯示汝黄金之膏。"《山海经》："耿山多水碧。"郭璞曰："碧亦玉也。"善《注》："'流温'，言水玉温润也。"《琴赋》："千里别鹤。"《演连珠》："繁会之音，生乎绝弦。"善《注》："言奏曲冀以消忧，弦绝而念愈甚，故曰'徒作'也。"

黄节曰："郑玄《〈禹贡〉注》云：'三江分于彭蠡，其三孔，东入海。'《汉志》：'会稽郡毗陵县北江在北，东入海。丹阳郡，芜湖县中江出江南，东至阳羡县入海。会稽郡吴县南江在南，东入海。所谓三江也。'陆德明《经典释文》引《浔阳记》云:'九江,一曰乌白江,二曰蚌江,三曰乌江,四曰嘉陵江,五曰畎江,六曰源江,七曰廪江,八曰提江,九曰菌江。'又引《太康地记》云:'刘歆曰:湖汉九水入彭蠡泽,九派即九水也。''理',地理也。"

方回曰:"'三江事多往,九派理空存',此二句者,知三江、九江,自晋、宋时已不明矣。中江、南江、北江,先儒所辨,有《尚书》'索玄'在。'分九派于浔阳',郭璞《江赋》云耳,后人亦不能定九派之迹。刘子淳《江州图经》详著之,予已别书订证。此则灵运之所不详,后人姑存疑事也。"

吴琪曰:"'舍舟而崖远',入松门而望三江九派历历矣。'灵物齐珍怪'而不出,'异人秘精魂'而不见,'金膏'之'明光'既'灭','水碧'之'流温'久'缀',所谓'天地闭,贤人隐'之时也。徒作思归之曲,转令犹念益长耳。"

陈祚明曰:"'三江'以下,徘徊吊古,物色超异。通篇惟'千念'二语言愁,余句不言愁而愁无极。吊古之情,正是深愁也。身世如斯,江湖满目,交集百端,乃至无语可述。'金膏'、'水碧',亦有《天问》之旨乎?"

朱兰坡曰:"'攀崖照石镜,牵叶入松门。'案:如《注》语,似'石镜'、'松门'为二山。据《一统志》,松门山在南昌府北二百十五里,上有石镜,则是一地也。《方舆纪要》云:'松门山在今都昌县南二十里,俗呼苔峣山。'都昌本彭泽县地,鄱阳湖亦在县东二十里,故入湖口,即近松门山矣。又案:《〈水经·庐江水篇〉注》云:'庐山之北有石门水,水生岭端,岭南有大道,顺山而下,若画焉。山东有一圆石,悬崖明净,照见人影。晨光初散,则延曜入石,豪细必察,故名石镜。'据此,石镜山亦庐山之支麓,别言之耳。"

方曰:"豫章出黄金,见《前汉·地理志》。'水碧缀流温',据朱子则谓温汤也,善《注》非是。"

天闵案:起八句行途情况,"千念"二句顿住,"攀崖"二句入彭蠡,"三江"六句寄慨吊古,收二句。方植之谓"古人游历之地,求古迹不存，往往寄情以为感，故以徒作千里之曲而无以消忧解烦念"。是也。

入华子冈是麻源第三谷

灵运《游名山志》："华子冈，麻山第三谷。故老相传，华子期者，禄里先生弟子翔集此顶，故华子为称也。"《一统志》："华子冈，在建昌府城西一十五里。麻源山在麻姑坛西。"

南州实炎德，桂树陵寒山。铜陵映碧涧（《文选》作"涧"），石磴泻红泉。既枉隐沦客，亦栖肥遁贤。险径无测度，天路非术阡。遂登群峰首，邈若升云烟。羽人绝仿佛，丹丘徒空筌。图牒复磨灭，碑版谁闻传？莫辨百代后，安知千载前。且伸独往意，乘月弄潺湲。恒充俄顷用，岂为古今然。

《楚辞》："嘉南州之炎德，丽桂树之冬荣。"善《注》："'铜陵'，铜山也。"扬雄《蜀都赋》："桔林铜陵。"灵运《山居赋》："讯丹砂于红泉。"《自注》："即近山。"善《注》："铜陵亦铜山。"桓谭《新论》："天下神人五，二曰隐沦。"《周易》："肥遁无不利。"《尔雅》："山绝险。"《家语》："孔子曰：'人藏其心，不可测度。'"仲长统《昌言》："荡荡乎若升天路，而不知夫所登也。"曹植《述仙诗》："逝将升云烟。"《楚辞》："仍羽人于丹丘，留不死之旧乡。"王逸曰："丹丘昼夜常明。"善《注》："'筌'，捕鱼之器，庄子以喻言也。"苏林《〈汉书〉注》："牒，谱也。"孔安国《〈论语〉注》："版，邦国之图籍也。"淮南王《〈庄子〉略要》曰："江海之士，山谷之人，轻天下、细万物而独往者也。"司马彪曰："独往任自然，不复顾世也。"按："潺湲"，水流貌。《小尔雅》："充，犹备也。"《江赋》："千里俄顷。"何休《〈公羊传〉注》："俄者，须臾之间也。"《庄子》："尊古卑今，学者之流也。"郭象曰："古无所尊，今无所卑，而学者尊古卑今，失其源矣。"善《注》："言古之独往者必轻天下，不顾于世，而己之独往，常充俄顷之间，岂为尊古卑今而然哉!"五臣《注》:"'恒充'少时为乐之用,不足为久长之事。"

刘履曰:"'华子冈'在今建昌南城县,'麻源'在麻姑坛西北。见颜真卿《坛记》。'南州'据临川而言,吴置临川郡,今其地即抚州之临川县也。'铜陵',铜山也。灵运既至临川,复得遨游名山,因入华子冈,而作是诗。"

陈祚明曰:"古人托神仙,每属不得已。尔时康乐胸中,愁绪万种,不堪宣之笔墨。而抒吐于凭吊,若不信有神仙者,此又不得已之至感也。结语申乘月独往之意,中有至理,语拙,然非晋人不能作。"

吴旦生曰:"《广雅》云:'畛途陈阡陌。''术',亦'道'别名也。《〈吕氏春秋·孟春·审端·径术〉注》:'端正其径路,不得邪行也。'陈晋之解《学记》:'术有序曰乡饮酒。'庄周皆有道术之说,是途之大者谓之道,小者谓之术。信乎庄周以'江湖'对'道术'而言,则直指为道路无疑矣。杜甫《寄韦丈人》云:'牢落乾坤大,周流道术空。'以'道术'对'乾坤',皆明此意。"

胡枕泉曰:"'险径无测度'《注》,善曰'山绝险',旁证曰:'径当作陉。'《注》:'险亦当为陉。此释山文,各本皆误。'绍瑛案:《说文》:'陉,山绝坎也。'《元和郡县志》引《述征记》云:'凡两山中断以成隘道者胥成陉焉。'是'陉'者,中成坎而成隘道之名。隘道谓之陉,故灶隅亦谓之陉,以釜形中如坎故也。"

方曰:"起四句写冈景物,'隐沦'二句点'华子','险径'四句点'入'字。'羽人'六句从'华子'入议,而以'莫辨'二句起下'独往',且申以下入己游情。"

初往新安桐庐口

闻人倓曰:"《唐书·地理志》:'睦州新定郡有桐庐县。新定即今之严州,晋时曰新安。'"

缔绤虽凄其，授衣尚未至。感节良已深，怀古亦云（一作"徒役"）思。不有千里棹，孰申百代意。远协尚子心，遥得许生计。既及泠风善，又即秋水驶。江山共开（以作"闲"）旷，云日相照媚。景夕群物清，对玩咸可憙。

《毛诗》："缔兮绤兮，凄其以风。"《毛传》："凄，寒风也。"《说文》："缔（耻知反），细葛。绤（去逆反），粗葛。"《毛诗》："九月授衣。"《东京赋》："慨长思而怀古。"《后汉书》："向长，字子平，隐居不仕。性尚中和，好通《老》、《易》，潜隐于家。读《易》至损益卦，喟然叹曰：'吾已知富不如贫，贵不如贱，但未知死何如生耳。'建武（光武年号）中，男女娶嫁已毕，敕断家事勿相关，肆意与同好北海禽庆，俱游五岳名山，竟不知所终。"《续晋阳秋》："许询字玄度，高阳人，总角秀惠，众称神童。长而风情简素，司徒辟，不就。"《庄子》："列子御风而行，泠然善也。"《玉篇》："驶，疾也。"《晋书》："徘徊云日间。"《韩诗外传》："天下得序，群物安居。"《说文》："玩，弄也。"

陈祚明曰："《往新安》，不知在何时作。"
方曰："起二句时令兴象佳妙。'感节'四句入题，'远协'四句'往'字正面，'江山'四句写景。'怀古'，即指尚子平、许询也。"
天闵案：李善注《初去郡诗》曰："嵇康《高士传》：'尚长字子平，河内人，隐避不仕，为子嫁娶毕，敕家事断之勿复相关，当如我死矣。'"嵇康书亦云："尚子平，《后汉书》曰：'向长字子平，男娶女嫁既毕，乃敕断家事。'""尚"、"向"不同，未详孰是。

钟嵘《诗品》："谢灵运诗，其源出于陈思，杂有景阳之体，而逸荡过之，颇以繁复为累。嵘谓若人兴多才高，寓目辄书，内无乏思，外无遗物，其繁复宜哉。然名章迥句，处处间起，丽典新声，络绎奔会，譬犹青松之拔灌木，白玉之映尘沙，未足贬其高洁也。"

又曰:"陈思为建安之杰,公幹、仲宣为辅;陆机为太康之英,安仁、景阳为辅。谢客为元嘉之雄,颜延年为辅。皆五言之冠冕,文章之命世也。"

王世贞曰:"谢灵运天质奇丽,运思精凿,虽体格创变,是潘、陆之余法也。其雅缛乃过之。'清晖能娱人'、'游子澹忘归',宁在'池塘春草'下耶?"

《西原遗书》:"薛君采云:'曰清,曰远,乃诗之至美者也。'灵运能之,王、孟、韦、柳抑其次也。'白云抱幽石,绿篠媚清涟',清也。'表灵物莫赏,蕴真谁为传',远也。'岂必丝与竹,山水有清音','景昃鸣禽集,水木湛清华',可谓清、远兼之矣。"

方东树曰:"谢公蔚然成一祖,衣被万世,独有千古。虽李、杜,甚重之。唐初诸人,于唐以前名家皆深知而慕效之,其上方能变,次者犹或得其一节,惟大谢无嗣音。皎然之论,亦只空识其句法、兴象而已。读谢公诗,须识其经营惨淡,迷闷深苦,而又元气结撰,斯得之矣。大约谢公清旷有似陶公,而气之搴举,词之奔会,造化天全皆不逮。然出之以雕缛、坚凝、老重,实若别开一派。谢公思深气沉,无一字率意漫下,学者当先求观于此。较之退之、山谷尤严。此实一大宗门也。谢公乃是学者之诗,精深华妙。但学者不得其精深,而妄贪其华妙,则归于词旨肤伪,气骨轻浮,如李空同辈而已。谢公全用《小雅》、《离骚》意境、字句,而气格紧健、沉郁。陶公不烦绳削,谢则全由绳削,一大事一人功也。《南史》本传云:'纵横、俊发过颜延之,而深密不如。'谢公政自深密耳。"

谢　混

字叔源，少有美誉，善属文。为尚书左仆射，以党刘毅见诛。

游西池

善曰："丹阳西池。"天闵案：丹阳郡，吴置，治建业，隋废。今江苏江宁县。

悟彼蟋蟀唱，信此劳者歌。有来岂不疾，良游常蹉跎。逍遥越城肆，愿言屡经过。回阡被陵阙，高台眺飞霞。惠风荡繁囿，白云屯曾阿。景昃鸣禽集，水木湛清华。褰裳顺兰沚，徙倚引芳柯。美人愆岁月，迟暮独如何。无为牵所思，南荣戒其多。

《声类》："悟，心解也。"《毛诗》："蟋蟀在堂，岁聿云暮。今我不乐，日月其除。"《韩诗》："《伐木》废。朋友之道缺，劳者歌其事。诗人伐木，自苦其事，故以为文。"陆云赋："年有来而弃予。"刘桢赋："良游未厌，白日潜晖。"《楚辞》："中阪蹉跎。"《说文》："蹉跎，失时也。"《说文》："越，度也。"郑玄《〈礼记〉注》："肆，市中陈物处也。"《毛诗》："愿言思子。"阮籍诗："赵李相经过。"《广雅》："被，加也。"善曰："言加大阜而通城阙也。"边让赋："惠风春施。"五臣《注》："'繁囿'为园囿。'繁'，茂也。"《广雅》："屯，聚也。"五臣《注》："'曾'，重也。'阿'，大陵也。'景昃'，日斜也。"《苍颉篇》："湛，水不流也。"天闵案："湛"字形容"清华"，犹云水木湛湛然而清华也。潘岳诗："归雁映兰沚。"《左传》杜预《注》："沚，小渚

272

也。"《楚辞》："恐美人之迟暮。"善曰："'愆',过期也。"《庄子》："庚桑楚问南荣趎曰:'全汝形,抱汝生,无使汝思虑营营。'"

梁章钜曰:"《六朝事迹》:'晋元帝以酒废政,王导谏,帝因覆杯于池为戒,今城北三里西池是。'又《金陵新志》:'太子湖,一名西池,在城北六里。'按二书各有西池,俱在城北,恐误一为两也。"

天闵案:起四游前一层,"愿言"四句出游西池,"惠风"四句景。"水木清华"句,不减"池塘春草"也。"搴裳"四句情,收二句另换意,与起和应。又案:叔源,康乐从叔,晋安帝义熙八年,以党刘毅为刘裕擅杀。此乃晋人,非宋人。渔阳以其诗附于康乐,虽别有用意,然微嫌失序。

谢　瞻

字宣远，六岁能属文，与从叔混、族弟灵运，俱有盛名。晋义熙中为安城太守，宋初除中书侍郎。以弟晦当朝，乃求出为豫章太守，遇病卒。

九日从宋公戏马台集送孔令诗

风至授寒服，霜降休百工。繁林收阳彩，密苑解华丛。巢幕无留燕，遵渚有来（五臣作"归"）鸿。轻霞冠秋日，迅商薄清穹。圣心眷嘉节，扬銮戾行宫。四筵霑芳醴，中堂起丝桐。扶光迫西汜，欢娱（《初学》作"余欢"）宴有穷。逝矣将归客，养素克有终。临流愿莫从，欢心叹飞蓬。

《礼记》："孟秋之月，凉风至。"又："仲秋之月，盲风至，命司服。衣服有量，必循其故。"又云："季秋之月，霜始降，则百工休。"闻人倓曰："'繁林'二句，言阳气尽而草木皆零落也。"《左传》："吴公子札宿于戚，闻钟声曰：'夫子之在此也，犹燕之巢于幕上者乎？君又在殡，而可以乐乎？'"又："玄鸟氏司分者也。"《注》："春分来，秋分去。"《毛诗》："鸿飞遵渚。"《礼记》："季秋鸿雁来。"五臣《注》："霞在日上，故曰冠。"善曰："'迅商'，商风之迅疾者也。"《楚辞》："商风肃而害之，百草育而不长。"《注》："商风，西方也。秋气起则西风疾。"《尔雅》："穹，苍苍天也。"《荀子》："积善德而圣心备焉。"《左传》："扬銮和铃。"天闵案：天子之车有銮铃也。《尔雅》："戾，至也。"《东观汉记》："济阳有武帝行过宫。"《仪礼》："旨酒令芳。"

《西京赋》："促中堂之密坐。"《史记》："邹忌以鼓琴见秦威王,忌曰:'夫治国家而弭人民,皆在其中。'王曰:'夫治国家而弭人民,又何为丝桐之间?'"《淮南子》:"日出阳谷,拂于扶桑。"《楚辞》:"出于旸谷,次于蒙汜。"善曰:"'归客',谓孔也。"嵇康诗:"养素全真。"《周易》:"谦,亨,君子有终吉。"《〈汉书〉述》:"始克有终,散金娱老。"《楚辞》:"临流水而叹息。"《注》:"念旧乡也。"曹植诗:"朝观莫从。"《列子》:"宋元君曰:'适值寡人有欢心。'"《商君书》:"夫飞蓬遇飘风而行千里,乘风而转。"善曰:"言己牵于时役,未果言归。临流念乡,已结莫从之怨。而以侍宴暂欢之志,重欢飞蓬之远也。"

闻人倓曰:"《艺苑雌黄》:《左氏传》'犹燕之巢于幕上',夫慕非巢燕之所,言其至危也。故《西征赋》'甚玄燕之巢幕',丘希范'燕巢于飞幕之上',盖用此意。后人因此言燕事多使巢幕,似乎无谓。"

天闵案:此诗在当日颇为人所推重。方植之谓前半叙九日过多,章法偏压;后半叙本事,词意未满,大不及康乐。

谢惠连

惠连，陈郡阳夏人。丹阳尹方明之子，十岁能属文，族兄灵运深嘉赏之。元嘉元年为彭城王法曹参军，年三十七卒。有集六卷。

西陵遇风献康乐

《南史·谢灵运传》："初袭封康乐公，宋受命始降为侯。"梁章钜曰："良《注》以西陵为所居之西陵，非也。此浙江东之西陵，驿名也。以诗'昨发浦阳汭，今宿浙江湄'知之。"《水经注》："浙江又经固陵城北，今之西陵也。"《会稽志》："西陵城在萧山县西二十里，吴越改曰西兴。"

我行指孟春，春仲尚未发。趣途远有期，念离情无歇。成装候良辰，漾舟陶嘉月。瞻途意少惊，还顾情多阙。

善《注》："'趣'，向也。"《淮南子》："装，饰也。"《蜀都赋》："漾轻舟。"案："漾"，水摇动貌。《楚辞》："陶嘉月兮总驾。"《尔雅》："陶，喜也。"《〈汉书〉注》："惊，乐也。"

方曰："起四句故为顿挫往复，以避轻滑之病。'成装'二句中坚，'瞻途'二句以对句为厚。此八句诗，而分明四层，各有疆部，章法精深如此。"

哲兄感仳别，相送越坰林。饮饯野亭馆，分袂澄湖阴。凄凄留子言，眷眷浮客心。回塘隐舻枻，远望绝形音。

善曰："'哲兄'，谓灵运也。"《汉书》："谷永谢王凤曰：'察父哲兄，覆育子弟，诚无以加。'"《毛诗》："有女仳离，慨其叹矣。"《传》："仳，别也。"《尔雅》："野外曰林，林外曰坰。"闻人倓曰："'分袂'，犹言'分襟'。'阴'，水南也。"《韩诗》："眷眷怀顾。"《〈尚书〉传》："浮，行也。"《南都赋》："分背回塘。"《说文》："舻，船头。"韦昭《〈汉书〉注》："枻，楫也。"

方曰："起四句为一层，五、六中坚，'回塘'二句，换笔、换意作收。"

靡靡即长路，戚戚抱遥悲。悲遥但自弭，路长当语(五臣作"问")谁？行行道转远，去去情弥迟。昨发浦阳汭，今宿浙江湄。

《毛诗》："行迈靡靡。"《传》："靡靡，犹迟迟也。"《楚辞》："居戚戚而不可解。"案："戚戚"，忧貌。《楚辞》："聊抑志而自弭。"《〈左传〉注》："弭，息也。"《古诗》："愁思当语谁？"陆机诗："行行遂已远。"《韩诗外传》："孔子之去鲁，迟迟乎其行。"《水经注》："浦阳江水，导源乌伤县而经上虞县。"《〈尚书〉传》："水北曰汭。"晋灼《〈汉书〉注》："江水至会稽山阴为浙江。"郭璞《〈山海经〉注》："今钱塘有浙江。"

方曰："承前篇，起二句中坚，三、四顿挫，'行行'二句衍，'昨发'二句又换笔、换气作收。"

屯云蔽曾岭，惊风涌飞流。零雨润坟泽，落雪洒林丘。浮氛晦崖巘，积素惑原畴。曲汜薄停旅(五臣作"依")，通川绝行舟。

《魏都赋》："蓄为屯云，泄为行雨。"案："曾"同"层"。《毛诗》：

"零雨其濛。"《〈毛诗〉传》:"坟,大防也。"《风俗通·山泽篇》:"水草交错,名之曰泽。言其润泽万物以阜民用也。"《尔雅》:"重巘,隒也。"《云赋》:"积素未亏。"案:"积素",谓水也。《韩诗外传》:"妇人对曰:'阿谷之隧,隐曲之氾,其水载清载浊,流而趋海。'"善《注》:"'薄'、'泊'古字通。"《上林赋》:"通川过于中庭。"魏文帝诗:"洋洋川流,中有行舟。"

方曰:"此篇八句,句句着力正写,而情景刻露,一一得画意。"

临津不得济,伫楫阻风波。萧条洲渚际,气色少谐和。西瞻(五臣作"瞩")兴游叹,东睇起凄歌。积愤成疢痗,无萱将如何?

《孔丛子》:"孔子歌曰:'临海不济,还辕息鄹。'"《尔雅》:"伫,久立也。"《家语》:"孔子曰:'不观巨海,何以知风波之患也。'"五臣《注》:"'气色少谐和',言风云错逆也。'西瞻',思与兄游,故起叹息。'睇',视也。'凄歌',即此诗也。"天闵案:观康乐酬和诗"务协华京想",似惠连将赴京,"西瞻兴叹",盖指京华。五臣《注》谓"思与兄游"云云,非是。《韩诗》:"焉得萱草,言树之背。愿言思伯,使我心痗。"薛君曰:"萱草,忘忧也。'萱'与'谖'同。"《毛传》:"痗,病也。"《诗》郑《笺》:"疢,犹病也。"

方曰:"起四句跌宕顿挫,'西瞻'二句中坚,收别出奇趣,情真调古。"

秋 怀

平生无志意,少小婴忧患。如何乘苦心,矧复值秋晏。皎皎天月明,奕奕河宿烂。萧瑟含风蝉,寥唳度云雁。寒商动清闺,孤灯暖幽幔。耿介繁虑积,展转长宵半。夷险难豫谋,倚伏昧前算。虽好相如达,不同长卿慢。颇悦郑生偃,无取白衣宦。未知古人心,且从性所

玩。宾至可命筋，朋来当染翰。高台骤登践，清浅（五臣作"波"）时凌
乱。颓魄不再圆，倾羲无两旦。金石终销毁，丹青暂雕焕。各勉玄发
欢，无贻白首叹。因歌遂成赋，聊用布亲串。

《说文》："婴，绕也。"《古诗》："晨风怀古心。"《淮南子》："秋
士哀。"《玉篇》："晏，晚也。"《韩诗章句》："'奕奕'，盛貌。"《毛
诗》："子兴视夜，明星有烂。"《楚辞》："悲哉，秋之为气也，萧瑟
兮草木摇落而变衰。"《韵会》："嘹唳，雁声。"《楚辞》："商风肃而害
之。"《说文》："闺，特立之户。"《毛诗》："展转反侧。"《演连珠》：
"才经夷险，不为世屈。"善曰："'夷险'，谓道以喻时也。"《鹖冠
子》："祸兮福所倚，福兮祸所伏。"嵇康《高士传》："相如赞曰：'长
卿慢世，越礼自放。犊鼻居市，不耻其状。托疾避患，蔑彼卿相。乃
至仕人，超然莫尚。'"善曰："'达'，谓通达不拘礼也。"《后汉书》：
"郑均，字仲虞，东平任诚人。公车特征，再迁尚书。后病乞骸骨，
拜议郎告归，因称病笃。帝东巡，过任城，乃幸君舍，敕赐尚书禄，
以终其身。故人号为白衣尚书。"善曰："'偃'，谓偃仰不仕也。"《秋
兴赋》："染翰操纸，慨然而赋。"五臣《注》："'陵乱'，谓舟驰鹜
也。"《尔雅》："水正绝流曰乱。"郭《注》："横流而济之也。"善曰：
"'魄'，月魄也。'羲'，羲和，谓日也。"张纲《集》："书，功金石。
图，形丹青。"五臣《注》："'雕焕'，光明貌。"阮籍诗："玄发发朱
颜。"善曰："嵇康有《白首赋》。"《尔雅》："串，习也。"五臣《注》：
"'亲串'，亲狎之人。"

方曰："起四句从'怀'入'秋'，'皎皎'四句正写秋，'寒商'四
句从'秋'入'怀'，'夷险'句以下正写'怀'，'未知'二句顿束。'宾
至'四句遣怀，'颓魄'四句申言遣怀之故，收四句及时行乐。"

何义门曰："一往清绮，不乏真味。"

颜延之

字延年，临沂人。性疏淡，不护细行，而文章冠绝当时。初为宋公豫章世子参军，及公即帝位，补太子舍人。庐陵王待之甚厚，执政以其构扇异同，因帝崩，出为始安太守。文帝元嘉二年，征为中书侍郎，未几复出守永嘉。孝武登祚，以为金紫光禄大夫，卒赠特进，谥曰"宪"。有集三十卷，逸集一卷。

始安郡还都与张湘州登巴陵城楼作

闻人倓曰："'都'，谓建业。延之自始安太守征为中书侍郎，时张劭为湘州刺史。'始安'，今广西桂林。"

江汉分楚望，衡巫奠南服。三湘沦洞庭，七泽蔼荆牧。经途延旧轨，登闉访川陆。水国周地险，河山信重复。却倚云梦林，前瞻京（一作"荆"）台囿。清霄霁岳阳，曾晖薄澜澳。凄矣自远风，伤哉千里目。万古陈往还，百代劳起伏。存没竟何人？炯介在明淑。请从上世人，归来艺桑竹。

《左传》："楚昭王曰：'江、汉、睢、漳，楚之望也。'"善曰："'衡'、'巫'，二山名。"《〈尚书〉传》："奠，定也。"善曰："'南服'，南方五服也。"（天闳案：《〈尚书〉传》"五服"，侯、甸、绥、要、荒五服也。）案：湘水与漓水同发源广西兴安县之汤海山曰漓湘，合流至兴安县，歧而东北入湖南，至零陵会潇水，曰潇湘。至衡阳合蒸水，曰蒸湘，故曰三湘。一曰合潇水曰潇湘，合蒸水曰蒸湘，合沅水曰沅湘。又北流至长沙，入洞庭湖。盛弘之《荆州记》："湘水北流二千里入于洞庭。"《子虚赋》："臣闻楚有七泽，尝见其一，未睹其余。"闻人倓曰："'荆牧'，荆之郊外。"《蜀都赋》："经途所亘。"《〈周礼〉注》："延，进也。"善《注》："'旧轨'，谓张劭。"方曰："'经途'句言仍昔时道路也。善《注》，非。"《毛诗》："出其闉闍。"《传》："闉，曲城也。"陆机诗："川陆殊途轨。"天闵案："水国"犹云"泽国"。《周礼》："地官掌节，凡邦国之使节，山国用虎节，土国用人节，泽国用龙节。"《荆州记》："鲁阳县，其地重险，楚之北塞也。"《西都赋》："含棆槛而却倚。"按："云梦"，泽名，今湖北安陆县南，本二泽，"云"在江北，方八九百里。华容以北，安陆以南，枝江以东，皆其地。后悉为邑居聚落，因并称之曰云梦。《周礼·职方氏》："荆州其泽薮曰云梦。"《说苑》："楚昭王游于荆台。'荆'或作'京'。"《说文》："雾亦氛字也。"《〈左传〉注》："氛，气也。"岳阳西门楼，下瞰洞庭。五臣《注》："'曾晖'，日光也。'澜'，水波。'澳'，水曲也。"《楚辞》："目极千里。"五臣《注》："'往还''起伏'，其来远矣。'陈没'，劳倦也。"《苍颉篇》："炯，明也。"刘熙《〈孟子〉注》："介，操也。"彼尧舜之耿介。"善曰："'耿'与'炯'通。"闻人倓曰："言万古百代存者、没者宁可数计，至竟何人为可法耶？聊企耿光，惟在明淑之士而已。"《论衡》："上世之人，质朴易化。"《〈毛诗〉传》："艺，树也。"

方曰："起四句从湘州起，'经途'二句登城，'水国'六句登城后望中所见，'凄矣'以下，登眺之情。以规格求之，可谓奄有前则，然真味过少。虽典远谐则，不能引人入胜。于此判颜、谢之优劣。"

五君咏

《宋书》："延年领步兵校尉，好酒疏诞，不能斟酌当世。刘湛言于彭城王义康，出为永嘉太守。延年甚恚愤，乃作《五君咏》，以述竹林七贤。山涛、王戎，以贵显被黜。"

阮步兵

袁宏《竹林名士传》："阮籍以步兵校尉缺，厨中有数斛酒，乃求为校尉。大将军甚奇爱之。"

阮公虽沦迹，识密鉴亦洞。沉醉似埋照，寓辞类托讽。长啸若怀人，越礼自惊众。物故不可论，途穷能无恸？

《广雅》："沦，没也。"善曰："湛然不动谓之心，分别是非谓之识。"《广雅》："鉴，照也。洞，深也。"臧荣绪《晋书》："籍拜东平相，不以政事为务，沉醉日多。善属文论，初不苦思，率尔便成。作五言诗八十余首，为世所重。"五臣《注》："'照'，光也。"班固《〈汉书〉述》："寓言淫丽，托讽终始。"《魏氏春秋》："籍少时尝游苏门山，有隐者莫知姓名，籍与谈太古无为之道，及论五帝三王之义，苏门生萧然曾不经听，籍乃对之长啸，清韵响亮，苏门生逌尔而笑。籍既降，苏门生亦啸若鸾凤之音焉。"《晋阳秋》："阮籍嫂常归家，籍相见以别，或以礼讥之，籍曰：'礼岂为我设耶？'"嵇康《司马相如赞》："长卿慢世，越礼自放。"臧荣绪《晋书》："阮籍虽放诞不拘礼教，发言玄远，口不评论臧否人物。"《魏氏春秋》："籍时率意独驾，不由径路，车迹所穷，辄恸哭而返。"

嵇中散

《晋书》："康与魏宗室婚，拜中散大夫。"

中散不偶世，本自餐霞人。形解验默仙，吐论知凝神。立俗迕流议，寻山洽隐沦。鸾翮有时铩，龙性谁能驯？

《晋阳秋》："嵇康性不偶俗。"《吕氏春秋》："偶世接俗。"《大人赋》:"呼吸沆瀣餐朝霞。"善曰:"'餐霞',谓仙也。"顾凯之《嵇康赞》:"南海太守鲍靓,通灵士也,东海徐宁师之。宁夜闻静室有琴声,怪其妙而问焉。靓曰:'嵇叔夜。'宁曰:'嵇临命东市,何得在兹?'靓曰:'叔夜迹似终而尸解。'"《新论》:"圣人皆形解仙去,言死,示民有终。"孙绰《嵇中散传》:"嵇康作《养生论》,入洛,京师谓之神人。向子期难之,不得屈。"《庄子》:"邈姑射之山有神人居焉,其神凝。"郭《注》:"行者曳枯木,心若聚死灰,是其神凝也。"《竹林七贤论》:"嵇康非汤、武,薄周、孔,所以近世。"《尔雅》:"近,逆犯也。"《非有先生论》:"欲闻流议。"《神仙传》:"王烈年已二百三十八岁,康甚爱之,数与其入山游戏、采药。""隐沦",已见康乐诗《注》。《嵇康别传》:"康美音气,好容色,龙章凤姿,天质自然。"《淮南子》:"飞高铩羽。"许慎曰:"铩,残羽也。"《左传》:"刘累学扰龙于豢龙氏。"《〈汉书〉注》:"扰,驯也。"

刘参军

袁宏《竹林名士传》:"刘伶,字伯伦,沛国人。尝为建威参军。"

刘伶善闭关,怀情灭闻见。鼓钟不足欢,荣色岂能眩?韬精日沉饮,谁知非荒宴。《颂酒》虽短章,深衷自此见。

臧荣绪《晋书》:"伶潜默少言。"《老子》:"善闭关者无关键而不可开。"王弼曰:"因物自然,不设不施,故不用关键、绳约而不可开。"《说文》:"怀,藏也。"《庄子》:"广成子曰:'目无所见,耳无所闻,汝神将守形,形乃长生。'"善曰:"言道德内充,情欲俱闭,既无外累,故闻见俱灭。"《〈国语〉注》:"眩,惑也。"善曰:"夫钟鼓以悦耳,荣色以悦目,今闻见既灭,声色俱丧,故钟鼓不足以为欢,岂荣色之能眩也?"《广雅》:"韬,藏也。"《〈国语〉注》:"精,明也。"臧荣绪《晋书》:"伶尝乘鹿车,携一壶酒。"《尚书》:"羲和沉湎于酒。"《传》:"沉,谓醉冥也。"《〈毛诗〉笺》:"荒,废乱也。"善曰:

"《颂酒》即《酒德颂》也。"《苍颉篇》："衷，别外之辞也。"

阮始平

《晋书》："阮咸，字仲容。与叔父籍为竹林之游，当时礼法者讥其所为。历仕散骑侍郎。荀勖每与咸论音律，自以为远不及也，疾之，出补始平太守。"《野客丛书》："徐羡之不悦延年，出为始安太守。谢晦谓延年曰：'昔荀勖疾阮咸，出为始平郡，今卿为始安，可为二始。'延年后复为刘湛出为永嘉太守，怨愤之甚，故有是作。"

仲容青云器，实禀生民秀。达音何用深，识微在金奏。郭奕已心醉，山公非虚觏。累荐不入官，一麾乃出守。

《史记》："闾巷之人，欲砥行立名，非附青云之士，恶能始于后世哉？"善曰："'青云'，言高远也。"《礼记》："人者，五行之秀。"傅畅《晋诸公赞》："中护军长史阮咸唱议，荀勖所造乐声高，声高则悲。亡国之音哀以思，今声不合雅，惧非德政中和之善，必古今尺长短之所致。后掘地得古铜尺，岁久欲腐坏，以此尺度于勖今尺，短四分，时人名咸为神解。"班固《匈奴传赞》："远见识微。"《周礼》："钟师掌金奏，凡乐事以钟鼓奏九夏。"《名士传》："阮咸哀乐至到，过绝于人。太原郭奕，见之心醉，不觉叹服。山涛启事：'咸若在宫人之职，必妙绝于时。'"《〈毛诗〉笺》："觏，见也。"曹嘉之《晋记》："山涛举咸为吏部郎，三上，武帝不能用也。"《尚书》："学古入官。"善曰："'麾'，指麾也，言为勖所指麾也。"潘子真《诗话》："'屡荐不入官，一麾乃出守'，盖谓山涛三荐咸为吏部郎，武帝不能用，荀勖一麾之，则左迁始平太守。"沈括《梦溪笔谈》："自杜牧为《乐游原诗》，云'拟把一麾江海去，乐游原上望昭陵'，始误用'一麾'，自此遂为故事。"

向常侍

《晋书》："秀字子期，河内怀人。清悟有远识，为散骑侍郎，转黄门侍郎、散骑常侍。"

向秀甘淡薄，深心托毫素。探道好渊玄，观书鄙章句。交吕既鸿轩，攀嵇亦凤举。流连河里游，恻怆《山阳赋》。

《说文》："淡薄，味也。"《文赋》："惟毫素之所拟。"《世说》："初注《庄子》者数十家，莫能究其指要。向秀于旧注外为解义，妙析奇致，大畅玄风。王逸妍蚩，测六义之渊玄。"《向秀别传》："秀与嵇康、吕安为友，趣舍不同。康傲世不羁，安放逸迈俗，而秀雅好读书。"《汉书》："费直治《易》，长于卦筮，无章句。"《向秀别传》："秀尝与嵇康偶锻于洛邑，与吕子安圃于山阳，收其余利，以供酒食之费。"王粲诗："归雁载轩。"善曰："'轩'，飞貌。"张衡赋："星回日运，凤举龙骧。"《汉书》："班伯曰：'式号式呼，《大雅》所以流连也。'"《魏氏春秋》："康寓居河内之山阳县，与河内向秀相友善，游于竹林。"《思旧赋》："济黄以汎舟，经山阳之旧居。"

方曰："颜诗凝厚典质，力足气完，与大谢相埒。但力有余，天才不足，有海岳殿阁气象。不善学之，但成死语。本传称延之尝问鲍照己与谢优劣，照曰：'谢如初日芙蓉，自然可爱；君诗若铺锦，亦雕缛满眼。'"

鲍 照

字明远，东海人。文词赡逸，尤长于乐府。始谒临川王义庆，贡诗言志，擢为国侍郎，迁秣陵令。文帝迁为中书舍人。上好为文章，自谓物莫能及，照悟其旨，为文章多鄙言累句，咸谓照才尽，实不然也。后临海王镇荆州，以为前军参军。时江外诸王皆拒命，子顼败，遂遇害。有集十卷。

代东门行

郭茂倩《乐府诗集》曰："《乐府解题》：'《古词》出东门，不顾归。来入门，怅欲悲。言士有贫不安其居者，拔剑将去，妻子牵衣留之，愿共铺糜，不求富贵。且曰：今时清，不可为非也。'若宋鲍照'伤禽恶弦惊'，但伤离别而已。"朱稚堂《乐府正义》曰："《〈文选〉注》引《歌录》曰：'日出东门'，古辞也。今瑟调《东门行》无'日出'字。或是相和曲中《东门》古辞，而今亡矣。"刘良曰："东都门，长安城门名，别离之地，故叙去留之情焉。"闻人倓曰："'拟'，犹'代'也。"

伤禽恶弦惊，倦客恶离声。离声断客情，宾御皆涕零。涕零心断绝，将去复还诀。一息不相知，何况异乡别。遥遥征驾远，杳杳白日晚。居人掩闺卧，行子夜中饭。野风吹草木，行子心肠断。食梅常苦酸，衣葛常苦寒。丝竹徒满座，忧人不解颜。长歌欲自慰，弥起长恨端。（曾曰："气势。"）

286

《战国策》："更羸与魏王处京台之下，仰见飞鸟，更羸谓魏王曰：'臣为君引弓虚发下鸟。'魏王曰：'然则射可至此乎?'更羸曰：'可。'有间，雁从东方来，更羸以虚发而下之。曰：'此孽也，其飞徐徐，故疮痛也；鸣悲者久，失群也。故疮未息而惊心未去，闻弦音烈，引而高飞，故疮陨也。'"五臣《注》："'宾'，谓送别之人。'御'，御车者。'诀'与'决'同。"黄节曰："《说文》：'诀，别也。'"《说文》："息，喘也。"五臣《注》："'一息'，言少间也。"《左传》："远哉遥遥。"五臣《注》："'遥遥'，行貌。"《楚辞》："日杳杳以西颓。"五臣《注》："'杳杳'，暮也。"《淮南子》："百梅足以为百人酸。"《毛诗》："缔兮绤兮，凄其以风。"《传》："凄，寒风也。"《礼记》："丝竹，乐之器也。"《列子》："列子师老商氏，五年之后，夫子始一解颜而笑也。"郑玄《〈礼记〉注》："弥，益也。"

方回曰："味至末句，则凡中有忧者，虽合乐也而愈悲，虽长歌也而愈怨，不特离别也。"

刘履曰："明远久倦客游，将复远行，而为是曲。其言曰：'日落昏暮，家人已卧，而行者夜中方饭。'所谓不相知者如此。且以食梅衣葛为喻，则其忧苦自知，有非声乐所得而慰者。"

吴伯其曰："'食梅'二语，是以缓语承急词，与《古乐府》'枯桑'二句同法。"

吴挚父曰："晋安王子勋之乱，临海王子顼从乱，明远为临海王前军参军。此诗盖忧乱之恉。"

方曰："起八句将别之情，'一息'二句顿住。'遥遥'六句写既别之后，情景兼至。'食梅'以下总收。一唱三叹，情文笔势，回折顿挫。杜、韩尝拟之，此皆为行者之词。"

代陈思王京洛篇

一作《煌煌京洛行》

闻人倓曰："今曹植集无此诗，《乐府》亦但载魏文帝一首。"

凤楼十二重，四户八绮窗。绣楣金莲华，桂柱玉盘龙。珠帘无隔露，罗幌不胜风。宝帐三千万，为尔一朝容。扬芬紫烟上，垂彩绿云中。春吹回百日，霜歌落塞鸿。但惧秋尘起，盛爱逐衰蓬。坐视青苔满，卧对锦筵空。琴瑟纵横散，舞衣不复缝。古来共歇薄，君意岂独浓？惟见双黄鹤，千里一相从。（曾曰："气势。"）

《晋宫阙名》："总章、观仪、凤楼一所。在观上广望观之南，又别有翔凤楼。"《黄庭经》："绛宫重楼十二级。"封轨《明堂议》："五室九阶，八窗四户。"《景福殿赋》："列髹彤之绣楣。"《后赵录》："安金莲花以冠帐顶。"《三辅黄图》："甘泉宫，南有昆明池，池中有灵波殿，皆以桂为殿柱，风来自香。"《西京杂记》："昭阳殿椽楣皆刻作龙蛇，萦绕其间，鳞甲分明可数。"《拾遗记》："石虎于太极殿前起楼，高四十尺，结珠为帘。"《晋子夜秋歌》："中宵无人语，罗幌有双笑。"《西京杂记》："帝为宝帐，设于后宫。"《史记》："沛公入秦宫，宫室帷帐、狗、马、重宝、妇女以千数。"黄节曰："《管子》：'女乐三千人，钟石、丝竹之音不绝。'"《毛诗》："谁适为容？"陈奂曰："'容'，为容饰也。"郭璞《游仙诗》："驾鸿乘紫烟。"潘岳赋："垂彩炜于芙蓉。"陆机《浮云赋》："绿翘明，岩英焕。"闻人倓曰："'春吹'二句，言其吹响可以回春，歌声足以召秋也。"潘岳诗："平野起秋尘。"曹植《杂诗》："转蓬离本根。"《淮南子》："穷谷之污生青苔。"闻人倓曰："言坐卧皆难为怀也。"《集韵》："浓，厚也。"《古诗》："黄鹄一远别，千里顾徘徊。"

郭茂倩曰："始则盛称京洛之美，终言君恩歇薄，有怨旷沉沦之叹。"

方曰："起十二句极写先盛，'但惧'六句言衰歇，'古来'二句倒卷，收束全篇。此篇非常奇丽，气骨俊逸，不可及，非同齐梁靡弱无气。虽小庾亦不能具此气骨，时代为之也。"

288

代东武吟

李善曰："左思《〈齐都赋〉注》曰：'《东武》、《太山》，皆齐之土风，弦歌讴吟之曲名也。'"闻人倓曰："'东武'，太山下小山名。"

主人且勿喧，贱子歌一言：仆本寒乡士，出身蒙汉恩。始随张校尉，占（一作"召"）募到河源。后逐李轻车，追虏穷塞垣。密途亘万里，宁岁犹七奔。肌力尽鞍甲，心思历凉温。将军既下世，部曲亦罕存。时事一朝异，孤绩谁复论？少壮辞家去，穷老还入门。腰镰刈葵藿，倚杖牧鸡豚。昔如鞲上鹰，今似槛中猿。徒结千载恨，空负百年怨。弃席思君幄，疲马恋君轩。愿垂晋君惠，不愧田子魂。（曾曰："气势。"）

《汉书》曰："主邑请召宾，邑自称贱子。"又："张骞，汉中人也。骞以校尉从大将军击匈奴，知水草处，军得以不乏。"《吴志》："中郎将周祇乞于鄱阳占募。"善曰："'占'谓自隐度而应募为占募也。"《汉书》："自张骞使大夏之后，穷河源。"又："李广从弟蔡为郎，事武帝，元朔中为轻车将军，击右贤王有功，卒封安乐侯。"《后汉书》："耿夔追虏出塞而还，蔡邕上书曰：'秦筑长城，汉起塞垣，所以别内外，异殊俗。'"《〈尚书〉传》："密，近也。"《方言》："亘，竟也。"《国语》："姜氏告于公子曰：'自子之行，晋无宁岁。'"《左传》："吴始伐楚，子重子反，于是乎一岁七奔命。"《孟子》："既竭心思焉。"《尚书》："以殷仲春。"郑玄曰："春秋，言温凉也。"五臣《注》："言辛苦多年岁也。"《列子》："柳下惠妻曰：'恺悌君子，永能厉兮。吁嗟情哉，乃下世兮。'"司马彪《续汉书》："大将军营五部，校尉一人。部有曲，曲有军侯一人。"《答客难》："时异事异。"《〈尚书〉传》："绩，功也。"《古长歌行》："少壮不努力。"《汉书》："娄护曰：'吕公穷老托身于我。'"《说文》："镰，锲也。锲，古颉切。"《春秋繁露》："执镰则刈。"胡绍瑛曰："朱子云：'腰镰刈葵藿，倚杖牧鸡豚，分明倔强不肯甘心之意。'王安石《伤杜醇诗》'藜杖牧鸡豚',本此。'牧'作'收',但传写误。"《东观汉记》:"桓虞谓赵勒曰:'善吏如良鹰矣,下韝即中。'"刘良曰:"韝以后蔽手而臂鹰也。"《淮南子》:"置猿槛中,则与豚同,非不巧捷也,无所肆其能也。"黄节曰:"'怨'叶乌云切,音熅。"陈琳《悼龟赋》:"叁千镒而不贾兮,岂十朋之所云。通生死以为量兮,夫何人之足怨。"善《注》:"言怨在己,若何负之。"《韩非子》:"文公至河,令曰:'笾豆捐之,席蓐捐之,手足胼胝、面目黧黑者后之。'咎犯闻之而夜哭,公曰:'寡人出亡二十年,乃今得反国,咎犯闻之不喜而哭,意者不欲寡人反国耶?'咎犯对曰:'笾豆所以食也,而君捐之;席蓐所以卧也,而君弃之;手足胼胝、面目黧黑,有劳功者也,而君后之,今臣与在后中,不胜其哀,故哭之。'文公为止。"《韩诗外传》:"昔田子方出见老马于道,喟然有志焉,以问于御,曰:'此何马也?'御曰:'故公家畜也,罢而不用,故出放之。'田子方曰:'少尽其力,而老弃其身,仁者不为也。'束帛而赎之。穷士闻之,知所归心矣。"《韩诗》曰:"缟衣綦巾,聊乐我魂。"薛君曰:"魂,神也。"善《注》:"言己穷老而还,同夫弃席、疲马。愿垂晋主之惠而不见遗,则兼爱之道斯同,故亦无愧于田子也。晋主言'惠',田子言'愧',互文也。然田子久谢,故谓之'魂'。"胡绍瑛曰:"案:'魂','云'也。谓不愧田子所云也。古'云'、'魂'通。《中山经》:'其气魂魂。''魂魂',犹'云云'也。《〈春秋〉正义》引《孝经》说'魂,云也',皆可证。"

刘履曰:"明远此篇,殆亦有所为而作欤。观其首言主人勿喧而后歌者,欲其听之审而感之速也。故下文历叙征役远塞之劳,穷老还家之苦。至篇末,复怀恋主之情,而犹有望于垂惠。然不知其为谁而发也。"

方曰:"此劳卒怨恩薄之诗。《小雅·杕杜》,先王劳旋役之什,所以为忠厚也。后世恩薄,不能念此,故诗人咏之,亦所以为讽谏。此篇原本古义。用张骞、李蔡比诗人南仲、方叔耳。杜公《出塞诗》从此出。前十二句抵一篇叙文,'时事'二句顿挫,'少壮'四句叙今情事，'昔如'八句反复自申，笔势回旋跌宕。"

黄节曰："《水经注》：'东武县因冈为城，城周三十里，汉高帝六年封郭蒙为侯国，地东跨琅邪，滨巨海，北抵高密，接壤莒莱。'案：即今山东诸城县治。《舆地记》称其地英雄豪杰之士，甲于京东。文物彬彬，而豪悍之习自若，则其矜尚功名，失志而悲，皆豪悍之习使然，亦东武之土风矣。"

代出自蓟北门行

善《注》："《汉书》：'蓟，故燕国也。'郭茂倩《乐府诗集》曰："曹植《艳歌行》：'出自蓟北门，遥望湖池桑。枝枝自相值，叶叶自相当。'"《乐府解题》曰："《出自蓟北门行》，其致与《从军行》同，而无言燕蓟风物，及突骑勇悍之状。"《通典》曰："燕本秦上谷郡，即渔阳郡，皆在辽西。"朱秬堂《乐府正义》曰："古称燕、赵多佳人，《出自蓟北门》本曹植《艳歌》，与《从军》无涉。自鲍照借言燕蓟风物，及征战辛苦，竟不知此题为《艳歌》矣。盖乐府有转有借，转者，就旧题而转出新意；借者，借前题而裁以己意。拟古者须识此二义，然后可以参变，未可泥《解题》之说，而忘却《艳歌》本旨也。"曾国藩曰："《出自蓟北门行》，大致与《从军行》同，而兼言幽蓟风物。此则并及忠节矣。"

羽檄起边亭，烽火入咸阳。征师（一作"骑"）屯广武，分兵救朔方。严秋筋竿劲，虏阵精且强。天子按剑怒，使者遥相望。雁行缘石径，鱼贯度飞梁。箫鼓流汉思，旌甲被胡霜。疾风冲塞起，沙砾自飘扬。马毛缩如蝟，角弓不可张。时危见臣节，世乱识忠良。投躯报明主，身死为国殇。（曾曰："气势。"）

《汉书》："高祖曰：'吾以羽檄征天下兵。'"《史记》："有寇至则举烽火。"《风俗通》："五文帝时匈奴犯塞，候骑至甘泉，烽火通长安。"《史记·秦本纪》："孝公十二年，作为咸阳，筑冀阙，秦徙都之。"臣瓒《〈汉书〉注》："《律说》：'勒兵而住曰屯。'"《汉书》："太原郡有广武县。"又《赞》："聚天下之兵于广武。"（天闳案：广武，今山西代县。）又："郦食其曰：'楚人闻则分兵救之。'"又："朔方郡，武帝开。"（今鄂尔多斯右翼后旗套外黄河西岸。）又："匈奴秋马肥，大会蹄林。"《周礼》："弓人为弓，筋也者，所以为深也。"善曰："'竿'，箭干也。公旱切。"刘良曰："'筋'谓弓，'竿'谓箭也。"《说苑》："秦帝按剑而坐。"《汉书》："遣使冠盖相望于道。"又："公孙戎奴以校尉击匈奴，至右贤王庭，为雁行上石山先登。"《周易》："贯鱼，以官人宠，无不利。"王弼曰："骈头相次，似贯鱼也。"《甘泉赋》曰："贯倒景而历飞梁。"吕向曰："'雁行'、'鱼贯'，皆陈势也。"黄节曰："班彪《王命论》："'今民皆讴吟思汉，乡仰刘氏。'陈胤倩谓'思'当作'飔'，非。"《易通卦验》："大风扬沙。"《春秋命历叙》曰："大风飘石。"《西京杂记》："元封二年大雪深五尺，野鸟兽皆死，牛马蜷缩如蝟。"吕向曰："'蝟'，虫名，毛如刺针。"《毛诗》："骍骍角弓。"按：以角饰弓也。《毛诗》："我弓既张。"《老子》："国家昏乱有忠臣焉。"《楚辞·九歌·国殇篇》曰："身既死兮神以灵，魂魄毅兮为鬼雄。"善《注》："'国殇'，为国战亡也。"

方曰："此从军出塞之作，蓟北多烈士，故托言之。收为豪宕，不为凄凉。以解为悲，从屈子来，陈思、杜公皆同。本集'幽并重骑射'等篇，亦然。起四句叙题，'严秋'十二句写边塞情景，悲壮苍凉，使人神魂飞越。'时危'四句以忠节收。"孟康云："广武在荥阳敖仓西三室山上，盖古聚兵之所。"

登庐山望石门

《唐书·地理志》："江州浔阳县有庐山。"闻人倓曰："《庐山诸道人游石门诗序》：'石门在精舍南十余里，一名障山。基连大岭，体绝众阜。辟三泉之会，并立而开流。倾岩玄映其上，蒙形表于自然，故因以为名。此虽庐山之一隅，实斯地之奇观。'"黄节曰："《水经注》：'庐山之北有石门水，水出岭端，有双石高竦，其状若门，因有石门之目焉。'"

访世失隐沦，从山异灵士。明发振云冠，升峤远栖趾。高岑隔半天，长崖断千里。氛（一作"飞"）雾承星辰，潭壑洞江汜。嶂绝类虎牙，巑岏象熊耳。埋冰或百年，韬树必千祀。鸡鸣清涧中，猿啸白云里。瑶波逐穴开，霞石触风起。回互非一形，参差悉相似。倾听凤管宾，缅望钓龙子。松桂盈膝前，如何秽城市。

《江赋》："纳隐沦之列真。"《游天台山赋》："灵仙之所窟宅。"闻人倓曰："言养生之士，问之世则屡失，从之山则多异也。"《毛诗》："明发不寐。"《楚辞》："冠切云而崔巍。"《尔雅》："山锐而高曰峤。"闻人倓曰："'栖趾'，犹'托足'。任昉亦有'栖趾傍莲池'句。"《七启》："左激水，右高岑。"《礼记》："氛雾冥冥。"《〈后汉书〉注》："洞，通也。"《毛诗》："江有汜。"《集韵》："嶂，山尖锐貌。"《荆州记》："虎牙山，石壁红色，间有白文，如牙齿状。"《韵会》："巑岏，山锐貌。"《〈尚书〉疏》："熊耳山，在弘农卢氏县东。"叶承曰："言庐山之形，其锐处如虎牙、熊耳也。"《广韵》："韬，藏也。"闻人倓曰："'埋冰'、'韬树'言甚深，'百年'、'千祀'言其久。"陶潜诗："落落清瑶流。"张载赋："霞石驳落。"《海赋》："乖蛮隔夷，回互万里。"《列仙传》："王子晋好吹笙作凤皇鸣。"又："陵阳子明钓得白龙，惧，放之。后得白鱼，腹中有书，教子明服食之法。子明遂上黄山，采五石脂沸水服之，三年，龙来迎去。"闻人倓曰："言庐山亦近城市，而松桂盈前，讵可以为秽也。"

方曰："起二句叙题，'高岑'以下十二句正写，'回互'二句收束。'松桂'二句言庐山甚近，何城市之人，甘秽浊而不至此，以与仙人游乎？游山诗以山中有仙人兴寄，及之亦可，小谢《敬亭山》是也。康乐《华子冈》，为华子言之，故尤妙切有味。'灵士'，用《嵇康赞》。"

黄节曰:"'氛雾'承'星辰',则应'高岑'、'半天'。'潭壑洞江汜',则应'长崖'、'千里'。'鸡鸣清涧',则涧中之波逐穴。'猿啸白云',则云中之石触风。所谓'回互'非一也。'高岑'以下皆写石门景,因望石门而想及缑山陵阳,故曰'参差相似'也。曰'类',曰'象',曰'或',曰'必',皆是望中假定之辞。"郭璞《江赋》:"虎牙桀竖以屹崒。"

从登香炉峰

闻人倓曰:"《〈后汉书〉注》:"庐山在浔阳南。东南有香炉山,其上氛氲若香烟。"钱振伦曰:"《登庐山》、《登庐山望石门》、《从登香炉峰》,皆从临川江州所作。"

辞宗盛荆梦,登歌美鬼绎。徒收杞梓饶,曾非羽人宅。罗景蔼云厉,沾光扈龙策。御风亲列途,乘山穷禹迹。含啸对雾岑,延萝倚峰壁。青冥摇烟树,穹跨负天石。霜崖灭土膏,金涧测泉脉。旋渊抱星汉,乳窦通海碧。谷馆驾鸿人,岩栖咀丹客。殊物藏珍怪,奇心隐仙籍。高世伏音华,绵古遁精魄。萧瑟生哀听,参差远惊觌。惭无献赋才,洗汗奉毫帛。

《后汉书》:"学穷道奥,文为辞宗。"《尚书》:"荆及衡阳为荆州。"云土"梦"作"又"。《礼记》:"登歌清庙。"《毛诗》:"保有凫绎,遂荒徐宅。"《左传》:"杞梓皮革,自楚往也。"《山海经》:"有羽人之国。"《广雅》:"罗,列也。"闻人倓曰:"'景',日景也。'云厉',犹'云扉'也。"《韵会》:"厉,尾也。后从日厉。"《云笈七签》:"腰佩龙策,头巾虎文。"闻人倓曰:"'列途',列子御风之途。"《尚书》:"予乘四载,传山城楙。"《左传》:"茫茫禹迹,画为九州。"《集韵》:"延,及也。"《〈汉书〉注》:"冥,暗也。"《广韵》:"穹,高也。"《说文》:"跨,渡也。"《庄子》:"背负青天。"闻人倓曰:"言摇烟之树葱然者,因望穷而晦,负天之石穹然者,若远跨而来也。"《周语》:"自今至于初吉，阳气俱蒸，土膏其动。"本集《芙蓉赋》："绕金渠之屈曲。"闻人倓曰："见石不见土，故曰'灭'。'泉脉'，泉所从来处，言因其流而测其源也。"《淮南子》："湍濑旋渊。"闻人倓曰："水在山之巅则高，古曰'抱星汉'。"方东树曰："'旋渊'，只言倒景，非言高也。闻说非是。"范成大曰："山洞穴中，凡石脉涌处为乳床，融结下垂，其端轻薄中空，水乳且滴且凝。"《十洲记》："扶桑在东海东岸，登岸一万里，东复有碧海，广狭浩瀚，与东海等。水既不咸苦，正作碧色，甘香味美。"郭璞曰："驾鸿乘紫烟。"《说文》："咀，含味也。"《抱朴子》："金液入口，则其身皆金色。老子受之于元君，黄金入火，百炼不销，埋之，毕天不朽，是谓金丹。"《楚辞》："室中之观，多珍怪些。"《云笈七签》："益者，益精也；易者，易形也。能益能易，名上仙籍。"《〈毛诗〉传》："绵长，不绝之貌。"《江赋》："挺异人乎精魄。"闻人倓曰："言仙者之音微，虽已潜隐而不见，而其魂魄则得长遁而不死也。"《说文》："颣，𠀤也。"闻人倓曰："岩谷草树，忽生哀音，能感人听。"《东观汉记》："班固读书禁中，每行巡辄献赋颂。"闻人倓曰："'毫帛'犹'毫素'也。"

黄节曰："《宋书》：'临川王义庆在江州，招聚文学之士，近远必至。太尉袁淑，文冠当时，义庆在江州，请为卫军谘议参军。其余吴郡陆展、东海何长瑜、鲍照等，并为辞章之美，引为佐史国臣。此篇盖明远从义庆登香炉峰作也。'辞宗'，谓当时文学之士，视屈、宋为盛。歌颂义庆比之鲁侯，其时义庆以江州刺史都督南兖州，徐、兖、青、冀、幽、并六州诸军事，一若鲁侯之保有凫、绎也。'凫'、'绎'，二山名。《元和郡县志》：'凫山在兖州邹县东南三十八里，绎山在邹县南二十里。''杞梓'，喻人才之盛。谓歌颂义庆比鲁侯之保有凫、绎，然未若兹山为'羽人之宅'，'罗景'、'沾光'为可记也。"郭璞诗："杞梓生南荆，奇才应世出。"《水经注》："《浔阳记》曰：'庐山上有三石梁，长数十丈，广不盈尺，杳然无底。吴猛将弟子登山过此梁，见一翁坐桂树下，以玉杯承甘露浆与猛，又至一处，见数人为猛设玉膏。'又云：'有石介立大湖中，飞禽罕集，言其上有玉膏可采。’又云：‘石门水，历涧，经龙泉精舍南下，入江南岭，即彭蠡湖。’”

陈祚明曰：“琢句取异，用字必生，然固无强语。”

方曰：“涩炼，典实，沉奥，至工至佳。诚为轻浮、滑率、浅易之要药。此大变格也，杜、韩皆胎祖于此。但其体平钝，无雄豪、跌宕、峥嵘，所谓巨刃摩天之概，其于汉、魏、曹、王、阮公皆不能及。此杜、韩所以善学古人，兼取其长，而不专奉一家，随人作计也。”

天闵案：此学康乐而不能得其精深华妙。明远所长，固不在此也。

登黄鹄矶

《九域志》：“鄂州有黄鹤楼。”《图经》：“费文祎仙去，驾鹤来此。”陆氏曰：“武昌黄鹄山，一名黄鹤山，黄鹤楼在黄鹄矶上。”

木落江渡寒，雁还风送秋。临流断商弦，瞰川悲棹讴。适郢无东辕，还（当作“过”）夏有西浮。三崖隐丹磴，九派引沧流。泪作感湘别，弄珠怀汉游。岂伊乐（据方说改）饵桒，得夺旅人忧。

张载诗：“木落何条森。”闻人倓曰：“‘江渡寒’，言寒气渡江而来也。”《淮南子》：“东方至而酒湛温，蚕吐丝而商弦绝。”黄节曰：“《礼记·月令》：‘孟秋之月，其音商。’郑玄《注》：‘秋气和则商声调。’诗曰‘临流断商弦’，盖以棹讴之悲而失其和也。”《韵会》：“俯视曰瞰。”《吴都赋》：“棹讴唱，箫籁鸣。”方东树曰：“‘临流’二句，互文一意。绝弦曲于急张，急张由于悲切也。”《〈上林赋〉注》：“李奇曰：‘郢，楚都也。’”闻人倓曰：“郢，今荆州府，武昌在荆州西。‘无东辕’，为江所隔。‘东辕’不能通于西也。”《楚辞》：“过夏首而西浮兮。”《注》：“夏首，夏水口也。浮，不进之而自流也。”方东树曰：“‘适郢’二句一意，言望郢夏，皆在西耳。闻《注》误解，非是。

郢固在武昌之西,夏亦在武昌西,而黄鹄矶在武昌,故望郢、夏皆在西。《说文》:"崖,山边也。"《韵会》:"隐,蔽也,藏也。"《玉篇》:"碕,岩碕也。"《荆州记》:"江至浔阳,分为九道。"《浔阳记》:"九江,曰白乌江,二蚌江,三乌土江,四嘉靡江,五畎江,六源江,七廪江,八提江,九菌江。"黄节曰:"《水经注》:'江之右岸,有船官浦。历黄鹄矶西而南矣,直鹦鹉洲之下尾。船官浦东即黄鹄山,黄鹄山东北对夏口。'据此则矶之西南为船官浦,直下为鹦鹉洲,东北对夏口。诗所谓'三崖'也。"《博物志》:"尧之二女、舜之二妃曰湘夫人,舜崩,二妃啼,以涕挥竹,竹尽斑。"《南都赋》:"游女弄珠于汉皋之曲。"《注》:"《韩诗外传》曰:'郑交甫将南适楚,遵彼汉皋台下,乃遇二女,佩两珠,大如荆鸡之卵。'"《名胜志》:"万山在襄阳府城西,相传郑交甫所见游女居此山之下。"《〈尔雅注〉》:"良于药饵。"方东树曰:"'乐饵',用《老子》'乐与饵,过客止',谓利禄也。此同康乐诗,皆为俗人误加草,又为妄注也。"《周易》:"旅人先笑后号咷。"

方曰:"起句兴象,清风万古,可比'洞庭波兮木叶下'。孟公'木落雁南渡,北风江上寒'全脱化此句,可悟造句之法。若云'秋风送雁还'、'寒风送秋雁'、'木落秋雁还',皆不及此妙。如孟郊'客衣飘飘秋,葛花零落风',虽若不辞,然若作'零落葛花风',则句虽佳而嫌平矣。起二句写时令之景,孟公之祖。次二句叙登临之情,'适郢'六句正写望情事景物,收言己情,应前'断弦'、'悲讴',凡分四段。"

天闵案:明远史不立传,仅附见临川烈武王道规传中。平生事迹,无可考证。按此诗有"适郢"云云,似从临海王之荆州任参军时,过武昌登黄鹄矶所作。明远有《从临海王上荆初发新渚诗》,殊不乐此行,此诗"适郢无东辕,还夏有西浮。岂伊乐饵泰,得夺旅人忧"云云,亦不乐此行之表现也。临海王子顼之赐死,年始十一,长史孔道存不受命,举兵反,以应晋安王子勋。子勋之反,与孔道存之应子勋,明远或已略见端倪,故深以为忧也。后果以此为乱兵所杀。"适郢无东辕，还夏有西浮"，"还"，《艺文》作"过"，当据改。二句注家未知，但纷纷妄说。"无东辕"，谓不能还都也；"有西浮"，谓不之荆州势不可也，不似东坡之西望夏口、东望武昌，但写山川之形势也。"泪竹"句感别，"弄珠"句有求仙人避祸之意，故收二句曰："岂彼参军之泰，能免旅人之忧哉？"

登云阳九里埭

《吴志·孙权传》："嘉禾三年，诏复曲阿为云阳。"闻人倓曰："'云阳'即今镇江丹阳县，'九里埭'在县西。"

宿心不复归，流年抱衰疾。既成云雨人，悲绪终不一。徒忆江南声，空录齐后瑟。方绝萦弦思，岂见绕梁日。

嵇康诗："内负宿心。"傅毅诗："徂年如流，缈兹眼日。"闻人倓曰："颜延之《和谢监诗》：'朋好云雨乖。'夫云合斯雨散，云一为雨，则离不复合也，故鲍以自谓。"谢灵运诗："览物起悲绪。"《古今乐录》有《江南弄》诸曲。《韩非子》："齐宣王问康倩曰：'儒者鼓瑟乎？'对曰：'不也。夫瑟以小弦为大声，以大弦为小声，是大小易序，贵贱易位，儒者以为害义，故不鼓。'宣王曰：'然。'"陆机《演连珠》："绕梁之音，实萦弦所思。"善曰："萦曲之弦，谓弦被萦曲而不申者也。"闻人倓曰："言萦曲之弦，思绕梁以尽妙。今此思已绝，则岂有绕梁之日乎？"黄节曰："'齐后瑟'，盖用《韩非子》'齐宣王吹竽必三百人，南郭处士请为王吹竽，宣王说之，廪食以数百人。宣王死，湣王立，好一一听之，处士逃，一一瑟也。'"韩愈曰："王好竽而子鼓瑟，虽工其如不好何？"

黄节曰："《论衡》：'云散水坠，成为雨矣。'应德琏《侍五官中郎将建章台集诗》：'欲因云雨会，濯翼陵高梯。良遇不可值，伸眉路何阶？'本传言照始尝谒义庆，未见知，此篇或当时作也。"

方曰：“此感不遇知音之作，于题全不相蒙。诗分两半四段，如精金在镕，后来韩公短篇多仿此。”

和王丞

闻人倓曰：“《宋书》：‘王僧绰初为江夏王义恭司徒参军，转始兴王文学秘书丞。’”

限生归有穷，长意（一作“忆”）无已年。秋心日迥绝，春思坐连绵。衔协旷古愿，斟酌高代贤。遁迹俱浮海，采药共还山。夜听横石波，朝望宿岩烟。明涧予沿越，飞萝予萦牵。性好必齐遂，迹幽非妄传。灭志身世表，藏名琴酒间。

《庄子》：“吾生也有涯。”《白虎通》：“龟之为言久也，蓍之为言者也，久长意也。”闻人倓曰：“此即陶公所谓‘世短意常多’也。”本集诗：“秋心不可荡。”潘岳《议》：“起于迥绝，止乎人众。”曹植诗：“春思安可忘？”谢灵运诗：“洲萦渚连绵。”闻人倓曰：“‘春思’、‘秋心’相续不绝，所谓‘长意无已年’也。‘衔’，含也。”《玉篇》：“协，合也。”挚虞《赞》：“旷代弥休。”《尔雅》：“旷，远也。”闻人倓曰：“言有合辙古人之愿也。”《后汉书》：“郑兴好古学，自杜林、桓谭、卫宏之属，莫不斟酌焉。”《三国志》：“管宁游学异国，敬善陈仲弓。天下大乱，闻公孙度令行于海外，遂与邴原及平原王烈等至于辽东。”《后汉书》：“庞公携妻子登鹿门山，采药不返。”闻人倓曰：“涧流横过石上，故曰‘横石波’。山烟早屯岩间，故曰‘宿岩烟’也。”《说文》：“沿，缘水而下也。”又：“越，度也。”孙绰赋：“援葛藟之飞茎。”闻人倓曰：“言两人性好幽栖，志期必遂，庶不至虚传其名也。‘灭志’，言销其俗情也。”《增韵》：“表，外也。”

陈祚明曰：“发端饶远慨，抒旨既旷，结词亦苍。‘夜听’四句，借隐之情何长。”

方曰："案:《南史》不载僧绰为始兴王秘书丞,与沈约《宋书》详略不同。僧绰仕迹,非能归退之人,此当是以虚志相期望,故后云'必齐遂'云者,祝愿之辞也。'限生'二句,即'人生不满百'意,陶公衍之为五字,更言简意足。此二句虽再衍,而但见新妙,不见其袭,句重字涩,可悟造言之妙在人也。'春秋'二句,即上'长意无已'也。所谓'古愿'、'高贤',即指下管、庞二人也。"

吴汝纶曰:"《宋书》:'僧绰以元嘉二十六年为尚书吏部郎。'此诗在二十六年以前作,盖临川王服竟归田里时也。"

吴兴黄浦亭庾中郎别

闻人倓曰:"浙江湖州府,三国时属吴,曰吴兴。"《舆地纪胜》:"黄浦,一名黄蘖浦,在乌程县。"钱振伦曰:"颜真卿《妙喜寺碑》:'杼山之阳有妙喜寺,寺前有黄浦桥,桥南有黄浦亭。宋鲍照送盛侍御及庾中郎赋诗之所。其水出黄蘖山,故号黄浦。'"吴汝纶曰:"'庾中郎',庾永也。此诗亦元嘉二十二三年作。二十三年,庾已徙官江夏王中兵参军,是后不得仍称中郎矣。闻人倓以庾中郎为庾悦,非是。"

风起洲渚寒,云上日无辉。连山眇烟雾,长波迥难依。旅雁方南过,浮客未西归。已经江海别,复与亲眷违。奔景亦有穷,离袖安可挥。欢觞为悲酌,歌服成泣衣。温念终不渝,藻志远存追。役人多牵滞,顾路惭奋飞。昧心附远翰,炯言藏佩韦。

《周易》:"云上于天。"《〈尚书〉传》:"眇眇微微。"又《博雅》:"远也。"郭象《〈庄子〉注》:"其长波之所荡,高风之所扇。"谢惠连诗:"眷眷浮客心。"《毛诗》:"谁将西归。"张华诗:"羲和驰景逝不停。"阮籍诗:"挥袖凌虚翔。"《尔雅》:"温温,柔也。"《疏》:"宽缓和柔也。"《毛诗》:"舍命不渝。"《尔雅》:"渝,变也。"《〈尚书〉传》:"藻,水草之有文者。"闻人倓曰:"美其志之辞也。言其志虽至久远,犹可存之以追忆也。'役人'，自谓也。'牵'，羁牵也。'滞'，留滞也。"《毛诗》："不能奋飞。"《集韵》："附，托也。"闻人倓曰："'翰'，毛羽也。'远翰'，谓远行者。"《玉篇》："炯炯，明察也。"《韩非子》："西门豹之性急，故佩韦以自缓。"《广韵》："韦，柔皮。"闻人倓曰："庾归而鲍不得归，别时庾必有慰藉之言，故鲍云同为客而昧心送先得归者，聊用子言以当佩韦，庶归心不至于过急也。"

黄节曰："本集《河清颂》：'蠢行藻性。'《舞鹤赋》：'钟浮旷之藻质。'《凌烟楼铭》：'藻思神居'，及此篇之'藻志'，皆明远自造词。《诗品》所谓'善制行状写物之词'者也。"

陈祚明曰："'奔景'四句，新警，情长。'欢觞'十字祖席语，警切。"

方曰："直书即目，写景起，兴象尤妙。小谢敛手，其后山谷常拟之。'温念'六句统述彼此之情，此是客中送归，故赞彼不渝素志，感已不得相从，而欲奋飞也。收二句《注》言'别时庾必有慰藉之言，故云藏为佩韦耳'，此收乃为亲切，不同泛意客气假象。此与上《浔阳还都》，后来杜公行役赠送诗，竟不能出此境外。"

送别王宣城

闻人倓曰："《宋书》：'王僧达，琅琊人，为宣城太守。'"吴汝纶曰："僧达为临川王义庆之婿，其为宣城太守，在元嘉二十七八年间。僧达《求解职表》云：'赐莅宣城，仲春移任，方冬便值虏南侵。'是元嘉二十七年也。又云：'宣城民庶，诣阙见请，还务未期，亡兄见背，赐带郡还都，曾未淹积，复除义兴。'案：僧达再莅宣城在元嘉二十八年，《表》云'还务未期'，则去任在二十九年也。"

发郢流楚思，涉淇兴卫情。既逢青春献，复值白蘋生。广望周千里，江郊蔼微明。举爵自惆怅，歌管为谁清？颍阴腾前藻，淮阳流昔声。树道慕高华，属路伫深馨。

《〈上林赋〉注》："郢，楚都也。"《毛诗》："亦流于淇。"《传》："淇，水名。"《名胜志》："属彰德府，古朝歌地。"《楚辞》："献岁发春。"《礼记》："季春三月萍始生。"《楚辞·大招》："青春受谢，白日昭只。"又《九歌》："登白薠兮骋望。"《玉篇》："蔼，树繁密貌。"《汉书·地理志》："颍阳、颍阴、临颍三县皆属颍川郡。"《宋书·谢灵运传》："商榷前藻。"《汉书》："黄霸为颍川太守，治为天下第一。"《汉书·地理志》："淮阳国，高帝十一年置。"《汉书》："汲黯为东海太守，学黄、老言，治官民，好清静，多病，卧阁内不出。岁余，东海大治。"闻人倓曰："'东海'即今淮安府海州。"贾谊《新书》："积道者以言，树道者以人。"闻人倓曰："'高华'，即指黄霸、汲黯也。'属路'，属于宣城路之人也。"

黄节曰："《汉书·汲黯传》：'上以淮阳楚地之郊也，召黯拜为淮阳太守，黯伏谢不受印绶，上曰："君薄淮阳耶？吾今召君矣，顾淮阳吏民不相得，吾徒得君重，卧而治之。"'"王鸣盛曰："《地理志》有淮阳国，无淮阳郡。以《表传》考之，高帝子友以高帝十一年立为淮阳王，惠帝元年徙王赵，则国除为郡。高后以假立惠帝子强为淮阳王，强死，以武代。文帝立，武诛，则国又除为郡。景帝子余以景帝二年立为淮阳王，三年而徙鲁，则国又除为郡。后宣帝子钦以元康三年，立为淮阳王，传子及孙，凡有国六七十年，至王莽时绝。郡、国展转改易，凡八九次，终为国。《地志》以最后之元始为据，故言国，而中间沿革俱略也。闻人倓《注》引《地理志》'淮阳国'，而不及汲黯守淮阳事，乃以东海释淮阳，故辩之如此。"天闵案：汉之淮阳，今河南淮阳县，属开封道。清为怀宁县，属陈州府。

方曰："此诗章法明整，可谓赠送之则。起二句兴，'青春'二句入题，'广望'四句叙送别，'颍阴'四句陪宣城。"

赠傅都曹别

《宋书》："傅亮，字季友，初为建威参军，桓谦中军行参军，又为刘毅抚军记室参军。"钱振伦曰："《宋书·百官志》："都官尚书，领都官、水部、库部、功部四曹。""天闵案：考《宋书·傅亮传》，无为都曹事。"傅都曹"，是否即为傅亮，恐有疑问。

　　轻鸿戏江潭，孤雁集洲沚。邂逅两相亲，缘念共无已。风雨好东西，一隔顿万里。追忆栖宿时，声容满心耳。落日川渚寒，愁云绕天起。短翮不能翔，徘徊烟雾里。

　　《〈毛诗〉笺》："小曰雁，大曰鸿。"《楚辞》："游于江潭。"曹植赋："怜孤鸿之偏特。"《〈毛诗〉传》："邂逅，不期而会。"《玉篇》："缘，因也。"《列子》："随风东西。"《禽经》："凡禽林曰栖，水曰宿。"谢灵运赋："望新晴于落日。"班婕妤赋："对愁云之浮沉。"
　　闻人倓曰："'轻鸿'喻傅，'孤雁'自喻。'短翮'，谦辞也。通首比体。"
　　黄节曰："《乐府》：'枯鱼过河泣，何时悔复及？作书与鲂鲗，相叫慎出入。'曹植《鹤诗》：'双鹤俱遨游，相失东海旁。雄飞窜北朔，雌惊赴南湖。弃我交颈欢，离别各异方。不惜万里道，但恐天网张。'皆通首比体。《三百篇》后，惟乐府间有之，赠别诗不多见也。应场《侍五官中郎将建章台集诗》，亦以雁相喻，然只半篇耳。""《维摩经》曰：'如影从身，业缘生见。'僧肇曰：'身众缘所成，缘合则起，缘散则离。'《金光明经》所谓'无明缘行，行缘识，识缘名，名缘色，色缘六入，六入缘触，触缘受，受缘取，取缘有，有缘生，生缘老死'。《维摩经》曰：'诸法不相待，乃至一念不住。'《疏》曰：'一念有六十刹那，一刹那有六十生灭，是则生住异灭刹那，刹那不得停住。'本诗所谓'缘念共无已'也。"

陈祚明曰："'风雨'二句，殊似汉人。"

张荫嘉曰："诗分三层看，前四句，追念前日之偶聚契合。中四，正叙目前之忽散系思。后四，遥计后日之独居难聚，纯以鸿雁为比，犹是古格。"

方曰："'鸿'比傅，'雁'比己。前四句合，中四句分，'落日'四句正面送别。韩公《送陈羽》同，皆短篇，而用笔回复曲折，不使一直笔。"

上浔阳还都道中作

《文选》题为《还都道中作》

五臣《注》："照为临海王参军，从荆州还。"方东树曰："按《南史》，照初为临川王佐吏，在江州，擢国臣。在文帝时及孝武时，为临海王子顼前军掌书记。在荆州，明帝立，子顼拒命，顼败，为乱兵所杀。此何云'还都'？若云乱兵所杀者子顼，则《子顼传》云'顼事败赐死，年十一'，且子顼以拒命死，其幕僚尚敢还都乎？五臣之《注》，昧于事理矣。此盖从义庆在江州擢国侍郎时也。"吴汝纶曰："盖从临川王义庆赴江州也。古谓到官为'上'，此临川王上浔阳，非鲍自上官也。而义庆以元嘉九年镇荆州，在镇八年，改授江州，引鲍为佐吏。观此诗，则义庆上江州，即以鲍自随，鲍是时始出仕，盖当元嘉十七年也。明远有《登大雷岸与妹书》，与此诗旨同。"

昨夜宿南陵，今旦入芦洲。客行惜日月，崩波不可留。侵星赴早路，毕景逐前俦。鳞鳞夕云起，猎猎晚（《文选》作"晓"）风遒。腾沙郁黄雾，翻浪扬白鸥。登舻眺淮甸，掩泣望荆流。绝目尽平原，时见远烟浮。倏悲坐还合，俄思甚兼秋。未尝违户庭，安能千里游。谁令乏古节，贻此越乡忧。

《宣城郡图经》曰："南陵县，西南水路一百三十里。"庾仲雍《江图》曰："芦洲至樊口二十里，伍子胥初所渡处也。樊口至武昌十里。"善曰："然此芦洲在下，非子胥所渡处也。"《江赋》："骇崩波而相礌。"善曰："言客行既惜日月，言奔波之上不可少留也。"吕向曰："'惜日月'，务疾还也。'崩波'，犹'奔波'也。"闻人倓曰："'侵星'，犹'戴星'也。'前俦'，先行者。"李周翰曰："'早路'，早取路也。'毕景'，落日也。"五臣《注》："'鳞鳞'，云貌。'猎猎'，风声。"《广雅》："遒，急也。"五臣《注》："言飞沙郁然若黄雾也。"闻人倓曰："浪翻则鸥起。"《〈汉书〉音义》："舻，船前头刺櫂处也。"《〈左传〉注》："郊外曰甸。"五臣《注》："'掩泣'，忆临海王也。"方东树曰："'掩泣望荆流'，五臣《注》谓'忆临海王也'，亦误执'荆流'二字。窃意'荆流'、'淮甸'，特泛指浔阳地势耳。所以云'掩泣'，即下思乡耳。"吴汝纶曰："义庆自荆州移江州，故云'掩泣望江流'。"五臣《注》："'绝'，极也。"善《注》："'绝'，犹'尽'也。'兼'，犹三也。《毛诗》：'一日不见如三秋兮。'"闻人倓曰："'坐还合'，承'远烟'。'甚兼秋'，承'望荆'。"黄节曰："案：'倏悲坐还合'，《庄子·天地篇》云：'与天地为合，其合缗缗，若愚若昏。'郭《注》：'坐忘而自合耳，非照察以合之。'诗盖谓倏然悲至，则坐忘而与天地合，俄焉又思有甚'兼秋'也。'远烟'，天也。'平原'，地也。'还'，读'旋'。"《周易》曰："出户庭，无咎。"《古歌》曰："离家千里客，戚戚多思复。"《思玄赋》："慕古人之贞节。"《左传》："小人怀璧，不可以越乡。"黄节曰："'不出户庭'，《易》节卦爻辞，故曰'古节'。"闻人倓曰："此自责之辞。"

朱兰坡曰："案《方舆纪要》：'今繁昌县有南陵戍，在县西南，下临江渚。'胡氏曰：'六朝时江州东界，尽于南陵，盖谓江津要处，非今之南陵县。义熙六年，卢循攻建康不克，南还寻阳，留其党范崇民，据南陵。'据此，则南陵在寻阳之下，而《江图》之芦洲在武昌县西三十里。《水经·江水》三篇《注》云：'邾县故城，南对芦洲，亦谓之罗州是也。'盖在浔阳上流，不应先宿南陵，而后入芦洲。故《注》辨之，今亦未能指其处。"

黄节曰："'芦洲'，谓芦荻之洲耳。对句不必地名，谢康乐《石门新营所住诗》'跻险筑幽居，披云卧石门'，岂以'幽居'亦地名耶？"

方曰："起六句叙题，'鳞鳞'四句写景，景象甚妙。杜公行役诗所常拟也。'登舻'二句顿束，'绝目'四句次第递承眺望，'未尝'四句与次篇'偕萃'、'弘易'，皆未详何谓。注家谓明远从荆州还，当时必有为之副者，故曰'偕萃'。按：子顼以大明五年九月封，泰始二年八月诛，凡六年。明远在荆州与同祸，其无'偕萃'从容还都，可知也。"

还都至三山望石城

山谦之《丹阳记》："江宁北十二里滨江，有三山相接，即名为三山。旧时津济道也。"《一统志》："三山在江宁府西南五十七里，下临大江，三峰排列，故名。"《名胜志》："石头城，一名土坞城，历代用以积贮。诸葛亮使建业，曰：'石城虎踞，王业之根基。'劝孙权都之，始因山加覧为城。"

泉源安首流，川末澄远波。晨光被水族，晓气歇林阿。两江皎平迥，三山郁骈罗。南帆望越峤，北榜指齐河。关扃绕天邑，襟带抱尊华。长城非壑险，峻岨似荆芽。攒楼贯白日，擿堞隐丹霞。征夫喜观国，游子迟见家。流连入京引，踯躅望乡歌。弥前叹景促，逾近倦路多。偕萃犹如兹，弘易将谓何？

《尚书》："导沇水传，泉源为沇，流去为济。"《楚辞》："使江水兮安流。"闻人倓曰："泉之源，故曰'首流'。去源远，故曰'川末'。"《景福殿赋》："晨光内照。"《西京赋》："珍水族。"《博雅》："歇，泄也。"《史正志碑》："秦淮源出句容、溧水两山间，自方山合流至建康，分为二。一支入城，一支绕城外。"《楚辞》："群行兮上下，骈罗兮列陈。"王彪之《登会稽山诗》："铭迹峻峤。"《楚辞》："齐吴榜以击汰。"闻人倓曰："言江南通越、北通齐也。"《战国策》："晋必关扃，天下之匈。"《尚书》："多士云：'肆予敢求尔子天邑商。'"《晋书》："王敦内侮，凭天邑而猥顾。"《西京赋》："岩险周固，襟带易守。"闻人倓曰："按：本集《还都口号》'分壤蕃帝华，列正蔼皇宫'，诗意以皇都为'帝华'，此云'尊华'，犹言'帝华'也。"黄节曰："《说文》：'尊，高称也。'《尔雅》：'绝高曰京。''尊华'，犹'京华'也。"《说文》："险，阻难也。"刘歆赋："高峦峻岨。"《格物论》："荆，小木丛生，枝茎婆娑，叶刻缺而粗涩。"《本草》："荆，枝对生，一枝五叶，或七叶，如榆长而尖，有锯齿。"闻人倓曰："言石城嵯峨，不但因枕江而见其险，盖其峻岨之形，直如荆芽之刻缺矣。"《上林赋》："攒立丛倚。"《南史·宋高祖纪》："精贯白日。"《增韵》："摛，布也。"《韵会》："堞，城上女墙。"魏文帝诗："丹霞夹明月。"《周易》："观国之光。"《正韵》："欲速而以彼为缓曰迟。"《诗说》："载始末曰'引'，放情曰'歌'。"黄节曰："《文选》李善《注》：《鼓吹曲》，有《古入朝曲》。《入京引》，疑谓《古入朝曲》。'魏文帝《燕歌行》：'慊慊思归恋故乡，何为淹留寄他方？'所谓'望乡歌'也。"《玉篇》："倦，劳也。"《说文》："偕，俱也。"《〈周礼〉注》："萃，犹副也。"《周易》："含弘光大。"何晏《〈论语〉注》："易，和易也。"闻人倓曰："明远为临海王参军，从荆州还，当时必有为之副者，故曰'偕萃'。'叹景促'，'倦路多'，以'偕萃'而犹如此，将含弘和易之谓何矣。"黄节曰："《周礼》：'车仆掌戎路之萃、广车之萃、阙车之萃、轻车之萃。''萃'，谓车仆也。上文'长城''峻岨'、'攒楼'、'摛堞'，舍舟而陆，可谓路多矣，车仆犹倦。《诗》所云'我仆痛矣'，'云何吁矣'，则王道荡荡，王道平平之谓何也？'弘易'，犹荡、平也，叹长途之险仄，喻所遭之艰困也。"

　　方曰："首二句不过言江平无波，而措语新特。前十四句总叙望景而分三层，首四句写江上早景，'雨江'二句点题，'南帆'二句'望'字旁意，'关扃'六句正写石城，'征夫'六句入己归情，收二句史所谓'故为鄙文累句'者耶？注家强为之解，徒蔽惑耳。此诗可比颜延之《蒜山》，而胜沈约《钟山》，不及小谢《登三山望京邑》及《之宣城出新林浦》。"

发后渚

闻人倓曰："后渚在建业城外江上。《齐书·张融传》：'容出为封溪令，从叔永出后渚送之。'即此。"

江上气早寒，仲秋始霜雪。从军乏衣粮，方冬与家别。萧条背乡心，凄怆清渚发。凉埃晦平皋，飞潮隐修樾。孤光独徘徊，空烟视升灭，途随前峰远，意逐后云结。华志分驰年，韶颜惨惊节。推琴三起叹，声为君断绝。

黄节曰："《礼记·月令》：'仲冬之月，阳气日衰，水始涸。'诗言江上早寒则已霜雪矣。'始'，初也。"《汉书·严助传》："分发兵行数千里，资衣粮，入越地。"《文选》李善《注》："'方'，犹'将'也。本集《登大雷岸与妹书》'遄神清渚'。"《庄子》："尘，埃也。"司马相如赋《注》："平皋之广术。"《玉篇》："楚谓两木交荫之下曰樾。"闻人倓曰："'华志'，华年之志。"《集韵》："韶，美也。"黄节曰："'华志'，犹庾中郎别颜所云'藻志'，皆明远自造之词。"闻人倓曰："'惊节'，惊时节之变也，所'结'之'意'与华年分，故诗为'惨'。"《左传》："惟食忘忧，吾子置食之间，三叹何也?"

陈祚明曰："起句迤逦而下，'别家'固悲，'方冬'尤惨。"

张荫嘉曰："'华志'、'韶颜'，言豪华之志，分散于驰逐之年；韶令之颜，惨伤于节序之变也。以'分驰年'结上'别家'，以'惨惊节'结上'方冬'。"

吴汝纶曰："'凉埃'二句喻世变，'孤光'自比，'空烟'喻世事之变幻也。"

黄节曰："'声为君断绝'，'君'字自指也。向疑《离骚》、《九歌》所称'君'、'余'之列，以为古人无以'君'自指者。及读《庄子》'百骸九窍六藏赅而存焉，吾谁与为亲，其有真君存焉'，是'吾'与'真君'，皆自指言之也。《维摩经》德守菩萨曰：'我所为二，因有我故，便有我所；若无有我，则无有我所。'亦《庄子》所谓'吾'与'真君'也。通观此理，则'君'字可作自指之词。谢宣城《将游湘水寻句溪诗》'鱼鸟余方玩，缨绥君自縻'，谓'君'字亦自指可也。"

方曰："起六句从时令叙题，而直书即目即事，兴象甚妙，又亲切不泛。'凉埃'四句写景，'途随'四句叙情，而造句警妙。收句泛意凡语。此与下《岐阳守风》等，皆不得其事之本末，第以为行役之什可耳。"

岐阳守风

闻人倓曰："《毛诗》：'居岐之阳。'《说文》：'岐，山名。'"

钱振伦曰："《左传》：'成有岐阳之蒐。'《注》：'岐山在扶风美阳县西北。'又案：合下数首观之，似明远有由陕入蜀之迹。《宋书·临海王子顼传》：'前废帝即位，以本号都督荆、湘、雍、益、梁、宁、南、北秦八州诸军事，刺史如故。明帝即位，解督雍州，以为镇军将军、丹阳尹，寻留本任，进督雍州，又进号平西将军。'明远为其书记，竟或随之行耶。"

方东树曰："此诗说'洲风'、'江雾'，其非雍州之岐甚明，而注家不觉，犹引《毛诗》、《说文》，蔽惑甚矣。按归太仆《汉口志序》，言新安江过严陵入钱塘，而汉川之水，合琅璜之水流岐阳山下，则以为越地可知。"

黄节曰："按《水经注》云：'居岐之阳。'非直因山致名，亦指水取称。《淮南子》曰：'岐山出石桥山，东南流。'相如《封禅书》曰：'收龟于岐。'《〈汉书〉音义》曰：'岐，水名也。'谓斯水矣，南与衡水合，俗谓之小衡水。径岐山西，又屈径周城南，又历周原下，水北即岐山矣。又东注雍水，雍水又南径美阳县之中亭川，合武水，世谓之赤泥岘。沿波历涧，俗名大衡水也。据此，则'洲风'、'江雾'，何不可于岐水之阳，沿波历涧见之。至于'楚越'，盖用琴曲《别鹤操》'狩乖比翼兮隔天端，山川悠远兮路漫漫'，实非指地言也。方氏不知岐水所经，竟引归熙甫《汉口志序》，证岐阳为越地，则大误矣。"

天闵案：方氏援归熙甫《汉口志序》，证岐阳为越地，似不能谓为肯定。但此岐阳，决非今陕西之岐山县也。钱氏据《宋书》，谓："临海王子顼，曾都督荆、湘、雍、益、梁、宁、南、北秦八州诸军事，实号平西将军，明远为其书记，意或随之行耶。"又谓"明远有由陕入蜀之迹"。此皆不合事实，纯为臆说。盖南宋雍、秦诸州，均系侨置，治襄阳、南阳等处，临海王虽号平西将军，本无西征之事实。明远为书记，何能由陕入蜀耶？黄氏考岐阳甚详，无如非鲍氏所称之岐阳也。

差池玉绳高，掩蔼(一作"映")瑶井没。广岸屯宿阴，悬崖栖归月。役人喜先驰，军令申早发。洲迥风正悲，江寒雾未歇。飞云日东西，别鹤方楚越。尘衣执挥浣，蓬思乱光发。

杜预《〈左传〉注》："差池，不齐一。"《春秋元命苞》："玉衡北两星为玉绳。"曹植诗："芳风掩蔼。"《元命苞》："东井八星主水衡。"黄节曰："《汉书·天文志》：'秦地于天官东井、舆鬼之分野，岐阳，秦境，故用瑶井。'"天闵案：黄说近凿。闻人倓曰："'归月'，犹'落月'。"《淮南子》："军多令则乱。"《周易》："重巽以申命，夏后铸鼎繇：'逄逄白云，一西一东。'"《史记》："楚越之地，地广人稀。"陆机诗："京洛多风尘，素衣化为缁。"《庄子》："夫子犹有蓬之心也夫。"黄节曰："《左传》：'有仍氏生女黰黑而甚美，光可以鉴。'"本集《芙蓉赋》："陋荆姬之朱颜，笑夏女之光发。"

方曰："直书即目，兴象华妙。清警开小谢，沉郁紧健开杜公。'飞云'四句言情归宿。此诗韩公且若不能为，无论余人。"

310

咏　史

　　五都矜财雄，三川养声利。百金不市死，明经有高位。京城十二
衢，飞甍各鳞次。仕子飘华缨，游客竦轻辔。明星晨未稀，轩盖已云
至。宾御纷飒沓，鞍马光照地。寒暑在一时，繁华及春媚。君平独寂
寞，身世两相弃。（曾曰："气势。"）

　　《汉书》："王莽于五都立均官，更名洛阳、邯郸、临淄、宛、成
都。市长皆为五均司市帅。"又："班壹当孝、惠、高后时，以财雄
边。"郑玄《〈尚书大传〉注》曰："矜，夸也。"《战国策》："张仪曰：
'争名于朝，争利于市。今三川周室，天下之市朝也。'"韦昭曰："有
河、洛、伊，故曰三川。"《史记》："陶朱公曰：'吾闻千金之子，不
死于市。"《汉书》："夏侯胜尝谓诸生曰：'士病不明经，经术苟明，
其取青紫如俯拾地芥。'"《西都赋》："立十二之通门。"《吴都赋》：
"飞甍舛互。"李尤《辟雍赋》："攒罗鳞次。"《七启》："华组之缨。"
《广韵》："飘飘，长组之貌。"《楚辞》："竦余驾乎八冥。"《广雅》：
"竦，上也。"《毛诗》："明星有烂。"《说苑》："翟黄乘轩车，载华盖。
田子方曰：'何以至此？'对曰：'臣进五大夫，爵禄倍，故至于此。'"
《尚书·中侯》："青云浮至。"闻人倓曰："'如云'，言多也。"《〈尚
书〉传》："御，侍也。"五臣《注》："'飒沓'，众盛貌。"吴质书："情
踊跃于鞍马。"《新序》："魏文侯曰：'段干木光乎德，寡人光乎
地。'"《周易》曰："日月运行，一寒一暑。"曾国藩曰："'寒暑'句，
势利所在，变态须臾。"应璩书："春生者繁华也。"《汉书》："蜀有严
君平卜于市，日阅数人，得百钱足以自养，则闭肆下帘而授《老
子》。"《庄子》："夫欲免为形者莫如弃世，弃世则无累矣。"善曰：
"言身弃世而不仕，世弃身而不任。"

　　刘履曰："此篇本指时事而托以咏史，故言汉时五都之地，皆尚
富豪；三川之人，多好名利。或明经而出仕，或怀金而来游，莫不一

311

时骈集于京城，而其服饰、车徒之盛如此。譬则四时寒暑各异，而今日繁华正如春阳之明媚。当是时，惟君平之在成都，修身自保，不以富贵累其心，故独穷居寂寞。身既弃世而不仕，世亦弃君平而不任也。然此岂以明远退处既久，而因以自况欤。"

方回曰："此诗八韵，以七韵言繁盛之如彼，以一韵言寂寞之如此。左太冲《咏史》第四篇，首亦八韵，前四韵言京城之豪侈，后四韵言子云之贫乐，盖一意也。明远多为不得志之辞，悯夫寒士下僚之不达，而恶夫逐物奔利者之苟贱无耻，每篇必致意于斯。唐以来诗人多有此体，李白、陈子昂集中可考。而近代刘屏山五言古诗亦出于此，参以建安体法。"

吴琪曰："举世繁华如此，安得不弃君平？君平亦安得不弃世？诗用两'相'字，有激之言。毕竟世先弃君平，君平始弃世耳。太白诗以此五字衍为十字云：'君平既弃世，世亦弃君平。'恰是君平先弃世矣。不知太白意在兴起下文：'观变穷太易，探玄化群生'云云。亦如夫子之既老不用，退而删述之意。故先作诀绝之词耳，毕竟君平终身，不欲弃世。"

拟　古

天闵案：原诗八首，王选七首。

鲁客事楚王，怀金袭丹素。既荷主人恩，复蒙令尹顾。日晏罢朝归，舆（一作"鞍"）马塞衢路。宗党生光辉（一作"华"），宾仆远倾慕。富贵人所欲，道得（一作"德"）亦何惧？南国有儒生，迷方独沦误。伐木清江湄，设置守麏兔。（曾曰："气势。"）

善《注》："'鲁客'，假言。"《法言》："或曰使我纡朱怀金，不可量也。"李轨曰："'金'，金印也。"《〈上林赋〉注》："袭，服也。"《毛诗》："素衣朱襮。"《毛传》："丹朱，中衣也。"王粲诗："顾我贤主人。"善《注》："'主人'，谓'君'。"《〈汉书〉注》："诸侯之卿，惟楚称令尹，其余国称相也。”《论语》："富与贵是人之所欲也，不以其道得之，不处也。"《汉书》："叔孙通曰：'弟子儒生随臣久矣。'"善曰："'儒生'，自谓也。"《庄子》："小惑易方。"郭象曰："东西易方，于体未亏。"善《注》："'沦误'，沉沦、谬误也。"胡枕泉曰："'方'，犹'道'也。《礼记》：'乐行而民向方。'《经解》谓之'有方之士'，郑《注》并云'方犹道也'。此言迷道，独沉沦、谬误也，似不作方向解。"天闵案：胡说殊胶执。《毛诗》："坎坎伐檀兮，置之河之干兮。河水清且涟漪。"刘履曰："'伐木'盖用《诗·伐檀》之义，谓伐檀以为车而行陆，今乃置之河干而无用。"《毛诗》："肃肃兔罝，椓之丁丁。"《毛诗》："置兔罘也。"《毛诗》："趯趯毚兔，遇犬获之。"《说文》："毚，狡兔也。"吕向曰："设网守兔，喻怀德待禄。"梁章钜曰："五臣以为怀德待禄，然则暗用《墨子》'文王举闳夭、太巅于罝网之中'。"

吴琪曰："是从'不义而富且贵，于我如浮云'来，又却跨进一步曰：'以道得之，犹且不处，况不义乎？'"（天闵案："富贵人所欲，道得亦何惧？"盖讽辞。吴说殊非。）

方曰："此前守节，前以势位相形，此诗俊逸处多。"

十五讽诗书，篇翰靡不通。弱冠参多士，飞步游秦宫。侧睹君子论，预见古人风。两说穷舌端，五车摧笔锋。羞当白璧贶，耻受聊城功。晚节从世务，乘障远和戎。解佩袭犀渠，卷帙奉卢弓。始愿力不及，安知今所终。（曾曰："气势。"）

《论语》："吾十有五，而志于学。"阮籍诗："昔年十四五，志尚好诗书。"五臣《注》："背文曰'讽'。"韦昭《〈汉书〉注》："翰，笔也。"《毛诗》："思皇多士。"孔《疏》："多士是世显之人，则诸侯即公卿大夫皆兼之。"华覈诗："存之今惟三，飞步有四特。"闻人倓曰："'秦宫'，西京之宫。"《魏志》："太祖谓毛玠曰：'君有古人之风。'"善《注》："'两说'，谓鲁连说新垣衍及下聊城。"《史记》："秦东围邯郸，魏王使新垣衍入邯郸说平原君，尊秦昭王为帝，秦必罢兵去。鲁连闻之，乃责新垣衍，新垣衍请出，不敢言帝秦，秦将闻之，却五十里。"又曰："田单攻聊城不下，鲁连乃为书约之矢，以射聊城中，燕将得书自杀。"《韩诗外传》曰："避文士之华端，避武士之锋端，避辨士之舌端。"《庄子》："惠子其书五车，道踏驳也。"《韩诗外传》曰："楚襄王遣使者持金千斤，白璧百双，聘庄子以为相，庄子不许。"《史记》："单屠聊城归，而言鲁连欲爵之，鲁连逃隐于海上。"邹阳书："至其晚节末路。"《汉书》："严安上书言世务。"又曰："帝使博士狄山乘鄣。"李奇曰："'乘'，守也。"《左传》："晋侯谓魏绛曰：'子教寡人和诸戎狄。'"《国语》："奉文犀之渠。"五臣《注》："'佩'，文服也。'犀渠'，甲也。帙，书衣也。'卢弓'，征伐之弓也。"《尚书》："王曰：'父羲和，赍尔卢弓一，卢矢百。'"《左传》："周子曰：'孤始愿不及此。'"《庄子》："苟为不知其然也，孰知其所终。"五臣《注》："始愿为文，力已不及。今为武士，未知其所终。"

　　黄节曰："朱兰坡谓善《注》云：'两说谓鲁连说新垣衍及下聊城。'案李氏冶以善《注》为疏。又云：'五臣本，刘良以两说为本末之说，言舌端能摧折文士之笔端，亦非也。两说者，两可之说也，谓两可之说能穷舌，而五车之读能摧笔锋云者，犹言秃千兔之毫者也。'余谓善《注》，盖因下文'羞当白璧贶，耻受聊城功'，故云然。上言年少虽工篇翰而无益，似即前篇所谓'南国有儒生，迷方独沦误'也。此言辨说以解争，能使读五车者摧其笔锋，正与首句讽诗书针对。又云：'解佩袭犀渠，卷帙奉卢弓，盖有投笔从戎之意。'合观三首，皆作壮语，恐善《注》未可遽非。近孙氏志祖引顾仲恭云：'两说，当以纵横解之。《庄子》纵说则以诗、书、礼、乐，横说则以金版、六韬。'亦通。但不指定鲁连将何所著乎？"

　　天闵案："两说"，当从孙说。"两说"二句自述文采，"羞当"二句自谓高节，无须如黄说相衔承也。左思诗云："著论准《过秦》，作赋拟《子虚》。"又曰："功成不受爵，长揖归田庐。"此用其意。

　　曾国藩曰："前十句以'舌端'、'笔锋'跌宕自喜，'晚节'四句

314

仅以'和戎'见长，悼本志之变化。末二句言今之事以异于昔，后之遇又当异于今也。"

　　方曰："此等在今日皆为习意陈言，不可再拟，拟则为客气、假象。"

　　幽并重骑射，少年好驰逐。毡带佩双鞬，象弧插雕服。兽肥春草短，飞鞚越平陆。朝游雁门上，暮还楼烦宿。石梁有余劲，惊雀无全目。汉虏方未和，边城屡翻覆。留我一白羽，将以分符（《选》作"虎"）竹。（曾曰："气势。"）

　　曹植《白马篇》："白马饰金羁，连翩西北驰。借问谁家子？幽并游侠儿。"《史记》："赵武灵王胡服，以习骑射也。"《七发》："驰骋角逐。"《搜神记》："太康中，以毡为絈头及带身袴口。"《魏志》："董卓有武力，双带两鞬，左右驰射。"《方言》："所以藏箭弩，谓之服。所以盛之，谓之鞬。"《毛诗》："四牡翼翼，象弭鱼服。"郑玄曰："弭，弓之末弭者，以象骨为之。服，矢服也。"五臣《注》："'插'，亦'带'也。'雕'，画也。"刘履曰："'象弧'，语出《考工记》。谓真象天上弧星也。'雕'，画也。'服'，所以藏矢，今言'狐'，互文耳。"《典论》："弓燥手柔，草浅兽肥。"《埤苍》："鞚，马勒鞚。"《孙子》："平陆平处。"五臣《注》："'飞鞚'，走马也。'平陆'，平道。"《汉书》："雁门郡有楼烦县。"《正义》："楼烦，即岚胜之北。"刘履曰："'楼烦'，故胡地。赵武灵王取以置县，汉属雁门，今太原之崞州也。"《阕子》："宋景公使工人为弓，九年乃成。公曰：'何其迟也？'工人对曰：'臣不复见君矣，臣之精尽于此弓矣。'献弓而归，三日而死。景公登虎圈之台，援弓东面而射之，矢逾于西霜之山，集于彭城之东，其余力逸劲，犹饮羽于石梁。"《帝王世纪》："帝羿有穷氏与吴贺北游，贺使羿射雀，羿曰：'生之乎？杀之乎？'贺曰：'射其左目。'羿引弓射之，误中右目，羿抑首而愧，终身不忘。故羿之善射，至今称之。"善曰："'白羽'，矢名。"《国语》："吴素甲、白羽之缯，望之如荼。"《史记·文帝纪》："初与郡守为铜虎符、竹使符。"《汉旧仪》："郡国，铜虎符三，竹使符五也。"胡绍瑛曰："'虎竹'，五臣本'虎'作'符'，《鲍集》亦作'符'。案'虎'、'竹'是两事，指'铜虎'、'竹使'而言，单举不合。而以'竹使符'为'符竹'，于文亦不顺，五臣未可为据。"

刘履曰："此亦托古以讽今之诗。言北方风气刚勇，俗尚骑射，故其人自肄习，所以驰骋捷疾，技艺精妙如此。且曰：方今汉虏未和，边城警急，正当留我一矢，用以立功，而分符守郡也。此可见当时朝廷多尚武功，苟能精于骑射，则刺史、郡守不难得矣。"

陈祚明曰："'石梁'二句使事中有壮气，如此使事，是以我运古者。"

曾国藩曰："志在立功边郡。"

方曰："句格俊逸奇警，杜公所称，政在此等。"

凿井北陵隈，百丈不及泉。生事本澜漫，何用独精坚？幼壮重寸阴，衰暮及(一作"反")轻年。放驾息朝歌，提爵止中山。日夕登城隅，周回视洛川。街衢积冻草，城郭宿寒烟。繁华悉何在？宫阙久崩填。空谤齐景非，徒称夷叔贤。(曾曰："气势。")

《宋书·州郡志》："南彭城北陵令，本属南下邳，名陵。而广陵郡旧有陵县，晋太康二年，以下邳之陵县非旧土而同名，改为北陵。"《孟子》："掘井九仞而不及泉，犹为弃井也。"《华阳国志》："山原肥沃，有泽渔之利，易为生事。"《洞箫赋》："惮悷澜漫，亡耦失畴。"《注》："澜漫，分散也。"《淮南子》："圣人不贵尺之璧而贵寸之阴，时难得而易失也。"《地理直音》："朝歌，今琪县。"《左传》："齐侯伐晋，取朝歌。"《汉书·邹阳传》："邑号朝歌，墨子回车。"闻人倓曰："'提爵'，犹'提壶'也。"《〈周礼〉疏》："中山，郡名也。"《搜神记》："狄希，中山人也，能造千日酒。"《左传》："中山不服。"杜《注》："中山鲜虞。"《元和郡国志》："定州，春秋时鲜虞白狄之国，战国时为中山国，与六国并称王，为赵武陵王所灭。"黄节曰："用朝歌、中山意，盖以亡国之地，比拟洛川。'放驾'，则反用'回车'事；'提爵'，则暗用'造酒'事，以承上'衰暮'、'轻年'也。"《毛诗》："俟我于城隅。"张协赋："曜乎洛川之曲。"《论语》："齐景公有马千驷，死之日，民无得而称焉。伯夷、叔齐，饿于首阳之下，民至于今称之。"沈德潜曰："末即贤愚同尽意。"

陈祚明曰："每能翻新立论，其托感更深。"

张荫嘉曰："'澜漫'，繁多也。言人生之事，本无纪极，何必精坚其志于学问也。'朝歌'，卫地，旧为商纣所都，其俗酣歌。"

方曰："起四句从前'迷方'生出，杜公之祖。言积学成才，不得贵显，然何必专守一途，悔其专苦不知改计。'轻年'，不惜阴也。言今改计矣，起下放游。'放驾'以下，言己所以改计，由观古二亡国，乃知贤愚同尽，臧穀同亡，强生分别，何为乎？此篇语既奇警，义又深远，犹有汉魏人笔意，与颜延之《北使洛》语同而意不同。"

束薪幽篁里，刈黍寒涧阴。朔风伤我肌，号鸟惊思心。岁暮井赋讫，程课相追寻。田租送函谷，兽藁输上林。河渭冰未开，关陇雪正深。笞击官有罚，呵辱吏见侵。不谓乘轩意，伏枥还至今。

《毛诗》："绸缪束薪。"《楚辞》："余处幽篁兮终不见天。"又："愿俟时乎吾将刈。"《注》："刈，获也。"黄节曰："《说文》：'薪，柴也。'又：《〈周礼·地官·甸师〉注》：'大木曰薪。''幽篁'里无薪。《礼记》：'仲夏之月，农乃登黍。'寒涧阴无黍。'束薪幽篁里，刈黍寒涧阴'，物之失所也。"《晋书·裴秀传》："诏曰：'尚书令裴秀，雅量弘博，思心通远。'"《周礼·小司徒》："乃经土地而井牧其田野，以任地事而令其贡赋。"《广韵》："程，期也，限也。"又："课，税也，第也。"阮籍诗："高蔡相追寻。"《后汉书·和帝纪》："诏兖、豫、荆州，今年水雨淫过多，伤农功，其令被害什四以上皆半入田租刍藁。"《盐铁论》："秦左殽、函。"韦昭曰："函谷关。"《史记·萧相国世家》："民上书言相国贱强买田宅数千万，上至，相国谒上，笑曰：'夫相国乃利民，民所上书皆以与相国，曰君自谢民。相国因为民请曰：长安地狭，上林中多空地弃，愿令民得入田，毋收藁为禽兽食。'"又《留侯世家》："诸侯安定，河、渭漕挽天下，西给京师。"《后汉书》："隗嚣说公孙述曰：'令汉帝释关陇之忧。'"《史记·张苍传》："发吏卒，捕奴婢，笞击问之。"《晋书·陶侃传》："切厉诃辱。"《左传》："晋侯入曹，数之以不用僖负羁而乘轩者三百人也。"魏武帝乐府："老骥伏枥，志在千里。"黄节曰："收以'乘轩'、'伏枥'，相对成文，亦见人之失所。"

陈祚明曰："固是实事真至，此等最为少陵所摹。"
方曰："极贱隶之卑辱以寄慨，不得展志大用于世也。而诗之警妙，皆杜、韩所取则，亦开柳州。"

河畔草未黄，胡雁已矫翼。秋蛩扶户吟，寒妇成夜织。去岁征人还，流传旧相识。闻君上陇时，东望久叹息。宿昔改衣带，朝旦（《玉台》作"旦暮"）异容色。念此忧如何，夜长愁更多。明镜尘匣中，瑶琴生网罗。

《汉书·扬雄传》："矫翼厉翮，恣意所存。"《圣主得贤臣颂》："蟋蟀俟秋吟。"《易林》："昆虫扶户，阳明所得。"闻人倓曰："'扶'，犹'依'也。"吴兆宜曰："《古今注》："蟋蟀，一名吟蛬。"《诗疏》："幽州人谓之促织。里语曰：'趣织鸣，懒妇惊。'"闻人倓曰："'去岁'二句，言征人归，传言与君曾相识也。"《汉书·地理志》："天水郡陇县。"《后汉书·隗嚣传》："赤眉去长安，欲西上陇，嚣道将军杨广迎击破之。'宿昔'二句，《玉台》作'宿昔衣带改，旦暮异容色'。"《古诗》："衣带日以缓。"《杨子》："蜘蛛投网。"

陈祚明曰："'扶'犹'依'也。字新，写情曲折。本言思妇，偏道夫君，又从流传口中叙出，何其纡萦。"
方曰："托闺妇思远，以寄羁旅之思。'宿昔'二句指客陇之人，

'念此'四句始自言也。"

　　蜀汉多奇山，仰望与云平。阴崖积夏雪，阳谷散秋荣。朝朝见云归，夜夜闻猿鸣。忧人本自悲，孤客易伤情。临堂设樽酒，留酌思平生。石以坚为性，君勿轻(一作"惭")素诚。

　　《史记·六国表》："周之王于丰镐，汉之兴自蜀汉。"《蜀都赋》："山阜相属，冈峦纠纷。"《西征赋》："眺华顶之阴崖。"毛苌《〈诗〉传》："山南曰阳。"《汉书·京房传》："春凋秋荣。"宋玉《高唐赋》："妾在巫山之阳，高丘之阻，旦为朝云，暮为行雨。朝朝暮暮，阳台之下。"《唐类函·宜都山川记》："峡中猿鸣至清，诸山谷传其响，泠泠不绝。行者歌之曰：'巴东三峡猿鸣悲，猿鸣三声泪沾衣。'"《洛神赋》："愿诚素之先达兮。"

　　方曰："又即所客居之地，以申前篇之忧，而意晦不明，不知'君'为若指也。"
　　吴汝纶曰："方植之云'君'字不知何指，案此篇托言离别相忘以寄慨，'君'谓与别者。"

学刘公幹体

　　原诗五首。
　　《魏志·王粲传》："东平刘桢字公幹，太祖辟为丞相掾属，著文、赋数十篇。"

　　胡风吹朔雪，千里度龙山。集君瑶台上，飞舞两楹前。兹晨自为美，当避艳阳天(一作"年")。艳阳桃李节，皎洁不成妍。

　　《后汉书》："蔡琰诗曰：'处所多霜雪，胡风春夏起。'"《楚辞》："增冰峨峨，飞千里些。"《魏都赋》："鸳鸯交谷，虎涧龙山。"《注》：

"龙山，在广平沙县。"《楚辞》："望瑶台之偃蹇兮。"郑玄《〈礼记〉注》："两楹之间，人君听治正坐之处。"《神农本草》："春夏为阳。"《吕氏春秋》："仲春之月桃李华。"《雪赋》："皓汗皎洁之仪。"

黄节曰："公幹《赠从弟诗》：'凤凰集南岳，徘徊孤竹根。于心有不厌，旧翅凌紫氛。岂不常勤苦，羞与黄雀群。何时当来仪，将须圣明君。'明远此篇取喻，及其结体，盖学之。"

刘履曰："此明远被间见疏而作，乃借朔雪为喻。词虽简短，而托意微婉。盖其审时处顺，虽怨而益谦，然所谓'艳阳'与'皎洁'者，自当有辨。"

方回曰："'兹晨自为美'一句，佳雪之为物，当寒之时则为其美。当桃李之时则无所容其皎洁矣。物固各有一时之美也。"

方曰："前四句叙题，后四句两转，峭促紧健，皆短篇楷式，此皆孟郊所祖法。梁钟记室评公幹云：'仗气爱奇，动多振绝，但气过于辞，雕润恨少。'明远在钟前，诗体仗气，极似公幹，特雕润过公幹矣。"

园中秋散

闻人倓曰："《说文》：'散，分离也。'案：分离其愁思也。"

负疾固无豫，晨衿怅已单。气交蓬门疏，风数园草残。荒墟半晚色，幽庭怜夕寒。既悲月户清，复切夏（一作"夜"）虫酸。流枕商声苦，骚杀年志阑。临歌不知调，发兴谁与欢？悗结弦上情，岂孤林下弹？

闻人倓曰："'负疾'犹'抱疾'也。《尚书》："王有疾不豫。"《通志·六书略》："'衿'与'襟'同。"《广韵》："襟袍，襦前袂也。"《说文》："气，候也。"《周礼·地官》："大司徒曰：'四时之所交也。'"《疏》："四时之所交者，言夏与春交，秋与夏交，冬与秋交，春与东交也。"谢庄诗："宿草尘蓬门。"《说文》："疏，通也。"《广韵》："数，频数也。"闻人倓曰："荒寂之地，景色尤易觉其晚，故云'半'也。月色在户，故曰'月户'。"干宝《晋纪总论》："如夜虫之赴火。"《庄子》："夏虫不可以语冰。"《公羊传》："闻商声则使人方正而好义。"《东京赋》："飞流苏之骚杀。"闻人倓曰："'骚杀'，不翘起也。"《左传》："守志弥笃。"《增韵》："阑，衰也。"《广韵》："韵，调也。"《增韵》："音调，乐律也。"

方曰："起二句先写愁思，为'散'字伏根。'气交'四句，园中之景。'月户'二句，逼取'散'字。'流枕'四句，正写'散'字。散之而不能散也。结言能得赏音，我岂不能弹古调乎？则思散矣。'晨衿'，犹云'初心'、'宿心'耳。此诗直书胸臆即目，而情景交融，字句清警，真孟郊之所祖也。但郊时见迫窘，不及明远之流畅也。"

黄节曰："植之之说，以为诗中既言'晚色'、'夕寒'，'月户'、'夜虫'，何故首言'晨衿'，因以'初心'、'宿心'解之，误也。此诗所述由晨至夜，亦犹谢康乐《石壁精舍还湖中作》，叙一日之景自早而夕耳。况'晨衿'已单，始觉秋寒，尤切'负疾'情态，下'流枕'句亦相应。"

观圃人艺植

善贾笑蚕渔，巧宦贱农牧。远养遍关市，深利穷海陆。乘轺实金羁，当垆信珠服。居无逸身伎，安得坐粱肉？徒承属生幸，政缓吏平睦。春畦及耘艺，秋场早芟筑。泽阅既繁高，山营又登熟。抱锸垄上餐，结茅野中宿。空识己尚醇，宁知俗翻覆。

《史记》："长袖善舞，多财善贾。"《晋书·潘岳传》："题以巧宦之目。"《博雅》："养，使也。"《公羊传》："厮役扈养。"《周礼·九赋》："七日关市之赋。"李尤赋："涯浦零中，以穷海陆。"方东树曰："'远养'用《酒诰》，《注》非是。"《尚书·酒诰》："肇牵车牛远服贾，用孝养父母。"《史记》："朱家乘轺车之洛阳。"曹植诗："白马饰金羁。"《汉书》:"司马相如之临邛,尽卖车骑,买酒舍,乃令文君当垆,相如身自著犊鼻裈,与佣保杂作,涤器于市中。"《吴都赋》:"矜其宴居则珠服玉馔。"《战国策》:"富不与粱肉期,而粱肉自至。"闻人倓曰:"言无安居获利之术,何能坐致粱肉也。"《〈左传〉注》:"属,适也。"闻人倓曰:"'生幸',言我生多幸也。'平陆',犹'和平'也。"《说文》:"田五十亩曰畦。"《毛诗》:"九月筑场圃。"《风俗通》:"水草交错,名之为泽。"《说文》:"阅,察也。"《越绝书》:"禾稼登熟。"黄节曰:"《周礼》:'太宰九职,一曰三农生九谷。'"《注》:"山农、泽农、平地农也。"《盐铁论》:"秉耒抱锸。"《拾遗记》:"编茅为庵。"《释名》:"锸,插也,插地起土也。"黄节曰:"'已',自谓也。"《老子》:"其政闷闷,其民醇醇。"闻人倓曰:"'尚',崇也,贵也。"

黄节曰:"《史记》列传:'计然曰:平粜齐物,关市不乏,治国之道。范蠡乘扁舟游于江湖,之陶为朱公,以为陶天下之中,诸侯四通货物所交易也。乃治产积居,遂至巨万。'又'子贡废著,鬻财于曹鲁之间,结驷连骑束帛之币以聘享诸侯。'又'蜀卓氏即铁山鼓铸运筹策,倾滇、蜀之民,富至亿千人。''远养'四句,盖用计然、范蠡、子贡、卓氏,言皆不重蚕渔农牧,而别以术致利者。'当垆'、'珠服',用古辞《羽林郎》'胡姬年十五,春日独当垆。长裾连理带,广袖合欢襦。头上蓝田玉,耳后大秦珠'。借用文君事,叙卓氏,意不在司马相如也。'"

方曰:"此诗章法平正,可谓文从字顺,言有序。然后人学之则又为顺衍板实。康乐于此,必为之离合断续。杜、韩皆是文法高妙。此是微言,数百年无人解悟。要之鲍诗笔势疏迈,亦似康乐不能有其俊。起二句以'贾'、'宦'起,'远养'四句分承'贾'、'宦','居无'四句逼入题,'春畦'以下八句正面,'抱锸'二句所谓俊逸,此明远胜场。"

遇铜山掘黄精

天闵案："遇"宋本作"过"。

闻人倓曰："庾仲雍《江图》：'姑熟至直渎十里，东通丹阳湖。南有铜山，一名九井山。'《博物志》：'太阳之草名黄精，食之可以长生。'"方东树曰："题'遇'字，疑作'过'字。大小铜山在扬州府扬子县。"黄节曰："《汉书·地理志》：'丹阳，故鄣郡，元封二年更名，有铜官。'桓宽《盐铁论》：'丹章有金铜之山。'即丹阳铜山也。"

土肪闷中经，水芝韬内策（一作"籍"）。宝饵缓童年，命药驻衰历。矧蓄终古情，重拾烟雾迹。羊角栖断云，樯口流隘石。铜溪画深（一作"森"）沉，乳窦夜涓滴。既类风门磴，复像天井壁。蹀蹀寒叶离，瀁瀁秋水积。松色随野深，月露依草白。空守江海思，岂愧梁郑客。得仁古无怨，顺道今何惜？

《说文》："肪，肥也。"闻人倓曰："凡隐而不发曰'闷'。"《隋书·经籍志》："魏秘书郎郑默始制《中经》，秘书监荀勖又因《中经》更著新簿，分为四簿，总括群书。"羊公《服黄精法》云："黄精，芝草之精也。"《广韵》："韬，藏也。"《〈仪礼〉注》："策，简也。"方东树曰："《中经》必用《山海经》、《中山经》。《注》引荀勖《中经簿》，昧甚。而明远割《中山经》称《中经》，似杜撰，不可为法。东汉以七纬为内学，此服黄精，或出纬书。羊公有服黄精法，然以为'内策'，亦牵率不典。"《玉篇》："饵，食也。"闻人倓曰："'童年'犹'弱年'也。"《史记·三皇本纪》："神农氏尝百草始知医药。"闻人倓曰："'命药'，续命之药。'衰历'犹'衰年'也。"本集诗："永与烟雾并。"闻人倓曰："谓求不死而采黄精也。"王褒《九怀》："登羊角兮扶舆。"王逸《注》："陟彼高山，徐顾睨也。"《淮南子》："霤水足以盈壶榼。"闻人倓曰："'樯口'，喻洞之浅也。"又案："羊角峰高云欲断，而翼见其栖。槛口水小石当隘，而顾通其流，以喻年命不长，庶得大药，或可以慰终古之情也。"《〈选〉注》："'森'，盛貌。"《风俗通》："沉，莽也。莽莽，无涯际也。乳窦，从《〈登香炉峰诗〉注》。"《增韵》："涓，滴水点，又沥下也。"《武陵记》："风门之山，有石门去地百余丈，将欲风起，隐隐有黑气上，须臾竟天。"陆机诗："卧观天井悬。"方东树曰："'风门磴'注引《武陵记》，按《广东通志》，韶州府乳源县北行，出风门度梯，上下诸岭磴道险巇，尺寸陡绝。'天井壁'，亦未详，《注》引陆机诗以为星象，恐非。"黄节曰："《汉书·成帝纪》：'阳朔二年诏：秋，关东大水，流民欲入函谷关、天井、壶口、五阮关者，勿苛留。'"应劭《注》："天井，在上党高都。"《〈楚辞〉注》："蹀，行貌。"闻人倓曰："'蹀蹀'，动貌。"谢灵运诗："仰聆大壑灢。"闻人倓曰："'列子'，郑人。'郑'，战国梁地。"钱振伦曰："按庄子，蒙人，蒙为梁地。即并指庄、列亦可。然语终晦。《史记·张仪传》：'从郑至梁二百余里。'疑此为明远自述行踪。"《论语》："求仁得仁又何怨。"《〈魏志·钟繇传〉注》："顺道者昌，逆德者亡。"

方曰："起六句从'黄精'起逆入'掘'字，'羊角'六句写铜山，'蹀蹀'四句写掘时之景甚妙，'空守'四句自述作意，晦而未亮。"

秋 夜

遁迹避纷喧，货农栖寂寞。荒径驰野鼠，空庭聚山雀。既远人世欢，还赖泉卉乐。折柳樊场圃，负绠汲潭塈。霁旦见云峰，风夜闻海鸥。江介早寒来，白露先秋落。麻垄方结叶，瓜田已扫箨。倾晖忽西下，回景思华幕。攀萝席中轩，临觞不能酌。终古自多恨，幽悲共沦铄。

董仲舒赋："卞随、务光遁迹于深渊。"《亢苍子》："农攻食，贾攻货。"黄节曰："本集《芜城赋》：'孳货盐田。'此言'货农'，谓生利

于农也。"《汉书》："苏武掘野鼠、去草实而食之。"苏伯玉妻诗："空
仓雀，常苦饥。"《说文》："卉，草之总名。"《毛诗》："折柳樊圃。"
《毛传》："樊，藩也。"《周礼·地官》："场人掌国之场圃。"《疏》：
"场、圃连言，同地耳。春夏为圃，秋冬为场也。"黄节曰："'负绠'，
一作'贞绠'。《易象传》：'贞，正也。'《文言》：'贞者，事之干也。'
《尔雅》：'贞，干也。'《粃书正义》引舍人《注》云：'桢，正也。筑墙
所立两本也。'此言'贞绠'，谓两木衡驾引绠以汲也。"天闵案："折
柳"、"负绠"对文，"贞"当为"负"之误。黄说稍凿。《楚辞》："悲江
介之遗风。"又："秋既先戒以白露兮。"《韵会》："垄，田中高处。"
《毛诗》："丘中有麻。"《说文》："丘，垄也。"《广雅》："结，曲也。"
黄节曰："此言'结叶'，谓叶之卷曲也。"曹植诗："瓜田不纳履。"张
华文："华幕弗陈。"《水经注》："攀萝扪葛。"《魏都赋》："周轩中
天。"《注》："长廊有窗而周回者。"《尔雅》："沦，没也。"《楚辞注》：
"铄，化其渣滓也。"

方曰："'荒径'十二句写田园之景，直书即目，全得画意。而兴
象华妙，词气宽博，非孟郊所及矣。'倾晖'六句言情归宿，'回景'
言朝旭也，谓流光迅速不可常。'攀萝'四句另换一意，以寄怀抱。
孙兴公《〈遂初赋〉序》曰：'少慕老、庄，仰其风流，乃经始东山，建
五亩之宅，带长阜，倚茂林，孰与坐华幕、击钟鼓者同年而语其乐
哉?''华幕'用此，意甚亲切。《注》引张华，何与也? 乃信读古人诗，
不从其本事，则不能逆其志，岂浅学所及哉? 起第二句'货农'，
'货'定是'贷'之误，用《诗》'代食'意，'代'、'贷'古字通。《注》
引《亢仓子》'农攻食，贾攻货'，非是。此下并无攻货语意。'荒径'
二句模陶'弱湍驰文鲂'，全从陶出。康乐乃骞举而去其滞晦，是为
善学耳。"

钟嵘《诗品》："宋参军鲍照诗，其源出于二张，善制行状写物之
词。得景阳之诙诡，含茂先之靡嫚，骨节强于谢混，驱迈疾于颜延，
总四家而擅美，跨两代而孤出。嗟其才秀人微，故取湮当代。然贵尚
巧似，不避危仄，颇伤清雅之调，故言险俗者多以附照。"

　　方曰："李、杜皆推服明远，称曰'俊逸'。盖取其有气，以洗茂先、休弈、二陆、三张之靡弱。今以士衡所拟乐府、古诗，与明远相比可见。"阮亭云："明远篇体惊奇，在延年之上，与康乐可谓分路扬镳。""明远字字炼，步步留，以涩为厚。凡太炼，涩则伤气，明远独俊逸，又时出奇警，所以独步千秋，衣被百世。""鲍诗于出陈言之法尤严，只是一熟字不用。""则又取真境，沉郁、惊奇，无平缓、实弱钝懈之笔。""杜、韩常师其句格，如'霞石触峰起'、'穹跨负天石'，句法峭秀，杜公所拟也。""鲍每于一字见生熟。""鲍、谢两雄并峙，难分优劣。谢之本领，名理境界，肃穆沉重，似稍胜之。然俊逸活泼，亦不逮明远。作诗文者，能寻求作者未尽之长，引而伸之，以益吾短，于鲍、谢两家尤宜。观之杜公可见。又明远时似有不亮之句，及冗剩语，康乐无之。"